AF872594

Kontaktadresse nach EU-Produktsicherheitsverordnung:
produktsicherheit@fischerverlage.de

Sylt. Zwei Morde innerhalb von zwölf Stunden.
Drei Ermittler unter extremem Zeitdruck.
Vier Kunstwerke, die Rätsel aufgeben.
Und ein Journalist, der alles enthüllen kann ...

Bei einer Vernissage auf Sylt sollen vier Werke des kürzlich ums Leben gekommenen Malers Artur Faust versteigert werden. Seine besten Freunde sind in Geldnot und haben beschlossen, den Elemente-Zyklus zu veräußern. Doch noch in der Nacht wird der Galerist erschlagen – mit einem der Kunstwerke. Der Mörder hinterlässt eine Botschaft: *Elements of Crime – Wasser* steht mit dem Blut des Opfers auf das Bild geschrieben.

Die Sylter Kommissare Winterberg, Blanck und Kreuzer sind sich sicher, dass die vier Freunde des Malers mehr über den Mord wissen, als sie zugeben. Bis auch einer von ihnen stirbt – und die restlichen drei in Panik geraten ...

Der vierte Fall für die Sylter Ermittler Winterberg, Blanck und Kreuzer.

Die gebürtige Berlinerin *Eva Ehley* wurde spätestens mit ihrer Eheschließung vom Sylt-Fieber infiziert. Seither hat sie viele Sommer auf der Insel verbracht und das wilde Treiben der Reichen und Schönen beobachtet. Eva Ehley hat lange dazu geschwiegen, doch dann gewann ihre kriminelle Phantasie die Oberhand. Seitdem lässt sie regelmäßig auf Sylt morden.

Besuchen Sie Eva Ehley auch auf Facebook.

Außerdem im FISCHER Taschenbuch erschienen:
»Engel sterben«, »Frauen lügen«, »Männer schweigen« und »Mädchen töten«

Weitere Informationen, auch zu E-Book-Ausgaben, finden Sie bei www.fischerverlage.de.

eva
Ehley

Mörder weinen

Ein Sylt-Krimi

FISCHER Taschenbuch

4. Auflage

Originalausgabe

Hedderichstr. 114, 60596 Frankfurt am Main

Printed in Germany
ISBN 978-3-596-19728-6

Mörder weinen

Samstag, 4. August, 21.00 Uhr, Galerie Specht, Kampen

Stimmen schwirren durch die Sylter Sommernacht. Kies knirscht unter eleganten Schuhen. Champagner perlt in schlanken Gläsern. Die Galerie Specht präsentiert eine sensationelle Ausstellung.

Es sind nur vier Gemälde, die an den glatt geputzten Wänden im Kampener Ortskern hängen. Doch nicht etwa die beeindruckende Größe von jeweils gut einem Quadratmeter oder die ausufernde Farbigkeit des Dargestellten sorgen für höchstmögliche Aufmerksamkeit. Vielmehr ist es das skandalumwitterte Leben des kürzlich verstorbenen Malers Artur Faust. Als dieser vor wenigen Wochen unter mysteriösen Umständen mit seinem Privatflugzeug über dem Keitumer Watt abstürzte, gab es in den Gazetten tagelang kein anderes Thema. Und als das öffentliche Interesse gerade abzuebben begann, traten die vier besten Freunde des Malers mit der überraschenden Ankündigung an die Öffentlichkeit, dass jeder von ihnen ein Werk des unlängst verstorbenen Meisters verkaufen würde.

Und zwar nicht bei Sotheby's in London oder Christie's in New York, sondern in der vergleichsweise kleinen Galerie Specht in Kampen auf Sylt.

An diesem Abend ist die Crème de la Crème der Kunstwelt auf die Insel gekommen, um der Vernissage beizuwohnen. Das Wetter ist großartig, selbst jetzt um neun Uhr abends herrschen noch so angenehme Temperaturen, dass die Damen in den leichten Sommerkleidern nicht frieren müssen und die Herren ihre Jacketts locker über die Schultern gehängt tragen können. Im Inneren der Galerie, die in einem alten schmalen Friesenhaus in der Nähe des Kampener Dorfparks residiert, ist es laut und schwül.

Ronald Specht, der Galerist, ein etwa vierzigjähriger schmächtiger Mann mit spitzer Nase und leicht hervorquellenden Augen, der die dunklen schulterlangen Haare stets zu einem kurzen Nackenzopf zusammenfasst, eilt von Gruppe zu Gruppe, unterbricht debattierende Kritikerrunden und flirtende Paare ebenso wie fotogeile B-Promis, die sich in der Hoffnung auf ein gelungenes Bild immer wieder vor den Meisterwerken in Pose werfen.

»Bitte kommen Sie doch nach draußen. Wir haben die Mikrophonanlage auf dem Vorplatz aufgestellt, und ich würde gern zu Ihnen allen sprechen.«

Niemand hat den Inhaber der Galerie je in einer anderen Farbe als Schwarz gesehen, und auch heute Abend trägt Ronald Specht zur schwarzen Designerjeans ein ebensolches T-Shirt. Sein linkes Handgelenk schmückt ein geflochtenes Lederband, und die nackten Füße stecken in dunklen Wildlederslippern, mit denen er fast geräuschlos durch die beiden Räume der Galerie huscht.

Auf dem Kiesweg und dem Rasen vor dem Friesenhaus wird es langsam eng. Die Stehtische vor der Bar eines bekannten Champagnerherstellers sind schon seit einer Stunde umlagert, auf den drei Teakholzbänken vor den Rhododendronbüschen, die das Grundstück zu den Nachbarn abgrenzen, sitzen einige der schönsten Frauen der Republik und lassen sich von einer Riege Herren bewundern, die im Halbkreis um sie herumstehen. Etliche prominente und einige nicht ganz so prominente Sommergäste, denen es trotzdem gelungen ist, eine Einladung zum Top-Event der Saison zu ergattern, stehen dicht an dicht auf der Grünfläche. Und die Kunstkritiker aller großen deutschen und beeindruckend vieler ausländischer Zeitungen drängen sich seitlich der Mikrophonanlage, um freie Sicht auf die Besitzer der angebotenen Bilder zu haben, die sich gerade in einer Reihe neben dem Galeristen aufstellen.

Nach einem kurzen Mikrophoncheck beginnt Ronald Specht zu reden. Er begrüßt die Anwesenden, nennt einzelne Kritiker und Sammler mit Namen und wendet sich dann den vier Herren an seiner Seite zu.

»Obwohl ich davon ausgehen darf, dass fast alle der Anwesenden die stolzen Eigentümer der vier Faust'schen Meisterwerke kennen, möchte ich doch einige Worte zu ihrer Biographie verlieren.«

Der Galerist macht eine kleine Kunstpause, in der er sich mit einer affektierten Geste über die glattrasierten Wangen fährt. Dann redet er in der etwas gestelzten Sprache weiter, die ihm eigen ist.

»Zunächst möchte ich Bertold Freiherr von Brüssow sehr herzlich willkommen heißen, der für diesen ganz besonderen Abend seine Ländereien in der Uckermark verlassen hat, um heute hier bei uns zu sein. Bertold von Brüssow ist, wie Sie vielleicht wissen, einer der ältesten Freunde des so tragisch verstorbenen Künstlers gewesen. Die beiden kannten sich schon von Kindesbeinen an. Umso mehr freut es uns, dass der Freiherr sich entschließen konnte, eines der Werke seines Freundes in unsere Galerie einzuliefern.«

Specht schaut zu einem sehr aufrecht stehenden grauhaarigen Herrn mit imposanter Hakennase und jagdgrüner Bundfaltenhose unter einer cremefarbenen Joppe, so als wollte er das Gesagte bestätigt wissen. Der Freiherr nickt knapp und senkt dann den Blick, als gehe ihn dies alles wenig an. Schnell wendet sich der Galerist dem nächsten Verkäufer zu.

»Heiner Schwartz muss ich Ihnen wohl kaum vorstellen. Sein Brotberuf ist Unternehmer, aber seine mäzenatische Großzügigkeit und die immense Sammelleidenschaft machen ihn seit langem zu einer prägenden Figur in der Kunstszene. Und so ist es auch nicht verwunderlich, dass er vor gut zwanzig Jahren zum ersten Sammler Artur Fausts wurde und mittlerweile insgesamt stolze 14 Werke des Meisters besitzt. Oder bin ich da falsch informiert?«

Heiner Schwartz, ein bescheiden gekleideter Mann, wirkt peinlich berührt angesichts der Nennung seines Besitzes, denn jeder der Anwesenden weiß genau, dass ein echter Faust schon zu Lebzeiten des Malers nicht unter 300 000 Euro zu haben war. Die aktuellen Preise dürften sich vermutlich in noch ganz anderen Dimensionen bewegen.

Samstag. 4. August, 21.06 Uhr, Haus am Dorfteich, Wenningstedt

Laut fluchend knallt Fred Hübner sein Rennrad gegen die Kellerwand. Gestern ist der sportliche Endfünfziger damit noch von Wennigstedt bis hinunter zum Rantumbecken und wieder zurück gefahren. Und jetzt ist die Kiste platt. Dabei ist er ohnehin schon spät dran. In der Redaktion des *Sylt-Kuriers* erwartet man bis spätestens morgen Mittag einen detaillierten Bericht von dem abendlichen Top-Event der Insel. Fred Hübner bedenkt sein Rennrad mit einem wütenden Blick und einem heftigen Tritt gegen den platten Reifen. In der Galerie Specht werden sie wohl kaum auf ihn warten. Seit seinem letzten Rückfall in den Alkoholismus und dem mehrmonatigen Aufenthalt in einer Entzugsklinik wartet ohnehin kaum noch jemand auf den Journalisten. Das öffentliche Interesse an seiner Person ist ziemlich erlahmt, und prompt sind auch die lukrativen Aufträge ausgeblieben. Da die teure Eigentumswohnung am Wenningstedter Dorfteich längst noch nicht abbezahlt ist, hat sich Hübner vor zwei Monaten schweren Herzens entschlossen, als fester freier Mitarbeiter beim *Sylt-Kurier* anzuheuern. So wird das immer schneller schrumpfende Ersparte wenigstens ab und an mal durch zusätzliche Einnahmen ergänzt.

Allerdings hasst Fred Hübner seinen neuen Job. Obwohl seine tägliche Kolumne den prunkvollen Titel »Fred Hübner exklusiv« trägt, berichtet er meistens von so wenig glamourösen Ereignissen wie Feuerwehrfesten und Schuljubiläen, von Reisebüro-Eröffnungen und Hafenevents. Und nur allzu selten von den Veranstaltungen der Schönen und Reichen, zu denen er im letzten Jahr noch als gern gesehener und allseits hofierter Gast geladen war. Seit die Einladungen ausgeblieben sind und Fred den neuen Job angetreten hat, muss er sich das peinliche »Presse«-Schild ans Jackett heften und kann sich freuen, wenn die interessanten Leute ihn überhaupt wahrnehmen und sich herablassen, auf seine dämlichen Fragen zu antworten.

Umso ärgerlicher ist es, dass er ausgerechnet heute zu spät kommen wird. Niemand weiß, wie sich die Preise bei den angebotenen Faust-Originalen entwickeln werden, denn die Exponate sind keineswegs mit Fixpreisen versehen, sondern sollen gegen Gebot veräußert werden. Vermutlich wird es sich kaum lohnen, mit einem Gebot, das wesentlich unter einer halben Million liegt, hier einzusteigen. Schließlich sprach die ganze Republik wochenlang über den spektakulären Absturz der Privatmaschine des Malers über dem Sylter Watt.

Auch Fred hat sich in seiner Kolumne mehrfach damit beschäftigt, denn die Umstände des Absturzes waren spektakulär. Artur Faust war nämlich keineswegs in einem normalen Privatflugzeug unterwegs, sondern mit einer Zlin, einem Tiefdecker aus slowakischer Produktion, der alles andere als zeitgemäß war. Diese Flugzeuge sind schwer und laut, verbrauchen jede Menge Kerosin, fliegen mit Vollgas allerdings auch satte 260 bis 280 Stundenkilometer, wie Fred recherchiert hat. Eine Cessna bringt es nur auf 190 Kilometer pro Stunde. Aber so eine Maschine wäre dem exzentrischen Maler natürlich nicht auffällig genug gewesen. Eine Zlin dagegen sticht allein schon durch ihre schwerfällige Bauart, den massigen Rumpf und die klobige Form auf jedem Flugfeld hervor. Außerdem gibt es Modelle ohne Dach, so dass der Pilot unter freiem Himmel sitzt.

Unter Liebhabern gilt das offenbar als Nonplusultra des Fluggefühls. Fred konnte das nicht so ganz nachvollziehen, sondern fühlte sich eher an den Film »Der englische Patient« erinnert, in dem Ralph Fiennes und Kristin Scott Thomas miteinander ebenfalls in einer offenen Maschine in den Tod fliegen. Zur Zeit des Zweiten Weltkriegs gab es in Nordafrika natürlich noch keine Flugwacht, auf deren Schirm sie hätten erscheinen können. Jetzt ist das anders, zumal in Deutschland. Wenn man allerdings, wie Artur Faust es offenbar getan hat, unbeaufsichtigt mitten in der Nacht von einem winzigen Grasplatz in Schleswig Holstein startet und dazu noch den

Transponder ausschaltet, der die Verbindung zur Flugwacht in Bremen hält, dann hat man im Fall eines Absturzes auch heute noch schlechte Karten. Denn wenn eine Maschine nie als blinkendes Zeichen auf dem Radarschirm vorhanden ist, fällt ihr Verschwinden auch niemandem auf.

Die Frage aller Fragen war nur: Warum in Teufels Namen hatte Artur Faust das getan? Niemand konnte sich nach seinem Absturz erklären, was den Maler zu diesem unprofessionellen Verhalten getrieben hatte. Auch Fred Hübner, der anfangs eine heiße Story witterte, war letztendlich wenig dazu eingefallen. Alle seine Recherchen liefen ins Leere. Jeder wusste, dass Artur Faust das Risiko geliebt hatte und immer wieder für überraschende Aktionen gut gewesen war. Und bei dieser letzten war er tragischerweise ums Leben gekommen. Mehr war an dieser Geschichte einfach nicht dran. Bald nachdem man die Überreste der Maschine und den Leichnam des Malers aus dem Watt geborgen hatte, stellte die Polizei die Ermittlungen ein. Auch die Bundesstelle für Flugunfalluntersuchung musste passen. Fremdverschulden wurde ausgeschlossen und nach der Beerdigung das Testament des Malers eröffnet. Es hatte auch dabei keine Überraschungen gegeben. Artur Faust war unverheiratet und kinderlos geblieben und hatte schon vor Jahren eine Stiftung gegründet, an die nun sein gesamter Besitz und auch seine Sylter Villa fallen sollten.

Der Verkauf der vier Faust-Originale durch seine besten Freunde war offenbar der letzte Akt in diesem Drama. Die allgemeine Aufmerksamkeit war immens, und entsprechend schwierig war es für Fred Hübner gewesen, eine der begehrten Pressekarten für die Vernissage zu ergattern.

Jetzt muss er nur noch pünktlich sein.

Entschlossen greift Hübner nach einem alten und sehr staubigen Fahrrad, das unangeschlossen in einer dunklen Ecke des Kellers lehnt. Die klapprige Möhre hat ihm in den Jahren vor seinem plötzlichen Aufstieg zum Bestsellerautor als treues Beförderungsmittel gedient. Fred hat das Rad aus Nostalgie aufgehoben, wenn auch in den letzten Jahren kaum mehr benutzt. Die Reifen müssen aufgepumpt werden, sind aber sonst in Ordnung. Nur die Tretlager sind ausgeleiert, und die Gangschaltung funktioniert schon lange nicht mehr, aber mit etwas mehr Körpereinsatz wird es schon gehen.

Der Radweg von Wenningstedt nach Kampen beginnt fast vor Fred Hübners Haustür, und es dauert tatsächlich nur rekordverdächtige sechs Minuten, bis der Journalist am *Kampener Dorfkrug* vom Fahrrad springt. Achtlos lehnt er es gegen einen Friesenwall und schlendert betont lässig zur Galerie Specht hinüber, die etwa fünfzig Meter entfernt in einer Seitenstraße liegt. Schon von weitem kann Fred Hübner die Stimme des Galeristen hören, der gerade die Vorstellung der vier Herren beendet, deren Faust-Originale heute Abend zum ersten Mal öffentlich gezeigt werden.

Die Eigentümer der Bilder stehen in einer Reihe neben dem Galeristen und blicken etwas beschämt in die Menge. Natürlich hat sich Fred Hübner über die Herren informiert, aber gesehen hat er sie bisher noch nicht. Neugierig mustert er einen nach dem anderen. Der hochgewachsene Adlige drückt die Schultern durch und sieht auch in seiner legeren Kleidung aus, als würde er Uniform tragen. Der junge Architekt mit dem Kitschroman-Namen Florian Seebrück, der so verdammt gut zu seinem Aussehen passt, reibt sich ständig die Hände, als müsse er eine Schandtat abwaschen. Dabei hat er doch nach allem, was Fred Hübner über ihn weiß, nur ganz legal das prächtige Wohnhaus des Malerfürsten in Morsum entworfen und sich mit einem zehnjährigen Wohnrecht in der dazugehörigen Einliegerwohnung bezahlen lassen. Und offenbar mit einem Faust-Original, wie Fred jetzt insgeheim hinzufügt. Denn dass das normale Einkommen des jungen Architekten für die Preise auf dem Kunstmarkt ausreicht, kann sich Fred nicht vorstellen. Anders sieht das bei dem dritten Herrn in der Reihe aus. Heiner Schwartz ist der Gründer und Alleinbesitzer einer Drogeriekette, die europaweit Filialen unterhält, und hat sich seit Jahren in der Kunstszene als Sammler und Mäzen einen Namen gemacht. Er ist berühmt für seine persönliche Bescheidenheit, die fast schon an Geiz grenzt, und sich im Moment recht gut an seiner Kleidung erkennen lässt. Die Cordhose schlackert um die Hüften und ist am Bein zu kurz, während die einfachen Manschetten des Oberhemdes zu weit und die Ärmel zu lang sind. Wie ein trauriger Clown steht Heiner Schwartz zwischen dem smarten Architekten und einem fülligen Herrn im Smoking und lässt seine melancholischen Augen nachsichtig über die Menge auf dem Kiesplatz gleiten.

Der Herr im Smoking ist der inselweit bekannte Autohändler Johann Liebig. Der gebürtige Hamburger pflegt einen jovialen, man könnte auch sagen groben Umgangston, wie Fred Hübner erfahren hat, und ist mit seinem Slogan »Lieber Liebig« auf den Sylter Plakatwänden dauerhaft vertreten. Johann Liebig hat sich schon vor zwanzig Jahren auf Luxuskarossen spezialisiert, und die ganze Insel weiß, dass der verstorbene Malerfürst bei ihm alle zwei Jahre einen neuen Rolls-Royce bestellt hat. Dass Johann Liebig auch Kunst sammelt, ist dagegen selbst für Eingeweihte eine Überraschung gewesen. Und auch jetzt zeigt der Autohändler wenig Interesse für die anwesende Kunstgemeinde. Er hat nur Augen für eine einzige Person.

Die hochgewachsene Blonde in dem schmal geschnittenen schwarzen Kleid ist auch Fred Hübner sofort aufgefallen. Sie steht zwei Schritte hinter dem Galeristen und reicht ihm ab und an eine knallgelbe Karteikarte, von der dieser dann den nächsten Teil seiner Rede abliest. Mit ausdruckslosem Gesicht nimmt die Blonde anschließend die nicht mehr benötigte Karteikarte zurück und steckt sie hinter den Stapel, wobei jede ihrer Bewegungen von den Glupschaugen des Fetten im Smoking verfolgt wird. Die ist eindeutig zu schön für dich, denkt Fred Hübner gerade und überlegt, ob er selbst wohl Chancen hätte, als er sieht, wie die Blonde dem Smokingmann einen zwinkernden Blick zuwirft.

Frauen! Empört wendet Fred sich ab.

Samstag, 4. August, 22.36 Uhr, Galerie Specht, Kampen

»Puh! Die Assistentin eines Galeristen zu sein ist anstrengender, als ich erwartet hätte.« Judith Lissen wirft die langen blonden Haare in den Nacken, streicht ihr schwarzes Cocktailkleid glatt und fischt sich ein Glas Champagner vom Tablett eines Kellners. »Umso mehr freue ich mich, dass du so lange geblieben bist. Jetzt habe ich endlich Zeit für dich.« Sie hebt ihr Glas der Freundin entgegen und blendet ganz bewusst das übermütige Treiben auf dem Kiesplatz vor der Galerie aus.

Kriminalkommissarin Silja Blanck lächelt und greift ebenfalls nach einem frischen Champagnerkelch. »Du, kein Problem. Ich fand es ganz unterhaltsam, einfach mal zum Spaß Leute zu beobachten, ohne ihnen gleich Mordabsichten unterstellen zu müssen.« Sie lässt den Blick über die dicht an dicht stehenden Vernissagebesucher schweifen, deren Unterhaltungen und Gelächter sicher bis zum nahe gelegenen Dorfpark zu hören sind. »Ehrlich gesagt, ich find's toll, dass du mich hier eingeschleust hast. Und wenn man dann noch so gut verköstigt wird …« Sie trinkt einen Schluck aus ihrem Glas und schließt genießerisch die Augen. »Wer zahlt dieses luxuriöse Catering eigentlich?«

»Einiges ist gesponsert, den Rest übernimmt die Galerie. Und nur kein Mitleid! Die Provisionen, die Ronald einstreicht, sind stattlich.«

»Ihr duzt euch?«

Judith zuckt die Schultern. »Das sagt gar nichts. Ist unter Künstlern so üblich.« Sie produziert ein betont falsches Lachen, wirft mit großer Geste die Haare in den Nacken und streicht sich übertrieben affektiert über die Hüften. »Und sind wir nicht alle Künstler, irgendwie?«

Silja lacht herzlich über die Showeinlage ihrer Freundin, wird aber schnell wieder ernst. »Na ja, du in jedem Fall, finde ich. Schließlich hast du einen Kunstgeschichts-Abschluss in der Tasche, während ich schon nach drei Semestern das Teilzeit-Studium aufgegeben habe.«

»Weil du dich eben doch für den Beruf entschieden hast, den du gelernt hast und den du liebst.«

»Umso mehr freue ich mich, dass du dieses Praktikum hier auf der Insel ergattern konntest. Du hättest ja auch nach New York gehen können – oder nach Mumbai.«

»Wie kommst du denn auf Mumbai?«, erkundigt sich Judith verwirrt und stürzt gleich darauf den restlichen Champagner hinunter. »Ah, das tut gut. Auch wenn ich seit heute Mittag nichts mehr gegessen habe. Aber was soll's, morgen kann ich ausschlafen.« Sie angelt sich zügig ein weiteres Glas vom Tablett eines Kellners.

»Dabei ist morgen doch bestimmt Hochbetrieb in der Galerie. Schließlich sollen die Bilder ja Käufer finden, oder?«, wendet Silja ein.

»Alles halb so schlimm. Ich glaube, eins ist schon so gut wie weg. Das genaue Gebot weiß ich nicht, aber Ronald wirkte vorhin ziemlich zufrieden.«

»Und wer sind die Käufer?«

Judith Lissen zuckt die Schultern. »Betriebsgeheimnis. So weit geht unser Vertrauensverhältnis nun doch wieder nicht. Aber es sind ja genügend Promis anwesend. Da wird der eine oder andere schon das nötige Kleingeld haben.« Sie blickt sich vorsichtig um. »Die Dame mit den fetten Perlen in den Ohren, die da hinten an der Bar gerade den Herrn im grellroten Kaschmirpulli zutextet, ist, glaube ich, eine schwerreiche Verlegerwitwe. Und vorhin ist mir ein ziemlich prominenter Schauspieler über den Weg gelaufen, der immer mal wieder in Kunst investiert. Übrigens, da wir gerade die Leute durchhecheln – weißt du vielleicht, wer der schlanke Grauhaarige mit dem süffisanten Grinsen und dem Presse-Schild am Revers ist? Irgendwie kommt mir der bekannt vor.«

Silja Blanck runzelt die Stirn. »Du hast doch nicht ernsthaft Interesse an dem? Ich kenne ja deine Vorliebe für ältere Männer, aber von Fred Hübner kann ich dir echt nur abraten.«

»Er hat eine nette Art zu flirten. Ziemlich cool und witzig. So was trifft man nicht allzu oft. Aber warte mal – Fred Hübner, das ist doch dieser Skandalbiograph mit dem Alkoholproblem.« Judith wirft einen knappen Blick zu dem Journalisten hinüber, der ein halbvolles Wasserglas in der Hand hält und sich gerade bemüht, den smarten Architekten, von dem eines der Exponate eingeliefert worden ist, in ein Gespräch zu verwickeln. »Na egal. Jetzt scheint er jedenfalls trocken zu sein.«

»Trotzdem«, warnt Silja. »Der Typ hat die unselige Tendenz, sich in irgendwelche Verbrechen verwickeln zu lassen und uns dann in die Quere zu kommen.«

Lachend blickt Judith sich um. »Aber heute Abend ist hier doch alles friedlich. Oder glaubst du tatsächlich, dass einer der Anwesenden im Champagnerrausch zum Mörder wird?«

Sonntag, 5. August, 02.13 Uhr, Nachtclub *Rotes Kliff*, Kampen

Leicht und fein wie eine sehr gute Daunendecke hüllt die Sommernacht das Promidorf ein. Die Stimmen vor der Galerie sind längst verhallt, und die Straßen um den Dorfpark herum liegen still und friedlich im Mondlicht. Nur die Kreuzung vor dem Nachtclub *Rotes Kliff* ist noch belebt. In dem Durchweg zum Innenhof wird die Currywurst-Bude belagert, und an den Stehtischen halten sich rauchend und lachend etliche Nachtschwärmer auf. Gerade tritt ein Grüppchen junger Leute aus dem Club. Die drei smarten Männer in Chinos und Jackett, einer hellblond, zwei dunkelhaarig, werden von zwei brünetten Mädchen mit edlen Gesichtszügen begleitet, die dünne Cocktailkleider tragen. Alle fünf sind ziemlich angetrunken und staunen lauthals über die Wärme der Nacht.

»Das gibt's hier auf der Insel höchstens zwei- oder dreimal im Jahr«, ruft das schlankere der Mädchen viel zu laut und bläht ihre Nasenflügel, die an die Nüstern eines Rennpferdes erinnern. Bei dem Versuch, sich lässig an eines der Luxusautos vor dem Club zu lehnen, verliert sie fast das Gleichgewicht.

»Mensch, Odette, pass auf, dass du dem Schlitten nicht die Tür eintrittst«, warnt der breitschultrige Blonde und lallt dabei ein wenig.

»Meine kleine Schwester ist berühmt für ihre Zerstörungswut«, lästert einer der beiden Dunkelhaarigen, verdreht übertrieben die Augen, bietet der jungen Frau aber gleichzeitig seinen Arm als Halt an.

»Danke, Oskar«, nuschelt sie und legt ihren Kopf in einer graziösen Geste auf die Schulter des Bruders.

»Süße, du solltest dich vielleicht flachlegen«, rät mit kühler Stimme ihre Freundin, deren ausgesprochen weibliche Figur das Seidenkleid an den richtigen Stellen füllt.

»Bevor es ein anderer tut?«, gibt Odette kichernd zurück.

»Mädels, wir sind Gentlemen von Kopf bis Fuß«, erklärt der zweite Dunkelhaarige und schiebt sich die Dolce-&-Gabbana-Mütze in den Nacken.

»Was du nicht sagst.« Der Kurvenstar wirft dem jungen Mann mit der Mütze einen erstklassigen Flirtblick zu. »Wenn man schon Dorian heißt, sollte man vielleicht beim Thema Gentleman den Mund nicht zu voll nehmen.«

»Ah, Viktoria erweist sich als literarisch gebildet«, murmelt der Blonde und steckt sich eine Zigarette an.

»Moritz, wenn du mich beleidigen willst, musst du früher aufstehen«, kontert Viktoria und schnappt sich sein silbernes Zigarettenetui. »Gib mir lieber eine von deinen Selbstgedrehten, ich kann dieses ganze Marlboro-Zeug nicht mehr sehen.«

Sofort zückt Dorian galant sein Feuerzeug und hält es der jungen Frau hin.

»Light my fire, baby«, flüstert Viktoria, während sie sich mit einem tiefen Blick in Dorians grüne Augen bedankt.

»Seid ihr wirklich sicher, dass ihr Brüder seid?« Odette, die sich immer noch auf den Arm von Oskar stützt, schüttelt ungläubig den Kopf, während ihre Augen von dem schmalen, dandyhaft wirkenden Dorian zu dem muskulösen Moritz wandern.

»Nur weil Oskar und du Augen und Nasen wie geklont habt, muss das bei uns ja nicht auch so sein. Wir sind eben unabhängige Individuen. Was nicht heißt, dass wir uns nicht heiß und innig lieben.«

Moritz legt seinem jüngeren Bruder lässig den Arm um die Schulter.

»Hört auf mit dem Scheiß«, mischt sich Viktoria in das Geplänkel. »Was haltet ihr davon, wenn wir uns noch eine Flasche Wein schnappen und zum Watt gehen.«

»Wäre ja nicht der erste Sonnenaufgang, den wir in der *Kupferkanne* begrüßen«, antwortet Oskar und beugt sich besorgt zu seiner Schwester. »Kannst du laufen, Odette?«

»Selbstverständlich. Ich bin doch nicht betrunken«, gibt sie kichernd zurück.

»Sonst sag was, und ich trage dich, wohin du willst«, grinst Moritz.

»Siehst du, Dorian, so benehmen sich echte Kavaliere.« Viktoria zieht Dorian die Mütze vom Kopf und setzt sie sich selbst auf. »Mir nach. Mein Wagen steht da hinten vor der Galerie.«

»Du willst doch jetzt nicht mehr fahren, oder?« Dorian klingt plötzlich ehrlich besorgt.

»Quatsch, natürlich nicht. Aber die Nacht ist noch jung, und in meinem Kofferraum langweilen sich zwei Flaschen Wein und ein Korkenzieher.«

»Viktoria, du bist die Größte. Wir folgen dir blind.« Moritz salutiert kurz und schlägt die Hacken seiner Lackschuhe zusammen.

»Immerhin, das haben sie dir in deinem englischen Internat beigebracht«, lacht Viktoria und marschiert mit strammen Schritten genau auf den Vorgarten der Galerie Specht zu.

Fünf Sekunden später hallt ihr Schrei markerschütternd durch die Nacht. Die drei jungen Männer stürzen zu ihr und folgen mit ihren Blicken Viktorias ausgestreckter Hand.

»Holy Shit«, murmelt Dorian, als er den Männerkörper sieht, der auf dem Kies direkt vor der Mikrophonanlage hingestreckt liegt. Schmale Hüften in einer schwarzen Jeans, nackte Füße in Lederslippern, ein dunkles T-Shirt, das über einem Waschbrettbauch hochgerutscht ist. Und ein Kopf mit einer klaffenden Schläfenwunde, die kaum noch blutet.

»O Gott, das ganze Blut, wie furchtbar. Lebt der noch?«, flüstert Odette, die langsamer nachgekommen ist und jetzt von hinten über Oskars Schulter schaut.

»Kann ich mir nicht vorstellen.« Sanft dreht sie der Bruder von dem am Boden Liegenden weg. Dabei fällt sein Blick auf das riesige Ölbild, das neben dem Männerkörper liegt. Eine nackte Frau mit gelber Haut und roten Haaren sitzt in einem kobaltblauen Strandkorb, dessen Maße merkwürdig verzerrt sind. Den Hintergrund bildet eine ebenfalls kobaltblaue Fläche, die offensichtlich das Meer darstellen soll, wie an den einzelnen weißen Wellenkämmen zu erkennen ist.

Der Rahmen des Bildes ist blutverschmiert, und bei genauerem Hinsehen bemerkt Oskar, dass sich auch auf der Leinwand Blut befindet. Allerdings sind es keine Spritzer oder Flecken, sondern blutige Buchstaben, die seitlich des Strandkorbes wie hingeschmiert scheinen. Doch bevor er die Worte entziffern kann, zieht ihn Odette schluchzend zurück zum Straßenrand, wo sie sich in den Rinnstein übergibt. Während Viktoria hektisch auf ihrem Handy die Notrufnummer der Polizei eintippt, tritt Moritz sehr nah an den am Boden Liegenden heran. Vorsichtig beugt er sich über ihn und hält ihm einen Handrücken vor den weit offen stehenden Mund. Sein Bruder ist ihm gefolgt, betrachtet jetzt aber das Bild genauer.

»Ich glaube nicht, dass er noch lebt«, ruft Moritz nach hinten, dann tritt er zu Dorian, um mit ihm gemeinsam im Licht des Mondes die Worte auf dem Bild zu entziffern.

Elements of Crime steht links vom Strandkorb in blutigen Buchstaben. Und rechts davon befindet sich fast schon unleserlich noch ein einzelnes Wort, das sehr groß geschrieben ist und fast nicht mehr aufs Bild passt: *Wasser.*

»Wie viele Elemente gibt es noch mal? Vier?«, flüstert Dorian seinem Bruder zu.

»Ja, Wasser, Feuer, Luft und Erde«, antwortet Moritz ebenso leise.

»Dann möchte ich jetzt nicht in der Haut der Polizei stecken.« Dorian blickt zum hellen Mond hinauf, der die Szene ausleuchtet, als handle es sich um einen Gruselfilm. »Denn dann war das hier erst der Anfang.«

Sonntag, 5. August, 02.31 Uhr, Braderuper Weg, Kampen

Ein aufdringliches Geräusch stört den Schlaf von Oberkommissar Sven Winterberg. Schnarcht Anja wieder einmal? Blinzelnd dreht sich Sven zu seiner Frau um, aber sie liegt still und friedlich neben ihm und umarmt ihr Kissen, als handle es sich um einen heimlichen Liebhaber. Trotzdem schmiegt sich Sven an sie und versucht, wieder einzuschlafen. Doch da ist wieder dieses Geräusch. Es kommt aus der unteren Etage ihres Hauses und wiederholt sich regelmäßig. Verdammt, Sven ahnt längst, was ihn geweckt hat, aber er will es einfach nicht wahrhaben. Doch was hilft es schon, sich dagegen zu sperren? Er flucht leise und schaut auf den Wecker. Halb drei. Das Telefon klingelt immer noch.

Verschlafen trabt Sven nach unten und nimmt den Anruf an. Sein Freund und Vorgesetzter Hauptkommissar Bastian Kreuzer ist in der Leitung.

»Habe ich dich geweckt?«

»Machst du Witze? Natürlich hast du mich geweckt. Und ich hoffe, es gibt einen guten Grund dafür.«

»Leider ja. Bei dir um die Ecke liegt ein Toter in einem Vorgarten. Hab's eben von den Jungs auf der Wache erfahren.«

»Und was heißt *bei mir um die Ecke* genau?«

»Galerie Specht, sagt dir das was?«

»Klar, die hatten gestern Abend ein Mega-Event. Die Wagen von der Cateringfirma hab ich schon morgens beim Brötchenkaufen gesehen.«

»Na, dann weißt du ja Bescheid. Spring in deine Klamotten und sieh zu, dass du rüberläufst. Ich komme so schnell wie möglich nach.«

»Weiß man schon, wer es ist? Und wer hat ihn gefunden?«

»Eine Horde von jungen Leuten. Ziemlich betrunken, sagt der Kollege von der Wache. Aber identifiziert hat die Leiche noch niemand.«

»Na toll. Ich bin in fünf Minuten drüben. Bis gleich.«

Leise holt Sven seine Jeans und ein T-Shirt aus dem Schlafzimmer. Anja seufzt im Schlaf und drückt das Kissen fester an sich. Was sie gerade träumt, will Sven lieber nicht wissen.

Draußen ist es wunderbar warm. Die niedrigen Reetdachhäuser mit ihren Friesenwällen und dem Bewuchs aus Rosen und Buchsbaum sehen im Mondlicht aus wie die Kulisse zu einem Heimatfilm. Oder einem Gruselschocker, schießt es Sven durch den Kopf. Alles ist schließlich eine Frage der Perspektive. Und die Tonspur passt eindeutig nicht in eine Idylle. Gerade biegt ein Krankenwagen mit quietschenden Reifen um die Ecke, und im Näherkommen hört Sven auch schon die Stimmen der uniformierten Kollegen.

Der Vorgarten der Galerie Specht ist bereits mit Flatterband abgesperrt und bietet im grellen Licht der Polizeilampen ein schauriges Bild. Die roten Ziegelmauern des perfekt restaurierten Reetdachhauses, der gepflegte grüne Rasen davor, darauf die bodenlangen weißen Tischtücher der Stehtische und zwischen allem der Tote. Er liegt in leicht gekrümmter Haltung auf dem Boden und blickt aus ratlosen Augen zum Nachthimmel hinauf. Sein Schädel weist eine Wunde an der Schläfe auf, aus der er stark geblutet hat. Die Lache ist noch nicht ganz getrocknet und glänzt im Scheinwerferlicht wie schwarzer Lack.

Dicht neben dem Toten liegt ein großformatiges Bild mit frischem Blut auf Rahmen und Leinwand. Das Motiv des Bildes erinnert Sven an ihren letzten großen Fall, die Tote im Strandkorb vom vergangenen Sommer. Offensichtlich ist auch ein berühmter Maler ab und an dankbar für eine Inspiration aus der Realität, überlegt Sven gerade, als er sieht, dass die Sanitäter dem Opfer bereits den Rücken zukehren.

»Da ist nichts mehr zu machen«, sagt einer von ihnen leise und zuckt die Schultern.

»Ihr werdet mit ihm keine Arbeit mehr haben, wir dafür umso mehr«, erwidert Sven und beugt sich erst tief über den Toten und dann über das Bild daneben. An einer Ecke klebt besonders viel Blut, und ein Teil des Rahmens ist abgesplittert. Wahrscheinlich hat jemand den Mann mit dem Gemälde erschlagen, überlegt der Kommissar. Genauer kann das natürlich erst der Gerichtsmediziner sagen. Und auch die Ergebnisse der Spurensicherung wird man abwarten müssen. Doch die Truppe in den weißen Schutzanzügen wird erst im Morgengrauen mit der Arbeit beginnen können. Schließlich muss sie aus Flensburg angefordert werden, auf der Insel gibt es solche Spezialisten nicht. Kurzentschlossen ruft Sven die Bereitschaft in Flensburg an. Je früher Leo Blum und seine Mitarbeiter informiert werden, umso besser. Es wird schwer genug werden, den Tatort bis zum Tagesanbruch so zu sichern, dass kein Unbefugter ihn betreten kann. Schließlich liegt die Galerie mitten in Kampen, und der Anblick, der sich jedem Vorbeikommenden zwangsläufig bietet, ist spektakulär genug.

Seufzend wendet sich Sven den uniformierten Kollegen zu, die neben den beiden Streifenwagen in der Einfahrt stehen. Zwischen den Autos kauert ein Grüppchen von Zivilisten am Boden. Das müssen die jungen Leute sein, von denen Bastian gesprochen hat. Die Mädchen weinen leise, während die drei Männer versuchen, ihre Erschütterung durch Coolness zu überspielen.

»Hallo zusammen. Sven Winterberg, Oberkommissar von der Kripo Westerland. Sie waren als Erste am Tatort?«

Die jungen Frauen sehen kaum auf, aber ihre Begleiter wenden sich ihm zu. Sie scheinen froh zu sein, dass jemand die Führung übernimmt. Als Erster beginnt der Blonde zu reden.

»Wir wollten zur *Kupferkanne* und da den Sonnenaufgang abwarten. Das machen wir manchmal, wenn wir lange genug gefeiert haben. Und kaum hatten wir uns auf den Weg gemacht, hat Viktoria das hier entdeckt.«

Er weist mit der rechten Hand, die eine brennende Zigarette hält, auf den Toten im Gras.

»Viktoria?« Fragend mustert Sven Winterberg die beiden Frauen.

»Das bin ich.« Die Üppigere blickt auf und wischt sich gleichzeitig mit einem Taschentuch die Tränen vom Gesicht. »Ich habe so etwas noch nie gesehen«, erklärt sie mit leiser Stimme. »Vor ein paar Stunden war der doch bestimmt noch ganz fröhlich und hat nicht geahnt, dass er den Sonnenaufgang nicht mehr erleben wird.«

»Kannten Sie den Mann?«, will der Kommissar wissen und bezieht mit einer Geste die ganze Gruppe in seine Frage mit ein. Doch das zweite Mädchen blickt noch nicht einmal auf. Sie schluchzt hysterisch und beginnt noch heftiger zu weinen. Die beiden dunkelhaarigen jungen Männer schütteln fast gleichzeitig den Kopf, nur Viktoria sagt leise: »Woher denn?« Nach einer kurzen Pause fügt sie allerdings hinzu:

»Ich kenne die Galerie natürlich vom Vorbeigehen, aber wer da im Gras liegt, weiß ich nicht. Hast du eine Ahnung, wer das sein könnte, Moritz?«

Der Blonde wirft seine Zigarette zu Boden und tritt sie aus, was ihm sofort einen strafenden Blick von Sven Winterberg einträgt.

»Die heben Sie mal ganz schnell wieder auf. Sonst landet sie nämlich nachher in einer Tüte der Spurensicherung, und Sie landen ganz oben auf der Liste unserer Verdächtigen.«

»Das ist doch absurd«, murmelt der Blonde, bückt sich aber brav und verstaut den Stummel in einem silbernen Zigarettenetui. »Außerdem waren wir den ganzen Abend über zusammen. Und zu fünft werden wir den Typen ja wohl kaum erschlagen haben.«

»Haben Sie denn irgendetwas Außergewöhnliches beobachtet? Einen anderen Passanten? Ein Auto, das Ihnen begegnet ist? Oder irgendetwas hier am Haus?«

Diesmal schütteln alle fünf die Köpfe. Einer der beiden Dunkelhaarigen schiebt seine Mütze in den Nacken und murmelt: »Nichts, wirklich. Am Haus war alles dunkel, außer uns war hier niemand weit und breit, jedenfalls haben wir niemanden gesehen. Nur den Toten – und der hat uns auch nichts erzählt.«

»Sparen Sie sich Ihre Witze«, gibt Sven zurück, während er aus den Augenwinkeln sieht, wie der Wagen von Hauptkommissar Bastian Kreuzer mitten auf der Straße zum Stehen kommt, der Kollege herausspringt und über den Rasen läuft.

»Auf jeden Fall brauchen wir Ihre Namen und Adressen. Das können Sie gleich mit einem der uniformierten Kollegen erledigen. Und spätestens morgen Vormittag, wenn Sie wieder nüchtern sind, möchte ich Sie alle auf der Wache sehen. Wir müssen Ihre Aussagen aufnehmen.«

Gerade will er sich abwenden, als die schmalere der beiden Frauen den Kopf hebt und mit tränenerstickter Stimme sagt: »Ich weiß, wer der Mann ist.« Sie umfasst mit beiden Armen ihren Oberkörper und wiegt ihn langsam hin und her, als wolle sie sich selbst trösten.

»Und?«, will Sven Winterberg ungeduldig wissen.

»Das ist der Galerist. Den Namen habe ich vergessen, aber er war vor kurzem bei uns im Haus, um zwei Stiche zu schätzen, die meine Mutter verkaufen wollte.«

Sven holt sein Handy aus der Hosentasche, gibt den Namen der Galerie ein und sucht im Netz nach deren Website. Sekunden später hat er ein Foto auf dem Bildschirm. Er pfeift kurz durch die Zähne, läuft mit dem Handy vor Augen quer über den Rasen, stellt sich dicht neben Hauptkommissar Bastian Kreuzer und weist mit dem Apparat auf den Toten.

»Eines hätten wir schon mal geklärt. Vor uns liegt Ronald Specht, alleiniger Inhaber der gleichnamigen Galerie. Spezialisiert auf moderne Kunst.«

»Mit der man ihn prompt erschlagen hat«, erwidert Kreuzer mit Blick auf den kaputten Rahmen des blutbesudelten Gemäldes. »Da soll noch mal einer sagen, dass Kunst und Leben nichts miteinander zu tun haben.«

»Vielleicht sind es doch eher Kunst und Tod, die sich uns hier in inniger Verbindung präsentieren. Genauer wird uns das sicher Silja erklären können.«

»Wer hätte gedacht, dass sich ihr Hamburger Kunststudium noch mal als nützlich erweisen wird«, fügt Bastian unwillig hinzu.

Sonntag, 5. August, 02.32 Uhr, Haus am Dorfteich, Wenningstedt

Fred Hübner kippt den Espresso in einem Zug. Neben der frischgeleerten Tasse stehen bereits zwei weitere, in denen die Kaffeereste schon zu braun-flockigen Ringen getrocknet sind.

Hübners Laptop steht aufgeklappt auf dem Esstisch, und der Text für die Kolumne ist fast fertig. Diesmal macht sie dem hochtrabenden Namen »Fred Hübner exklusiv« sogar alle Ehre.

Promi-Schaulaufen beim Kunst-Event ist der markige Titel. Weiter geht es mit der Aufzählung der illustren Gäste und einer knappen Schilderung des abendlichen Ablaufs. Natürlich bleibt der großzügige Sponsor der Getränke nicht unerwähnt, und der Qualität des Champagners wird ein ausführlich huldigender Satz gewidmet. Zeitungsleser regen sich gern darüber auf, was den oberen Zehntausend so alles hinterhergeschmissen wird.

Fred liest den Artikel noch einmal durch und lehnt sich dann zufrieden zurück. Ja, so kann es gehen. Jetzt fehlt nur noch ein markiger Abschlusssatz.

Eines der vier Meisterwerke ist bereits am Vernissageabend verkauft worden, und sicher wird der eine oder andere Interessierte heute weniger über Wind und Wellen als über eine lohnende Kunstinvestition nachdenken, tippt Fred. Aber er weiß eigentlich sofort, dass es das noch nicht ist. Zu lang, zu umständlich. Außerdem würde er gern etwas zu einem möglichst großen Verkaufserfolg beisteuern, schließlich hat er vor dem Verlassen der Galerie bei der schnuckligen Assistentin des Besitzers seine Visitenkarte hinterlassen, und es wäre doch denkbar, dass sie sich mit einem Anruf für den publicityträchtigen Artikel bedankt.

Diese Judith Lissen hat ihn ziemlich beeindruckt, das muss sich Fred fast gegen seinen Willen eingestehen. Smart, schön und sexy noch dazu, Frauen mit diesen Eigenschaften gibt es nicht oft. Seit den tragischen Vorfällen vor zwei Jahren, die Freds gesamte Lebensplanung an einem einzigen Tag zerstörten, ist ihm keine einzige der vielen Damen, denen er begegnet ist, so erstrebenswert erschienen. Nein, falsch, korrigiert sich Fred Hübner sofort. Nicht nur nicht *so* erstrebenswert, sondern überhaupt erstrebenswert. Manchmal hat er schon gedacht, er sei für das Feld des Werbens und Flirtens völlig verloren. Ein Beziehungskrüppel, Opfer eines endgültigen Libido-Defekts, gerade noch fähig zu den längst ritualisierten allwöchentlichen Besuchen bei Dahlia, der Westerländer Prostituierten.

Und jetzt ist diese Judith Lissen in sein Leben getreten, eine Frau, deren spöttische Blicke ihn anmachen, deren leises Lachen wie eine Verheißung klingt und in deren Bewegungen Sex pur zu stecken scheint. Fred Hübner ist wild entschlossen, um diese Ausnahmefrau mit allen ihm zur Verfügung stehenden Mitteln zu werben. Und eines davon wäre sicher ein knackiger Abschluss seiner Kolumne.

Also, welcher Satz?

Fred geht zum Küchentresen, nimmt ein Glas aus dem Regal, füllt es mit eiskaltem Leitungswasser und trinkt in langen Zügen. Nach dem Espresso ist dies der endgültige Weckruf für seine müden Gehirnzellen. Los, Jungs, strengt euch an, es geht um eine Lady, die es wirklich wert ist.

Doch Freds Hirn ist leer, nur verhaltene Blitze zucken

noch durch seinen Schädel. Kleine Ideen, die viel zu wenig Wirkung entfalten werden. Aber was hilft's, Fred sammelt in Gedanken, was ihm einfällt.

Und dann weiß er es plötzlich.

Wenn schon Werbetext, dann richtig. Der Wahrheitsgehalt ist da eher Nebensache. Wen interessiert schon, dass diese merkwürdige Galerie Specht bisher eher am Rand des Scheiterns unterwegs war als auf Erfolgskurs. Da hat man mit gezielten Werbekampagnen doch schon ganz andere Totgesagte wiederbelebt.

Fred setzt sich zurück an den Esstisch und knallt zwei Sätze in den Rechner.

Mit diesem Mega-Event hat sich die Kampener Galerie Specht in die erste Garde der Kunsthändler dieser Republik katapultiert. Man darf gespannt sein, was hier als Nächstes zu erwarten ist.

Das ist wahrscheinlich gelogen und im Grunde genommen auch nicht glamouröser als sein letzter Einfall, aber entschieden zweckdienlicher, befindet Hübner, sichert den Text und mailt ihn gleich an seinen Chef. Der wird hoffentlich zufrieden sein und ihn morgen ausnahmsweise einmal ausschlafen lassen. Die Uhr im Rechner zeigt fast drei, als Fred ihn herunterfährt. Zeit für ein ausgedehntes Schläfchen mit vielleicht sogar süßen Träumen von seiner neuen Flamme. Hochzufrieden steigt Fred Hübner die Stufen seiner Maisonettewohnung hinauf.

Sonntag, 5. August, 02.32 Uhr, Morsum-Kliff

Im fahlen Mondlicht wirken die Klippen des urzeitlichen Kliffs wie eine Reihe von gebeugten Gestalten, die mit ausgebreiteten Mänteln den Übergang vom Land zum Watt bewachen. Sie haben die Köpfe in unförmigen Kapuzen verborgen und schreiten im Takt des Windes die selbstgesetzte Grenze ab. Die Dünengräser gleichen Haarbüscheln, die unter den Kapuzen hervorlugen und widerspenstig von den Köpfen abstehen. Einzelne Böen legen die Büschel flach, jede Flaute lässt sie sich wieder aufrichten. Das leise Plätschern der Wasserkante gleicht wispernden Beschwörungen nach jahrtausendealten Ritualen, deren intime Kenntnis den Klippenmännern vorbehalten bleibt. Nur die Nachtvögel mit ihren seltenen Rufen stören die uralten Formeln.

Mit bangen Blicken mustert Florian Seebrück immer wieder die zerfurchte Steilküste, als fürchte er, dass sich einer der Klippenmänner unversehens auf ihn stürzen könnte. Trotz seiner Steppjacke und der milden Nachttemperatur friert der Architekt im Wind. Seine Schritte sind zögernd und unschlüssig. Er weiß nicht so recht, was er an dieser gottverlassenen Stelle unterhalb der Klippen eigentlich zu dieser Stunde zu suchen hat.

Und doch hat es ihn hergetrieben.

Einem unklaren Zwang folgend, ist er nach dem Verlassen der Vernissage – er war einer der Letzten, die sich von dem Galeristen verabschiedet haben – direkt zum großen Parkplatz am Morsum-Kliff gefahren, hat sich im Mondlicht den

Weg zum Kliff und von dort aus den schmalen Pfad hinunter zur Wasserkante gesucht. Und nun steht er hier, die raunenden Gestalten aus uraltem Fels im Rücken, das feuchtglänzende Watt unter den Füßen und die im Licht grauschwarz schillernde Wasserfläche vor Augen. Irgendwo dahinten in der flüsternden Finsternis ist vor wenigen Wochen der Maler Artur Faust abgestürzt.

Die Villa des Toten hat Seebrück selbst entworfen. Es war sein erster großer Auftrag und hätte der Door-Opener zu einem anderen Kundenkreis sein sollen. Nur deshalb hatte sich Seebrück damals auf den Deal eingelassen, anstelle eines angemessenen Honorars ein zehnjähriges mietfreies Wohnrecht im Faust'schen Gästeapartment zu erhalten. Seit neuneinhalb Jahren logiert er jetzt dort oben, nur ein paar hundert Meter weiter westlich. Doch seit dem furchtbaren Unfall kann Seebrück den phantastischen Blick aufs Wattenmeer nicht mehr genießen. Immer wieder muss er sich vorstellen, dass Artur Faust von seinem Schlafzimmer aus jahrelang genau die Stelle im Blick gehabt hat, an der er schließlich seine letzten Atemzüge tun würde.

Direkt nach der Beerdigung des Malers auf dem Keitumer Kirchhof ist Seebrück hinauf in dessen Schlafzimmer gestiegen und hat lange grübelnd am Fenster gestanden. Seitdem ist ihm dieser Ausblick immer vertrauter geworden, denn seit dem Unfall schläft Seebrück schlecht und schaut häufiger, als ihm guttut, von Fausts Schlafzimmer aus übers nächtliche Watt.

Und heute hat es ihn wieder einmal hinaus zu den Klippen getrieben. Diese Nacht, so hofft Seebrück, wird sein Leben verändern. Der Verkauf des Gemäldes mit den segelnden Möwen vor blauem Himmel könnte ihm ein kleines Vermögen einbringen und die damit verbundene Publicity ihm vielleicht zum beruflichen Durchbruch verhelfen.

Und das wäre auch höchste Zeit. Die zehn Jahre seines Wohnrechts sind Seebrück damals endlos lang erschienen und doch wie im Flug vergangen. Längst wollte er etwas Eigenes auf der Insel besitzen, aber leider hat es zu dem ganz großen Wurf bisher nicht gereicht. Sicher, die Auftragslage war nicht schlecht, und der Maler hat seinen Architekten nach Kräften weiterempfohlen, doch häufig waren Seebrücks Entwürfe zu eigenwillig für die eher konservative Klientel auf der Insel. Und nun ist Artur Faust tot, und niemand wird den Architekten Seebrück mehr protegieren.

Dafür verfolgt ihn der tote Maler. Nacht für Nacht geistert Artur Fausts Schatten durch Seebrücks Träume. Und jetzt meint er ihn sogar über dem Watt erkennen zu können. Schreitet da nicht eine aufrechte Gestalt in wehendem schwarzen Mantel übers Wasser? Hebt der Malerfürst nicht sogar die Hand und winkt ihm mit einer der für ihn typischen großen Gesten zu?

Das empörte Krächzen eines Vogels unterbricht Seebrücks Gedanken und holt ihn in die Wirklichkeit zurück. Wahrscheinlich haben seine Schritte das Tier aus der Nachtruhe gerissen. Flügelschlagend steigt der Vogel auf und entschwindet über die Kliffkante. Genau dasselbe hat Artur Faust in der stürmischen Frühsommernacht, die ihn das Leben kosten sollte, mit seinem Privatflugzeug versucht. So jedenfalls lautet die offizielle Erklärung. Der Maler soll mit seiner Maschine ins Trudeln gekommen sein, irgendwann oben und unten verwechselt haben, schließlich die Kontrolle über den Flieger verloren haben und während des Absturzes herausgeschleudert worden sein. Die Spitze des Flugzeugs hat sich tief ins Watt gebohrt, der Rumpf ist auseinandergebrochen. Als ein Vogelkundler die Maschine im Morgengrauen direkt vor den Klippen entdeckt und die Polizei alarmiert hat, trieb Artur Fausts lebloser Körper schon seit Stunden im trübschlickrigen Wasser des Watts.

Und mögen auch die sterblichen Überreste des Malerfürsten Artur Faust inzwischen auf dem Keitumer Friedhof ruhen, seine Seele hat noch lange keine Ruhe gefunden und geistert weiterhin Nacht für Nacht übers Watt, davon ist Florian Seebrück fest überzeugt. In den vergangenen Nächten konnte er sie nur erahnen, aber jetzt scheint er sie auch sehen zu können. Und kommt die Gestalt im wehenden Mantel nicht sogar näher, stürmt mit weiten Schritten übers Wasser? Rachedurstig wirkt das und unheilverkündend. Und wenn Seebrück an den vergangenen Abend denkt, kann er die unbändige Wut des toten Malers sogar sehr gut verstehen.

Sonntag, 5. August, 02.36 Uhr, Nielsglaat, Hörnum

Prasselnd fällt der Holzstapel im Kamin zusammen, ein Scheit rollt herunter und bleibt gefährlich nah am Rand der Feuerstelle liegen. Heiner Schwartz wirft einen Blick zu der leeren Wand über dem Kamin, an der bis vor wenigen Tagen noch das Bild mit dem brennenden Reetdach lehnte, das nun in den Ausstellungsräumen der Galerie Specht hängt. Schwartz nimmt einen großen Schluck aus seinem Rotweinglas und lässt den Blick seitlich aus dem Panoramafenster in die dunkle Nacht gleiten. Der Mond steht käsig am Himmel, streicht die Dünenkuppen kalkweiß und streut sein Silber übers Meer. In klaren Nächten findet Heiner Schwartz die Aussicht aus seinem Wohnzimmerfenster noch schöner als bei Tag. Nichts und niemand befindet sich dann zwischen ihm und der wogenden See.

Die einzigartige Lage des Hauses hoch über dem Hörnumer Weststrand hat ihn und seine Frau vor mehr als zwanzig Jahren zum Kauf bewogen. Sorgfältig haben sie darauf geachtet, das bucklige alte Friesenhaus äußerlich unverändert zu erhalten. Nur im Inneren hat Konstanze die nötigsten Modernisierungen durchgesetzt. Wäre es nach ihm gegangen, besäßen sie bis heute keine Geschirrspülmaschine und würden sich in einer Plastikkabine aus den sechziger Jahren duschen. Luxus ist Heiner Schwartz nicht wichtig. Am liebsten würde er alles Geld für Kunst ausgeben, aber seine kluge Frau weiß immer wieder den Ausgleich zwischen ihren und seinen Bedürfnissen herzustellen.

Schwartz stemmt sich ächzend aus dem Sessel, um das Holzscheit zurück in die Mitte des Kamins zu befördern. Wieder gleitet sein Blick nach oben zu der verwaisten Stelle. Das Bild fehlt ihm schon jetzt. Er hat sich nur äußerst widerwillig entschließen können, das Werk einzuliefern, die drei Freunde mussten ihn lange überreden, bis er schließlich nachgegeben hat. Sicher, es bleiben noch viele andere Werke des Künstlers in seinem Besitz, doch dieses Bild, mag es auch handwerklich nicht zu den stärksten gehören, hatte einen besonderen Platz in seinem Herzen. Und jetzt hängt es in Kampen, einem Ort, der, wenn es nach ihm ginge, komplett von der Sylter Karte verschwinden könnte. Ausgerechnet dort ist sein geliebtes Feuerbild, das so gut über den Kamin gepasst hat, den begehrlichen Blicken aller möglichen Banausen ausgeliefert. Wie eine Hure am Straßenrand.

Wenn er seine Entscheidung, das Werk zum Verkauf anzubieten, doch nur rückgängig machen könnte!

Schwartz richtet sich auf, hängt den Feuerhaken wieder in die gusseiserne Halterung und kehrt zu seinem Sessel zurück. Noch einmal greift er nach seinem Glas und trinkt bedächtig. Der Rotwein ist schon etwas zu warm, das Aroma von Rauch und Beeren wirkt fast überreif, doch Schwartz nimmt gleich noch einen weiteren Schluck. Nein, die Entscheidung, das Bild zu verkaufen, wird sich wohl kaum rückgängig machen lassen. Alles was er in dieser Angelegenheit noch unternehmen würde, müsste nur unnötigen Verdacht auf ihn und die drei anderen Freunde lenken. Es wird ihm wenig anderes übrigbleiben, als mit seinem schlechten Gewissen allein fertigzuwerden. Heiner Schwartz sieht sie schon kommen, eine lange Reihe von Nächten wie diese. Während Konstanze schlafend im Ehebett liegt, wird er sich davonstehlen, das Feuer im Kamin anfachen und allein sein mit seinen Erinnerungen an das geliebte Bild und an ein gebrochenes Versprechen. Seufzend beugt sich Schwartz über den Beistelltisch, um eine neue Flasche Rotwein zu entkorken.

Sonntag, 5. August, 02.41 Uhr, Pension *Möwe*, Westerland

Unruhig wälzt sich Bertold von Brüssow in seinem Bett. Die Matratze ist durchgelegen und die Decke zu massig für diese Jahreszeit. Gerade ist er aus dem Schlaf aufgeschreckt, hat sich mühsam aus einem Traum befreit, in dem er unter einem Berg von Farbtuben und Leinwänden lag und verzweifelt nach Luft rang. Bei diesem Monstrum von Bettdecke ist es auch kein Wunder, wenn einen solche Bilder im Schlaf heimsuchen, überlegt von Brüssow und wirft die schwere Decke kurzerhand zu Boden. Anschließend versucht er, sich in das Laken einzuwickeln. Jetzt ist es kühler und angenehmer, aber es gelingt ihm trotzdem nicht, wieder einzuschlafen. Der Ärger darüber, dass er den letzten Autozug verpasst hat, steigt wieder auf. Es wäre ihm lieber gewesen, er hätte die Insel schnell verlassen und zügig auf sein Gut zurückkehren können.

Schließlich hat sich alles zum Guten gefügt. Wenn auch erst in letzter Minute.

Sein Bild ist bereits zwei Stunden nach Beginn der Vernissage verkauft worden, ein Umstand, der ihn stolz macht. Er selbst fand die düstere Erdlandschaft mit dem kreuzähnlichen Spaten darin schon immer deutlich besser als die anderen drei Elemente-Werke. Eine schlichte, pure Verherrlichung der Scholle, nichts, was vom Thema ablenkt, und auch nichts, was irgendwie gefällig wirkt – wie zum Beispiel auf diesem dämlichen Strandkorbbild, das nur allzu deutlich an die Frauenmorde vom vergangenen Sommer erinnert. Was bitte schön sollte das denn mit Kunst zu tun haben? Immer wieder hat von Brüssow versucht, den alten Schulfreund Artur Faust in ein Gespräch über die unterschiedliche Qualität der vier Bilder zu verwickeln, aber vergeblich. Selbst die Erinnerung an die gemeinsamen ersten Versuche im Porträt- und Landschaftszeichnen konnten den Maler nicht umstimmen. Artur Faust wollte sich einfach nicht zu dem künstlerischen Wert des Elemente-Zyklus äußern.

Umso mehr befriedigte von Brüssow die Nachricht vom

raschen Verkauf seines Bildes. Wenigstens andere sind in der Lage zu erkennen, wo sich wahre Meisterschaft zeigt. Und der erzielte Preis liegt einiges über seinen kühnsten Erwartungen. Auch wenn es ihm nicht leichtgefallen ist, das Bild herzugeben, so wird doch das Geld bei der Instandsetzung des Familiensitzes gut angelegt sein. Scholle zu Scholle, Erde zu Erde, Asche zu Asche, denkt von Brüssow gerade, als ihm einfällt, dass er vergessen hat, den Wecker im Handy zu aktivieren. Der erste Autozug geht morgens um sechs, und wenn er dann bis in die Uckermark durchfahren will, könnte er die restlichen zwei Stunden Schlaf gut gebrauchen. Von Brüssow schiebt sich an den äußersten Rand der Matratze, um nicht gleich wieder in die Kuhle zu rollen. Wer mitten in der Nacht nach einem Lager sucht, und das auf Sylt in der Hochsaison, darf eben nicht wählerisch sein. Sonst hat er bei seinen ohnehin seltenen Besuchen auf der Insel meist in Arturs Haus gewohnt, aber jetzt erschien es ihm pietätlos, im Haus eines Toten zu schlafen. Außerdem hat er Florian Seebrück noch nie ausstehen können. Der ist nichts weiter als ein Luftikus ohne Anstand und Würde, der sich seit Jahren bei Artur durchschnorrt. Aber damit ist sicher bald Schluss. Wenn Seebrücks Wohnrecht erlischt, wird das Morsumer Haus der Faust'schen Künstlerstiftung zufallen und jungen Talenten ein zeitweiliges Heim sein. Dann werden dort ernsthafte Künstler wohnen und arbeiten, die sicher auch den Unterschied zwischen einem echten Kunstwerk und bloß gefälliger Farbkleckserei erkennen können.

Mit diesem beruhigenden Gedanken im Kopf und dem Handy zwischen den Fingern schläft Bertold von Brüssow ein.

Sonntag, 5. August, 03.07 Uhr, Hotel *Rungholt*, Kampen

Ein lautes Rasseln reißt Johann Liebig aus dem Schlaf. Noch während er verwirrt ins Dunkle blinzelt, spürt er, dass seine Augen übel zugeschwollen sind. Dieser verdammte Alkohol, denkt Liebig und lässt die Lider unten. Immerhin ist das Rasseln plötzlich weg. Sollte er vielleicht wieder einmal von seinem eigenen Schnarchen aufgewacht sein? Und wenn schon. Es wäre auch kein Wunder bei der schlechten Luft im Zimmer. Alkohol und Männerschweiß sind keine besonders erfrischende Kombination. Außerdem ist es viel zu warm.

Ächzend rollt sich Johann Liebig an den Rand des überbreiten Bettes, wirft achtlos die voluminöse, aber federleichte Decke in dem feinen Satinbezug zu Boden und wuchtet die Beine aus dem Bett. Der Holzboden unter seinen Füßen ist kühl und glatt. Jetzt öffnet er doch die Augen, zunächst nur einen Spalt weit, blinzelt, schließt sie wieder, beim zweiten Versuch gelingt es dann. Liebig stößt sich mit beiden Armen von der Matratze ab und stemmt sich aus dem Bett. Beim Aufstehen schwankt er leicht, muss sich erst orientieren. Richtig, da drüben ist das Fenster.

Die paar Schritte quer durch den Raum beruhigen ihn. Er mag die Einrichtung hier im Hotel. Klare Möbel, sehr komfortabel, kein Schnickschnack. Und die Bäder sind groß und luxuriös. Man stößt sich auch dann nicht an den Ecken der Dusche, wenn man korpulenter ist. Embonpoint nennen die Franzosen das. Die wissen eben immer noch am besten, wie man unerfreuliche Dinge nett umschreibt. Plötzlich wird ihm schwindelig, keuchend schnappt Johann Liebig nach Luft, hier drinnen stinkt es ja wirklich wie in einem Raubtierkäfig, denkt er angeekelt und reißt die Terrassentür weit auf.

Sofort strömt kühle Nachtluft in den Raum. Eine einsame Möwe krächzt vom Strand herüber, der Strahl des Kampener Leuchtturms flammt kurz auf, dann ist es wieder dunkel und still. Nur im Gras vor der Terrasse raschelt ein Tier. Ein Igel? Eine Maus? Johann Liebig kneift die Augen zusammen, kann aber nichts erkennen. Igel hat er auf der Insel noch nie gesehen, und Mäuse gibt es in diesem ultragepflegten Hotelgarten bestimmt auch nicht. Hier stutzen sie wahrscheinlich noch die Rasenkante mit der Nagelschere, denkt Liebig zufrieden. Gut so, schließlich sind die Zimmer auch nicht gerade billig. Vor allem nicht die von der Straße abgewandten mit dem Blick über die Dünen nach Süden hinaus. Aber sie sind ihr Geld wert.

Wie bei jedem Aufenthalt hat Johann Liebig eines dieser Zimmer gebucht. Er liebt es, am frühen Morgen ungestört draußen auf der privaten Terrasse zu sitzen. Das erste Zigarillo nach einer langen Nacht ist immer das beste. Gern auch vor dem Duschen und noch in der Boxershorts vom Vorabend, in der Johann Liebig für gewöhnlich abends ins Bett fällt. Ein schmutziger Luxus, aber ihm gefällt's. Und wenn die Mädels das abstoßend finden, bitte, dann können sie sich ja einen anderen suchen. Er hat bis jetzt immer noch welche getroffen, die das gern in Kauf genommen haben, wenn er ansonsten großzügig war. Und dazu ist er durchaus bereit. Natürlich nur unter der Voraussetzung, dass auf der Dienstleistungsebene alles stimmt. Bei der schnuckeligen Dunkelhaarigen von der Vernissage gestern Abend hätte er sich das durchaus vorstellen können. Leider hat sie ziemlich kühl auf seine Vorstöße reagiert. Künstlerpech, nicht jeder Schuss ist ein Treffer, denkt Liebig jetzt lakonisch und holt noch einmal tief Luft. Frisch und prickelnd füllt der Sauerstoff seine Lungen. Der Vergleich mit Champagner, den man immer mal wieder in den Tourismusbroschüren liest, kommt schon hin. Die Sylter Luft weckt wirklich alle Lebensgeister. Vor allem wenn wenige Meter hinter einem das bequeme Hotelbett wartet. Man muss sich das nur leisten können. Beides zusammen. Die Luft und das Bett. Aber auf der Finanzebene wird sich demnächst ja einiges entspannen, dafür sind seit letzter Nacht die besten Voraussetzungen geschaffen worden.

Zufrieden wendet sich Johann Liebig vom Fenster ab und schlurft zurück zum Bett. Wie ein Sack fällt er auf die weiche Matratze und zieht gerade noch mit einer Hand die Daunendecke vom Boden hinauf, bis sie notdürftig seinen Unterleib bedeckt. Liebig schließt die Augen und macht einige tiefe Atemzüge. Der gestrige Abend hat ihn doch mehr erschöpft, als er angenommen hat. Wie gut, dass das Bett so bequem und die Luft so aromatisch ist. Wie gut, dass es so still ist hier hinterm Hotel mitten in den Dünen. Wie gut, dass er bis zu seinem Massagetermin am Morgen noch ganze vier Stunden Zeit hat. Da soll ihn dann die Massagemaus in aller Ruhe wachkneten. Mit dem Gedanken an die knusprige Blonde in ihrem appetitlich knappen T-Shirt dämmert Johann Liebig in einen unruhigen Schlaf hinüber. Die Terrassentür lässt er weit offen stehen.

Sonntag, 5. August, 03.42 Uhr, Alte Dorfstraße, Westerland

»Das glaub ich jetzt nicht!«

Kriminalkommissarin Silja Blanck steht in einem Schlafshirt aus dünner Baumwolle in der kleinen Diele ihrer Westerländer Wohnung und schließt gerade die Eingangstür hinter Bastian Kreuzer.

»Sonst hätte ich dich wohl kaum mitten in der Nacht aus dem Bett geklingelt.« Der Hauptkommissar drückt seiner Freundin einen flüchtigen Kuss auf die Wange. »Wir sind am Tatort so weit durch, und auf dem Rückweg ins Kommissariat lag deine Wohnung fast auf der Strecke. Da dachte ich, ich spare mir den Anruf und komme dich persönlich abholen.«

»Weißt du, dass ich gestern da war?«, unterbricht sie ihn.

»Wo?«

»Na in der Galerie. Bei der Vernissage.«

»Echt? Das hast du gar nicht erzählt.«

Eine leichte Bitterkeit schwingt in Bastian Kreuzers Tonfall mit. Seit dem letzten Sommer sind er und Silja zwar wieder ein Paar, aber Silja hat darauf bestanden, einiges anders zu gestalten als in den ersten beiden Jahren ihrer Beziehung. Beide haben ihre jeweiligen Wohnungen behalten, Bastians liegt südlich des Westerländer Bahnhofs und Siljas nördlich davon. Auch unternehmen sie in der Freizeit häufiger Dinge getrennt, was dazu führt, dass sie sich viel zu selten sehen. Jedenfalls findet Bastian das. Silja dagegen scheint ganz zufrieden mit der gegenwärtigen Lösung zu sein. Bisher hat Bastian sich allerdings eingebildet, sie würde wenigstens von allen ihren Unternehmungen berichten. Doch von dem geplanten Vernissagebesuch hat sie in den vergangenen Tagen nichts erzählt.

»Dumm nur, dass du mich nicht mitgenommen hast«, grummelt er jetzt und versucht, seinen Ärger runterzuschlucken.

»Seit wann interessierst du dich für Kunst?«, gibt Silja schnippisch zurück, während sie sich das Schlafshirt über den Kopf zieht und dann nackt und mit wiegenden Hüften durch die Wohnung zum Kleiderschrank geht. Mit dem Rücken zu Bastian redet sie weiter. »Außerdem wollte ich den Abend mit Judith verbringen.«

»Deiner Hamburger Ex-Kommilitonin? Was macht die denn hier?«

»Ein Praktikum. In der Galerie Specht.«

»Im Ernst?«

Silja nickt, während sie in ihre Jeans steigt.

»Na toll. Dann kannst du sie ja gleich vernehmen.«

Silja wirft das T-Shirt, das sie gerade aus dem Schrank gezogen hat, nach ihm und lacht. »Wusste ich's doch, dass du eifersüchtig bist. Dabei kennst du Judith noch nicht mal. Weißt du was? Mach du das mit der Vernehmung. Ich wäre ja befangen, das geht sowieso nicht.« Und mit einem schelmischen Blick fügt sie hinzu: »Wart's ab, wahrscheinlich wird sie dir sogar gefallen.«

Mit wenigen Schritten ist Bastian im Schlafzimmer hinter Silja. Er legt ihr fest die Arme um die Schultern und zieht sie an sich. »Du bist die Einzige, die mir gefällt, und zwar verdammt gut.« Er vergräbt sein Gesicht in ihrem dunklen Haar, atmet tief den Rosmarinduft ihres Shampoos ein und murmelt: »Und wenn ich mich nicht sehr irre, weißt du das auch verdammt genau.«

Mit energischen Bewegungen löst sich Silja aus seiner Umarmung.

»Was sagt Dr. Bernstein? Hat er den Toten schon untersucht?«

»Wir haben ihn gleich gerufen, und seine Analyse ist ziemlich eindeutig. Schädelfraktur durch den Schlag mit einem harten Gegenstand, vermutlich dem Rahmen des Bildes, das neben dem Toten lag.«

»Dann muss der Täter kräftig gewesen sein?«

»Oder genau gewusst haben, wohin er zielen muss. Der Kopf ist an einigen Stellen sehr viel empfindlicher als an anderen, hat Bernstein gesagt.«

»Also vielleicht jemand mit medizinischer Vorbildung?«

»So weit wollte Bernstein nun auch wieder nicht gehen. Zumal es diese merkwürdigen Blutworte gibt.«

»Blutworte?« Silja schlüpft in ihre Sneakers und greift nach dem Wohnungsschlüssel. »Von mir aus kann's losgehen. Vielleicht erklärst du mir den Rest unterwegs.«

Während sie durchs Treppenhaus laufen, schweigen beide, um die anderen Mieter nicht zu stören. Aber unten im Wagen sagt Bastian: »Auf dem Bild, der vermutlichen Tatwaffe, stehen vier Worte in blutiger Schrift. Oben links *Elements of Crime* und rechts davon *Wasser*.«

»Ist es das mit dem Strandkorb und der Frauenfigur, wo der ganze Hintergrund quasi aus Wasser besteht?«, will Silja wissen und zieht gleichzeitig einen kleinen Block aus ihrer Schultertasche. Sie wirft eine Skizze aufs Papier, dann hält sie Bastian den Block unter die Nase.

Bastian nickt missmutig. »Was den Maler zu diesem Motiv inspiriert hat, wissen wir ja beide nur zu gut. Aber was mich wirklich beunruhigt, ist die Tatsache, dass es immerhin vier

Elemente gibt. Das hört sich verdammt nach Serientäter an, oder was meinst du?«

Silja antwortet mit einer Gegenfrage. »Wisst ihr eigentlich, was auf den anderen drei Gemälden drauf ist?«

»Nee. Wir sind zwar in die Galerie reingegangen, um zu sehen, ob der Galerist vielleicht einen Dieb überrascht hat und deshalb sterben musste. Aber als die anderen Bilder unversehrt an den Wänden hingen, haben wir uns erst mal um den Tatort gekümmert.«

»Ein Dieb hätte ja auch kaum mit seiner Beute zugeschlagen, oder?« Silja hält sich am Griff oberhalb des Fensters fest, weil Bastian eine Kurve ausgesprochen sportlich nimmt. »Fahr mal ein bisschen langsamer bitte, und hör mir genau zu. Auf dem zweiten Faust-Werk sieht man ein brennendes Hausdach, also Feuer. Das dritte zeigt segelnde Möwen vor Himmel und Wolken, also Luft. Und das vierte wirkt fast abstrakt, ich konnte mir gestern Abend überhaupt nicht erklären, was es eigentlich darstellen soll. Es hat in der Mitte eine etwas verzerrt wirkende Senkrechte, ein Kreuz, dachte ich bisher. Der Hintergrund ist braun mit einem hellen Streifen am oberen Rand, und insgesamt ist das Ganze ausgesprochen pastos gemalt.«

»Pastos?«

»Mit kräftigem, unruhigem Farbauftrag. So wie viele Bilder van Goghs.«

»Schön, dass du dich da so gut auskennst. Aber was heißt das konkret für uns?«, will Bastian ungeduldig wissen.

»Tja, ich überlege gerade, ob die Senkrechte nicht eine Schaufel sein und das Bild einen Acker oder ein Stück Brachland darstellen könnte. Vielleicht sogar ein frisches Grab.«

»Erde«, fällt ihr Bastian ins Wort, »das noch fehlende Element.«

»Ganz genau. Erde, Feuer, Wasser, Luft. Ein Elemente-Zyklus. Ich wundere mich nur darüber, dass sie nicht gemeinsam verkauft werden. Eigentlich ist das so üblich.«

»Vielleicht kann man beim Einzelverkauf mehr herausholen«, schlägt Bastian vor.

»Bestimmt. Aber besonders pietätvoll ist das nicht.« Silja schweigt kurz, dann murmelt sie: »Eigentlich ist es insgesamt nicht besonders pietätvoll, dass die angeblich vier besten Freunde des Malers seine Werke so schnell nach seinem Tod auf den Markt werfen. Darüber ist gestern Abend übrigens auch viel spekuliert worden.«

»Und? Hat einer die vier Herren vielleicht selbst mal nach ihren Gründen gefragt?«

Silja zuckt die Schultern. »Woher soll ich das wissen? Ich bin in diesen Kreisen ja nicht gerade zu Hause. Mit mir hat niemand darüber geredet.«

»Vielleicht weiß deine wunderbare Freundin mehr darüber.«

»Mag sein. Ich gebe dir ihre Adresse, dann kannst du sie selbst fragen. Am Klingelbrett steht nicht ihr Name, sondern Schmitz. Das ist der Herr, dem die Wohnung gehört.« Während Silja Judith Lissens Anschrift auf ihren Block kritzelt, biegt Bastian auf den Parkplatz des Westerländer Polizeigebäudes ein.

»Soll ich sie eben mal anrufen und dich ankündigen?«

»Nein, das halte ich für keine gute Idee.«

»Hast du Angst, sie könnte Beweise verschwinden lassen?«

»Silja, nur weil sie deine Freundin ist, sollten wir nicht aufhören, uns professionell zu verhalten.«

»Okay, war ja nur ein Vorschlag. Dann grüß sie von mir, und erklär ihr, dass es besser ist, wenn jemand Unbeteiligtes ihre Aussage aufnimmt.«

»Mach ich«, antwortet Bastian knapp. »Aber als Erstes werde ich sie fragen, wo die vier Freunde hier auf der Insel wohnen. Ich gebe euch das dann sofort durch, damit Sven und du gleich mit den Vernehmungen beginnen könnt. Irgendwas ist bei der ganzen Sache doch oberfaul, und ich bin ziemlich zuversichtlich, dass wir zügig dahinterkommen, wer hier welchen Dreck am Stecken hat.«

»Und was, wenn es ein Irrer ist, der moderne Kunst hasst und ein Exempel statuieren will?«

»Hast du irgendwelche Irren auf der Vernissage gesehen?«, fragt Bastian und stellt den Motor aus.

»Eigentlich nicht.« Silja schaut durchs Autofenster nach oben zum ersten Stock, wo die Büroräume des Kommissariats bereits hell erleuchtet sind. »Aber es könnte jemand den ganzen Trubel von außen beobachtet und sich angeschlichen haben, als die Gäste schon fort waren.«

Der Hauptkommissar sieht nicht überzeugt aus. »99 Prozent aller Morde werden aus genau zwei Motiven verübt, das weißt du doch.«

Silja nickt. »Habgier entfällt, weil die Bilder noch da sind.«

»Genau. Bleiben die Gefühle. Hass, Neid, Eifersucht, verletzter Stolz und was weiß ich noch alles. Dafür kommen nur Freunde oder Familienangehörige in Frage. Und ich hab so ein Gefühl, dass wir auch hier im engsten Kreis suchen müssen. Und das sind nun mal die vier Besitzer der Faust-Bilder.«

»Und die Bekannten und Verwandten des Galeristen«, fügt Silja hinzu.

»Korrekt. Vielleicht kann uns deine Freundin dazu ja auch schon etwas sagen.« Bastian schwenkt den Zettel mit Judiths Adresse. »Ich melde mich, sobald ich mehr weiß.«

Sonntag, 5. August, 4.28 Uhr, Hauptstraße, Wenningstedt

Bastian Kreuzer parkt seinen Wagen vor der Apotheke in der Wenningstedter Hauptstraße. In dem gegenüberliegenden Sechzigerjahre-Haus sind alle Fenster dunkel. Auf dem Klingelbrett steht der Name Schmitz ganz oben. Der Hauptkommissar muss dreimal läuten, bis der Türsummer geht. Das Treppenhaus ist schmucklos, aber blitzsauber. Als Bastian in der zweiten Etage angekommen ist, findet er die Wohnungstür verschlossen vor. Er klopft heftig, gleichzeitig sieht er, wie der Spion im Inneren der Tür zur Seite geschoben wird.

Eine Frauenstimme fragt gedämpft: »Wer sind Sie? Was soll das überhaupt?«

»Kriminalpolizei. Frau Lissen, machen Sie bitte auf.«

Bastian hält seinen Ausweis vor den Spion. Sekundenlang geschieht nichts, dann wird die Tür innen entriegelt und langsam aufgezogen.

Die Frau, die hinter der Tür steht, sieht aus wie ein verschlafener Engel. Lange blonde Haare hängen leicht zerzaust über ihre Schultern. Ihr ärmelloses weißes Nachthemd schimmert seidig im Licht der Treppenhauslampe und verbirgt fast nichts von einem perfekten Körper. Ihr schön geformter Mund ist fragend geöffnet, und außergewöhnlich hellblaue Augen blicken dem Hauptkommissar eher hilflos als erstaunt entgegen.

»Sie sind Siljas Freund, oder?« Die Stimme Judith Lissens ist kräftig und wohltönend. In ihrem Tonfall liegt ganz bestimmt keine Hilflosigkeit.

»Woher wissen Sie das?«

»Ich habe Fotos von Ihnen gesehen.« Judith macht eine kleine Pause und lässt ihren Blick über Bastian Kreuzers Gestalt wandern. Dann fragt sie besorgt: »Ist Silja etwas passiert?«

Bastian antwortet mit einer Gegenfrage. »Kann ich kurz reinkommen?«

»Ja natürlich.« Sie tritt einen Schritt zurück und wiederholt drängend: »Was ist mit Silja?«

»Alles in Ordnung. Jedenfalls was Silja betrifft.«

Bastian geht durch eine Diele mit hellem Natursteinboden in einen Wohnraum, der von einer teuren Stereoanlage am Kopfende dominiert wird. Der CD-Wechsler sieht aus wie ein Designobjekt, und die Boxen gleichen schwarzen Lacktürmen. Ein weißes Leinensofa scheint mit der gleichfarbigen Wand zu verschmelzen und bietet den Blick auf das gegenüberliegende Fenster. Mitten im Raum steht ein einzelner brauner Ledersessel genau auf die Boxen ausgerichtet.

»Sie haben das hier möbliert gemietet, oder?«, fragt Bastian, obwohl er die Antwort bereits kennt.

Judith nickt und fasst sich gleichzeitig an die Stirn. Es wirkt, als habe sie Schmerzen. Erst nach einer kurzen Pause sagt sie leise: »Normalerweise wird diese Wohnung gar nicht vermietet. Ende August muss ich auch wieder ausziehen, aber mein Praktikum in der Galerie dauert ohnehin nicht länger. Im Moment ist der Besitzer mit seiner Freundin auf einer Nordkapkreuzfahrt, darum steht sie leer. Ronald Specht hat mir den Kontakt vermittelt.«

»Wie gut kennen Sie Ronald Specht?« Der Hauptkommissar sieht, dass Judith leicht schwankt, und deutet auf den Ledersessel. »Wollen Sie sich nicht setzen?«

»Danke, ich stehe lieber.« Judith Lissens Stimme wird plötzlich recht kühl. »Und ich wüsste langsam wirklich gern, warum Sie eigentlich hier sind. Ich bin spät ins Bett gekommen und habe wahrscheinlich zu viel getrunken.«

»Ich weiß.« Bastian wirft sich jetzt selbst auf den Ledersessel und blickt die junge Frau aufmerksam an, während er weiterredet. »Sie waren auf der Vernissage.«

»Genau.« Wieder greift sich Judith an den Kopf.

»Ich weiß das von Silja.« Bastian will eigentlich noch mehr sagen, aber er verkneift es sich und wartet Judiths Reaktion ab.

»Ja und?« Sie schwankt immer noch leicht, bemüht sich aber sichtlich darum, gerade zu stehen.

»Frau Lissen. Ich muss Ihnen leider sagen, dass der Inhaber der Galerie Specht die Vernissage nicht überlebt hat. Er liegt erschlagen in seinem Vorgarten.«

»Was?« Judith runzelt die Stirn und guckt ungläubig. Dann schüttelt sie leicht den Kopf. »Sie machen Witze, oder? Das kann doch gar nicht sein.«

»Und warum nicht, wenn ich fragen darf?«

»Ich war mit Ronald zusammen die Letzte in der Galerie. Es war ein anstrengender Abend, und so gegen eins, vielleicht war's auch halb zwei, haben wir den Laden dicht gemacht. Ich bin dann schon raus, Ronald musste noch die Alarmanlage aktivieren. Ich weiß den Code nicht, das ist mit der Versicherung so abgesprochen. Jeder Mitwisser ist ein zusätzliches Risiko.«

Judith probiert ein schiefes Lachen, das gründlich scheitert. Mit unsicheren Schritten geht sie hinüber zum Sofa und lässt sich darauf fallen.

»Haben Sie vor der Galerie auf Herrn Specht gewartet?«, will Bastian wissen.

Judith überlegt kurz, dann schüttelt sie vorsichtig den Kopf. »Nein. Warum sollte ich? Ich war müde, ich wollte so schnell wie möglich ins Bett.«

»Und wie sind Sie hergekommen? Doch nicht mit dem Auto, hoffe ich.«

Bastian blinzelt mit seinen schweren Lidern, um zu signalisieren, dass es sich hier um einen lässlichen Verstoß gegen die Regeln handeln würde. Jedenfalls im Vergleich zu Mord.

Doch Judith reagiert nicht auf das Signal.

»Ich habe versucht, ein Taxi zu kriegen. Aber die hatten wir ja alle mit den letzten Gästen weggeschickt. Ich hätte mindestens zwanzig Minuten warten müssen. Und die Nacht war warm. Da bin ich lieber zurück gelaufen.«

»Von Kampen nach Wenningstedt? Mitten in der Nacht? Betrunken? Das können Sie Ihrer Großmutter erzählen.«

Bastians Tonfall ist schärfer, als er beabsichtigt hat. Aber er muss sich ziemlich zusammenreißen, um mit dieser unglaublich attraktiven Frau überhaupt ein vernünftiges Gespräch führen zu können. Judith Lissen wirkt auf eine fatale Weise stark und verletzlich zugleich. Eine Ausstrahlung, die auch Silja hatte, als er sie kennenlernte. Eine Ausstrahlung, der er sich kaum entziehen kann. Und jetzt scheint er sich aus lauter Selbstschutz im Ton vergriffen zu haben, denn plötzlich setzt sich Judith ziemlich gerade auf und funkelt ihn böse an.

»Sagen Sie mal, Herr Kriminalkommissar, was soll das hier eigentlich werden, wenn es fertig ist? Verdächtigen Sie mich des Mordes oder was? Wenn ich einen Zeugen für meinen Heimweg hätte, dann würde ich Ihnen das schon erzählen. Habe ich aber nicht. Ich habe mich von Ronald Specht verabschiedet, meine hohen Schuhe ausgezogen und bin barfuß quer durch den Ortskern und dann über den Radweg zurück nach Wenningstedt gelaufen. Ob Sie das jetzt glauben wollen oder nicht. Die Nacht war warm, und ich brauchte dringend noch etwas frische Luft. Und die Bewegung hat mir auch gutgetan.«

»Ist schon okay. Beruhigen Sie sich wieder. Hat Sie jemand gesehen? Sind Sie irgendwem begegnet?«

Judith Lissen schüttelt den Kopf. »Nein, niemand.« Dann denkt sie kurz nach. »Oder doch. Warten Sie. Ein Radfahrer hat mich überholt. Er hat sogar noch angeboten, mich auf seinem Gepäckträger mitzunehmen. Aber ich habe abgelehnt. Ich hätte das Gleichgewicht bestimmt nicht mehr halten können.«

»Wann war das?«

Sie zuckt die Schultern. »Halb zwei, zwei vielleicht. Ich habe nicht auf die Uhr gesehen.«

»Na gut, vielleicht finden wir den Radfahrer. Wo wohnte Ronald Specht eigentlich?«

»Ach, das wissen Sie nicht?«, wundert sich Judith. »Über der Galerie. Im ausgebauten Dachboden. Er hat das Haus komplett gemietet, das kam für ihn billiger, als sich eine separate Wohnung zu suchen.«

»Das heißt, er kann noch einmal in die Galerie gegangen sein, nachdem Sie sich verabschiedet hatten.«

Judith Lissen nickt. Dann schließt sie die Augen und presst

beide Hände an die Schläfen. »Furchtbar, diese Kopfschmerzen«, murmelt sie, reißt allerdings gleich darauf erschrocken die Augen auf. »Aber was Sie mir eben erzählt haben, ist noch viel schrecklicher. Ich kann das gar nicht begreifen. Es ist also jemand zurückgekommen und hat Ronald … erschossen? Haben Sie erschossen gesagt?«

»Erschlagen«, korrigiert sie Bastian.

»Richtig. Erschlagen.« Judith Lissen sieht immer noch nicht so aus, als verstehe sie, was geschehen ist. Doch plötzlich entfährt es ihr: »Erschlagen womit?«

»Wir wissen es nicht«, lügt Bastian. »Mit einem schweren Gegenstand, wie es scheint.«

»Kann man das rausfinden?«

»Was? Das Tatwerkzeug? In der Regel schon. Warum fragen Sie?«

Judith zögert, doch dann flüstert sie: »Ich weiß nicht. Ich meine, es ist doch schrecklich, wenn man noch nicht einmal weiß, wie ein Mensch gestorben ist.«

»Im Moment interessieren wir uns mindestens genauso sehr dafür, wie Ronald Specht gelebt hat«, wirft Bastian ein. »Also, wenn Sie irgendetwas wissen …«

Unvermittelt fragt Judith: »Wollen Sie auch einen Kaffee?« Gleichzeitig stemmt sie sich aus dem Sofa und deutet hinüber in eine winzige Küche, die sich direkt an den Raum anschließt. Als Bastian nickt, holt sie zwei Nespresso-Kapseln aus einem Spender und zwei Tassen aus dem Schrank. Während die Maschine zischend den Wasserdampf durch die Kapseln presst, ruft sie zu Bastian hinüber: »Also von einer Freundin weiß ich nichts. Überhaupt hat Ronald wenig über sich erzählt. Nur von seiner Mutter hat er manchmal gesprochen.«

»Lebt die auch auf Sylt?«

»Nein, das nicht. Aber er ist sie trotzdem oft besuchen gefahren. Ich glaube, nach Husum, aber ich bin mir nicht sicher.« Judith kommt jetzt zurück in den Wohnraum und reicht Bastian eine Tasse. »Es tut mir wirklich leid, dass ich Ihnen so wenig weiterhelfen kann, aber ich habe ja nicht gewusst …« Sie verstummt und schlägt eine Hand vor den Mund. »Entschuldigen Sie bitte, ich rede einfach nur Blödsinn.«

Sie dreht sich abrupt um und holt ihre eigene Tasse. Als sie wieder auf dem Sofa sitzt, fragt Bastian: »Haben Sie die Adressen von den vier Sammlern?«

Judith schüttelt den Kopf. »Ich nicht. Die Gespräche mit ihnen hat Ronald allein geführt. Aber in der Galerie müssten die Adressen zu finden sein.«

»Würden Sie mich noch einmal dorthin begleiten?«

»Jetzt?«

Judith weist mit einer hilflosen Geste auf ihr fast durchsichtiges Hemd. Offenbar fällt ihr jetzt erst auf, wie unzureichend sie bekleidet ist. Bastian kann ein Schmunzeln nicht unterdrücken.

»Etwas Zeit, sich anzuziehen, hätten Sie schon noch …«

Sonntag, 5. August, 04.50 Uhr, Kriminalkommissariat Westerland

»Was hat unser sehr verehrter Gerichtsmediziner Dr. Bernstein denn genau gesagt?«

Siljas Tonfall ist ironisch, gleichzeitig klingt ihre Stimme angespannt. Die Kommissarin hat schon zwei Tassen von dem starken Kaffee getrunken, den Sven gerade aufgebrüht hatte, als sie ins Büro kam. Jetzt beginnen ihre Hände zu zittern, und der Schlafmangel schlägt ihr auf den Kreislauf. Sie lässt sich rückwärts auf ihren Schreibtischstuhl fallen, woraufhin dieser mit ihr durchs Büro rollt.

»Hey, Vorsicht, sonst geht's dir noch wie unserem Toten.«

»Hä? Verstehe ich nicht.«

»Du könntest gegen die Wand knallen oder hintenüber kippen und dir einen Schädelbasisbruch zuziehen. Das hat Bernstein nämlich bei Ronald Specht diagnostiziert.«

»Woher wusste er das so schnell?«

»Durch Nase und Ohren ist eine klare Flüssigkeit ausgetreten, die man Liquor nennt. Sie umgibt die empfindlichen Teile des Gehirns und schützt sie. Und nur wenn der Schädel bricht, kann sie nach außen. Soweit hat Bernstein sich mal klar ausgedrückt«, antwortet Sven. »Eines der vier Artur-Faust-Bilder war die Mordwaffe. Es lag neben dem Galeristen im Gras. Jemand muss es mit der Kante auf seinen Kopf geknallt haben. Übrigens von vorn, was irgendwie erstaunlich ist, weil Specht seinem Mörder wahrscheinlich ins Gesicht geblickt hat.«

»Woher weiß Bernstein das so genau?«

»Du hast den Toten nicht gesehen, sonst wüsstest du es auch. Die Wunde war im äußeren Stirnbereich Richtung Schläfe. Von hinten käme man da gar nicht ran.«

»Okay. Dann wird er seinen Mörder wohl gekannt haben. Aber eines verstehe ich noch nicht. An einem Schädelbasisbruch stirbt man nicht unbedingt.«

»Unter bestimmten Umständen schon.« Sven kramt auf seinem Schreibtisch. »Irgendwo hier muss doch der Zettel sein, auf dem ich das Wichtigste notiert habe. Du weißt ja, wie Bernstein ist, wenn er schlechte Laune hat. Und die kriegt er immer, wenn wir zu viele Fragen stellen, bevor er obduziert hat.«

Silja seufzt. »Ich weiß. Dann textet er einen gnadenlos mit seinem Fachjargon zu.«

»Genau. Ich lese es dir gern vor.« Sven macht eine kleine Pause, weil er offenbar Mühe hat, seine eigene Schrift zu entziffern. »Also … eine Schädelbasisfraktur wird durch extreme Gewalteinwirkung im Kopfbereich verursacht. Am empfindlichsten ist die vordere Schädelgrube. Da verlaufen wohl irgendwelche Sollbruchstellen im Knochen, hat er gesagt. Und wenn man da draufhaut, kracht es. Soweit ist alles klar, finde ich. Dann hat Bernstein aber was von frontobasal, rhinobasal und otobasal gemurmelt. Fronto verstehe ich ja noch, aber frag mich nicht, was das andere heißen soll.«

»Rhino ist Nase, und oto ist Ohr«, erklärt Silja.

Sven blickt irritiert von seinem Zettel auf. »Respekt. Hattest du Latein in der Schule?«

»Hatte ich, stell dir vor. Aber rhino und oto sind griechische Wortstämme. Und bevor du fragst: Griechisch hatte ich auch.«

»Echt? Ich hab schon bei Französisch versagt.« Er verzieht in komischer Verzweiflung sein Gesicht. »Und in England bin ich froh, wenn ich im Pub unfallfrei ein Bier bestellen kann.«

»Stichwort unfallfrei«, beharrt Silja. »Was hat den Galeristen nun wirklich getötet?«

»Zusätzlich zum Schädelknochen ist die Schläfenader getroffen worden. Ronald Specht ist also verblutet. Und damit hat er vielleicht noch Glück gehabt. Das sind Bernsteins Worte, ungelogen. Bei einem Schädelbruch bist du hinterher zwar nicht unbedingt tot, aber oft wegen der Gehirnschädigungen schwerstbehindert.«

»Verstehe. Also verblutet. Und mit dem vielen Blut des Opfers hat der Täter dann gleich seine Botschaft auf das Bild geschrieben?«, will Silja wissen.

»Sieht so aus. Der Galerist selbst war's jedenfalls nicht. Seine Hände sind sauber. Außerdem dürfte er nach dem Schlag dazu gar nicht mehr in der Lage gewesen sein.«

»Glaubst du, dass es ein Serientäter ist?«

Sven lacht unfroh. »Bevor wir keine Mordserie haben, können wir wohl kaum von einem Serientäter sprechen.«

»Was nicht ist, kann ja noch werden«, antwortet Silja gerade, als das Telefon klingelt. Sie greift zum Apparat, lauscht konzentriert und kritzelt einige Worte auf ein Blatt Papier. Schließlich sagt sie: »Okay, dann wissen wir Bescheid. Du übernimmst Hörnum, und wir machen uns auch gleich auf den Weg.«

Die Kommissarin blickt auf und erklärt ihrem Kollegen: »Wir besuchen als Erstes die vier Sammler der Faust-Gemälde. Und zwar jetzt. Es ist immer gut, wenn man die Überraschung auf seiner Seite hat, sagt Bastian.«

»Es ist auch nicht schlecht, wenn die ermittelnden Beamten ausgeschlafen und fit im Kopf sind«, mault Sven, während er nach Autoschlüsseln und Handy greift.

Sonntag, 5. August, 05.35 Uhr, Üp Klef, Morsum

Atemlos hetzt Florian Seebrück über die nächtlichen Klippen des Morsumer Kliffs. Der starke Wind treibt ihn wie einen Spielball durch Heide und Gräser immer näher dem Abgrund entgegen. Himmel und Wasser sind längst zu einer dunklen Masse verschmolzen, die alle Konturen geschluckt hat. Wo ist die Kante, und wann muss er stehen bleiben? Seebrück weiß es nicht. Ein pulsierendes Leuchtfeuer zuckt von Norden wie ein hilfloser Blitz durch die Nacht, und die Positionsleuchten einer Privatmaschine scheinen am Himmel dem Nichts entgegenzutrudeln.

Im gleichen Moment kommt ein metallisches Geräusch auf, das immer lauter wird und sich in rhythmischen Abständen wiederholt.

Doch dann ist es plötzlich wieder still. Die Klippen beginnen von den Konturen her zu verschwimmen, und auch das Flugzeug verliert seine Umrisse. Seebrück stolpert und denkt entsetzt, dass er jeden Moment über die Klippenkante kippen wird, doch gleich darauf merkt er, dass er ganz und gar nicht fällt, sondern im Gegenteil sehr weich und warm in seinem Bett liegt. Viel zu warm allerdings, der Schweiß läuft ihm über Gesicht und Körper, rinnt am Brustkorb entlang und die Schenkel hinunter. In seinem Bauchnabel entsteht ein kleiner See. Um ihn herum ist alles still.

Nein, doch nicht, das metallische Geräusch ist jetzt wieder da. Und Sekunden später weiß Seebrück, was es ist. Die Türglocke.

Stöhnend richtet er sich auf. Tatsächlich, jemand klingelt

an der Tür. Seebrück läuft ins Bad, reißt den Morgenmantel vom Haken und wirft ihn sich im Weiterlaufen über. Ein hastiger Blick in den Spiegel zeigt ihm das eigene Gesicht. Es ist fast so bleich wie die Wand des Badezimmers, die Haare stehen in alle Himmelsrichtungen ab, und in seinen Augen liegt ein irrer Blick.

Seebrück bleibt stehen. Wer auch immer vor der Tür wartet, so wird er ihn nicht zu sehen bekommen. Schnell fährt Seebrück sich mit gespreizten Fingern durchs Haar und kneift sich in beide Wangen, um ein bisschen Farbe zu kriegen. Seine Herztabletten hat er gestern in der ganzen Aufregung auch nicht genommen, fällt ihm ein. Also lässt er Wasser in den Zahnputzbecher laufen und schluckt die Pillen. Wieder schellt es. Seebrück atmet tief durch. Dann verstaut er die Tablettenschachtel im Badezimmerschrank, schließt den Bindegürtel des Morgenmantels sorgfältig, wirft einen letzten Blick in den Spiegel und geht zur Tür. Er achtet darauf, dass seine Schritte fest und regelmäßig sind. Bevor er die Tür entriegelt, setzt er ein Lächeln auf.

Draußen stehen eine junge, attraktive Frau, die ihm entfernt bekannt vorkommt, und ein etwas älterer, ebenso attraktiver Mann, den er noch nie gesehen hat. Dunkle Locken, schmale Hüften. Der smarte Typ hält ihm eine Plastikkarte unter die Nase.

»Oberkommissar Sven Winterberg«, liest Seebrück, »Kriminalpolizei Westerland.«

Jetzt haben sie mich, denkt er entsetzt, doch es gelingt ihm, eine erstaunte Miene aufzusetzen.

»Habe ich etwas angestellt?« Die Frage ist ausgesprochen, bevor Seebrück sie zurückhalten kann.

»Das wissen Sie selbst besser als wir«, antwortet der Kommissar und wechselt einen knappen Blick mit seiner Begleiterin. »Meine Kollegin Silja Blanck. Dürfen wir kurz reinkommen?«

Plötzlich weiß Florian Seebrück, woher er die Frau kennt. Sie war auch auf der Vernissage. Ihm ist ihr elegantes Kleid aufgefallen. Kein Wunder, dass er sie in Jeans und T-Shirt nicht gleich erkannt hat. Und dass ausgerechnet sie von der Kripo ist, hätte er gestern Abend nie vermutet. Die hatten also schon ihre Spitzel auf der Veranstaltung, überlegt er, während er die Tür weit öffnet und die beiden Beamten in seinen Wohnraum führt.

»Bitte setzen Sie sich.« Seebrück deutet auf die orangefarbenen Sessel und nimmt selbst auf dem weinroten Sofa Platz. »Kann ich Ihnen etwas anbieten?«

»Danke, nicht nötig. Oder doch, ein Wasser vielleicht«, antwortet der Kommissar und lächelt harmlos.

Seebrück springt auf und flieht in die winzige Pantryküche. Fast fällt ihm das Glas aus der Hand, und beim Eingießen verschüttet er die Hälfte. Obwohl er erwartet hat, dass diese Situation irgendwann eintreten wird, ist er nicht im mindesten darauf vorbereitet. Was soll er nur sagen? Was tun?

Als Seebrück mit dem Glas in der Hand zurück ins Wohnzimmer kommt, lächelt ihm die junge Kommissarin aufmunternd zu. Mit sanfter Stimme fragt sie: »Wundern Sie sich eigentlich gar nicht über unseren Besuch?«

»Doch, natürlich«, stammelt Seebrück. »Aber Sie werden Ihre Gründe haben. Und wahrscheinlich werden Sie mir die auch gleich mitteilen.«

»Wie so oft ist der Grund für unser Kommen kein erfreulicher«, beginnt die Kommissarin, deren Namen Seebrück längst vergessen hat. »Es ist heute Nacht ein Mord verübt worden.« Sie macht eine bedeutungsschwere Pause und blickt ihm aufmerksam ins Gesicht.

»Ein Mord«, echot Seebrück und wartet auf mehr.

»Ronald Specht hat die Vernissage tragischerweise nicht überlebt«, meldet sich jetzt der Kommissar zu Wort. »Er wurde vor wenigen Stunden auf dem Rasen vor seiner Galerie erschlagen.«

»Das … das ist ja furchtbar!« Seebrück spürt, wie seine Hände zu zittern beginnen. Er gräbt sie in die Seide des Morgenmantels. Es kostet ihn große Mühe, den Blickkontakt zu den Beamten zu halten. Leise fragt er: »Und?«

»Nichts und. Reicht Ihnen das noch nicht?« Der Kommissar klingt verblüfft.

»Nein, nein«, widerspricht Seebrück. »Ich bin entsetzt. Aber ich meine … Also ich dachte, Sie reden noch weiter …« Hilflos bricht er ab.

»Aus ermittlungstechnischen Gründen möchten wir Ihnen vorerst nichts Näheres zu den Todesumständen sagen. Nur so viel: Der Mord hat unmittelbar mit den von Ihnen und Ihren Freunden eingelieferten Bildern zu tun. Deshalb richten wir zunächst unser Augenmerk auf Sie.«

»Auf mich?«

»Auf Sie alle vier.«

Seebrück nickt und beißt sich auf die Lippen. Nach einer Weile fragt er leise: »Wie kann ich Ihnen helfen?«

»Zunächst einmal würden wir gern genau wissen, ob Ihnen während des vergangenen Abends irgendetwas Ungewöhnliches aufgefallen ist.«

Seebrück schüttelt den Kopf, bleibt aber stumm. Solange er nicht weiß, worauf die beiden hinauswollen, wird er lieber nicht zu viel sagen.

»Und dann müssen wir Sie natürlich fragen, wann Sie die Veranstaltung verlassen haben und ob das jemand bezeugen kann«, fährt der Kommissar fort.

»Ich bin gegen ein Uhr morgens gegangen. Hab mich noch von Ronald verabschiedet und ihm für die professionelle Gestaltung des Abends gedankt.«

»Obwohl Ihr Bild zu dem Zeitpunkt noch keinen Käufer gefunden hatte«, wirft die Kommissarin ein. »Aber das wird sicher noch.«

Seebrück wagt ein vorsichtiges Lächeln. »Sie waren auch dort, nicht wahr? Sie sind mir aufgefallen.«

»Es war ein privater Besuch. Ich bin mit der Assistentin des Galeristen befreundet.« Sie lächelt zurück.

Seebrück muss sich schwer zusammenreißen, um nicht hörbar aufzuatmen. Zum Glück fällt ihm der Name der hochgewachsenen Blondine ein, die seit einigen Wochen dem Galeristen zur Hand geht.

»Judith Lissen? Ich hatte einige Male mit ihr zu tun. Sie wirkte immer sehr kompetent auf mich.«

»Lassen Sie uns bitte zu der eigentlichen Frage zurückkehren.« Der Kommissar trinkt sein Wasser mit einem Zug aus und dreht anschließend das Glas in der Hand, als wäre er unschlüssig, wie weiter zu verfahren sei. »Gibt es Zeugen für Ihren Abschied von dem Galeristen, und vor allem, gibt es jemanden, der Sie auf dem Heimweg begleitet hat?«

»Nein. Besser gesagt: zweimal nein. Bevor ich aufgebrochen bin, war ich noch mal auf dem Klo. Zu viel Bier.« Er lächelt entschuldigend. »Im Vorraum traf ich Ronald, er hatte es aber ziemlich eilig. Na ja, das konnte ich verstehen, schließlich wollte jeder an dem Abend mit ihm reden. Wenn ich geahnt hätte, dass es sein letzter ist …«

Seebrück schüttelt fassungslos den Kopf, schluckt kurz, hat sich aber schnell wieder unter Kontrolle. »Vom Klo aus bin ich direkt auf die Straße, wo mein Wagen parkte.«

»Zu viel Bier und dann ins Auto?« Der Kommissar hebt tadelnd die Augenbrauen.

Seebrück nickt schuldbewusst. »Tut mir leid. Wenn Sie mich jetzt pusten lassen, bin ich bestimmt immer noch über der Promillegrenze. Aber darum geht es Ihnen wahrscheinlich nicht, oder?«

»Nein, uns geht es um den Mord an Ronald Specht. Und wir müssen Ihnen leider mitteilen, dass wir Gründe zu der Annahme haben, dass dieser Mord der erste in einer Serie sein könnte.« Der Kommissar erntet einen überraschten Blick von seiner Kollegin, redet aber unbeirrt weiter. »In einer Serie, die auf irgendeine mysteriöse Weise mit dem Bilder-Zyklus in Verbindung steht.«

»O Gott! Sie meinen die vier Elemente?«

»Ganz recht.«

Seebrück schluckt. Wieder sieht er die Erscheinung des toten Malers vor sich, die seinen nächtlichen Weg am Watt begleitet hat. Ist der Maler nicht aus der Luft ins Wasser gestürzt und liegt jetzt in der Erde begraben? Und kommen nicht alle Toten nach landläufiger Vorstellung in den Himmel? Weiß der Mörder von Ronald Specht mehr, als er wissen dürfte? Oder kommt Artur Faust jetzt höchstpersönlich zurück, um sich an den vier Freunden zu rächen?

Blödsinn, korrigiert sich Florian Seebrück. Das ist Kinderkram, Schamanismus, reiner Aberglaube.

Artur Faust ist tot. Basta.

Und doch scheint es Seebrück, als halte sich der Maler gerade jetzt hier im Raum auf. Steht er nicht genau dort hinter dem Kommissar und hat seine perverse Freude an der Situation? Jedenfalls würde Florian Seebrück sich nicht wundern, wenn das leise Lachen, das er gerade hört, auch den beiden Beamten nicht entginge.

Sonntag, 5. August, 05.51 Uhr, Nielsglaat, Hörnum

Das fahle Morgenlicht macht aus der hügeligen Landschaft von Dünen, Reetdächern und Asphalt eine gespenstische Filmkulisse ohne Ton, ohne Menschen, ohne Glanz. Bastian Kreuzer ist fasziniert von der archaischen Anmutung der Szene. Wäre die gut geteerte Straße nicht, könnte man sich in das 19. Jahrhundert zurückversetzt fühlen. In der kargen Landschaft von Hörnums Westseite ducken sich die einzeln stehenden Häuser im Morgenwind und ziehen ihre Reetdächer wie Kapuzen über die Köpfe derer, die in ihnen wohnen.

Dass er gerade vom falschen Ende in eine Einbahnstraße gebogen ist, bemerkt Bastian erst, als alle abgestellten Autos ihm entgegenblicken. Viele sind es ohnehin nicht, denn obwohl die Häuser auf den Dünen alt und verwohnt aussehen, sind sie wahrscheinlich so teuer, dass die Errichtung einer Tiefgarage auch nicht mehr sonderlich ins Gewicht fällt. Und bei näherem Hinsehen entdeckt der Kommissar tatsächlich etliche gut kaschierte Einfahrten. So viel zum 19. Jahrhundert, denkt Bastian amüsiert und ist umso erstaunter darüber, dass zu dem Haus von Heiner Schwartz keine Garageneinfahrt gehört. Stattdessen stehen zwei Wagen am Straßenrand. Ein VW Golf älteren Baujahrs und ein Mittelklasse-Mercedes. Von Deutschlands bedeutendstem Kunstmäzen hätte er anderes erwartet.

Bastian steigt aus und sucht die Klingel neben der Haustür. Vergeblich. Hier scheint es tatsächlich nur den alten Messingklopfer zu geben, der mittig auf dem Holz sitzt. Zögernd hebt Bastian die schwere Fischflosse an, doch dann lässt er sie kraftvoll auf die Metallplatte an der Tür zurückfallen. Das ganze Haus scheint zu beben, aber noch bleibt alles dunkel. Bastian klopft noch einmal, und endlich flammt das Licht hinter den Butzenscheiben in der Tür auf.

Der Mann, der dem Hauptkommissar öffnet, ist klein und untersetzt. Seine schütteren grauen Haare sind etwas länger als üblich und könnten einen guten Schnitt vertragen. Auch die graue Cordhose und das Hemd mit den rosafarbenen Karos wirken abgetragen. Doch der Blick des Mannes ist hellwach – und das zu dieser Nachtstunde.

»Haben Sie auf mich gewartet?«, entfährt es Bastian überrascht.

»Dafür müsste ich erst einmal wissen, wer Sie sind«, antwortet Heiner Schwartz schmunzelnd.

»Verzeihung.« Bastian zeigt seinen Polizeiausweis und nennt Namen und Dienstgrad.

»Kommen Sie rein, ich wollte gerade zu Bett gehen, aber ein wenig Glut ist noch im Kamin.« Er geht durch eine enge Diele voraus in einen Wohnraum, an dessen linker Wand sich die Feuerstelle befindet. Geradeaus bietet ein altes Sprossenfenster den Blick auf Dünen und Meer. »Ein Glas Rotwein kann ich Ihnen wahrscheinlich nicht anbieten, oder?«

Heiner Schwartz lässt sich in seinen Sessel fallen und deutet einladend auf den zweiten. Bastians Blick schweift über Sessel, Kamin und die geöffnete Flasche auf dem Beistelltisch. Auch die zweite, bereits geleerte auf dem Boden neben dem Kamin entgeht ihm nicht. Der Kommissar schüttelt den Kopf und setzt sich.

»Also, was wollen Sie?« Der ruhige, gänzlich unaufgeregte Blick des Kunstmäzens irritiert Bastian Kreuzer.

»Sie wundern sich gar nicht darüber, dass ich hier bin?«

»Doch, natürlich. Aber ich habe nichts verbrochen, und Sie werden mich sicher gleich über Ihre Gründe aufklären. Außerdem bin ich froh, dass ich noch nicht geschlafen habe. Ich bin ein friedlicher Mensch, aber wenn man mich aus dem Schlaf reißt, werde ich unleidlich.«

»Sind Sie häufig so lange wach?«

»Nein, eher nicht. Aber der letzte Abend war etwas Besonderes für mich. In gewisser Weise eine Premiere. Das hat mich wachgehalten.«

»Eine Premiere?«

»Ich habe ein Werk aus meiner Sammlung verkauft. Das mache ich sonst nicht. Ich bin noch nicht so alt und meiner Schätze auch nicht überdrüssig.«

»Und warum diese Ausnahme?«

»Das Bild entspricht nicht meinen qualitativen Ansprüchen.«

»Haben Sie das beim Kauf nicht gesehen?«

Heiner Schwartz seufzt und greift nach seinem Glas. »Ich war wohl verblendet, irgendwie. Aber lassen wir das. Sie sind sicher nicht hergekommen, um mit mir über Kunst zu plaudern.«

»So ganz abwegig ist das Thema nicht«, widerspricht Bastian. »Vor wenigen Stunden ist Ihr Galerist ermordet worden.«

Heiner Schwartz schluckt, so dass sein Adamsapfel hüpft,

dann stellt er das Glas zurück auf den Tisch und wendet sich mit dem ganzen Oberkörper zu Bastian Kreuzer um.

»Sagen Sie das noch mal.«

»Ronald Specht wurde ermordet. Erschlagen, um genau zu sein. Und zwar mit einem der Bilder aus der Ausstellung.«

»Mit welchem?«

Die Gestalt des Kunstmäzens strafft sich, seine Hände umschließen fest die Armlehnen des Sessels und die Schultern sind angespannt nach oben gezogen.

»Warum fragen Sie?«

»Weil ich hoffe, dass es nicht mein Bild ist.«

»Ich denke, Sie mögen es nicht.«

»Das habe ich nicht gesagt. Ich finde es künstlerisch mangelhaft.«

»Ich kann Sie beruhigen. Zumindest in diesem Punkt. Es ist nicht Ihr Bild. Die Mitarbeiterin des Galeristen war so freundlich, mir die einzelnen Bilder zu erklären. Sie haben das Feuer-Bild eingeliefert, nicht wahr?« Bastian Kreuzer sieht sich kurz um und deutet dann auf den verwaisten Platz über den Kamin. »Hing es dort?«

Schwartz nickt. Er wirkt jetzt deutlich entspannter, und der Tonfall seiner nächsten Frage ist eher desinteressiert: »Welches Bild war es dann?«

»Ich hätte eher erwartet, dass Sie sich für die Todesumstände des Galeristen interessieren«, gibt Bastian zurück.

»Natürlich. Tut mir leid. So etwas nennt man wohl eine Übersprungshandlung.«

»Mag sein, ich kenne mich da nicht aus. Und außerdem hätte ich Sie ohnehin enttäuschen müssen. Aus ermittlungstechnischen Gründen geben wir noch keine Einzelheiten raus.«

»Dann war meine Frage doch nicht so falsch. Also, welches Bild?«

»Das Wasser-Bild.«

»Schau an, der Liebig, das hätte ich nicht gedacht«, entfährt es dem Kunstsammler.

»Was wollen Sie damit sagen?«, fragt Bastian, plötzlich sehr aufmerksam.

»Nichts Besonderes.« Schwartz zuckt die Schultern. »Ich hätte dem Mörder einfach einen besseren Geschmack zugetraut.«

»Das klingt aber sehr zynisch. Und außerdem so, als würden Sie ihn kennen.«

»Wen? Den Mörder? Machen Sie sich nicht lächerlich. Ich habe lediglich manchmal eine etwas englische Art von Humor. Meine Frau kann damit übrigens auch nicht umgehen.«

»Wo ist sie eigentlich?«

»Wer? Meine Frau? Sie liegt im Bett und schläft, jedenfalls nehme ich das an. Ich wollte sie nicht stören, als ich heimgekommen bin.«

»Sie haben demzufolge keine Zeugen für Ihre Rückkehr hierher?«

»Nein. Keine Zeugen. Es sei denn, Sie würden anderthalb von mir höchstpersönlich geleerte Rotweinflaschen als Zeugen anerkennen.«

Bastian lächelt schmallippig und erkundigt sich dann: »Ihre Frau war nicht mit auf der Vernissage?«

»Meine Frau hatte keine Lust. Wir sind beide nicht so sehr für diesen ganzen Trubel zu haben. Konstanze ist Ärztin, vielleicht bekommt man da einen etwas ernsteren Blick auf die Welt.«

»Darf ich fragen, wann Sie die Vernissage verlassen haben?«

»Sicher. Das muss so gegen zehn gewesen sein. Ronald Specht hat mir ein Taxi gerufen.«

»Wir werden das überprüfen. Dann waren Sie spätestens um halb elf hier. Ist das nicht ein bisschen früh, um schon ins Bett zu gehen?«

»Für mich schon, wie Sie sehen. Für meine Frau nicht, falls Sie das gemeint haben sollten.«

»Und Sie waren den ganzen restlichen Abend hier allein?«

»Exakt. Oder glauben Sie vielleicht, ich bin nach Mitternacht heimlich zurückgefahren, um den Galeristen zu erschlagen?« Heiner Schwartz lacht leise, als habe er einen wirklich guten Witz gemacht.

Doch Bastian Kreuzer bleibt ernst und antwortet: »Woher kennen Sie eigentlich den Todeszeitpunkt?«

Sonntag, 5. August, 06.13 Uhr, Kriminalkommissariat, Westerland

»Immerhin wissen wir jetzt, wo wir die anderen beiden Sammler erreichen können. Judith hat mir gerade die Telefonnummern und die Adressen gemailt.« Silja Blanck legt ihr Handy auf den Schreibtisch und lässt sich auf den Drehstuhl dahinter fallen. »Puh, bin ich müde. Machst du noch einen Kaffee?«

»Schon in Arbeit.« Sven Winterberg geht zu der Maschine und beginnt, das Pulver in den Filter zu löffeln.

»Diese Vernehmung eben war nicht ohne. Immer musst du aufpassen, dass du nicht zu viel verrätst und gleichzeitig den

Zeugen am Reden hältst. Und wenn ich mir vorstelle, dass wir gleich noch eine vor uns haben …«

»Zwei«, unterbricht sie der Kollege. »Es fehlen uns noch die Aussagen von dem Adligen und dem Autohändler.«

»Aber der Adlige«, Silja öffnet noch einmal Judith Lissens Mail, »Bertold von Brüssow heißt er übrigens, ist schon gestern Abend zurück aufs Festland gefahren. Er scheidet also als Täter aus.«

»Trotzdem müssen wir mit ihm reden. Vielleicht hat er was beobachtet.«

»Ich habe hier seine Handynummer. Willst du ihn anrufen, oder soll ich?«

»Wenn du schon so fragst.« Der Oberkommissar deutet auf Siljas Diensthandy. »Außerdem hast du die Nummer schon parat.«

Seufzend stellt Silja eine Verbindung her. Es klingelt endlos lange, und gerade als Silja auflegen will, meldet sich eine wohltönende aber sehr irritiert klingende Stimme.

»Brüssow, was gibt's?«

»Herr von Brüssow, Silja Blanck am Apparat, Kripo Westerland.«

»Kriminalpolizei?«

»Ganz recht. Sitzen Sie gerade am Steuer?«

»Äh ja, warum fragen Sie?«

»Es wäre vielleicht besser, wenn Sie kurz rechts ran fahren könnten. Auch mit Freisprecheinrichtung. Sie haben doch eine, oder?«

»Ich bin viel zwischen Berlin und der Uckermark unterwegs, da bietet sich das an. Aber deswegen werden Sie mich nicht am frühen Morgen anrufen. Woher haben Sie überhaupt meine Nummer?«

»Die stand in den Unterlagen der Galerie Specht. Und dort hat es in der letzten Nacht einen Mord gegeben.«

»Einen Mord«, echot von Brüssow mit tonloser Stimme, und Silja würde etwas dafür geben, jetzt sein Gesicht sehen zu können.

»Ronald Specht ist erschlagen worden. Direkt nachdem die letzten Vernissage-Gäste die Galerie verlassen haben.«

»Um Gottes willen! Wer tut so etwas?«

»Das fragen wir uns auch. Vielleicht haben Sie eine Idee, wer es sein könnte«, gibt Silja zurück.

»Natürlich nicht!« Bertold von Brüssow klingt ehrlich empört. »Was denken Sie von mir? Dass ich mit Dieben und Mördern verkehre?«

»Mit Dieben haben wir es in diesem Fall wohl nicht zu tun. Jedenfalls scheint nichts weggekommen zu sein.«

»Aber einen Grund muss es doch geben. Niemand erschlägt einfach so einen Menschen.«

»Das sehen wir genauso. Wie vertraut sind Sie mit den Künstlerkreisen, Herr von Brüssow?«

»Weniger als Sie vielleicht denken. Ich habe in jungen Jahren Malerei studiert, übrigens mit Artur Faust zusammen. Wir kommen aus dem gleichen Ort und sind gemeinsam zum Studium nach München gegangen. Bei ihm lief es gut, bei mir reichte das Talent nicht aus. Dachte ich damals. Jedenfalls habe ich nach einigen Semestern das Fach gewechselt. Agrarökonomie. Meine Familie war sehr erleichtert, das können Sie sich vielleicht vorstellen.«

Obwohl Silja die Gründe ahnt, entgegnet sie harmlos: »Nein, warum?«

»Es ist zweifellos besser für die Verwaltung des Besitzes«, antwortet von Brüssow knapp. Und nach einer unwilligen

Pause fügt er hinzu: »Es gibt da noch einige Wälder und Ländereien in Holstein. Und nach dem Mauerfall hat die Familie das Gut in der Uckermark zurückgekauft.«

»Aber der Freundschaft zu Artur Faust hat das nicht geschadet?«

»Im Gegenteil. Es ist immer gut, wenn man ein Konkurrenzverhältnis beendet.«

»Auch wenn eine Seite kapituliert? Hinterlässt das nicht Narben?«

Der Adlige schweigt kurz, dann räuspert er sich am anderen Ende der Leitung. »Haben Sie mich um sechs Uhr morgens angerufen, um mit mir über so etwas zu reden?«

»Wir müssen einen Mord aufklären, da sind seelische Verletzungen wichtige Motive.«

»Dieser Galerist hat mir nichts getan«, entgegnet von Brüssow kühl. »Ich fand ihn nicht sonderlich sympathisch, aber soweit ich das beurteilen konnte, hat er seine Aufgabe gut gemacht.«

»Und Ihr Bild als erstes verkauft.«

»Wollen Sie daraus ein Mordmotiv konstruieren?«

»Nein«, antwortet Silja knapp. Dann wechselt sie das Thema. »Wo befinden Sie sich eigentlich im Moment genau?«

Wieder schweigt von Brüssow. Aber diesmal zu lange.

»Was gibt es da zu überlegen?« Silja bemüht sich um ein lockeres Lachen, doch es klingt künstlich.

»Nichts. Ich war nur ein wenig irritiert und war nicht sicher, ob ich diese Frage überhaupt beantworten muss. Aber wie Sie wollen: Ich bin gerade auf dem Weg nach Berlin.«

»Wenn Sie gestern Abend losgefahren sind, dann müssten Sie doch längst angekommen sein.«

»Ich war zunächst auf unserem Gut. Dann ist mir aber

eingefallen, dass ich heute Nachmittag in der Stadt erwartet werde. Also habe ich zwei Stunden geschlafen und bin dann wieder aufgebrochen. In meinem Alter braucht man nicht mehr so viel Schlaf.«

»Trotzdem ist es anstrengend. Wie lange dauert die Fahrt denn?«

»Maximal drei Stunden, das geht schon.«

»Dann möchte ich Sie jetzt nicht länger aufhalten. Kann ich Ihre Festnetznummer in Berlin haben?«

»Wozu?«

»Ich würde Sie gern in drei Stunden dort anrufen. Dann haben wir vermutlich schon erste Erkenntnisse der Spurensicherung und müssen sicher noch einmal mit allen Zeugen reden.«

In der Leitung ist es plötzlich völlig still.

»Herr von Brüssow, sind Sie noch dran? Hallo, ich kann Sie gar nicht mehr hören.«

Irritiert schaut Silja auf ihr Display.

Tatsächlich, der Adlige hat aufgelegt.

»Da brat mir doch einer einen Storch«, murmelt die Kommissarin und nimmt Sven mit dankbarem Lächeln den dampfenden und duftenden Kaffeebecher ab. »Jede Wette, dieser Brüssow ist gar nicht auf dem Weg nach Berlin. Vielleicht ist er sogar noch auf der Insel.«

»Wie kommst du denn darauf«, fragt Sven unkonzentriert. Er hat den Verlauf des Gesprächs nicht genau verfolgt.

»Na, wer fährt schon mitten in der Nacht quer durch Schleswig-Holstein bis in die Uckermark, wenn er eigentlich in Berlin erwartet wird? Da stimmt doch was nicht. Und im Handyzeitalter können einem die Leute ja sonst was erzählen, wo sie gerade sind. Theoretisch kann der Typ auch noch da hinten in der Warteschlange vom Autozug stehen.« Silja weist zum Fenster, von dem aus die Kommissare bis hinüber zum Bahnhof schauen können.

»Warte mal.« Schnell googelt Sven die Abfahrtzeiten vom Sylt-Shuttle. Dann sieht er auf die Uhr. »Mist, der erste Zug ist gerade weg. Sonst hätten wir direkt rüberfahren können und sehen, ob wir ihn noch erwischen.«

»Hat im letzten Sommer ja auch ganz gut geklappt«, murmelt Silja und nippt vorsichtig an dem heißen Kaffee. »Wenn man mal davon absieht, dass Bastian fast dabei draufgegangen wäre.«

»Ich setze mich mit den Kollegen drüben in Niebüll in Verbindung. Diesmal brauchen wir ja nur eine einfache Auskunft: Die sollen nach dem Nummernschild von diesem Brüssow Ausschau halten und uns Bescheid sagen, ob er auf dem Zug war.«

»Da bin ich anderer Meinung.« Silja setzt sich kerzengerade in ihrem Schreibtischstuhl auf. »Wenn er tatsächlich so dreist gelogen haben sollte, dann wird er dafür gute Gründe haben. Und die kann er uns dann gleich in einem persönlichen Gespräch mitteilen.«

»Du meinst, sie sollen ihn zurückschicken?«

»Genau das meine ich. Und dann veranstalten wir am Nachmittag eine kleine Plauderstunde mit allen vier Sammlern. Was hältst du davon?«

»Super Idee. Bastian wird stolz auf dich sein«, sagt Sven anerkennend.

»Das ist er sowieso«, grinst Silja und hält dem Kollegen ihren halbleeren Kaffeebecher hin. »Hol mir Nachschub, ich fühle, wie meine Lebensgeister wiederkommen. Und weißt du was? Vielleicht ist dieser Fall gar nicht so kompliziert, wie er aussieht. Es wäre doch schön, wenn wir ihn zur Abwechslung mal ganz schnell lösen könnten.«

»Es wäre auch schön, wenn Weihnachten und Ostern zur Abwechslung mal auf einen Tag fallen könnten«, erwidert Sven und nimmt Silja den Kaffeebecher aus der Hand.

Sonntag, 5. August, 06.57 Uhr, Nielsglaat, Hörnum

Konstanze Schwartz ist ein bisschen aufgeregt und ziemlich zufrieden. Sie weiß natürlich genau, dass Zufriedenheit definitiv das falsche Gefühl für diese Situation ist, aber trotzdem schämt sie sich nicht. Sie wickelt sich in ihre dünne Decke und blinzelt ins Licht. Dummerweise geht das Schlafzimmer nach Osten, und für ihren Mann kommen Vorhänge bei Fenstern mit so grandioser Aussicht, wie ihr Dünenhaus sie bietet, prinzipiell nicht in Frage. Da Heiner ohnehin ein überzeugter Frühaufsteher ist, stört es ihn wenig, wenn die Morgensonne schon um sechs Uhr früh das Ehebett ausleuchtet. Die passionierte Langschläferin Konstanze behilft sich deshalb seit Jahren mit einer Schlafbrille. Zum großen Amüsement ihres Mannes hat sie sich für eine schrille Variante in rosa Satin mit aufgedruckten großen, weitgeöffneten Augen entschieden, so dass Heiner auch zu sehr früher Stunde zumindest die Illusion geboten wird, eine hellwache Partnerin an seiner Seite zu haben.

Doch in der letzten Nacht hat Konstanze die Schlafbrille schon kurz vor sechs Uhr abgestreift, nachdem das Klopfen an der Vordertür sie aus einem unruhigen Schlaf gerissen hat. Dass Heiner nicht zu ihr ins Bett gekommen war, hatte sie vorher schon bemerkt und es wenig überraschend gefunden. Aber nun war plötzlich auch noch die Polizei im Haus. So schnell hätte sie damit nicht gerechnet.

Als Konstanze sicher sein konnte, dass die beiden Männer sich im Wohnzimmer niedergelassen hatten, ist sie auf leisen Sohlen die Treppe hinunter und zur Tür geschlichen, wo sie fast die ganze Unterhaltung belauschen konnte. Dass man ihren Mann des Mordes verdächtigen könnte, findet Konstanze lachhaft. Heiner ist ein guter Geschäftsmann, ein cleverer und geschickter Verhandler und Taktierer, keine Frage, aber für einen Mord – und brächte er ihm auch noch so viele Vorteile – ist er viel zu moralisch. Und zu gutmütig.

Letztendlich war es auch nur Heiners Gutmütigkeit zuzuschreiben, dass er sich überhaupt auf diesen Kunstdeal eingelassen hat. Konstanze war von Anfang an dagegen. Sie weiß doch genau, wie sehr Heiner an seinem Feuer-Bild hängt, und hat sich in den vergangenen Wochen den Mund fusselig geredet, um ihn von der blöden Idee abzubringen, es zu verkaufen. Aber vergebens, Heiner war nicht umzustimmen. Dabei litt er schon im Voraus wie ein Hund, mehrmals hat sie ihn mit Tränen in den Augen vor dem Bild über dem Kamin stehen sehen, und als er gestern Abend zu der Vernissage aufgebrochen ist, war er kreidebleich im Gesicht.

Konstanze tobte innerlich vor Wut, sagte aber nichts. Trotzdem ließ ihr sein mysteriöser Entschluss keine Ruhe, so dass sie ihrem Mann schließlich hinterhergefahren ist. Sie weiß selbst nicht, was sie zu sehen oder zu erfahren gehofft hatte, jedenfalls wurde sie enttäuscht.

Ein paarmal ist sie im Schutz der Dämmerung auf der der Galerie gegenüberliegenden Straßenseite entlanggelaufen, hat Gesprächsfetzen aufgeschnappt und das gockelnde Verhalten des Galeristen beobachtet. Konstanze hat gesehen, wie der fette Johann Liebig ziemlich penetrant versucht hat, eine hochgewachsene Blondine im kleinen Schwarzen anzugraben, sie hat eine recht bekannte Filmschauspielerin dabei beobachtet, wie sie ungeheure Mengen an Champagner in sich hineingeschüttet hat, und die abfälligen Kommentare zweier Kunstexperten über die ausgestellten Bilder belauscht. Konstanze hat die aufgekratzte Stimmung gespürt und eine schwer zu verortende Spannung, die über der ganzen Szene lag. Und mehrmals konnte sie ihren Mann entdecken, wie er sich mit unglücklicher Miene und abwesendem Blick durch die Menge schob.

Aber das war es dann auch schon. Es gab keinen Skandal, keine unerwartete Offenbarung, nichts. Heiner rannte in sein Unglück, und niemand hinderte ihn daran, das sah Konstanze genau. Und sie hatte lange darüber nachgedacht, wie man das ändern könnte.

Und jetzt ist alles anders. Es ist wie ein Wunder.

Dieser grässliche Mord wird die vier Faust-Freunde ja wohl zur Vernunft bringen. Konstanze ist fest überzeugt davon, dass nun niemand den Verkauf des Zyklus noch weiter vorantreiben kann. Sobald die Polizei die Bilder freigegeben hat, müssen die Freunde – wenn schon nicht aus Pietätsgründen, so doch wenigstens aus Selbstschutz – einsehen, dass es so nicht weitergehen kann. Heiner wird sein geliebtes Feuer-Bild zurückbekommen und es wieder über den Kamin hängen können. Die im Moment noch sehr engen Bindungen der vier Faust-Kumpane werden sich im Lauf der nächsten Monate sicher lockern. Und sollten die anderen drei nach Ablauf einer Schamfrist doch verkaufen wollen, wird es Heiner bestimmt weniger schwerfallen, sich zu entziehen.

Dies alles ist jetzt nur noch eine Frage der Zeit – und ihres sanften Einflusses selbstverständlich. In ihrer Hamburger Praxis war in den letzten Wochen derart viel zu tun, dass sie ihren Gatten wohl etwas vernachlässigt hat. Auf seine fast an Verstörung grenzende Unausgeglichenheit ist sie jedenfalls erst viel zu spät aufmerksam geworden. Sie wird sich ihm in den nächsten Tagen einfach mehr widmen, und dann dürfte es auch kein Problem sein zu ergründen, welche merkwürdigen Mechanismen bei Heiners überraschendem Entschluss eine Rolle gespielt haben.

Die Zeit wird es richten, denkt Konstanze gerade, als sie hört, wie Heiner die Treppe heraufkommt und leise im Bad verschwindet. Er wird duschen, denkt sie, dann wird er zu seinem geliebten Morgenspaziergang aufbrechen, und später, beim Frühstück, wird er mir alles erzählen.

Konstanze Schwartz zieht die Schlafbrille wieder über die Augen, drückt sich in ihr Kissen und schläft kurz darauf ein. Ziemlich zufrieden, wie gesagt.

Sonntag, 5. August, 07.12 Uhr, Hotel *Rungholt*, Kampen

»Für einen Ihrer Freunde war die Vernissage in Kampen gestern Abend ein voller Erfolg, haben wir gehört«, beginnt Bastian Kreuzer das Gespräch mit Johann Liebig.

Beide sitzen in einem breiten und sehr bequemen Strandkorb an der Rückfront des Hotels *Rungholt*. Die dicke Polsterung hält nicht nur die Morgenkühle ab, sondern verleiht der Szene auch etwas von einer Beichtstuhlatmosphäre, findet Bastian. Der Hauptkommissar und der Autohändler sehen sich kaum einmal an, stattdessen blicken beide auf den üppig mit Rosen und Buchs bepflanzten Gartenhügel, der das Hotelgrundstück begrenzt und hinter dem sich die freie Dünenlandschaft bis hin zur Kampener Uwe-Düne erstreckt. Neben Liebig stehen eine Tasse Milchkaffee und ein Aschenbecher auf dem Klapptisch des Strandkorbs. Gerade knipst der Autohändler die Spitze von seiner Zigarre ab.

»Von den vier Bildern wurde nur eins verkauft«, fährt Kreuzer fort. »Ihres leider nicht …«

»Das wird schon noch«, unterbricht ihn Johann Liebig.

»Das glaube ich kaum, denn Ihr Bild ist in der letzten Nacht ganz maßgeblich beschädigt worden.«

»Was? Und das sagen Sie jetzt erst?« Liebig schlägt mit der flachen Hand auf den Klapptisch, so dass Tasse und Ascher gegeneinanderspringen.

»Was haben Sie denn gedacht, warum ich Sie um dieses Gespräch gebeten habe?«

»Äh, keine Ahnung. Vielleicht wollten Sie mein Bild kaufen und auf diese Weise die Provision für den Galeristen umgehen.«

»Wie kommen Sie darauf, dass ich mich für moderne Kunst interessiere?«

»Ihre Kollegin tut das doch auch. Ich habe mich gestern Abend länger mit ihr unterhalten. Sie ist übrigens eine ganz reizende Person.«

»Na, wenn Sie das sagen«, grummelt Kreuzer und hat Mühe, sich wieder auf das eigentliche Thema der Unterhaltung zu konzentrieren. Zu gern wüsste er, mit wem Silja sonst noch so gesprochen hat. »Wo waren wir gerade?

Ach ja: die Provision. Was wird aus der jetzt eigentlich nach dem Tod des Galeristen?«, erkundigt er sich. Das schlechte Gewissen, weil er seinem Gesprächspartner auf diese fiese Weise den traurigen Tatbestand mitteilt, hält sich in Grenzen. Schließlich dient es einem guten Zweck. Aber Johann Liebig fällt nicht auf die Fangfrage herein.

»Was heißt hier ›Tod des Galeristen‹? Gestern Abend war Ronald Specht doch noch quicklebendig. Und in der letzten Nacht wird er schon nicht aus dem Bett gefallen sein. Weit hatte er es ja nicht bis dahin. Nur die Treppe rauf, das schafft man auch in volltrunkenem Zustand.«

»War er denn volltrunken?«, will Bastian wissen.

»Ist er denn tot?«, gibt Liebig humorlos zurück.

»Ja. Bedauerlicherweise. Er wurde gestern Nacht erschlagen, und zwar mit Ihrem Bild.«

»Scheiße«, entfährt es Liebig. »Und das Bild ist jetzt hin?«

»Es wurde beschmiert. Mit dem Blut des Galeristen.«

»So eine Sauerei! Und die Signatur? Also ich meine den Daumenabdruck, was ist mit dem?«

»Daumenabdruck?«, fragt Bastian entgeistert.

»Na wissen Sie nicht, wie Artur seine Bilder signiert hat? Der hat einfach seinen dicken fetten Daumen in eine ordentliche Schicht Farbe gepresst. Genialer Einfall und absolut fälschungssicher, wenn Sie mich fragen.«

Justus Liebig sieht so zufrieden aus, als handle es sich bei dieser originellen Signierungsmethode um seine ureigene Idee.

»Ach so. Und Sie wollen jetzt wissen, ob die Signatur beschädigt worden ist«, wiederholt Bastian lahm.

»Klar. Alles andere kann man ja vielleicht reparieren, aber wenn die Signatur weg ist, dann, tja …« – Johann Liebig breitet beide Arme aus und zieht die Augenbrauen in die Höhe – »... dann kann ich das Bild wohl komplett vergessen.«

»Normalerweise ist so eine Signatur doch unten rechts, oder täusche ich mich?«, fragt Bastian Kreuzer vorsichtig.

Liebig nickt. Er wirkt plötzlich sehr angespannt.

»Ich glaube, dann kann ich Sie beruhigen. Die Beschädigungen sind eher an der oberen linken Kante und auf der Bildmitte. Einzelheiten möchte ich aus ermittlungstechnischen Gründen zurzeit noch nicht preisgeben.«

»Dann wissen Sie noch nicht, wer's war?«

»Wir sind hier nicht im Fernsehen, Herr Liebig, wo der Täter nach anderthalb Stunden feststeht.« Bastian Kreuzer verzieht das Gesicht zu einem schiefen Grinsen. »Außerdem hätte ich ein bisschen mehr Mitgefühl von Ihnen erwartet.«

»Mitgefühl? Mit diesem Aasgeier? Wenn Sie die Wahrheit wissen wollen, es wundert mich gar nicht, dass jemand den erschlagen hat. Der verdient sich doch eine goldene Nase mit seiner Galerie. Und womit? Nur damit, dass er unsere Bilder aufhängt.«

»Sie hätten sie ihm ja nicht anbieten müssen.«

»Das hatte ich auch vorgeschlagen. Wir hätten die Bilder auch bei mir im Autohaus verkaufen können. So ein Faust-Original kostet auch nicht viel mehr als ein Rolls-Royce. Meine Kunden wären sicher begeistert gewesen, wenn wir die Werke im Hamburger Showroom präsentiert hätten.«

»Und warum haben Sie nicht? Die anderen hätten doch vielleicht auch gern die Agentenprovision gespart.«

»Sie hatten Angst, ich bescheiße sie.« Johann Liebig stößt schnaubend die Luft aus und nimmt dann einen langen Zug aus seiner Zigarre. »Als hätte ich so was nötig!«

»Man hört, dass der Handel mit Luxuskarossen auch nicht mehr so viel abwirft wie vor der Wirtschaftskrise. Und ausgerechnet Artur Faust, einer ihrer besten Kunden, ist ja leider tödlich verunglückt.«

»Die Geschäfte gingen schon mal besser, das will ich gar nicht leugnen. Aber Sie sind sicher nicht gekommen, um mit mir über meine Finanzen zu plaudern, oder?«

»Richtig. Ich bin gekommen, um Sie nach Ihrem Alibi zu fragen.«

Johann Liebig wirft dem Kommissar einen beleidigten Blick zu. Als dieser nicht reagiert, zuckt der Autohändler die Schultern und erkundigt sich pragmatisch: »Wann wurde der Galerist denn ermordet?«

»Das wissen wir erst nach der Obduktion. Aber um ein Uhr in der Nacht war er noch am Leben, so viel ist sicher.«

»Dann können Sie mich schon mal von Ihrer Verdächtigenliste streichen. Ich hab mich irgendwann kurz nach Mitternacht in ein Taxi geschwungen und mich schnell hierherfahren lassen. Hatte keine Lust zu laufen. Der Fahrer war ziemlich jung und smart, den müssten Sie eigentlich schnell finden können. Und beim Trinkgeld bin ich nie knauserig, der erinnert sich bestimmt.«

»Hat Sie hier im Hotel noch jemand gesehen?«

»Sicher. Die Tresendame. An der Rezeption steht immer eine Schale mit diesen kleinen Ritter-Sport-Quadraten. Ist eine nette Geste und ein wunderbares Betthupferl. Ich hatte ein kurzes Gespräch mit der Rezeptionistin über die unterschiedlichen Sorten. Ich bevorzuge ja Marzipan. Die junge Frau war eher für Schoko-Nuss und sah im Übrigen auch selbst zum Vernaschen aus.« Der Autohändler lacht selbstgefällig. »Fragen Sie sie ruhig danach.«

Johann Liebig nimmt einen letzten Zug von seiner Zigarre, drückt sie aus und wuchtet sich anschließend schwerfällig aus dem Strandkorb.

»Und jetzt muss ich Sie leider verlassen. Hab für halb acht einen Massagetermin im Spa. Und die süße Kleine, die mich gleich durchkneten soll, wird böse, wenn ich nicht pünktlich bin.« Er lacht schon wieder über seinen eigenen Witz und geht, ohne einen letzten Blick in das Gesicht von Hauptkommissar Bastian Kreuzer zu werfen. Vermutlich hätte ihm dessen angewiderte Miene auch wenig gefallen.

Sonntag, 5. August, 07.44 Uhr, Kriminalkommissariat, Westerland

Als Bastian Kreuzer das Büro betritt, findet er seine Kollegen nebeneinander an Siljas Rechner vor. Sie klicken sich durch die Website einer Rockband. Aus dem Augenwinkel sieht Bastian Tourneefotos und Plattencover mit einigen älteren Herren, die teilweise nur noch über schütteren Haarwuchs verfügen. Bastians erste Reaktion ist Wut darüber, dass die Kollegen offenbar ihre Zeit verschwenden, aber er hält sich zurück. Genau genommen ist es ihm sogar ganz recht, dass er selbst etwas Zeit hat, um seine Gedanken zu ordnen.

»Macht erst mal euer Zeug zu Ende, dann reden wir«, ruft er Sven und Silja zu und lässt sich hinter seinem Schreibtisch nieder. Er stützt den Kopf auf die Hände und schließt die Augen.

Blonde Haare, vom Schlaf verwuschelt, ein blauer Blick, unschuldig und wissend zugleich, eine traumhafte Figur unter einem fast transparenten Negligé, diese Judith geht ihm nicht aus dem Kopf. Seit Stunden denkt er nur noch an sie. Seit Stunden? Bastian rechnet kurz nach. Er hat sie gegen fünf Uhr morgens aus dem Schlaf geholt, und jetzt ist es fast acht. Seit drei Stunden, unglaublich.

Er wird sich doch nicht Knall auf Fall in sie verguckt haben? Er ist schließlich mit Silja glücklich – im Großen und Ganzen jedenfalls. Klar würde er gern mehr mit ihr unternehmen, so viel Freizeit haben sie ohnehin nicht. Und natürlich nervt es ihn mehr und mehr, dass Silja auf getrennten Wohnungen besteht. Es könnte alles viel einfacher sein, wenn sie sich eine Wohnung teilen würden, einkaufen, putzen, die Abendplanung. Aber das sind Peanuts. Dachte er bisher jedenfalls.

Bastian seufzt und richtet sich auf. Seine Worte klingen aggressiver als beabsichigt.

»Was macht ihr beiden da eigentlich?«

»Wir warten auf den vierten Sammler. Er ist nämlich nicht gestern Abend aufs Festland gefahren, wie er behauptet hat. Stattdessen war er auf dem ersten Autozug, als Silja ihn anrief«, antwortet Sven, ohne den Triumph in seiner Stimme zu verstecken. »Und jetzt müsste dieser Bertold von Brüssow gerade hier um die Ecke von der Verladerampe rollen.«

»Ihr habt ihn zurückbestellt? Ist das nicht ein bisschen übertrieben?«

»Er hat mich am Telefon angelogen. Hat erklärt, er habe die Nacht in der Uckermark verbracht.«

Jetzt sieht auch Silja vom Rechner auf.

»Silja hat ihm eine ziemlich clevere Falle gestellt, so ist das Ganze aufgeflogen«, ergänzt Sven.

»Na schön, dann kann ich ihn mir wenigstens mal ansehen.

Auch wenn wir aufpassen müssen, dass wir uns nicht nur auf die vier Sammler konzentrieren. Ein Motiv hat nämlich keiner von denen.«

»Jedenfalls wissen wir von keinem.«

Silja steht auf und schlendert zu Bastian hinüber. Sie setzt sich auf seine Schreibtischkante und legt ihm die Hand in den Nacken. Ganz leicht trommelt sie mit den Fingern auf sein T-Shirt. Sosehr Bastian diese Berührung sonst genießt, so sehr geht sie ihm jetzt gegen den Strich. Mit einer fast groben Bewegung schüttelt er ihre Hand ab. Silja runzelt kurz die Brauen, setzt aber schnell wieder eine professionelle Miene auf und redet weiter.

»Wir wissen auch sonst sehr wenig über diese Männerfreundschaft.«

»Und noch weniger wissen wir über die Gründe dafür, dass die vier Sammler ausgerechnet der vergleichsweise unbedeutenden Galerie Specht diesen fetten Auftrag zugeschanzt haben. Ganz spannungsfrei ist es dabei nicht zugegangen. Hat mir gerade Johann Liebig erzählt. Das ist der Autohändler«, fügt Bastian hinzu.

Sven lacht. »Den kennt jeder auf der Insel. Nicht nur wegen der Werbetafeln. Früher, als er noch richtig gut im Geschäft war, ist er hier immer mit den schärfsten Schlitten aufgekreuzt. Schon als Kinder haben wir denen mit offenen Mäulern hinterhergegafft.«

»Und jetzt habt ihr euch auf Rockgruppen spezialisiert, oder wie?«, erkundigt sich Bastian stirnrunzelnd und zeigt auf Siljas Bildschirm mit dem Foto der Band.

»Du kennst die nicht, oder?«, will Sven wissen.

»Ich kannte sie auch nicht«, wirft Silja ein, bevor Bastian antworten kann. »Die Band heißt *Element of Crime*. Und genau das war es doch, was auf dem blutbefleckten Bild stand, oder?«

»Nicht ganz«, korrigiert sie Bastian. »Dort stand es im Plural: *Elements of Crime*. Und das hat meiner Meinung nach nichts mit der Band zu tun, die ich im Übrigen ziemlich gut kenne, sondern mit der Tatsache, dass wir uns hier noch auf einiges gefasst machen können.«

»Zum Beispiel: kein Sonntag, kein Schlaf«, fällt ihm Sven ins Wort.

Doch Bastian ignoriert den Einwurf und fügt humorlos an: »Und bevor ich's vergesse: Versucht doch möglichst schnell, drei Dinge zu überprüfen. Erstens: Gibt es einen Radfahrer, der gestern Nacht Judith Lissen auf dem Radweg zwischen Kampen und Wenningstedt überholt und mit ihr gesprochen hat? Zweitens: Welche Taxifahrer haben Heiner Schwartz gegen zehn nach Hörnum und Johann Liebig kurz nach Mitternacht ins *Rungholt* gefahren? Und drittens: Kann die Rezeptionistin von der Nachtschicht die Ankunft Liebigs bestätigen?«

Sonntag, 5. August, 07.50 Uhr, Haus am Dorfteich, Wenningstedt

Das Telefonklingeln reißt Fred Hübner aus einem äußerst angenehmen Traum. Er versucht, sich die Decke über die Ohren zu ziehen, aber vergeblich. Das Telefon gibt nicht auf. Fred wühlt sich unter der Decke hervor und überlegt, wer ihn zu dieser frühen Stunde stören könnte. Wahrscheinlich passt der Redaktion der *Sylter Rundschau* wieder irgendetwas an seinem Bericht über die Vernissage nicht. Natürlich wäre das auch noch in drei Stunden zu klären, denn die entsprechende »Fred Hübner exklusiv«-Kolumne soll erst morgen erscheinen, aber der Chefredakteur ist ein Sadist. Nur weil er selbst Frühaufsteher ist, liebt er es, seine Mitarbeiter zu den unglaublichsten Tageszeiten aufzuscheuchen. Widerstand ist zwecklos, besonders wenn man, wie Fred im Moment, auf das kärgliche Zeilenhonorar angewiesen ist.

Während er die Treppe seiner Maisonettewohnung hinunterläuft, versucht Fred Hübner verzweifelt, die letzten Reste seines wunderbaren Traums festzuhalten. Die schöne Assistentin des Galeristen kam darin vor, so viel weiß er noch. Und auch, dass sie ihm mit einer Geste, die deutlich mehr als freundschaftlich war, den Arm um die Hüfte gelegt hatte. Ihr Parfüm war betörend, und die Versprechungen, die ihre Blicke verhießen, waren es nicht weniger.

Aber jetzt gilt es erst einmal, mit diesem Arschloch, das sich Chefredakteur nennt, ein paar deutliche Worte zu wechseln.

»Hübner«, schnauzt Fred ins Telefon. »Und wenn Sie sich noch einmal erdreisten, mich um diese Uhrzeit aus der Kiste zu holen, dann …«

»Entschuldigung«, fällt ihm eine Frauenstimme ins Wort. »Es tut mir leid, ich wollte wirklich nicht …«

Fred traut seinen Ohren nicht. »Wer ist da bitte?«

»Judith Lissen aus der Galerie Specht. Wir hatten gestern Abend ein längeres Gespräch, und ich dachte …« Sie unterbricht sich, als wisse sie nicht weiter.

»Oh, Sie sind es.«

Fred fährt sofort seine Stimme in den Keller. Das Vibrato lässt sich hören. Zu irgendetwas muss der viele Alkohol ja gut gewesen sein, den er im Lauf seines Lebens in sich hineingeschüttet hat. Zufrieden legt Fred noch einen drauf.

»Dann muss *ich* mich aber bei *Ihnen* entschuldigen und nicht umgekehrt. Sonst ruft mich um diese Zeit nämlich nur mein Chefredakteur an, und der weiß genau, dass ich kein Frühaufsteher bin.« Er macht eine kleine Pause und fährt dann mutig fort. »Ob Sie es glauben oder nicht, ich habe gerade von Ihnen geträumt.«

»Ach.« Die Stimme Judith Lissens ist ein Hauch. »Ich hoffe, nur Gutes.«

»Wir haben uns wunderbar unterhalten, der Traum war gewissermaßen die Fortsetzung des gestrigen Abends«, gibt Fred zurück. Und das ist noch nicht mal gelogen.

»Es tut mir wahnsinnig leid, dass ich Sie enttäuschen muss – nicht, was unser Gespräch angeht«, fügt sie schnell hinzu. »Ich fand es sehr anregend, mit Ihnen zu plaudern. Aber der gestrige Abend hatte eine ausgesprochen unschöne Fortsetzung. Vorhin war die Kriminalpolizei bei mir. Ronald Specht ist ermordet worden.«

Fred holt tief Luft. Das hört sich eindeutig nach einer Exklusivinformation an. Fragt sich nur, was ausgerechnet ihm die Ehre verschafft.

Tastend sagt er: »Und … deswegen rufen Sie mich an?«

Judith Lissen räuspert sich leise und antwortet stockend: »Ja … nein, nicht nur. Ich hätte mich sicher in den nächsten Tagen sowieso bei Ihnen gemeldet. Oder, besser gesagt, ich hätte gehofft, dass Sie es tun. Aber ich dachte, die Neuigkeit könnte Sie interessieren. Außerdem bin ich total durch den Wind und musste unbedingt mit jemandem reden.«

»Wie schmeichelhaft, dass Sie dabei an mich gedacht haben.«

»Ihre Karte lag direkt neben meinem Telefon und ich, na ja, ich dachte, ich könnte Ihnen nützlich sein, indem ich die Information so schnell wie möglich weitergebe. Wie mir der zuständige Kommissar sagte, kommt die Spurensicherung in so einem Fall vom Festland. Und das kann erst heute früh geschehen. Nachts kommt man ja nicht auf die Insel.«

»Es sei denn, man benutzt ein Flugzeug, so wie der bedauernswerte Maler es getan hat«, wirft Fred ein.

»Die Flensburger Kriminalpolizei wird ihren Beamten wohl kaum eine Privatmaschine zur Verfügung stellen können.« Judith lacht kurz auf. »Also warten alle auf den Frühzug. Die Galerie ist im Moment gründlich gesichert, auch der Vorgarten ist abgesperrt, man kann deutlich sehen, dass dort etwas passiert ist. Aber vorerst soll niemand erfahren, was genau geschehen ist.«

»Und warum hat man mit Ihnen eine Ausnahme gemacht?«

»Die Polizei brauchte Unterlagen aus dem Büro. Vor allem die Adressen der Sammler. Und meine Fingerabdrücke sind ohnehin überall drauf, da war es auch schon egal, ob ich noch einmal in die Büroräume gehe.«

»Sie waren aber nicht dabei, als Specht umgebracht wurde?«

»Gott bewahre, nein. Sonst wüsste ich ja, wer es war, und der Fall wäre längst gelöst.«

»Oder Sie hätten die Nacht nicht überlebt, was in vielerlei Hinsicht höchst bedauerlich gewesen wäre«, scherzt Fred, während er mit der freien Hand eine Kapsel in seine Espressomaschine legt, eine Tasse darunter stellt und den Startknopf drückt.

»Oh, Kaffee«, seufzt Judith. »Den bräuchte ich jetzt auch.«

Diese Steilvorlage kann Fred unmöglich ungenutzt lassen.

»Sagten Sie nicht gestern Abend, dass Sie auch in Wenningstedt wohnen?«

»In der Hauptstraße, genau.«

»Was halten Sie davon, wenn ich Sie abhole, wir unterwegs ein paar Brötchen kaufen und Sie zu mir zum Frühstück kommen? Meine Terrasse liegt sehr schön direkt am Dorfteich, und so früh am Morgen ist hier kaum jemand. Es wird Ihnen gefallen.«

Judith zögert nur wenige Sekunden, dann erklärt sie mit fester Stimme: »Das ist eine tolle Idee. Schlafen kann ich sowieso nicht mehr. Und allein sein im Moment auch nicht so gut.«

»Kann ich mir vorstellen. Also dann. Ich muss mich nur noch kurz frischmachen, aber in zwanzig Minuten bin ich bei Ihnen.«

Sonntag, 5. August, 07.55 Uhr, Kriminalkommissariat, Westerland

Bertold von Brüssow sieht nicht nur übernächtigt aus, sondern auch eingeschüchtert. Von der stolzen Haltung, die der Adlige gestern Abend auf der Vernissage gezeigt hat, ist kaum noch etwas übrig. Er sitzt ganz vorn auf der Stuhlkante, hält die Tasse Tee, um die er gebeten hat, mit zitternden Händen fest und hat seine Alibilüge sofort eingestanden. Es blieb ihm auch nichts anderes übrig, schließlich haben die Kollegen aus Niebüll ihn direkt vom Autozug gepflückt und ihn anschließend zurück auf die Insel begleitet.

»Warum haben Sie nicht gleich die Wahrheit gesagt?«, will Silja jetzt wissen.

»Nun, ich habe mir ja nichts zuschulden kommen lassen. Und da alle auf der Vernissage wussten, dass ich noch abends zurück aufs Festland wollte, dachte ich, es wäre einfacher, wenn ich bei dieser Version bleibe. Alles andere hätte doch nur für Verwirrung gesorgt.«

»Warum haben Sie sich überhaupt anders entschieden?«, mischt sich Bastian jetzt ein. Er führt die Vernehmung gemeinsam mit Silja durch, während Sven für ein paar Stunden nach Hause gegangen ist, um sich hinzulegen. Alle drei sind darauf vorbereitet, die nächsten Tage unter Volldampf zu arbeiten, da darf niemand zur Unzeit zusammenklappen.

»Ich war schon auf dem Weg nach Westerland«, beginnt Bertold von Brüssow stockend, »da wurde mir klar, dass ich den Elf-Uhr-Zug nicht mehr kriegen werde. Und die Aussicht, eine volle Stunde an der Verladestation zu warten, war nicht gerade verlockend. Also bin ich nach Keitum abgebogen und zu Arturs Grab gefahren.«

Er schlägt die Augen nieder und nimmt einen großen Schluck von seinem Tee. Die Hände zittern jetzt weniger, und auch seine Stimme bekommt wieder mehr Volumen.

»Es klingt vielleicht kindisch, aber ich glaube daran, dass man mit den Toten reden kann. Also vielleicht nicht mit ihnen, aber zu ihnen. Auch wenn das sicher nur den Lebenden hilft. In der Uckermark halte ich mich oft in unserer Familiengruft auf, und immer schöpfe ich Kraft aus der Zwiesprache mit meinen Ahnen. Es hilft mir, die Dinge aus einem gewissen Abstand zu betrachten, ihre Wichtigkeit zu relativieren. Verstehen Sie, was ich meine?«

Fragend blickt Bertold von Brüssow erst Silja, dann Bastian in die Augen. Doch es ist Silja, die darauf antwortet.

»Ich verstehe Sie sehr gut.«

Überdeutlich sieht sie plötzlich das Grab ihrer kleinen Schwester vor sich, und die Erinnerung an deren zierlichen Körper, der so unendlich hilflos ihrem Peiniger ausgeliefert war, überflutet sie. Dann fängt sie Bastians besorgten Blick auf und erklärt mit leiser Stimme: »Meine Schwester ist durch ein Gewaltverbrechen zu Tode gekommen, und die Besuche auf dem Friedhof haben mir das Gefühl gegeben, die Verbindung zu ihr nicht zu verlieren. Das hätte ich damals nicht ertragen können.«

»Sehen Sie, genau das ist es, was ich meine. Artur und ich sind zusammen aufgewachsen, wir waren wie Brüder in dem Dorf, aus dem meine Familie stammt. Und zunächst haben wir sogar das Gleiche studiert.« Bei dem Gedanken an die gemeinsame Zeit überzieht ein plötzlicher Glanz sein Gesicht. Doch so schnell, wie er gekommen ist, erlischt der Glanz auch wieder. »Später standen wir uns dann nicht mehr so nahe. Jahrelang haben wir uns gar nicht gesehen, haben uns in zu unterschiedliche Richtungen entwickelt. Aber dann gab es irgendwann wieder eine Annäherung, so wie das unter echten Geschwistern auch manchmal der Fall ist.«

»Würden Sie sagen, dass Sie von allen vier Freunden dem Maler am nächsten gestanden haben?«, will Bastian jetzt wissen.

Bertold von Brüssow zögert keine Sekunde mit seiner Antwort.

»Auf jeden Fall. Gemeinsame Erinnerungen sind ein sehr starkes Band. Dagegen war Arturs Verhältnis zu diesem Haldodri Seebrück genauso wie das zu Liebig doch eher ein geschäftliches. Der eine hat ihm sein Haus gebaut, der andere die Autos verkauft.«

»Immerhin hat Florian Seebrück in Artur Fausts Haus gewohnt«, wirft Bastian ein.

»Na und? Artur hat ihn verachtet, das hat er ihn oft genug spüren lassen.«

»Und Heiner Schwartz, der Kunstsammler?«

»Mit dem war es sicher anders. Artur schätzte seinen Sachverstand sehr, er sagte immer, der Heiner, der hat einen Blick, da kann sich manch ein Kurator noch etwas abgucken …«

Plötzlich unterbricht sich von Brüssow und holt tief Luft.

»Ja?«, versucht Silja ihm zu helfen.

»Ach nichts.« Der Adlige lacht, es klingt fast verlegen. »Ich kann es immer noch nicht glauben, dass Artur wirklich tot ist. Sie können sich das vielleicht nicht vorstellen, aber er strotzte nur so vor Leben. Wenn wir fünf zusammen waren, dann war es, als würde Arturs innere Glut für uns andere vier gleich mit reichen. Er hatte die verrücktesten Ideen und die irrsten Einfälle, und er ließ einfach kein Gegenargument gelten.«

»Könnte man vielleicht sagen, dass Ihr Freundeskreis auch davon lebte, dass niemand dem Maler widersprochen hat?«, fragt Silja vorsichtig.

Bertold von Brüssow antwortet mit einer Gegenfrage. »Warum sollten wir auch? Artur war so etwas wie unser persönlicher *maître de plaisir*. Er sorgte mit seinen ständigen Kapriolen dafür, dass unsere Treffen nie langweilig wurden. Wer sollte sich schon gegen so etwas wehren? Schließlich werden die meisten Leben mit wachsendem Alter ja nicht unbedingt spannender.«

»Wie kommt es eigentlich, dass ausgerechnet Sie vier die Elemente-Bilder unter sich aufgeteilt haben?«

Von Brüssow lächelt still in sich hinein und sagt leise: »Artur wollte es so. Er fand, wir passen zu den Bildern.«

»Hätte es ihn nicht verletzt, dass Sie die Bilder so schnell nach seinem Tod verkaufen?«

»Wahrscheinlich«, antwortet von Brüssow knapp, fügt aber nach einem auffordernden Blick von Bastian zögernd hinzu: »Wissen Sie, es war eine gemeinsame Entscheidung von allen vier Freunden, und wir haben verabredet, zu den Gründen zu schweigen. Daran möchte ich mich auch halten.«

»Schade. Vielleicht überlegen Sie es sich ja doch noch einmal anders. Es ist schließlich ein Mensch umgebracht worden.«

Eine ungemütliche Stille entsteht, in der von Brüssow mehrmals zwischen den Ermittlern hin- und herschaut. Doch weder Silja noch Bastian tun ihm den Gefallen, ihr Mitleid zu zeigen. Für sie ist Bertold von Brüssow im Moment weniger ein Trauernder als vielmehr ein Verdächtiger. Nervös klopft sich der Adlige auf die Taschen seiner Joppe, als suchte er etwas. Und als hätte diese Aktion es ausgelöst, beginnt jetzt sein Handy zu klingeln. Schnell zieht von Brüssow den Apparat aus der Innentasche und drückt den Anruf weg.

»Sind Sie gar nicht neugierig, wer Sie zu dieser frühen Stunde sprechen will?«, fragt Bastian Kreuzer spitz.

»Ich weiß es«, entgegnet von Brüssow mit einem leichten Lächeln. »Es wird meine Frau sein, die sich Sorgen macht. Ich werde sie nicht zusätzlich ängstigen, indem ich ihr erzähle, wo ich mich gerade befinde. Ich rufe später zurück.«

Bastian Kreuzer und Silja Blanck wechseln einen schnellen Blick. Beide denken genau das Gleiche. Nur zu gern würden sie überprüfen, wer der wahre Anrufer ist, doch dazu fehlt ihnen die Handhabe. Im Moment jedenfalls.

Stattdessen zieht Bastian ein Foto von dem blutüberströmten Galeristen aus einer Mappe und hält es dem Adligen vors Gesicht. Entsetzt betrachtet von Brüssow das Foto, doch zu einer Äußerung lässt er sich auch jetzt nicht hinreißen. Enttäuscht wechselt Bastian das Thema.

»Warum haben Sie den Zyklus eigentlich ausgerechnet Ronald Specht angeboten? Seine Galerie ist doch eher unbedeutend, und Sylt ist nun wirklich nicht der Nabel der Kunstwelt.«

»Die Bilder haben alle einen starken Bezug zur Insel, da schien uns das passend. Außerdem wünschten wir uns eine zügige Abwicklung der ganzen Geschichte, und die großen Galerien sind oft auf Jahre ausgebucht.«

»Das scheint mir eine ziemliche kühle Erwägung zu sein. Ihr gemeinsamer Freund liegt kaum unter der Erde, und Sie denken nur ans Geld.« Bastian wirft sich in seinem Schreibtischstuhl zurück und verschränkt die Hände hinter dem Kopf. Dann fixiert er Bertold von Brüssow mit einem bohrenden Blick. »Oder war das vielleicht der Grund für Ihren nächtlichen Ausflug an Artur Fausts Grab? Immer vorausgesetzt, dass es diesen Ausflug wirklich gegeben hat.«

»Ich verstehe nicht, was Sie meinen.«

»Nein? Dann will ich mich klarer ausdrücken. Wenn Sie schon gelegentlich mit den Toten reden, Herr von Brüssow, waren Sie dann an der letzten Ruhestätte des Malers, wie man so schön sagt, um ihn vielleicht um Verzeihung zu bitten für die Geschmacklosigkeit dieses überstürzten Verkaufs?« Bastian lässt einige Sekunden verstreichen, bevor er mit bedrohlich leiser Stimme weiterredet. »Oder wollten Sie Ihrem alten Freund Artur Faust einfach nur in aller Ruhe von einem geplanten Mord erzählen?«

Sonntag, 5. August, 08.03 Uhr, Hörnum Odde

Die Morgensonne streicht zärtlich über Dünen und Gräser, während an der Wasserkante hungrige Möwen die Saat der Nacht ernten. Sie hüpfen von Tangbündeln zu verirrten Krebsen und wieder zurück und picken sich unter lautem Geschnatter die leckersten Stücke heraus.

Heiner Schwartz liebt es, um diese frühe Stunde an der südlichsten Stelle der Insel spazieren zu gehen. Niemand stört dann seine Ruhe, er ist mit den Wellen und den Möwen allein. Und mit seinen Gedanken. So ziemlich alle guten Geschäftsideen der letzten Jahre sind ihm hier unten am Strand gekommen. Er stünde mit seiner Drogeriekette längst nicht so blendend da, wenn es nicht dieses Ritual der morgendlichen Spaziergänge gäbe. Auf dem Rückweg läuft er durchs Dorf und kauft frische Brötchen für das gemeinsame Frühstück mit seiner Frau, die sich weigert, in ihrer Freizeit vor neun Uhr das Bett zu verlassen. Ihr Job als Kinderärztin sei anstrengend genug, argumentiert sie jedes Mal, wenn Heiner Schwartz sie überreden möchte, ihn zu begleiten. Trotzdem gibt er seine Versuche nicht auf, ihr den Zauber der Morgenstunden am Strand nahezubringen.

Doch heute ist Heiner Schwartz froh über die beharrliche Weigerung Konstanzes. Zu viel ist in den letzten zwölf Stunden geschehen, von dem sie besser nichts wissen sollte. Und ebenso viel muss in den nächsten Stunden besprochen und entschieden werden, um noch größeren Schaden abzuwenden. Nachdenklich blickt Schwartz über die gleichmäßigen Wellen, die gerade erstaunlich zahm sind. Er hat den Gezeitenkalender immer im Kopf und weiß genau, dass sich eine einsetzende Flut für gewöhnlich mit ganz anderen Brechern ankündigt. Fast scheint es ihm, als wolle die Natur, die er schon immer als seine Verbündete begriffen hat, nicht noch weitere Verwirrung stiften.

Heiner Schwartz zieht das Handy aus der Tasche seiner Steppjacke und prüft den Empfang. Nicht immer gibt es hier unten eine Verbindung zum Netz, aber heute hat er Glück. Im Moment ist jedenfalls ein Telefonat möglich, Schwartz weiß allerdings nur zu gut, dass sich das jederzeit ändern kann. Er scrollt durch die Liste seiner Kontakte und wählt einen Namen. Dann presst er das Handy fest ans Ohr. Das Klingeln am anderen Ende der Leitung kämpft tapfer gegen das Meeresrauschen an, doch bevor der Kampf entschieden werden kann, wird Heiner Schwartz' Anruf weggedrückt. Verdutzt blickt er aufs Display. Tatsächlich, Bertold von Brüssow ist also nicht nur wach, sondern offenbar auch in einer Situation, in der er nicht mit Schwartz sprechen kann oder will.

Schnell sucht sich der Unternehmer einen anderen Adressaten aus seiner Liste. Doch bevor er diesen anklingelt, läuft er zurück in Richtung Dünen, wo es nicht so laut ist wie direkt am Wasser, den Empfangsbalken auf dem Handydisplay immer im Blick. Obwohl der Empfang gut ist, redet Schwartz besonders laut, als der Angerufene sich meldet.

»Hallo, Johann. Hast du einen Moment? Es ist dringend.«

Mit gerunzelter Stirn vernimmt Schwartz die Antwort, die ausführlich ausfällt und wortreich vorgetragen wird.

»Bei dir also auch« ist alles, was Schwartz darauf erwidert. Nach einer nachdenklichen Pause auf beiden Seiten stellt er die entscheidende Frage: »Und was machen wir jetzt?«

Wieder dauert es, bis sein Gesprächspartner fertig ist. Während Schwartz dessen Worten lauscht, schüttelt er mehrmals energisch den Kopf. Und schließlich unterbricht er den Redefluss des anderen wütend.

»Bist du wahnsinnig? Das kommt gar nicht in Frage!«

Dann hört Schwartz kaum noch zu. Sein Blick streicht über Wellen und Strand, Möwen und Treibgut, als sehe er dies alles zum ersten oder vielleicht auch zum letzten Mal. Ganz wach sind seine Sinne jetzt, während sein Verstand auf Hochtouren arbeitet.

»Nur über meine Leiche«, schmettert er plötzlich mit Stentorstimme ins Telefon. Dann unterbricht Schwartz die Verbindung, bevor sein Gesprächspartner die Chance hat, etwas zu erwidern.

Sonntag, 5. August, 08.10 Uhr, Galerie Specht, Kampen

Die Stiege, die in die Dachwohnung über der Galerie führt, ist schmal und steil. Bastian Kreuzer stößt sich den Ellenbogen an der Wand, als er sich zu dem Trupp von der Spurensicherung umdreht. Der Musikantenknochen vibriert schmerzhaft, und Bastian verzieht das Gesicht, während er letzte Anweisungen gibt.

»Hier oben hat das Opfer gewohnt. Wir sind extra nicht vor euch reingegangen, damit ihr einen authentischen Eindruck habt. Ich will, dass ihr alles megagründlich unter die Lupe nehmt. Bisher wissen wir so gut wie nichts über das Privatleben des Toten. Wenn wir die Ermittlungen also nicht nur auf die vier Kunstsammler konzentrieren wollen, sind wir auf eure Hinweise dringend angewiesen. Alles ist wichtig. Vor allem interessiert uns natürlich die Frage: Wer war in der Wohnung, und was hat er dort gewollt?«

»Müssen wir die Tür aufbrechen?«, unterbricht ihn Leo Blum, ein hagerer Mann mit Charakternase, der seine zum Pferdeschwanz gebundenen langen Haare unter der weißen Kapuze des Schutzanzuges verborgen hat.

Bastian Kreuzer, der den gleichen Anzug trägt, damit auch seine Spuren den Tatort nicht verunreinigen, schüttelt den Kopf.

»Müsst ihr nicht. Das ist es ja gerade. Die Tür ist offen, das haben wir schon überprüft. Und genau das hat uns misstrauisch werden lassen. Entweder der Galerist war, nachdem seine Mitarbeiterin Judith Lissen gegangen ist, schon oben in seiner Wohnung, und jemand hat ihn wieder heruntergeholt, um ihn zu töten. Oder er hat die Wohnungstür den ganzen Abend über unverschlossen gelassen, was eher unwahrscheinlich ist, wenn sich unten im Haus eine Horde von unberechenbaren Vernissagebesuchern tummelt.«

»Oder jemand anderes hat noch einen Schlüssel zur Wohnung«, murmelt Leo Blum jetzt, schiebt Kreuzer zur Seite und greift nach der Türklinke. »Und dieser jemand könnte dem Toten durchaus nahe genug gestanden haben, um als Mörder in Frage zu kommen.«

Ohne die Reaktion des Kommissars abzuwarten, stößt Blum die Tür zu Ronald Spechts Dachwohnung auf. Die Diele ist niedrig und dunkel. Sie wirkt sehr aufgeräumt. Eine Wolljacke ist lose über einen Garderobenhaken gehängt, zwei Gummistiefel stehen ordentlich nebeneinander unter dem Haken.

»Wofür braucht man Gummistiefel mitten im Sommer?«,

wundert sich Bastian, als er dicht hinter Leo Blum die Diele betritt.

»Sag du es mir«, antwortet Leo.

»Zum Angeln? Für eine Wattwanderung?«, überlegt Bastian laut und schlägt sich dann mit der flachen Hand vor die Stirn. »Warte mal. Dieser Maler, Artur Faust, von dem die Bilder sind, der ist doch im Watt gestorben.«

»Aber soweit ich weiß, bei einem Flugzeugabsturz.« Leo Blum verteilt seine Leute mit entschiedenen Gesten in der ganzen Wohnung. »Der Galerist wird ja wohl kaum den Flieger des Malers mit einer Angelleine vom Himmel gerupft haben.«

»Aber er könnte doch beispielsweise nachts im Watt gestanden und mit einer starken Lampe falsche Signale ausgesandt haben, die den Maler so irritiert haben, dass er die Kontrolle über die Maschine verlor.«

Leo Blum lacht so laut, dass einige seiner Kollegen die Koffer abstellen, die sie gerade hereintragen, und verwundert die Köpfe heben.

»Mensch Bastian, jetzt bist du schon so lange bei der Kripo, und immer noch geht ab und an deine Phantasie mit dir durch. Wer lässt sich denn solch einen Blödsinn einfallen? Jedes Flugzeug hat heutzutage Funk und ist nicht mehr auf Lichtsignale angewiesen.«

»Na, irgendwas muss den Flieger ja zum Absturz gebracht haben.«

»Jetzt warte einfach mal friedlich ab, was wir hier finden – und du weißt, wir finden immer was –, und dann sehen wir weiter«, vertröstet ihn Leo Blum.

»Hast ja recht«, erwidert Bastian und verdrückt sich ins Schlafzimmer.

Er mustert erst das schmale Bett direkt unter der Schräge und dann den ziemlich breiten Kleiderschrank an der geraden Wand gegenüber. Neugierig öffnet der Hauptkommissar die Schranktüren. Innen hängt und liegt ausschließlich dunkle Garderobe. Jeans, T-Shirts, Hemden, Pullover, alles ist schwarz. Sogar die Jogginghosen und die Laufschuhe.

»Konsequent war er jedenfalls«, murmelt Bastian.

»Und wahrscheinlich Single«, fügt die junge Beamtin hinzu, der Leo Blum diesen Raum zugewiesen hat.

»Können Sie das anhand der Fingerabdrücke denn jetzt schon sagen?«

»Natürlich nicht.« Sie lacht, als habe der Kollege von der Kripo einen guten Witz gemacht. »Aber gucken Sie sich doch mal das Bett an. Wollen Sie in dem vielleicht zu zweit liegen?«

Mit Silja würde mir das wenig ausmachen, schießt es Bastian durch den Kopf. Laut sagt er nur: »Sie haben recht. Ist vielleicht ein bisschen eng.« Dann verlässt er auch diesen Raum, bevor noch deutlicher wird, dass er vor lauter Müdigkeit offenbar nicht mehr klar denken kann. Als wenige Sekunden später sein Telefon klingelt, ist er ausgesprochen dankbar für die Ablenkung. Doch als Bastian am anderen Ende der Leitung Siljas panische Stimme erkennt, ist es mit der Dankbarkeit schnell vorbei.

»Was ist denn los?«

»Die Mutter steht unten«, keucht Silja.

»Welche Mutter?«

»Die des ermordeten Galeristen. Ingrid Specht. Wir haben doch gestern Nacht noch zwei Kollegen aus Husum zu ihr nach Hause geschickt. Und jetzt ist sie hier.«

»Aber ich versteh nicht ganz, warum dich das plötzlich so

mitnimmt«, wendet Bastian ein und hätte sich im nächsten Moment am liebsten auf die Zunge gebissen. Doch zu spät. Schon hat sich Siljas Verzweiflung in Aggression gekehrt.

»Hast du vergessen, was in meiner eigenen Familie passiert ist? Verdammt, ich habe dir doch von meiner Mutter erzählt. Von ihren Tränen, ihrer Verzweiflung und schließlich ihrem Schweigen nach dem Tod meiner Schwester. All das steht der armen Frau da unten noch bevor – und ich werde es gleich mit ansehen müssen.«

Silja verstummt, und Bastian meint zu hören, wie sie mit der Faust auf ein Möbelstück schlägt.

»Soll ich kommen?«, bietet er leise an.

»Nein, lass mal. Es geht schon.«

Siljas Stimme ist plötzlich kühl und fest. Bastian weiß genau, welchen Ausdruck ihr Gesicht jetzt zeigt. Eine zurückgenommene Mimik mit aufgerissenen Augen, in denen nur der Eingeweihte die Panik erkennen kann. Alle anderen halten diesen Blick für bohrend, und so mancher Zeuge ist schon unter ihm zusammengeklappt.

»Ruf mich an, wenn du es dir anders überlegst«, kann Bastian gerade noch sagen, dann marschiert Leo Blum mit einer schlichten Holzschachtel in der Hand auf den Kommissar zu. Er hält ihm die Schachtel unter die Nase und verkündet triumphierend: »Volltreffer, würde ich sagen.«

»Warum? Was ist da drin?«

»Liebesbriefe. Von einer gewissen Flo, mit der der Galerist offenbar vor nicht allzu langer Zeit gebrochen hat.«

»Sauber. Lass mal sehen.«

»Noch nicht.« Blum versteckt die Hand mit der Kiste hinter seinem Rücken.

»Was soll das? Du behinderst meine Ermittlungen.«

»Und du behinderst meine Spurensicherung.«

»Also gut.« Bastian seufzt. »Und wann bist du mit deiner Pinselei fertig?«

»Heute Abend.«

»So lange dauert das?«

»Du kennst mich doch, ich bin gründlich. Jedes Haar, jede Schuppe kann uns helfen.«

»Inzwischen könnte ich mich ja mit dieser Flo schon mal unterhalten. Den vollen Namen und ihre Adresse wirst du ja wohl rausrücken, oder?«

Leo Blum lacht spöttisch auf.

»Wenn das so einfach wäre. Die Briefe sind alle ohne Absender, das ist es ja gerade. Immerhin sind sie aber datiert. Die Beziehung muss etwa drei Jahre gedauert haben, und die Trennung liegt erst wenige Wochen zurück.«

Sorgfältig verstaut Leo Blum das Holzkästchen in einer Beweismitteltüte und diese in einem bereitgestellten Karton in der Diele. Danach sieht er noch einmal auf.

»Der letzte Brief ist übrigens von vorgestern. Ich dachte, das würde dich interessieren.«

»Und?«

»Was und?«

»Himmel, muss man dir denn jedes Wort aus der Nase ziehen. Was steht drin?«

»Flo bittet um ein Gespräch unter vier Augen. Und schlägt als Termin den Tag nach der Vernissage vor.«

»Also heute«, überlegt Bastian laut. »Dann gibt es jetzt zwei Möglichkeiten. Entweder diese Flo taucht hier irgendwann im Laufe des Tages auf …«

»… oder sie hat es nicht mehr ausgehalten und ist schon vorher gekommen«, fällt Leo Blum ihm ins Wort.

»Sie hat ihn zur Rede gestellt, das Gespräch ist eskaliert …«

»… ein Wort gab das andere …«

»… und dann hat sie zugeschlagen? Ist in die Galerie gelaufen, hat extra eines von den schweren Bildern von der Wand genommen, ist mit dem Teil zurück in den Garten und hat es dem Galeristen über den Kopf gezogen.« Ratlos bricht Bastian Kreuzer ab. »Nee, oder?«

»Klingt nicht besonders plausibel«, gibt Leo Blum zu. »Da müssen wir wohl hoffen, dass wir hier drinnen auch Blut finden. Dann wäre der sterbende Galerist ins Freie gelaufen.«

»Die Hoffnung stirbt zuletzt«, seufzt Kreuzer und greift nach seinem Handy, um Silja zu bitten, die Mutter des Toten nach dessen Freundin zu fragen.

Sonntag, 5. August, 08.12 Uhr, Kriminalkommissariat Westerland

Ingrid Specht ist ein attraktive Frau Ende fünfzig. Ihre Haare sind sorgfältig rotblond gefärbt und die Zähne zu groß und zu makellos, um noch echt zu sein. Sie hält den Kopf sehr gerade und sieht der Kommissarin direkt in die Augen, klammert sich aber dabei mit beiden Händen an den Seitenlehnen ihres Stuhls fest.

»Ich habe Ronald vor drei Wochen zum letzten Mal gesehen. Es kann auch schon vier Wochen her sein. Müssen Sie es genau wissen?«

Die Mutter des Toten hebt die Hände und reibt sie sich kräftig über die Wangen, als wolle sie sie gegen große Kälte schützen. Verstohlen wischt sie sich dabei ein paar Tränen aus den Augenwinkeln.

Silja Blanck senkt den Blick, um ihr Gelegenheit zu geben, sich wieder zu fassen. Leise sagt sie: »Viel mehr würde mich interessieren, ob Ihr Sohn bei seinem letzten Besuch von der bevorstehenden Ausstellung gesprochen hat.«

Ingrid Specht nickt. Dann holt sie tief Luft, als koste sie jeder Satz große Mühe. Und wahrscheinlich ist es auch so, denkt Silja. Ingrid Specht ist eine Frau, die auf Haltung achtet, das war ihr schon beim ersten Blick klar. Sehr aufrecht hat sie das Büro betreten, ihre Stimme klang fest und entschieden, nur bei der Begrüßung konnte sie ein leichtes Zittern ihrer Hände nicht verbergen. Doch inzwischen hat dieses Zittern den ganzen Körper erfasst, bebend sitzt die Mutter des Mordopfers vor der Kommissarin.

»Er hat sich unheimlich über den Auftrag gefreut. Die Galerie lief nicht besonders gut, und Ronald hatte sich ziemlich verschuldet. Nicht nur bei mir, auch die Bank hatte ihm einiges geliehen. Aber die Faust-Ausstellung schien eine sichere Sache zu sein. Jeder wusste, dass die Bilder sofort weggehen würden.«

»Und die Provision hätte gereicht, um einen Teil der Schulden zurückzuzahlen?«

»Ja, ich nehme es jedenfalls an. Ronald war wirklich euphorisch, als er bei mir war. Er hat sogar …«

Ingrid Specht unterbricht sich und beißt die Zähne so fest zusammen, dass sich ihre Kieferknochen deutlich unterhalb der Wangen abzeichnen.

»Ja?«, fragt Silja und beugt sich weit über den Schreibtisch zu ihr hinüber. »Was hat Ronald …?«

»Er hat sogar von Heirat geredet. Ich habe immer gehofft, dass er doch noch eine Familie gründet.«

»Wissen Sie etwas über seine Freundin?«

Silja ist erleichtert, dass ihre Besucherin das Thema von sich aus angeschnitten hat.

Ingrid Specht lächelt plötzlich und scheint für Sekunden ihren Kummer zu vergessen. »Florentine heißt sie. Florentine Horstmann. Ronald hat viel von ihr geredet. Leider habe ich sie noch nicht kennengelernt. Nur ein Foto hat er mir mal geschickt. Sie ist wirklich sehr attraktiv, arbeitet als Referentin in irgendeinem Konzern in Hamburg und hat entsetzlich wenig Zeit. Aber die beiden sind … waren …« Sie unterbricht sich, schluchzt kurz und beginnt den Satz noch einmal von vorn. »Sie müssen sehr glücklich miteinander gewesen sein.«

»Wie lange waren sie denn schon liiert?«

»So um die drei Jahre glaube ich. Entschuldigen Sie bitte.« Hektisch wühlt die Mutter des Galeristen in ihrer Handtasche. Als sie endlich die Packung mit den Papiertaschentüchern gefunden hat, laufen ihr bereits die Tränen über beide Wangen.

»Frau Specht, es tut mir so unendlich leid, dass ich Sie das alles fragen muss«, setzt Silja an, wird aber gleich unterbrochen.

»Sie müssen sich nicht entschuldigen. Ich sage Ihnen gern alles, was ich weiß, wenn Sie nur das Monster finden, das ihn umgebracht hat. Ich will ihm ins Gesicht spucken, ich will, ich will …«

Silja steht auf und legt der Mutter des Toten eine Hand auf den Arm. »Ich verstehe Sie sehr gut. Und ich verspreche Ihnen, dass wir alles Menschenmögliche tun werden, um den Mörder Ihres Sohnes zu fassen.«

Ingrid Specht nickt und tupft sich die Tränen vom Gesicht.

»So eine attraktive Frau, diese Florentine. Und jetzt werde ich sie bei Ronalds Beerdigung kennenlernen«, flüstert sie.

»Frau Specht, es tut mir leid, Ihnen das sagen zu müssen, aber Ihr Sohn hat sich offenbar wenige Wochen vor seinem Tod von seiner Freundin getrennt.« Silja wirft einen Blick auf die SMS, die Bastian ihr gerade geschickt hat. »Meine Kollegen haben Briefe von ihr in seiner Wohnung gefunden, aus denen das hervorgeht.«

»Vor wenigen Wochen, sagen Sie? Wann war das denn?«

»Ich weiß es noch nicht ganz genau, aber es könnte um die Zeit seines letzten Besuchs bei Ihnen herum gewesen sein.«

»Aber das hätte Ronald doch gesagt.« Verwirrt schüttelt Ingrid Specht den Kopf. »Ich meine, man redet doch nicht von Hochzeit, wenn gerade die Beziehung in die Brüche zu gehen droht.«

»Wir werden die Freundin Ihres Sohnes dazu befragen. Haben Sie vielleicht ihre Adresse?«, erkundigt sich Silja ohne große Hoffnung und ist umso erstaunter, als Ingrid Specht prompt ihre Tasche öffnet und ein iPhone hervorzieht. Sie klickt auf der Tastatur herum und reicht dann der Kommissarin das Handy über den Tisch.

»Ich habe nur dieses Foto. Sie sieht doch entzückend aus, oder? Eine echte Schönheit, finden Sie nicht auch? Ich wollte sie so gern einmal treffen oder wenigstens wissen, wie sie aussieht, und dann hat mir Ronald irgendwann dieses Bild geschickt, wenn ich sie schon nicht persönlich kennenlernen konnte.«

Silja mustert das lachende Gesicht auf dem Handydisplay mit gerunzelter Stirn. Irgendwie kommt ihr die Frau bekannt vor, ohne dass sie sagen könnte, wann oder wo sie die Freundin Ronald Spechts schon einmal gesehen hat.

»Aus Hamburg sagen Sie«, murmelt die Kommissarin. »Kann es sein, dass sie dort Kunstgeschichte studiert hat?«

»Nein, nein, das ist ausgeschlossen. Sie hat BWL studiert. In Münster und in Bonn.«

»Verstehe.« Silja notiert die Information auf einem Block. »Es ist sicher kein Problem für uns, die Freundin oder Exfreundin Ihres Sohnes zu finden.« Silja bemüht sich, ihre Stimme tröstlich klingen zu lassen, obwohl sie genau weiß, dass es für eine Mutter, die ihr einziges Kind verloren hat, keinen Trost geben kann. »Es könnte Ihnen beiden helfen, über Ihren Sohn zu reden.«

Ingrid Specht nickt tapfer, aber ihre Miene spricht eine andere Sprache. Sie kündet von Verzweiflung und einer Ratlosigkeit, die auf entsetzliche Weise bodenlos ist.

Sonntag, 5. August, 08.14 Uhr, Haus am Dorfteich, Wenningstedt

»Vielleicht sollte man ernsthaft zum Frühaufsteher werden«, sagt Judith Lissen träumerisch und lässt ihren Blick über den Teich, den Schilfgürtel und die umliegenden Häuser streifen. Der Tau glänzt auf Wegen und Rasenflächen, ein ganz leichter Nebelschleier hängt über dem Wasser, und in der Luft stehen nur einzelne Vogelrufe und die Schritte eines Joggers, der gerade am gegenüberliegenden Ufer entlangtrabt.

»Vielleicht sollte man überhaupt ein besserer Mensch werden«, ergänzt Fred Hübner augenzwinkernd. »Keine Zigaretten, kein Alkohol. Am Vormittag Sport und am Nachmittag nur gute Taten.«

»Sie sind da wahrscheinlich schon ziemlich dicht dran.« Judith dreht ihre Kaffeetasse in den Händen und wirft dem Journalisten einen Blick unter gesenkten Lidern hervor zu. Dann lehnt sie sich in ihrem gepolsterten Teakstuhl zurück und wirft die Haare in den Nacken. »Übermäßiger Kaffeegenuss scheint mir Ihr einziges Laster zu sein, jedenfalls nach allem, was ich bisher beobachten konnte.«

»Sie beobachten mich, wie schmeichelhaft«, gibt Fred gewandt zurück.

»Sie beobachten mich doch auch.«

»Ich widme Ihnen meine Aufmerksamkeit, das ist etwas ganz anderes.«

Judith mustert Fred nachdenklich.

»Es ist hilfreich beim Flirten, wenn man gut mit Worten umgehen kann, oder?«

»Mag sein.« Fred grinst. »Aber höchstens in der Anbahnungsphase. Hinterher ist es manchmal sogar hinderlich. Frauen mögen klare Ansagen und nicht so ein Geschwurbel.«

»Wie wahr. Und da wir schon mal bei klaren Ansagen sind: Sollen wir uns nicht duzen? Schließlich haben wir uns in tiefster Nacht getroffen, um bei einem Spaziergang über einen Mord zu reden, dessen Zeugin ich um ein Haar geworden wäre.«

»Sehr gern.« Fred steht auf und geht zur Terrassentür. Dort bleibt er stehen und dreht sich zu Judith Lissen um. »Möchten Sie mit einem Glas Champagner auf das Du anstoßen?«

»Ich denke, du trinkst nicht. Und dann hast du Champagner kaltgestellt?«

»Das ist der Notfallchampagner, so etwas gehört in jeden ordentlich geführten Haushalt.«

»Ich bin also ein Notfall?«

»Ein Glücksfall«, verbessert sie Fred und geht hinein. Als er wenig später mit der Flasche und zwei Gläsern zurückkommt, sagt er aufgekratzt: »Sollte man nicht überhaupt jeden Tag so beginnen, wie man den vergangenen beendet hat?«

»Ist das ein alter Trinkerspruch?« Judith weist auf das zweite Glas, das Hübner gerade neben den Brötchenkorb auf den Frühstückstisch stellt.

»Vorsicht, junge Dame«, warnt Fred. »Auf dem Ohr höre ich besonders gut.«

»Entschuldigung, ich wollte Ihnen nicht zu nahetreten.«

»Dir«, verbessert sie Fred und lässt den Korken in weitem Bogen über den Teich fliegen. »Du wolltest mir nicht zu nahetreten? Dabei hätte ich vielleicht gar nichts dagegen.« Er lässt den Champagner in die Gläser fließen und reicht eines an Judith weiter. Als sie anstoßen, sieht er ihr lange in die Augen.

»Fred.«

»Judith.«

»Auf unser Frühstückswunder.«

Fred hebt sein Glas und benetzt die Lippen, während Judith in kleinen Schlucken trinkt.

»Köstlich.« Sie legt den Kopf in den Nacken und schließt die Augen. »Vielen Dank für alles.«

»Nichts zu danken.« Fred schnuppert an den Champagnerkelch und stellt ihn dann zurück auf den Tisch.

»Du hast die Flasche nur für mich aufgemacht?«

»Sieht ganz so aus. Du musst jetzt also hierbleiben, bis sie leer ist. Und dann kann ich dich natürlich unmöglich allein lassen, außerdem bist du dann so müde und betrunken, dass du glücklich sein wirst, wenn ich dir mein Gästebett anbiete.«

Judith nickt und wirft ihm einen Blick zu, in dem sich Spott und Ernsthaftigkeit auf merkwürdige Weise mischen. Dann sagt sie leise: »Das war jetzt aber eine sehr klare Ansage.«

Fred zuckt die Schultern. »Ich sag's doch: Frauen mögen kein Geschwurbel.«

Sonntag, 5. August, 08.18 Uhr, Morsum-Kliff

Die Gummistiefel hinterlassen tiefe Spuren im Schlick. Bei jedem Schritt, den Florian Seebrück weiter ins Watt hinein macht, muss er die Stiefel mit großer Kraft aus dem Sand heben, während das trübe Wasser von allen Seiten die entstehenden Abdrücke füllt. Der Architekt steht schon bis zu den Knöcheln im Wasser, seine Jeans sind oberhalb der Stiefel mit Schlamm bespritzt, ebenso die aufgerollten Ärmel des Karohemdes. Immer wieder zieht Seebrück die lange Stange mit dem selbstgebastelten Netz über den welligen Sandboden des Watts. Manchmal bleibt eine Muschel, häufiger ein Tangfaden oder eine Vogelfeder darin hängen. Aber nur selten etwas von dem, wonach er schon seit Wochen so fieberhaft sucht. Dabei ist die Absturzstelle von Artur Fausts Flugzeug ziemlich genau hier gewesen. Ganz präzise kann das niemand mehr sagen, und Seebrück hat schon ziemlich großflächig gesucht. Jeden Morgen, wenn es die Gezeitentabelle erlaubt, ist er hier mit einem Kompass unterwegs. Immer startet er am gleichen Strandfleck und zählt sorgsam die Schritte, die er in die vorher festgelegte Himmelsrichtung macht. Nach erfolgter Suchaktion markiert er den Ort, den er sich vorgenommen hat, auf der großen Wattkarte, die er wenige Tage nach Artur Fausts Tod in einer Spezialbuchhandlung gekauft hat. Auf dieser Karte sind auch die wichtigsten Priele eingezeichnet. Seebrück weiß, dass die professionellen Wattführer solche Karten benutzen, um sich und die ihnen Anvertrauten bei Ebbe möglichst wohlbehalten durch des gefährliche Gelände zu leiten.

Nervös sieht der Architekt auf seine Uhr. Er hat noch eine knappe Viertelstunde, bis die Flut einsetzt, dann wird es höchste Zeit sein, das Watt vor dem Kliff wieder zu verlassen. Zu unberechenbar ist das rückströmende Wasser, sind die Untiefen, die sich plötzlich auftun und eine Rückkehr ans rettende Land verhindern können.

Nicht zum ersten Mal ertappt sich Seebrück bei dem Gedanken daran, wie es wäre, sich einfach dem Wasser zu überlassen. Es höher und höher steigen zu sehen und trotzdem reglos zu verharren. Zu beobachten, wie sich das Wasser dem oberen Rand der Stiefel nähert, wie es ihn erreicht und dann über die Gummikante schwappt. Zu fühlen, wie die Füße nach und nach immer schwerer werden, so schwer schließlich, dass an ein Weitergehen gar nicht mehr zu denken ist, dass man nur noch zusehen kann, wie sich nun auch die Hose voll Wasser saugt, an den Knien, den Oberschenkeln und am Gesäß dunkel färbt. Und spätestens wenn die ersten Flutwellen den Gürtel erreichen, werden sie auch den Körper schwächen. Vielleicht bekommt man dann Schüttelfrost, vielleicht überlegt man es sich anders, versucht doch noch einmal, die Stiefel aus dem Wattboden zu ziehen. Aber längst sind sie weit eingesunken, stecken tief im Schlick, sind fast schon zu Gesellen der Krebse und Fische, der Algen und Muscheln geworden. Längst fallen die Stiefel mit ihrem schlammigen Grün gar nicht mehr auf unter dem steigenden Wasser und werden, wenn der Mensch, der in ihnen steckt, erst einmal von der Flut besiegt worden ist, noch lange hier liegen, hin- und hergetrieben von Ebbe und Flut und nur festgehalten von dem toten Körper, der in ihnen steckt wie ein menschlicher Anker im Spiel der Gezeiten.

Plötzlich kurvt eine Möwe im Sinkflug an Florian Seebrück vorbei. Sie stößt mit dem Schnabel voran auf die Wasseroberfläche nieder und hebt sich sofort darauf zurück in die Höhe. In ihrem Maul zappelt ein Fisch. Erschrocken fährt Seebrück aus seinen Gedanken hoch. Das Wasser ist inzwischen schon bis an seine Waden gestiegen, es gluckert und rülpst überall um ihn herum, und fast reißt ihm die wachsende Strömung die Stange mit dem Netz aus den Händen. Das eben noch so friedlich scheinende Watt ist in Bewegung geraten und schickt sich an, die Herrschaft über Wohl und Wehe des kleinen Menschleins, das sich zu weit vorgewagt hat, zu übernehmen.

Mit großer Mühe hebt Seebrück den rechten Fuß aus dem Schlick am Meeresboden und macht einen Schritt auf die Küste zu. Die Klippen am Strand glühen in der Morgensonne, als würden sie von innen angestrahlt. Der Gedanke, dass sie ungerührt mit angesehen haben, wie Artur Faust aus dem trudelnden Flieger gestürzt ist, verfolgt Seebrück seit der Unfallnacht. Zwar hat man ihm versichert, dass der Maler eines gnädigen Todes gestorben sei, dass schon der Sturz ihm das Bewusstsein geraubt habe und das Ersticken unter Wasser erfolgt sein müsse, bevor er wieder zu sich kommen konnte. Aber stimmt das wirklich? Immer wieder stellt sich

Seebrück den verzweifelt rudernden Körper vor, das Japsen nach Luft und dann das Schlimmste: wie die anfängliche Hoffnung auf Rettung nach und nach der Einsicht weichen muss, dass alles zu spät sein wird, dass dieses Leben, das der Maler Artur Faust doch mit allen Fasern, mit Herz, Kopf und Seele geliebt hat, hier und jetzt sein Ende finden muss. Im nächtlichen Watt vor dem Morsumer Kliff. Etwa dort, wo Florian Seebrück gerade steht. Oder doch eher dort, wo er gestern gestanden hat? Oder vorgestern? Immer mit der selbstgebauten Stocherstange in den Händen und auf einer Suche, die von Tag zu Tag sinnloser wird.

Während diese Gedanken seinen Verstand beschäftigen, müht sich Seebrücks Körper durch das steigende Wasser. Es sind vielleicht noch fünfzig Meter bis zum rettenden Ufer, und wenn er die Wattkarte richtig in Erinnerung hat, dann gibt es auch keinen Priel zwischen ihm und dem sicheren Sand. Doch die Strömung wird von Sekunde zu Sekunde stärker, sie zerrt an seinen Beinen, sie versucht, ihm das Netz aus den Händen zu reißen. Sein Herz pumpt unrund, Seebrück spürt, wie sich der Muskel überfordert. Aber die Tabletten hat er geschluckt, wenn auch verspätet. Das Herz kann ihn jetzt unmöglich im Stich lassen, er muss sich nur beruhigen.

Mühsam hebt Seebrück die lange Stange aus dem Wasser und legt sie sich über die Schulter. Dann setzt er langsam Schritt vor Schritt, zieht immer wieder die Füße aus dem Schlick und arbeitet sich konzentriert dem rettenden Ufer entgegen.

Zum wievielten Mal hat er heute sein Leben riskiert? Er weiß es nicht. Er weiß nur, dass er ein fast perverses Vergnügen an diesen morgendlichen Ausflügen gefunden hat.

Schon jetzt graust es ihn vor seiner Rückkehr in die Villa des Malers, wo seit dessen Tod eine hohnlachende Schimäre in allen Ecken des Hauses lauert.

Sonntag, 5. August, 08.20 Uhr, Üp Klef, Morsum

Energisch drückt Heiner Schwartz zum dritten Mal auf den Klingelknopf. Der Edelstahl fühlt sich kalt unter seinem Finger an, obwohl die Morgensonne blendend über die Gräser streicht und das Thermometer im Auto schon 17 Grad Außentemperatur angezeigt hat. Wieder geht der Dreitongong im Inneren der Villa, wieder rührt sich nichts.

Wo zum Teufel steckt Seebrück?

Während des langen Weges von Hörnum hierher hat Schwartz über all die Fragen nachgedacht, die er dem Architekten stellen will. Vielleicht hätte er doch vorher anrufen sollen, aber andererseits wollte er ihn nicht warnen. Weder warnen noch verschrecken, korrigiert er sich selbst. Dann klingelt er ein letztes Mal. Niemand öffnet.

Schwartz steigt über den niedrigen Zaun und geht um das Gebäude herum. Es ist sehr schlicht, von weitem sieht es aus wie eine Aneinanderreihung von unterschiedlich großen Kuben, und das begrünte Flachdach wirkt merkwürdig zwischen den Reetdachhäusern, die links und rechts die Straße säumen. Nicht zum ersten Mal fragt sich Heiner Schwartz, wie es dem Maler und seinem Architekten seinerzeit überhaupt gelingen konnte, für diese Schachtel eine Baugenehmigung zu bekommen. Hätte man ihn gefragt, er hätte das ganze Vorhaben strikt verboten. Mit solchen Häusern verschandelt man doch nur die Insel. Ihm ist diese kubistische Villa von Anfang an ein Dorn im Auge gewesen. Daran ändert auch die stilvolle Terrasse auf der Wattseite des Gebäudes nichts. Doch wie sieht es jetzt dort aus?

Zwischen den sonst so akkurat platzierten Teakholzmöbeln stehen zwei schmuddelige Pappkartons, die irgendwie muffig riechen. Neugierig öffnet Schwartz einen der Kartons. Drinnen befinden sich Tangbündel in einem anscheinend unentwirrbaren Chaos. Verdutzt tritt Schwartz einen Schritt zurück und sieht sich die Kisten genauer an. Alle weisen im unteren Drittel dunkle Flecken von dem Wasser auf, das offensichtlich aus ihnen herausgelaufen ist.

Was ist so kostbar, dass es Seebrück hier gesammelt hat?

Kopfschüttelnd dreht Schwartz den Kisten den Rücken zu und rüttelt an der Terrassentür. Er weiß genau, dass Artur Faust eine hochleistungsfähige Alarmanlage hat installieren lassen, und ist innerlich auf die Sirene vorbereitet. Doch nicht darauf, dass sich die Terrassentür umstandslos nach innen öffnen lässt. Vorsichtig tritt er in den riesigen Wohnraum, der sich über zwei der insgesamt vier Kuben erstreckt. Der dritte beherbergt die Versorgungsräume und der vierte das Gästeapartment, in dem Seebrück seit der Erbauung des Hauses mietfrei wohnt.

Vorbei an zwei riesigen Artur-Faust-Originalen, die menschenleere Landschaften in giftigen Grüntönen zeigen, geht Schwartz zu der Verbindungstür, durch die man die Gästewohnung betreten kann. Merkwürdigerweise ist sie abgeschlossen. Kräftig rüttelt er an der Klinke, dann ruft er laut den Namen des Architekten.

Nichts.

Schwartz kehrt in Artur Fausts Wohnhalle zurück, wirft sich auf eines der Sofas und ruft Seebrück mit dem Handy an. Die Klingelmelodie ist deutlich hinter der verschlossenen Tür zu hören, wo sich, wie er weiß, eine kleine Diele befindet. Warum liegt Seebrücks Handy dort, wenn er selbst nicht zu Hause ist? Hier stimmt doch irgendetwas nicht. Florian Seebrück war sicher bis Mitternacht auf der Vernissage. Danach wird die Polizei ihn aus dem Schlaf geholt haben, wie Schwartz und die beiden anderen Sammler auch. Und jetzt soll er schon wieder unterwegs sein?

Plötzlich hat Heiner Schwartz einen unheimlichen Verdacht. Was ist, wenn Seebrück gar nicht mehr lebt? Wenn der mysteriöse Täter ihn auch ermordet hat? Dazu würde die offene Terrassentür ebenso passen wie das Zurücklassen der kostbaren Faust-Originale an den Wänden. Schließlich ist es bei dem Mord in der Galerie auch nicht um den Diebstahl der Bilder gegangen.

Oder könnte es vielleicht sein, dass Seebrück sich selbst getötet hat? War er nicht schon immer labil? Schließlich hat er oft über Depressionen geklagt und mit diesen Klagen den kraftstrotzenden Malerfürsten so manches Mal zu ziemlich üblen Scherzen provoziert. Sogar vor dem angeborenen Herzfehler Seebrücks machte der Spott des Malers selten halt. Der Kraftmensch Artur Faust hatte nur Hohn für diejenigen übrig, die die Natur mit weniger starken Anlagen ausgestattet hat. Heiner Schwartz besinnt sich kurz, dann ergreift ihn eine neue Furcht. Vielleicht war der Schock der letzten Nacht einfach zu viel für Seebrück, und er liegt jetzt japsend und mit dem Tod ringend hinter dieser verschlossenen Tür.

Entschlossen steht Heiner Schwartz auf, nimmt Anlauf

und wirft sich mit ganzer Kraft gegen die Tür zu der Einliegerwohnung. Sie rührt sich keinen Millimeter, nur durch Schwartz' Schulter zuckt ein stechender Schmerz, den er ignoriert. Als die Tür nach weiteren Versuchen schließlich nachgibt, fühlt er sich, als hätte man ihm die Schulter gebrochen. Trotzdem beginnt er sofort mit seiner Suche. Doch erfolglos. Das zerwühlte Bett ist leer, der sorgfältig aufgeräumte Wohnraum ebenfalls. In der Küche steht immerhin eine halbgefüllte Kaffeetasse, und der Rest in der Maschine ist noch nicht ganz abgekühlt.

Seebrück ist nicht hier. Er hat also das Haus ohne sein Handy verlassen, dabei muss er doch wissen, dass sie sich dringend verständigen müssen. Was zum Teufel kann denn jetzt noch wichtiger sein als die Absprache der Sammler untereinander? Verzweifelt lässt sich Schwartz auf einen der Küchenstühle fallen.

Im gleichen Augenblick fällt drüben in der Wohnhalle mit einem hohlen Laut die Terrassentür ins Schloss.

Sonntag, 5. August, 08.20 Uhr, *Café Wien*, Westerland

Bastian Kreuzer und Silja Blanck sitzen in dem kleinen Hof des *Café Wien* eng beieinander in einem Strandkorb. Für gewöhnlich frühstücken sie hier an ihren freien Sonntagen. Die Strandstraße, in der das Café liegt, ist etwa gleich weit von beiden Wohnungen entfernt, und hinten im Hof ist es viel weniger trubelig als vorn auf der Terrasse zur Fußgängerzone.

Als Silja nach dem Gespräch mit der Mutter des ermordeten Galeristen am Telefon ziemlich müde und erledigt klang, hat Bastian vorgeschlagen, hier eine Pause einzulegen und sie für ein kleines Brainstorming zu nutzen. Gerade bestellt Silja ein Stück von der Chili-Schoko-Torte zu ihrem Milchkaffee, was Bastian, der wie immer das große Frühstück ordert, erstaunt.

»Nanu, Torte am frühen Morgen?«

»Ich hab die Nacht durchgemacht. Da kannst du kein normales Verhalten von mir erwarten«, antwortet sie und mustert ihn prüfend, ganz so, als erwarte sie auch von ihm kein normales Verhalten.

Bastian ist ihr Blick unangenehm. Er fühlt sich, als könne man ihm ansehen, dass er immer noch viel zu intensiv an Judith Lissen denkt. Irgendetwas an deren Ausstrahlung übt einen fatalen Reiz auf ihn aus. Plötzlich kann er verstehen, dass sich Silja im letzten Jahr Hals über Kopf in die Freundschaft zu Judith gestürzt und ihn damit eifersüchtig gemacht hat. Natürlich lag das auch daran, dass sie zu dem Zeitpunkt noch getrennt waren und er insgeheim fürchtete, hinter der vielzitierten Freundin würde sich in Wahrheit ein Kerl verbergen.

»Was ist?«, unterbricht Silja seine Gedanken. »Hast du eine neue Idee zu unserem Fall?«

»Ich überlege die ganze Zeit, ob uns ein Kunstsachverständiger weiterhelfen könnte. Jemand, der diesen verdammten Elemente-Zyklus einmal genau unter die Lupe nimmt.«

»Vielleicht sollten wir zuerst Judith fragen. Sie hat schließlich die Ausstellung mitbetreut.«

»Wenn du meinst.« Bastian bemüht sich, seine Stimme möglichst unbeteiligt klingen zu lassen. »Ich kann sie ja nachher mal anrufen.«

Silja nickt und streicht ihm tröstend über die Wange. »Mach dir keine Sorgen, wir klären das schon. Der Mord liegt doch gerade erst ein paar Stunden zurück.«

»So früh wird noch nicht mal unsere gestrenge Staatsanwältin aus Flensburg Druck machen«, knurrt Bastian.

»Wahrscheinlich unterstellt sie dir wieder, du hättest den Mord eingefädelt, damit deine Stelle hier auf der Insel gesichert ist«, witzelt Silja.

Aber Bastian lacht nicht.

»Ach komm, so schlimm ist sie gar nicht. Auch wenn ich gestehen muss, dass ich immer noch Bammel vor den Telefonaten mit ihr habe.«

»Hast du überhaupt schon mit ihr gesprochen?«

Bastian schüttelt den Kopf und blickt der Kellnerin in ihrer rot-schwarzen Schürze entgegen, die auf einem Tablett Kaffee für beide und einen Orangensaft für Bastian bringt.

»Ich rufe sie nach dem Frühstück an. Vorher sollten wir aber noch einmal alle bisherigen Verdächtigen durchgehen.«

»Meinst du damit, diejenigen, die kein Alibi haben, oder diejenigen ohne Motiv?«

»Dass du auch immer den Finger direkt in die Wunde legen musst.« Bastian seufzt, dann nimmt er einen großen Schluck aus dem Kaffeebecher. »Bisher haben wir ja nur die vier Sammler auf unserer Liste, und die sind …«

»Nicht ganz«, unterbricht ihn Silja. »Du hattest mich doch gebeten, die Mutter des Galeristen auf seine Freundin anzusprechen.«

»Richtig, da gab es diese Liebesbriefe, das habe ich gerade vollkommen vergessen. Was ist denn jetzt mit der Freundin?«

»Die Mutter kennt sie nicht. Hat sie nie gesehen, aber sie wusste ihren Namen.«

»Immerhin. Und der lautet?«

»Florentine Horstmann. Angeblich arbeitet sie in Hamburg als Referentin bei einem großen Unternehmen. Das habe ich natürlich gleich im Internet recherchiert.«

»Und?«

»Nichts.«

»Wie … nichts?«

»Es gibt keine Einträge im Netz. Das ist schon ein bisschen merkwürdig, denn heutzutage stellt doch jedes Kleinunternehmen seine komplette Mannschaft mit Bild ins Internet. Aber es wird noch besser. Auch beim Hamburger Einwohnermeldeamt existiert keine Florentine Horstmann. Jedenfalls nicht unter den Lebenden.«

»Man hat die Freundin des Galeristen auch umgebracht? In Hamburg?«, fragt Bastian entsetzt.

»Nein, nein, das verstehst du falsch. Es gab eine Florentine Horstmann, aber sie ist vor zweieinhalb Jahren mit Anfang dreißig an einer Hirnhautentzündung gestorben.«

»Hat dir das Einwohnermeldeamt erzählt?«

»Nein, ihr Vater. Ich habe ihn angerufen.« Silja schüttelt in Gedanken an das Telefonat den Kopf, als wolle sie eine schreckliche Erinnerung loswerden. »Sie war sein einziges Kind, und ich habe seine ganze Trauer wieder aufgerührt. Das war nach dem Gespräch mit Ingrid Specht genau das, was mir noch gefehlt hat.«

Bastian legt einen Arm um Siljas Schulter. »Du Ärmste. Der Vater war sicher entsetzt, dass jemand mit dem Namen seiner toten Tochter Schindluder treibt.«

»Es kann aber auch anders gewesen sein. Zwar wusste der Vater nichts von einem ehemaligen Freund, der Ronald geheißen hat, aber das bedeutet ja noch nicht, dass die beiden nicht liiert waren. Auch brave Töchter erzählen ihren Vätern nicht alles. Wenn also …«

»Vergiss es«, unterbricht Bastian Siljas Überlegungen. »Die letzten Briefe, die unser Superschnüffler Leo Blum gefunden hat, sind nur wenige Tage alt. Die wird die Tote wohl kaum geschrieben haben.«

»Stimmt, das stand ja in deiner SMS.« Silja streicht sich nervös durch die Haare und fügt dann entschuldigend hinzu: »Tut mir leid, ich war auch schon mal fitter. Aber wer zum Teufel ist dann Florentine Horstmann? Und vor allem: Wo finden wir sie?«

Frustriert zieht sich Silja den Teller mit der Schokotorte heran und versenkt ihre Gabel in der weichen Masse. Während sie den Kuchen genießerisch im Mund zergehen lässt, blickt sie Bastian unverwandt an, als erwarte sie von ihm die sofortige Lösung des Rätsels.

»Lass uns das Ganze noch mal von vorn aufrollen. Was wusste die Mutter des Galeristen denn noch über dessen Freundin?«

»Sie kannte den Namen und die Studienorte«, antwortet Silja mit vollem Mund. »Volkswirtschaft in Bonn und Münster, glaube ich. Der Zettel, auf dem ich's notiert habe, liegt leider im Büro.« Sie schluckt die Torte hinunter und klopft mit der Gabel auf den Teller. »Aber egal. Das ist es doch. An den Unis können wir nachfragen. Außerdem hat Ingrid Specht ein Foto von dieser Horstmann auf ihrem Handy. Der Sohn hat es ihr geschickt, weil sie unbedingt wissen wollte, wie seine Freundin aussah. Das Foto steckt in einem Silberrahmen und ist mit seinem Handy abfotografiert. Eigentlich müsstet ihr das Foto in der Wohnung gesehen haben.«

»Da stand nichts. Aber wenn die beiden sich getrennt haben, dann ist das auch kein Wunder.«

»Mein Foto hast du in dem Jahr unserer Trennung auch nicht von deinem Regal genommen«, wirft Silja ein.

»Woher weißt du das?« Bastian schaut schuldbewusst, als habe Silja ihn bei einer Torheit ertappt.

»Hat mir Sven verraten.« Silja lächelt entwaffnend.

»Der kann auch nichts für sich behalten.« Bastian grinst jetzt ebenfalls. »Und du hast mein Bild die ganze Zeit über in deiner Handyanzeige gehabt. Hab ich übrigens selbst gesehen.«

»Eine alte Liebe ist wie die Sucht nach Schokolade. Wenn man ihr einmal nachgegeben hat, wird man sie ganz schlecht wieder los.«

»Na, wenn das nicht das Zeug zum Kalenderspruch hat, weiß ich auch nicht.« Bastian legt jetzt auch den zweiten Arm um Siljas Schulter und zieht sie an sich. Sofort steigt ihm der Duft ihres Haars in die Nase. Tief holt er Luft, aber der Gefühlsflash, den dies sonst auslöst, bleibt aus. Bastian Kreuzer schließt kurz die Augen und beißt die Zähne zusammen. Er wünscht sich plötzlich nichts sehnlicher, als dieser Judith Lissen nie begegnet zu sein.

Sonntag, 5. August, 08.42 Uhr, Üp Klef, Morsum

»Wir hatten eine Abmachung«, brüllt Heiner Schwartz. »Wenn irgendetwas schiefgeht, wenn auch nur der geringste Verdacht aufkommt, dann blasen wir die Sache ab. So war es besprochen.«

»Aber es hat doch niemand Verdacht geschöpft«, entgegnet Florian Seebrück leise, während er aus seiner nassen Hose steigt.

»Und wie erklärst du es dir dann, dass die Polizei uns als Allererstes vernommen hat? Bei mir war einer von denen noch vor Sonnenaufgang. Da kann Specht kaum mehr als vier Stunden tot gewesen sein. Und bei Johann ist der gleiche Beamte am frühen Morgen aufgetaucht.«

»Mich haben sie auch aus dem Bett geworfen. Es war noch nicht mal sechs Uhr früh, als sie hier zu zweit vor der Tür standen.«

»Und dann willst du mir weismachen, dass die keinen Verdacht geschöpft haben? Wenn wir für die Ermittler nur harmlose Zeugen gewesen wären, hätten sie uns doch niemals mitten in der Nacht aufgeschreckt.«

Seebrück senkt die Augen und schweigt für einen Moment. Als er weiterspricht, klingt seine Stimme bittend.

»Du hast ja recht, Heiner, das ist merkwürdig. Aber andererseits: Wir sind so kurz vor dem Ziel, wir können jetzt nicht aufgeben. Sicher wird dieser Mord Schlagzeilen machen, aber das muss nichts Schlechtes sein, jedenfalls nicht für uns. Das Erd-Bild ist schließlich noch auf der Vernissage weggegangen, und die anderen drei werden in kürzester Zeit auch ihre Käufer finden.«

»Ich will aber gar nicht verkaufen, das habe ich euch immer gesagt.«

Heiner Schwartz verschränkt die Arme vor dem Körper, um seinen Worten Nachdruck zu verleihen.

»Willst du uns jetzt drohen oder was?« Seebrück verlässt Artur Fausts Wohnhalle, in der das Gespräch stattfindet, um sich aus seiner Wohnung trockene Kleidung zu holen. Über die Schulter ruft er zurück. »Was hattest du hier eigentlich zu suchen?«

»Ich wollte mit dir reden, und als du nicht aufgemacht hast, habe ich Panik gekriegt.«

»Und bei der Gelegenheit gleich meine Tür eingetreten«, kommt es aus der Einliegerwohnung zurück.

»Mach dir mal nicht ins Hemd. Ich komme dafür auf.«

»Geld genug hast du ja. Das unterscheidet dich gründlich von uns anderen dreien.« Florian Seebrücks Stimme klingt bitter.

»Was hast du eigentlich im Watt gewollt?«, ruft ihm Heiner Schwartz hinterher.

»Geht dich gar nichts an.«

»Mag sein, aber die Polizei wird sich sehr wohl dafür interessieren.«

»Soll das eine Erpressung werden?« In einer trockenen Jeans und einem frischen T-Shirt kommt Seebrück zurück. Seine Miene sieht entschlossen aus. »Fang bloß nicht mit so was an.«

»Du traust mir eine Erpressung zu?«

»Nein, entschuldige, das war nicht so gemeint. Ich bin einfach nur durcheinander.«

»Na gut. Und was du da im Watt treibst, ist letzten Endes auch nur dein Problem. Aber ich bestehe auf einem Treffen zu viert. Wir müssen uns abstimmen.«

»Okay. Was hältst du von heute Mittag um zwölf? Von mir aus wieder am Grab.«

Versöhnlich streckt Seebrück dem anderen seine Hand entgegen.

Heiner Schwartz ignoriert die Hand, nickt aber und steht auf.

»Also abgemacht. Ich versuche, Bertold zu erreichen. Der hat mich heute früh zwar gerade weggedrückt, aber irgendwann wird er schon wieder ans Handy gehen. Wahrscheinlich ist er sowieso nicht mehr auf der Insel. Sagst du Johann Bescheid?«

Seebrück seufzt. »Wenn's gar nicht anders geht. Ich mag ihn nicht besonders, das wisst ihr ja alle.«

»Wer mag den aufgeblasenen Affen schon«, gibt Schwartz, jetzt wieder besänftigt, zurück. »Ich glaube, noch nicht mal Artur hat ihn wirklich gemocht. Er brauchte ihn nur als Publikum.«

»So wie uns andere auch. Manchmal überlege ich sogar, ob er überhaupt zu echten Gefühlen fähig war …«

Heiner Schwartz mustert Seebrück mit einem Blick, in dem sich Überraschung und Skepsis spiegeln, aber er verkneift sich jeden Kommentar. Stattdessen hebt er kurz die Hand zum Abschied und verlässt das Haus durch die Terrassentür. Draußen tritt er kräftig gegen den immer noch nassen Karton mit dem Tang. Ein satter Schmatzton antwortet ihm.

Sonntag, 5. August, 09.23 Uhr, Haus am Dorfteich, Wenningstedt

Das Klingeln ihres Handys reißt Judith Lissen aus einem unruhigen Dämmerschlaf. Sie schlägt die Augen auf und hat zunächst Mühe, sich zu orientieren. Sie tastet über das Ledersofa, auf dem sie liegt, und blinzelt hinüber zu einem Esstisch, der quer vor einer Küchentheke steht. Dies ist jedenfalls nicht ihre derzeitige Bleibe in der Wenningstedter Hauptstraße.

Langsam fallen ihr die Details des Morgens wieder ein. Der Besuch von Siljas Freund, dem ruppigen Kriminalkommissar, ihre Panik und ihr Anruf bei Fred Hübner, mit dem sie auf der Vernissage ziemlich heftig geflirtet hat. Der gemeinsame Spaziergang und schließlich das Frühstück hier bei ihm, frühmorgens auf der Terrasse. Er hat ihr erst das *Du* und dann Champagner angeboten. Kurz danach muss sie auf diesem Sofa eingeschlafen sein.

Judith richtet sich auf und sieht sich um. Dann ruft sie laut nach Fred. Doch der scheint verschwunden zu sein. Nur das Handy klingelt immer noch. Hektisch wühlt Judith in ihrer Tasche. Sie hat den dumpfen Verdacht, dass es gar nicht gut wäre, wenn sie plötzlich nicht erreichbar wäre. Endlich ertasten ihre Finger das Gerät.

»Ja?«

»Frau Lissen, hallo. Hier ist Bastian Kreuzer. Kriminalpolizei Westerland. Wir haben heute Nacht miteinander geredet, erinnern sie sich?«

»Sie waren bei mir, natürlich erinnere ich mich.«

»Ich habe da noch ein paar Fragen …«

»Kein Problem, fragen Sie.«

Jetzt erst entdeckt Judith den kleinen gelben Zettel, der an ihrem halbleeren Champagnerglas auf dem Tisch klebt. *Schlaf dich aus, ich bin gegen elf wieder da.* Fred Hübners Schrift ist ausladend und zeugt von Selbstbewusstsein und Reife. Die Schrift gefällt ihr. Judith zieht den Zettel von dem Glas ab und klebt ihn sich aufs Knie. Sie streicht ihn fahrig mit der linken Hand glatt, während die rechte, die das Telefon hält, unvermittelt zu zittern beginnt.

»Wissen Sie zufällig etwas über Ronald Spechts private Kontakte?«, fragt der Kommissar.

»Sie meinen seinen Freundeskreis?«

»Zum Beispiel.«

Bastian Kreuzer ist deutlich anzuhören, dass er genau das nicht meint.

»Er schien mir recht isoliert zu sein. Allerdings hat die Galerie im Sommer abends auch immer bis zehn geöffnet. Ich glaube, dass Ronald danach selten unterwegs gewesen ist und auch wenig Besuch bekommen hat. Dazu wusste er zu gut übers Fernsehprogramm Bescheid.«

»Er hatte keine Freundin?«

Judith findet, dass die Stimme Bastian Kreuzers lauernd klingt, auch wenn sie sich nicht erklären kann, warum das so ist. Vorsichtig antwortet sie: »Nicht dass ich wüsste.«

»Da ist kein Name gefallen, kein Date erwähnt worden?«, setzt der Kommissar nach.

»Ich war als Praktikantin in der Galerie, nicht als persönliche Assistentin«, gibt Judith zurück, ohne die Ungeduld in ihrer Stimme zu verbergen. Ein schwerer Fehler, wie sich sofort herausstellt.

»Ich muss Sie noch zu einer anderen Sache befragen. Allerdings würde ich das gern persönlich tun. Können wir uns vor der Galerie treffen?«

Judith fährt zusammen und ist froh, dass niemand sie beobachtet. Nicht schon wieder die Galerie! Dort riecht es nach Blut, und die Erinnerungen an die vergangene Nacht springen aus allen Ecken.

»Ich könnte auch aufs Kommissariat kommen«, bietet sie an.

»Nein, das hilft uns nicht weiter. Ich möchte wirklich gern einen Ortstermin mit Ihnen machen. Wann können Sie dort sein?«

Judith schaut auf ihre Armbanduhr. Halb zehn. Lange kann sie nicht geschlafen haben. »Um zwölf?«

»Geht's nicht früher?«

»Schlecht.«

Bastian Kreuzer schweigt am anderen Ende der Leitung. Sicher wartet er auf eine Begründung. Aber Judith schweigt auch. Was gehen ihn ihre Gründe an?

»Na gut, dann sehen wir uns um zwölf in Kampen. Bis dahin gibt es vielleicht auch schon erste Erkenntnisse der Spurensicherung. Unter Umständen hilft uns das.«

Judith bricht der Schweiß aus, sie fühlt, wie in Sekundenschnelle die dünne Bluse, die sie trägt, durchnässt ist.

»Hilft uns wobei?«, will sie wissen.

»Das erkläre ich Ihnen, wenn Sie dort sind«, antwortet Bastian Kreuzer knapp und unterbricht die Verbindung.

Das Handy gleitet aus Judiths Hand und fällt zu Boden, ohne dass sie es merkt. Viel zu sehr beschäftigt sie die Frage, warum sich der Tonfall des Ermittlers so unvermittelt geändert hat. Letzte Nacht war er doch noch butterweich, fast hatte sie den Eindruck, er sei nicht ganz unempfänglich für ihre Reize. Warum jetzt plötzlich diese untergründige Aggressivität?

Sonntag, 5. August, 09.29 Uhr, *Hotel Rungholt*, Kampen

Kräftig tritt Fred Hübner in die Pedale seines alten Fahrrads. Er liebt die klaren Sommermorgen auf der Insel, wenn alles noch neu und frisch zu sein scheint. Und am Sonntag sind die Wege und Straßen in Kampen besonders verschlafen. Auch in der Strandstraße, an deren hinterem Teil die schlichte Einfahrt des *Hotels Rungholt* liegt, ist wenig los. Die Straße endet in einer Sackgasse direkt vor den Dünen, der vielbefahrene Abzweig zum großen Strandparkplatz liegt schon hinter Fred. Hier vorn laufen nur die paar Urlauber zum Strand, die das Privileg genießen, in einem der Häuser links der Straße zu logieren. Auf der rechten Seite erstreckt sich eine riesige freie Heidefläche, die unter Naturschutz steht. Der würzige Duft der Gewächse vermischt sich in der warmen Luft mit dem salzigen Geruch des Meeres. Beides erinnert Fred daran, dass er heute früh notgedrungen auf sein tägliches Bad in der Nordsee verzichtet hat. Cherchez la femme, denkt er amüsiert und stellt sich vor, wie Judith Lissen jetzt selig schlummernd auf seiner Couch liegt. Bis sie aufwacht, ist er hoffentlich wieder zurück.

Fred stellt sein Rad ab, ohne es anzuschließen. Wer klaut schon so eine alte Möhre vor einem Luxushotel? Als er die schlichte Halle des *Rungholt* betritt, lächelt die Dame an der Rezeption ihm entgegen.

»Was kann ich für Sie tun?«

Fred Hübner legt seinen ganzen Charme in seine Stimme.

»Moin, moin. Ich bin auf der Suche nach Johann Liebig. Man sagte mir, dass er bei Ihnen wohnt. Wissen Sie vielleicht, wo ich ihn finden kann?«

Hilfsbereit befragt die Rezeptionistin ihren Computer.

»Er war bis vor kurzem im Spa. Ich versuche mal, ihn im Zimmer zu erreichen. Sonst könnten wir noch im Frühstücksraum nach ihm suchen. Worum geht es, bitte, und wie ist Ihr Name?«

»Hübner, Fred. Ich bin ein Kunde seines Autohauses«, lügt er.

»Ein Kunde wessen Autohauses?«, ertönt Sekunden später hinter ihm eine sonore Stimme.

»Herr Liebig, wie gut, dass Sie vorbeikommen.« Die Dame hinter dem Tresen strahlt den Autohändler an, als sei er ihr persönlicher Weihnachtsmann. »Dieser Herr hier wollte Sie gern sprechen.«

Fred Hübner dreht sich schwungvoll zu Johann Liebig um. Verwundert stellt er fest, dass derselbe Mensch, der gestern Abend in seinem maßgeschneiderten Smoking noch eine ganz passable Figur machte, in einer rosafarbenen Bermudashorts und dem weiten hellen Leinenhemd aussieht wie ein birnenförmiger Luftballon auf einem Kleinmädchengeburtstag. Trotz der unpassenden Assoziation lächelt Hübner verbindlich und geht ein paar Schritte auf Liebig zu.

»Hätten Sie einen Moment Zeit für mich?«

»Worum geht's denn?«

»Ich war gestern auf der Vernissage und interessiere mich für das Gemälde, das Sie eingeliefert haben.«

»Ach, dann weiß ich ja schon mal, warum mir Ihr Gesicht so bekannt vorkommt«, antwortet Liebig leutselig und zieht den Journalisten quer durchs Foyer am Speisesaal vorbei zu einer großen Glastür, die auf die Terrasse hinter dem Hotel führt. »Kommen Sie, wir suchen uns einen freien Strandkorb. Hier hinten ist es ruhig und sonnig, man kann rauchen, und wenn man Glück hat, bekommt man sogar einen Cognac geliefert.« Liebig lacht kollernd und lässt seinen wuchtigen Körper in einen der überbreiten Strandkörbe fallen. Dann klopft er mit seiner Pranke einladend auf das freie Stückchen Polster neben sich.

»Glauben Sie, dass Sie sich da noch hinquetschen können?«

»Jetzt übertreiben Sie mal nicht.« Fred setzt sich neben den Autohändler, beugt sich aber gleich darauf weit nach vorn und versucht vergeblich, in die Nachbarkörbe hineinzusehen. Zufrieden murmelt er: »Hier können wir in Ruhe reden.«

»Sie tun aber geheimnisvoll.« Johann Liebig klingt neugierig.

Fred räuspert sich ausführlich, und wirft noch einmal sichernde Blicke nach links und rechts, als sei ihm sehr an einer gewissen Vertraulichkeit gelegen.

»Ich möchte Ihnen ein unmoralisches Angebot machen«, beginnt er.

Liebig grinst. »Schwul bin ich aber nicht.« Er lacht zufrieden, als habe er einen besonders guten Witz gemacht.

»Es geht um Ihr Bild«, fährt Fred Hübner unbeirrt fort. »Von einer guten Freundin weiß ich, dass es gestern Nacht Schaden genommen hat.«

»*Schaden genommen* ist gut. Irgendein Arsch hat es dem Galeristen über den Schädel gezogen. Jetzt ist der Typ tot und mein Bild im Eimer.«

»Na, so würde ich es nicht gerade ausdrücken. Vielleicht hat es ja sogar noch an Wert gewonnen.«

»Meinen Sie?« In den Augen von Johann Liebig liegt schlecht verhohlene Gier.

»Haben Sie den Ausdruck Konzeptkunst schon mal gehört?«, erkundigt sich Fred.

»Das ist, wenn man ständig an irgendetwas rumschmiert, obwohl es doch längst fertig ist, oder?«

»So ähnlich. Jedenfalls hat Ihr Bild durch den Mord einen Mehrwert bekommen, zumindest in meinen Augen. Makaber, aber wahr.«

»Das höre ich gern. Ließe sich dieser Mehrwert unter Umständen auch in Zahlen ausdrücken?«

Liebig zieht eine Zigarre und ein silbernes Werkzeug aus der Brusttasche seines Hemdes und beginnt umständlich, die Spitze zu kappen. Fred lässt seinen Blick über die Dünenlandschaft vor der Terrasse schweifen, wo die Uwe-Düne im schrägen Licht der Morgensonne liegt. Es ist erst zwei Jahre her, dass dort ein heimtückischer Mord geschehen ist, und jetzt erklimmen Touristen fröhlich winkend die Holztreppe, ohne an etwas Böses zu denken. Nur Fred wird den vorletzten Sommer nicht so leicht aus seiner Erinnerung tilgen können. Schließlich haben sich damals seine Träume von einer neuen Beziehung auf blutige Weise zerschlagen. Bis auf das Intermezzo mit Dahlia, der Westerländer Prostituierten, hat er seitdem keine Frau mehr angesehen. Und jetzt ist diese Judith Lissen aufgetaucht …

»Hey, hören Sie mir überhaupt zu?« Johann Liebig stößt den Journalisten unsanft in die Seite. »Was wäre Ihnen das Bild denn wert?«

»Entschuldigung, aber ich musste kurz meine Finanzen überschlagen, das werden Sie mir wohl noch zubilligen«, antwortet Fred geistesgegenwärtig. Und nach einer weiteren Pause murmelt er: »Vierhunderttausend? Unter Freunden?«

»Was heißt das denn jetzt wieder?« Der Autohändler hat ihm den Oberkörper frontal zugewandt und fixiert ihn eindringlich.

»Na ja, ohne Provision, denke ich mal. Wo der Galerist doch ohnehin nichts mehr davon hat.«

Zufrieden lehnt sich Fred zurück. Natürlich denkt er nicht im Traum daran, eines der Bilder zu kaufen. Erstens gefallen sie ihm nicht, und zweitens ist er total pleite. Aber ein paar Detailinfos über die Anbahnungsphase der Ausstellung wären ganz hilfreich für seinen nächsten Artikel. Und wer weiß, vielleicht ließe sich ja auch etwas Größeres daraus machen.

»Von mir aus gerne, die Provision geht ja sowieso nur von meinem Gewinn ab.« Liebig kneift seine Augen zu schmalen Schlitzen zusammen und fährt sich nervös mit der Hand über den Nacken. Als er weiterredet, stehen auf seiner Stirn Schweißperlen. »Aber wir haben dem Specht da so einen Wisch unterschrieben. Und selbst wenn der jetzt mausetot ist, irgendeinen Rechtsnachfolger wird's ja wohl geben.«

»Aber die Lage hat sich geändert. Ihr Bild ist in der Galerie fast zerstört worden. Und wenn Sie das beschädigte Exponat jetzt zurückziehen, wird Ihnen das niemand verdenken können, schon gar nicht Ihre Freunde.«

Fred wartet auf eine Antwort, aber Johann Liebig pafft nur schweigend seine Zigarre. Also legt Fred nach: »Sie sind doch mit den anderen Sammlern befreundet, oder?«

»Das wird sich noch rausstellen«, ist die kryptische Antwort. »Waren Sie schon mal in eine Mordermittlung verwickelt?«

Bingo, denkt Fred, wenn das kein Volltreffer ist. Aber bevor er sich eine passende Entgegnung überlegen kann, redet Liebig weiter.

»Wahrscheinlich nicht. Ist ja auch nicht lustig. Jetzt zum Beispiel würde es mich nicht wundern, wenn die Kriminalen uns vier verdächtigen würden. Natürlich nicht zusammen«, korrigiert er sich schnell. »Aber jeder Einzelne von uns hätte schon ein Motiv.«

»Ehrlich? Dabei wirkte der Galerist so harmlos. Was hat er Ihnen denn getan?«

»Er ist ein Pfuscher. Die Werbung war Scheiße und das Marketing auch«, entfährt es Liebig. »Und dafür kassiert er am Ende auch noch ab.«

»Aber die Vernissage war doch gut besucht«, wendet Fred vorsichtig ein.

»Das waren alles Has-Beens.« Liebigs Stimme klingt abfällig. »Alternde Journalisten und irgendwelche Typen, die sich ein nettes Wochenende auf der Insel machen wollten. Oder haben Sie da etwa jemanden vom MoMA gesehen? Oder aus Russland?« Auffordernd sieht der Autohändler Fred an. Doch als der nur die Schultern zuckt, gekränkt wegen der *alternden Journalisten,* redet Liebig weiter. »Na sehen Sie! Fehlanzeige! Dabei ist nur dort im Moment das große Geld zu holen. Aber diese komischen Oligarchen muss man natürlich irgendwie aufreißen, sonst lohnt sich doch die ganze Chose nicht.«

»Und das wäre also Ihr Mordmotiv, ja?«, erkundigt sich Fred Hübner im Plauderton.

»Hören Sie mal, was wird das hier eigentlich? Ich denke, wir sind in einem Verkaufsgespräch – und Sie kommen mir mit so was«, empört sich Liebig, während sein Gesicht rot anläuft. Er reißt die Zigarre aus dem Mundwinkel und rammt sie mit der Spitze voran in den Aschenbecher, der auf dem Klapptisch des Strandkorbes bereitsteht. »Vielleicht verraten Sie mir erst mal, bei welcher Bank ich mich nach Ihrer Liquidität erkundigen kann, bevor wir weiterreden.«

Das wüsste ich auch gern, denkt Fred fast schon amüsiert und erhebt sich schnell.

»Ich schicke Ihnen eine Finanzierungszusage meiner Bank. Hierher ins Hotel, nehme ich an? Wahrscheinlich dürfen Sie die Insel im Moment gar nicht verlassen, oder?«

»Raus!«, poltert Liebig jetzt. »Sie Schmeißfliege wollen sich doch nur an meinem Unglück bereichern.«

Aus den Nachbarstrandkörben schieben sich neugierige Köpfe hervor. Alle Herrschaften sind schon älter und haben sicher nicht mehr besonders oft in ihrem Leben die Gelegenheit, einen saftigen Streit mitzuerleben. Fred Hübner nickt jedem Einzelnen übertrieben höflich zu, bevor er geht. Schließlich kann er nicht wissen, ob die Herrschaften ihm nicht noch nützlich werden können.

Sonntag, 5. August, 09.41 Uhr, Hörnumer Straße, Rantum

Wütend tritt Heiner Schwartz das Gaspedal seines alten Golf hinunter. Der Wagen macht einen jämmerlichen Satz und beschleunigt auf schlappe 160 Stundenkilometer. Zum ersten Mal bedauert es der Geschäftsmann, dass er nicht wie viele seiner Freunde einen Sportwagen besitzt. An dem könnte er jetzt seinen Frust auslassen.

Niemals hätte er sich auf den windigen Deal mit diesen Schlappschwänzen einlassen dürfen. Es war doch sonnenklar, dass nach dem Tod Artur Fausts über kurz oder lang alles auseinanderfallen würde. Und nun ist der Karren komplett in den Dreck gefahren, und niemand kann ihn ohne Beschädigungen wieder rausholen.

Während sich links und rechts des Autos wogendes Dünengras und geduckte Reetdächer abwechseln, trommelt Schwartz auf sein Lenkrad. Was soll er Bertold von Brüssow vorschlagen? Auf jeden Fall muss er taktisch vorgehen und mit dem einzig Vernünftigen in der Runde eine Allianz schmieden. Blöd nur, dass ausgerechnet dessen Bild schon einen Käufer gefunden hat. Gerade versucht Schwartz, den anderen mit dem Autotelefon zu erreichen – so viel Komfort hat er sich immerhin auch in dem alten Golf gegönnt –, als er selbst angerufen wird. Am anderen Ende ist Liebig, und seine Stimme klingt, als hätte er gerade einen Brüllaffen gefrühstückt.

»Heiner! Wir müssen reden. Hier läuft irgendetwas ganz gehörig aus dem Ruder.«

»Was du nicht sagst.«

Schwartz kann den Spott nicht ganz verbergen, aber der Autohändler ist taub für jede Nuance seiner Stimme.

»Bei mir war eben ein total merkwürdiger Typ. Hat behauptet, er wolle mein Bild kaufen, aber in Wirklichkeit wollte der Idiot mich nur aushorchen. Wahrscheinlich ein Privatschnüffler, den die Erben vom Specht auf uns gehetzt haben. Ich beschreibe ihn dir mal besser, damit du gewarnt bist, falls er auch noch bei dir aufkreuzt …«

»Halt mal kurz die Klappe, Johann. Dass wir ganz schön in der Scheiße sitzen, brauchst du mir nicht extra zu verklickern. Aber wenn du jetzt auch noch mit Krethi und Plethi darüber redest, reitest du uns nur noch mehr rein. Das wird ja wohl noch in dein Spatzenhirn gehen, oder?«

»Was erlaubst du dir! Artur hätte niemals …«

»Artur ist tot, begreif das endlich. Und der Galerist ist es auch. Das sind ein paar Zufälle zu viel, finde ich. Oder reicht dir das noch nicht?«

»Worauf willst du hinaus?«

»Das wirst du schon sehen. Wir müssen uns treffen und alles Weitere besprechen. Der kleine Seebrück weiß schon Bescheid, und Berto rufe ich gleich noch an.«

»Okay, wahrscheinlich hast du recht«, lenkt der Autohändler ein. Und bevor sich Heiner Schwartz über dessen plötzliche Einsicht wundern kann, kommt auch schon die Erklärung. »Ich wollte doch nur meine Firma retten. Du weißt doch, wie es um die steht.«

Schwartz nickt grimmig, ohne den anderen einer Antwort zu würdigen. Dass Liebig pleite ist, pfeifen seit Monaten die Spatzen von den Dächern.

»Was hältst du von Arturs letzter Ruhestätte als Treffpunkt«, sagt er stattdessen mit energischer Stimme. Es ist keine Frage, sondern eine Aufforderung.

»Okay. Und wann?«

»Sagen wir heute Mittag um zwölf. Bei dem Wetter ist bestimmt niemand auf dem Friedhof. Und falls doch, halten wir eben eine kleine private Andacht ab.«

»Hoffentlich ist uns die ganze Chose bis dahin noch nicht um die Ohren geflogen«, jammert Liebig plötzlich. »Ich habe da ein ganz blödes Gefühl.«

»Jetzt mach dir mal nicht gleich in die Buxe«, entfährt es Heiner Schwartz. »Wir werden das Kind schon schaukeln.«

»Dein Wort in Gottes Ohr«, antwortet der Autohändler. Überzeugt klingt er nicht.

Sonntag, 5. August, 10.02 Uhr, Kriminalkommissariat Westerland

Entnervt horcht Silja auf das monotone Tuten, das aus dem Telefon dringt. Es ist bereits ihr vierter Anruf bei der Universität Bonn, und natürlich ist keiner der Apparate besetzt. Wie auch? Am Sonntagvormittag.

Trotzdem lässt der Verdacht Silja nicht los, es könne etwas mit der angeblichen Exfreundin des Ermordeten nicht stimmen. Und die Aussicht, vor Montagvormittag zu keinen weiteren Erkenntnissen zu gelangen, macht sie schier rasend.

Die Kommissarin startet einen zweiten Versuch in Münster. Diesmal verzichtet sie auf die üblichen Ansprechpartner wie Studiensekretariat und Immatrikulationsbüro und sucht sich auf der Website der Uni gleich die obersten Ränge heraus. Wenn jemand am Wochenende arbeitet, dann wohl eher die Verantwortlichen. Silja durchstöbert die Website des Rektorats, bevor sie wieder zum Hörer greift. Und tatsächlich hat sie diesmal Erfolg. In der Pressestelle wird sofort abgehoben. Zwar ist die freundliche junge Dame am anderen Ende der Leitung zunächst ratlos, aber als Silja den Hintergrund ihrer Anfrage erläutert, verspricht sie, jemanden aufzutreiben, der Zugriff auf die alten Immatrikulationsunterlagen hat. Sie notiert sich den Namen Florentine Horstmann und auch die vermutliche Studienzeit und stellt eine Rückmeldung noch vor dem Nachmittag in Aussicht. Erleichtert bedankt sich Silja.

Kaum hat sie den Hörer aus der Hand gelegt, klingelt das Telefon schon wieder.

»Bastian? Was gibt's?«

»Good news. Es tut sich was. Die Puderquasten arbeiten auf Hochtouren, und wahrscheinlich ist der Galerist im Haus erschlagen worden. Außerdem hat sich ein Computerspezialist den privaten Rechner von Ronald Specht vorgenommen. Und jetzt rate, was er gefunden hat …«

Silja muss lächeln, sie kann sich das erwartungsvolle Gesicht Bastians nur zu gut vorstellen. Wenn er die Augenbrauen hebt und den Kopf leicht vorstreckt, sieht er gleich viel jünger aus. Die Tränensäcke unter den Augen fallen dann kaum noch auf, und der lebhafte Ausdruck lässt ahnen, wie Bastian mit zwanzig gewirkt haben mag.

»Lass mich überlegen«, antwortet Silja. »Vielleicht eine Liste seiner Todfeinde. Oder die gesammelten Mails, die er an Florentine Horstmann geschickt hat.«

»Besser. Viel besser!«

»Ein geheimes Dossier aller seiner Liebhaberinnen? Mit Adressen und Telefonnummern.«

Bastian lacht. »Du bist schon auf dem richtigen Weg, allerdings noch am falschen Ufer.«

»Was soll das denn jetzt wieder heißen? Warte mal … du meinst doch nicht etwa …«

»Genau das meine ich. Specht war schwul.«

»Aber erstens muss man das heute doch nicht mehr geheim halten, und zweitens habe ich selbst das Foto von seiner Freundin gesehen.«

»Nur haben wir hier in der Wohnung nichts dergleichen gefunden, vergiss das nicht. Und hast du nicht selbst gesagt, dass er seiner Mutter gar kein Foto einer Frau, sondern das Foto eines Silberrahmens geschickt hat, in dem sich das Frauengesicht befunden hat? Das ist doch ziemlich ungewöhnlich, findest du nicht?«

»Schon. Aber was würde das konkret bedeuten? Entschuldige, wenn ich gerade ein bisschen auf der Leitung stehe, aber es ist ja nichts Neues, dass Schlafmangel nicht intelligenzfördernd ist.«

»Na, dann will ich dir mal auf die Sprünge helfen. Könnte nicht Specht einfach in einem Kaufhaus einen Silberrahmen mit dem Handy aufgenommen haben? In diesen Rahmen steckt doch häufig ein Bild mit einem hübschen Frauengesicht drauf, damit sie attraktiver wirken.«

»Das ist doch Unsinn. Du hast zu viel Phantasie.« Silja schüttelt energisch den Kopf, auch wenn Bastian das gar nicht sehen kann. Doch dann hält sie plötzlich mitten in der Bewegung inne. »Andererseits würde es vielleicht erklären, warum mir die Frau bekannt vorgekommen ist. Möglicherweise habe ich sie ja selbst mal gekauft, zum Beispiel in dem Rahmen, den ich dir dann geschenkt habe.«

»Vielleicht ist sie sogar noch unter deinem Bild«, witzelt Bastian.

»Blödmann. Das hättest du wohl gern.«

»Es wäre der schnellste Weg, meine Hypothese zu beweisen.« Bastian Stimme klingt harmlos. Viel zu harmlos, findet Silja.

»Hör mal, mein Lieber. Ich kenne dich besser, als du glaubst. Du hältst doch noch was zurück.«

»Kluges Mädchen. Restbestände deiner Intelligenz scheinen sich bisher erfolgreich gegen den Schlafmangel behauptet zu haben.«

»Jetzt mach's nicht so spannend.«

»Also halt dich fest: Auf Ronald Spechts Rechner findet sich ein ganzes Dossier mit Fotos eines extrem attraktiven jungen Mannes. Es sind sogar Nacktaufnahmen dabei.«

»Na toll. Name und Adresse wären mir lieber.«

»Brauchen wir nicht, wir kennen den Typen.«

»Bitte?«

»Du hast richtig gehört, denn glücklicherweise sitzt er direkt vor unserer Nase.«

»Jetzt sag schon, wer ist es?«

»Der schöne Florian Seebrück ist's, in dessen Gunst

Ronald Specht die ganze Zeit stand«, verkündet Bastian im Stil eines Theaterschauspielers.

Aber Silja ist viel zu überrascht, um sich auf den Tonfall einzulassen.

»Der Architekt?« ist alles, was sie herausbringt.

»Ebenjener. Und von dem sind auch die Briefe. Flo wie Florian, da hätten wir eigentlich auch schon früher drauf kommen können.«

»Ja klar. Das passt. Dann durchforsten die jetzt an der Universität Münster umsonst ihre alten Akten nach Florentine Horstmann.«

»Vielleicht finden sie bei der Gelegenheit ein paar ungültige Doktorarbeiten.«

»Höre ich da eine gewisse Häme, was Intellektuelle angeht, heraus?«

»Keine Ahnung, du bist die Studienabbrecherin von uns beiden.«

Silja merkt, wie die alte Wut wieder in ihr aufsteigt. Denn das war eben genau der Tonfall, den sie an Bastian auf den Tod nicht ausstehen kann und der vor zwei Jahren zu ihrem großen Zerwürfnis geführt hat.

»Hör auf damit, ja?«

»Gern. Ich hab schließlich nicht damit angefangen«, gibt Bastian erstaunlich friedfertig zurück.

»Okay, ich vergebe dir großmütig. Ausnahmsweise.« Silja atmet tief durch. Zurück zur Sache. Mit kontrollierter Stimme redet sie weiter. »Specht und Seebrück waren also ein Paar. Und haben sich wenige Tage vor dem Mord getrennt. War doch so, oder?«

»Exakt.«

»Jetzt müssen wir nur noch erfahren, warum die zwei sich

getrennt haben – und warum sie vorher so ein Geheimnis aus ihrer Beziehung gemacht haben.«

»Das wissen wir in schätzungsweise einer halben Stunde. Dann treffen wir beide uns nämlich bei Seebrück in Artur Fausts Villa in Morsum – falls du bis dahin noch nicht eingeschlafen bist …«

Sonntag, 5. August, 10.05 Uhr, Nielsglaat, Hörnum

Schon zum dritten Mal innerhalb der letzten Viertelstunde läuft Konstanze Schwartz zum Küchenfenster und späht die gewundene Straße hinunter. Aber weder Heiner noch sein alter Golf sind zu sehen. Konstanze rollt die Ärmel ihres leichten Kaschmirpullis hinauf und wieder hinunter. Sie fährt sich durch die sorgfältig geföhnten halblangen Haare, die ihre Friseurin schon seit Jahren in dem gleichen Dunkelblond tönt. Nervös schaut sie noch einmal aus dem Fenster. Nichts. Nur wehendes Dünengras im Morgenwind, das zitternde Schatten wirft. Und blauer Asphalt im Licht, einsam und leer.

Es schien Konstanze schon merkwürdig genug, dass ihr Mann nicht wie sonst zu Fuß zu dem morgendlichen Strandspaziergang aufgebrochen ist, sondern den Wagen genommen hat. Konstanze weiß, das tut er nur, wenn er direkt vorn an der Odde entlanglaufen möchte oder in Eile ist. Doch dass Heiner am Wochenende nach zehn Uhr morgens nicht schon ungeduldig am Frühstückstisch sitzt, kommt so gut wie nie vor. Er toleriert Konstanzes Langschläfertum in Maßen, aber um Punkt zehn ist ihr Mann gewöhnlich mit seiner Toleranz am Ende und holt sie zur Not auch persönlich aus dem Bett. Denn das gemeinsame Frühstück ist ihm heilig.

Es muss also gute Gründe dafür geben, dass er unterwegs ist, und zwar ohne ihr eine Nachricht zu hinterlassen.

Natürlich hat Konstanze Heiner schon mehrmals angerufen, aber immer war die Leitung belegt. Vielleicht ist er gleich nach Kampen gefahren, um sein geliebtes Bild zu holen, überlegt sie, hält es aber für ziemlich unwahrscheinlich, dass die Polizei jetzt schon jemanden in die Galerie hineinlässt. Sicher ist alles abgesperrt und wird auf Spuren untersucht.

Was kann noch geschehen sein? Hat die Polizei ihn noch einmal vorgeladen? Oder ist Heiner etwas zugestoßen? Aber wer könnte ihrem Mann schaden wollen? Die drei anderen Faust-Freunde vielleicht?

Bevor Konstanze anfangen kann, sich ernsthafte Sorgen zu machen, hört sie ein Motorengeräusch. Angespannt blickt sie die Straße hinunter. Ein Farbtupfer blitzt zwischen den Dünen auf. Das war doch rot, oder? Und dann kommt zum Glück der Golf um die letzte Biegung vor ihrem Haus.

Konstanze geht zur Tür, reißt sie auf und läuft ihrem Mann entgegen. Kaum dass er den Motor ausgestellt hat, ruft sie ihm zu: »Wo warst du? Ist etwas passiert?«

Heiner Schwartz steigt aus seinem Wagen und verriegelt die Tür. Es wirkt, als müsse er sich sammeln, bevor er mit leiser Stimme antwortet.

»Ronald Specht, der Kampener Galerist ist tot. Die Kriminalpolizei war am frühen Morgen schon bei mir. Aber da hast du natürlich noch geschlafen und nichts mitbekommen. Ich musste nur schnell etwas mit dem kleinen Seebrück besprechen und wollte dich nicht aufregen. Sonst hätte ich einen Zettel auf den Küchentisch gelegt.«

Konstanze hofft, dass ihre Miene fassungslos genug wirkt, als sie ihn unterbricht.

»Tot? Wie – tot? Hatte er einen Herzinfarkt, oder was?«

Bedächtig schüttelt Heiner Schwartz den Kopf, dann öffnet er noch einmal seinen Wagen, fischt die vergessene Brötchentüte vom Beifahrersitz und sagt leise: »Nein, er ist kurz nach Mitternacht erschlagen worden. In seinem eigenen Vorgarten.«

»Um Gottes willen!«

Konstanze Schwartz schlägt die Hände vor den Mund. Sie kommt sich plötzlich sehr schlecht vor. Erst folgt sie heimlich ihrem Mann, und dann belauscht sie auch noch sein Gespräch mit dem Kripobeamten, ohne sich bemerkbar zu machen. Und nun muss sie Überraschung heucheln. Dabei ist Ehrlichkeit eigentlich die Basis ihrer Ehe.

»Komm erst mal rein«, schlägt sie vor. »Ich habe in der Küche schon alles fürs Frühstück vorbereitet. Wir müssen es nur noch auf die Terrasse tragen.«

Heiner Schwartz nickt. Im Vorbeigehen streicht er seiner Frau sacht über die Wange und murmelt so leise, dass sie ihn kaum verstehen kann: »Ich habe Angst, Konstanze. Echte, beschissene Todesangst.«

Sonntag, 5. August, 10.13 Uhr, Dorfteich, Wenningstedt

»Vielen Dank, Frau Lissen, dass Sie zu diesem spontanen Treffen bereit waren«, erklärt Bertold von Brüssow mit leiser Stimme, als er die wartende Judith auf der Bank neben dem Dorfteich entdeckt.

»Ich wohne hier um die Ecke, es war also kein Problem schnell herzukommen. Aber woher hatten Sie meine Handynummer?«

»Hat mir Herr Specht letzte Woche gegeben, für Notfälle. Ich darf doch?«

Bertold von Brüssow setzt sich neben Judith und wendet ihr sofort seinen ganzen Körper zu. Der Adlige scheint deutlich an Haltung eingebüßt zu haben, fast wirkt es, als seien seine Schultern über Nacht eingefallen. Unwillkürlich fragt sich Judith, warum er wohl so unter Druck steht.

»Und das hier ist jetzt ein Notfall?«, erkundigt sie sich vorsichtig.

»Gewissermaßen. Ja. Ich will gar nicht lange drum herumreden. Der Verkauf meines Bildes gestern Abend kam keine Sekunde zu früh. Ich brauche das Geld dringend. Sehr dringend. Um ehrlich zu sein, Frau Lissen, ich benötige die Summe sogar schon morgen. Morgen Vormittag um elf Uhr dreißig, um ganz exakt zu sein.«

Judith denkt kurz nach, schüttelt dann aber entschieden den Kopf.

»Ich glaube nicht, dass sich das einrichten lässt. Der Käufer Ihres Bildes hat nicht direkt geboten, das wissen Sie ja, sondern über einen Kunstmakler. Wir haben natürlich seinen Bonitätsnachweis, jedenfalls gehe ich davon aus, dass der Makler ihn an Ronald Specht gefaxt hat, aber im Moment ist die ganze Galerie gesperrt. Ich komme nicht an die Unterlagen heran.«

»Aber der Kunstmakler? Den kennen Sie doch sicher. Vielleicht ließe sich über ihn eine schnelle Übergabe arrangieren.« Bertold von Brüssow macht eine kurze Pause, in der er eine Reihe von Zahlen vor sich hin murmelt. Dann fügt er leise hinzu: »Ich würde auch mit dem Preis noch ein wenig heruntergehen. Vierzigtausend weniger, das lässt sich doch hören, oder? Selbstverständlich erhält die Galerie trotzdem die ursprünglich fällige Provision.«

Judith seufzt. Längst haben die Ereignisse der letzten Nacht und des heutigen Morgens sie komplett überfordert.

»Herr von Brüssow, ich bin da wirklich überfragt. Ich weiß ja noch nicht einmal, wer der Rechtsnachfolger von Ronald Specht ist. Und ich kann auch nicht einfach so in seinem Namen handeln.«

»Wo kein Kläger ist, da ist auch kein Richter«, antwortet von Brüssow verschwörerisch. »Lassen Sie uns den Deal schnell abschließen. Es ist ja nichts Ungesetzliches.«

»Warum haben Sie es denn so eilig?«

Judith Lissen lehnt sich an die Rückenlehne der Holzbank und schließt für einen Moment die Augen. Ein schwerer Fehler, wie sie sofort bemerkt, denn gleich ist die Erinnerung wieder da, die sie seit Stunden quält. Die milde Sommernacht. Die Stimmen der jungen Leute, die sich der Galerie viel zu schnell nähern. Ihre eigene Panik, die Angst und die Ratlosigkeit. Und dann das Blut. Das viele Blut auf dem Rasen, auf dem sterbenden Körper am Boden und auf dem zerstörten Bild. Blut, das im Mondlicht schillert und bereits beginnt, von den Rändern her zu trocknen. Judith schaut fassungslos auf ihre Hände, sie dreht sie vor ihrem Gesicht, sie kann es einfach nicht glauben, dass auch an ihnen dieses Blut klebt. Das Blut des Galeristen Ronald Specht, der erschlagen vor ihr am Boden liegt.

Plötzlich rüttelt etwas an Judiths Arm. Mit besorgtem Blick beugt sich Bertold von Brüssow über sie. Judith atmet tief durch.

»Entschuldigen Sie bitte. Ich bin einfach übermüdet. Total fertig. Was haben Sie gerade gesagt?«

»Ich habe Ihnen gerade erklärt, warum ich das Geld so nötig brauche. Mein Gut ist hoch verschuldet. Ich dachte, ich könnte die Tilgung mit den Dividenden bezahlen. Aber in diesem Jahr gab's nichts. Und jetzt fallen meine Gläubiger über mich her. Allen voran die finanzierende Bank.« Er seufzt und streicht sich mit beiden Händen übers Gesicht. Judith begreift plötzlich, dass die tiefen Furchen auf Bertold von Brüssows Stirn keine Alters- sondern Sorgenfalten sind.

»Das tut mir wirklich leid, aber ich sehe trotzdem nicht, wie wir …«, beginnt sie, wird aber sofort unterbrochen.

»Also, was soll ich lange darum herumreden, Frau Lissen. Am Montagvormittag um halb zwölf ist beim zuständigen Landgericht der Termin für die Zwangsversteigerung meines Gutes. Bis dahin muss ich finanziell handlungsfähig sein, sonst ist das komplette Familienerbe futsch. Und das überlebe ich nicht.«

Sonntag, 5. August, 10.22 Uhr, Redaktion der *Sylter Rundschau*, Westerland

Als Fred Hübner in das Büro seines Chefs stürzt, ist er noch ganz atemlos vom Fahrradfahren. Er hat von Kampen bis herunter ins Westerländer Zentrum ganze 19 Minuten gebraucht – und das mit seiner alten Möhre.

»Sind Sie auf der Flucht, oder können Sie nur Gedanken lesen?«, begrüßt ihn der Chefredakteur Dirk Lehmann, ein noch recht jugendlich wirkender Mann mit dünnen eisgrauen Haaren und Altersflecken auf den Händen. Er mustert den Journalisten von oben bis unten. »Ich wollte Sie gerade anrufen. Ich habe nämlich einen Job für Sie.«

»Dachte ich mir. Deshalb bin ich hier.«

Fred wirft sich unaufgefordert in einen wackligen Sessel aus Kunstleder und greift nach der Wasserflasche, die halbgefüllt auf dem Schreibtisch des Chefredakteurs steht. Fred hält sich nicht mit der Suche nach einem Glas auf, sondern setzt die Flasche an die Lippen und trinkt in langen Zügen.

»Sie waren doch gestern auf der Vernissage …«, beginnt Lehmann.

Fred grinst. »Ich war sozusagen einer der Letzten, die den Galeristen lebend gesehen haben. Und – ob Sie es glauben oder nicht – vorhin habe ich mit der Dame gefrühstückt, die ihn tatsächlich als Letzte lebend gesehen hat – außer dem Mörder natürlich.«

Auf dem Gesicht des Chefredakteurs breitet sich ebenfalls ein zufriedenes Lächeln aus. »Sauber. Wie lange brauchen Sie, um eine krachende Enthüllungsstory aus dem Hut zu zaubern?«

»Kommt drauf an, was ich enthüllen soll. Mit einem der Sammler habe ich gerade gesprochen. Wenn ich noch ein bisschen im Dreck wühle, können wir vielleicht schon morgen ein Feature über Leben und Wirken der vier Knaben bringen.«

»Und wenn ich morgen den Täter in meinem Blatt präsentieren möchte? Wohlgemerkt *vor* der Polizei.«

»Wunder dauern etwas länger, das wissen Sie doch.« Fred lacht trocken und fügt dann hinzu: »Außerdem sind sie teurer. Viel teurer.«

»Wie viel?«

»Wenn es mir gelingt, Ihnen den Täter zu liefern – und Sie wissen ja, dass ich da so meine Erfahrungen habe –, dann will ich eine Festanstellung. Als Kulturredakteur.«

»Haben Sie das schon mit dem momentan zuständigen Kollegen abgesprochen?«, erkundigt sich Lehmann mit süffisantem Grinsen.

Hübner greift noch einmal zu der Wasserflasche und lässt den Chefredakteur auf seine Antwort warten. Er trinkt in aller Ruhe die Flasche leer und knallt sie dann auf den Beistelltisch.

»Und wie wär's mit einem Erfolgshonorar?«

»In Höhe von?«

»Zwanzigtausend. Für die Exklusivstory.«

»Sind Sie wahnsinnig?«

»Exklusiv heißt, dass Sie die Rechte weiterverkaufen können.«

»Ich will alle Details, schön brisant aufbereitet.«

Dirk Lehmann leckt sich unwillkürlich die Lippen.

»Selbstverständlich. Ab heute verzichte ich auf jeglichen Schlaf – Sie dürfen mich also gern Tag und Nacht anrufen.«

»Das tue ich sowieso, wenn es mir passt«, antwortet Lehmann irritiert.

»Eben. Aber jetzt werde ich dafür bezahlt«, kontert Hübner zufrieden.

»Im Erfolgsfall.«

»Bar und ohne Abzüge.«

»Hand drauf.«

Der Redakteur steht auf und streckt Fred die rechte Hand entgegen. Der schlägt ein, hält dann aber die Hand seines Chefs fest.

»Ich will das schriftlich.«

»Meinetwegen.« Dirk Lehmann reißt die Tür zum Vorzimmer auf und brüllt: »Susi zum Diktat, aber dalli.«

Die Sekretärin verdreht die Augen.

Sonntag, 5. August, 10.28 Uhr, Üp Klef, Morsum

Je weiter Silja und Bastian mit ihrem Dienstwagen in den Osten der Insel vorstoßen, desto leerer wird es auf den Straßen. Nicht nur, weil es hier ohnehin weniger besiedelt ist als um die Kapitale Westerland herum – Felder, Äcker, Weiden und reetgedeckte Bauernhöfe prägen die Landschaft –, sondern auch weil sich das herrliche Wetter des vergangenen Tages fortgesetzt hat und mittlerweile selbst der verschlafenste Tourist am Weststrand angekommen sein dürfte.

Silja beugt sich weit aus ihrem heruntergelassenen Fenster und atmet die würzige Luft tief ein.

»Herrlich«, seufzt sie. »Weißt du, was ich jetzt am liebsten machen würde? Bis zum Morsumer Kliff fahren und dort zu einem langen einsamen Spaziergang aufbrechen.«

»Ohne mich?«

Bastian klingt ein wenig beleidigt, was Silja zum Schmunzeln bringt. Großzügig antwortet sie: »Ich nehm dich mit. Vielleicht finden wir ja eine Enzianblüte. Sie öffnen sich nämlich nur bei Sonnenschein.«

»Enzian auf Sylt? Das glaubst du doch selbst nicht!«

»Doch, den gibt es hier wirklich. Wenn wir den Fall abgeschlossen haben, zeige ich ihn dir.«

Bastian nickt, aber Silja sieht genau, dass er nicht ganz bei der Sache ist. Hinter einer Straßenbiegung taucht gerade die Villa des verunglückten Malers auf, und Bastian mustert das futuristische Gebäude mit zusammengekniffenen Augen.

»Dieser Faust muss Millionen mit seinen Bildern verdient haben«, murmelt er. »Die Hütte da vorn war bestimmt nicht billig.«

»Erstens: Er *hat* Millionen verdient, denn er war nicht nur ein erfolgreicher, sondern auch ein fleißiger Maler. Da sind jährlich bestimmt zwanzig neue Werke über den Tisch gegangen. Und zweitens: Wart erst mal ab, bis du die Hütte von innen gesehen hast. Da schreit dir noch der kleinste Mosaikstein im Badezimmer entgegen: Ich war teuer.«

»Und unsereiner schuftet sich den Buckel rund. Und wofür? Läppische A 13«, schimpft Bastian, während er den Wagen vor der Villa zum Stehen bringt.

»Ach komm, dir macht der Job doch Spaß«, gibt Silja zurück. »Jetzt tu nicht so, als würdest du es nur wegen des Geldes machen. Oder liegt dir gar nichts daran, dass der Typ gefasst wird, der den Galeristen auf dem Gewissen hat?«

»O doch, sehr viel sogar. Vor allem weil er mich um den Schlaf der letzten Nacht gebracht hat. Das nehme ich ihm persönlich übel. Glaubst du, die haben da drin eine anständige Kaffeemaschine?«

Bastian betätigt den Klingelknopf unter Florian Seebrücks Namen, ohne dass sich etwas tut. Erst nach dreimaligem Klingeln öffnet sich die Tür. Der Architekt steht mit nacktem Oberkörper und nur mit einer Jeans bekleidet vor ihnen. Er wirkt verdutzt und auch ein wenig unwillig.

»Was ist denn jetzt noch? Ich habe meine Aussage schon in

der Nacht gemacht. Eigentlich wollte ich mich gerade aufs Ohr legen.«

»Mit einer nassen Hose?«

Bastian deutet auf die Hosenbeine, die von den Knöcheln bis zu den Knien dunkel vor Feuchtigkeit sind.

»Ich habe gesprengt, dabei ist mir der Schlauch aus der Hand gerutscht. Aber Sie wollten sicher nicht über Gartenpflege mit mir plaudern. Also kommen Sie rein, und machen Sie's kurz.«

Doch anstatt Bastian und Silja in sein eigenes Apartment zu führen, bringt Seebrück sie durch eine Verbindungstür in Artur Fausts Reich. Das Türblatt ist gesplittert, Holz hängt aus dem Rahmen.

»Was ist denn hier passiert?«, erkundigt sich Bastian, während er die Finger über den Riss gleiten lässt.

Bevor Seebrück antworten kann, raunt Silja dem Kollegen zu: »Heute früh war hier noch alles in Ordnung. Das wäre mir sonst sicher aufgefallen.«

Florian Seebrück, der ihren Kommentar gehört hat, antwortet leichthin: »Ich bin furchtbar durch den Wind seit letzter Nacht. Und da habe ich mich zu allem Unglück ausgeschlossen. Beim Sprengen.«

»Eigentlich ist das dann ein Fall für den Schlüsselnotdienst und nicht für die Streitaxt«, gibt Bastian stirnrunzelnd zu bedenken.

»Ja schon, aber die Stiftung, die das Haus übernehmen wird, will die Zwischentür ohnehin rausreißen, und da dachte ich … na ja, Sie wissen ja, dass ich finanziell im Moment ein bisschen knapp bin«, vollendet Seebrück hilflos seinen Satz, während sein Blick wie zufällig über die beiden riesigen Faust-Originale an der Wand gleitet.

Bastian nickt und spart sich jeden weiteren Kommentar, doch angesichts der imposanten Wohnhalle pfeift der Kommissar beeindruckt durch die Zähne. »Nicht schlecht, Herr Specht«, murmelt er, und sieht erst an dem entsetzten Blick Seebrücks, dass dieser Spruch angesichts des Namens des ermordeten Galeristen ziemlich fehl am Platz war. Trotzdem kann er es sich nicht verkneifen, weiter auf dem müden Witz herumzureiten. »Apropos *Specht* – eigentlich dürfen Sie sich gar nicht wundern, dass wir schon wieder hier sind. Schließlich haben Sie heute Nacht meiner Kollegin und dem Kollegen einiges verschwiegen.«

»Wovon genau reden Sie?«

Florian Seebrück streicht sich mit einer lässigen Handbewegung über die nackte Brust. Es ist eine völlig unangebrachte Geste, die, wie Silja fasziniert beobachtet, allerdings sehr genau verrät, dass der Architekt längst ahnt, worum es in dem folgenden Gespräch gehen wird.

»Sie waren der Geliebte des Opfers«, antwortet Bastian mit undurchdringlicher Miene.

Florian Seebrück schluckt kurz und heftig, so dass sein Adamsapfel hüpft. Dann lässt er sich aus dem Stand auf eines der Sofas fallen und breitet beide Arme in einer besitzergreifenden Geste auf der Rückenlehne aus.

»Wir waren einige Jahre ein Paar, das ist richtig. Allerdings haben wir uns letzten Monat getrennt. Und ich kann echt nicht verstehen, was das mit dem Mord zu tun haben soll.«

»Wir würden auch bei jedem heterosexuellen Paar genauer hinsehen, wenn es kurz vor einem Gewaltverbrechen eine Trennung gegeben hätte«, versucht Silja die angespannte Situation zu entschärfen.

Seebrück schüttelt resigniert den Kopf.

»Ja, ja, schon klar. Das erzählen Sie den Schwulen wahrscheinlich immer.«

»Nein, tun wir nicht«, fährt Bastian Kreuzer dazwischen. »Aber Sie haben uns Ihre Beziehung verschwiegen und sich damit eindeutig um die Verschleierung ermittlungsrelevanter Tatsachen bemüht. Und jetzt wüssten wir gern, welchen Grund Sie dafür gehabt haben.«

Seebrück nimmt die Arme von der Rückenlehne und fährt sich mit gespreizten Fingern durchs Haar. Dabei seufzt er tief.

»Sind Sie von der Insel?«, fragt er Bastian direkt.

»Aus Flensburg«, gibt der Kommissar zurück.

»Und Sie?« Die Frage gilt Silja.

»Ich habe hier einen Teil meiner Kindheit verbracht«, erklärt sie vage. Dass die Eltern mit ihr aufs Festland gezogen sind, nachdem die kleine Schwester einem bestialischen Mord zum Opfer gefallen war, geht den schnöseligen Architekten gar nichts an.

»Na, dann wissen Sie ja ungefähr, wie es hier zugeht. Ich behaupte mal, dass die Leute nirgendwo in der ganzen Republik so konservativ sind wie hier. Sehen Sie sich doch um. Das ist immer noch eine rein arische Insel. Keine Juden, keine Schwarzen, keine Schwulen.«

»Jetzt machen Sie mal halblang«, empört sich Bastian, aber Florian Seebrück unterbricht ihn sofort.

»Ich bin Architekt, verdammt nochmal. Ich bin nicht aus Spaß an der Freude auf die Insel gekommen, sondern um meinen Beruf auszuüben. Ich will weder Kindertagesstätten noch McDonald's-Filialen oder Treppenhäuser in Serie entwerfen, sondern Wohnhäuser bauen. Schöne Häuser, besondere Häuser. Häuser, in denen an nichts gespart wird. Und ich habe gehofft, dass sich hier die richtige Klientel für mich findet. Aber weit gefehlt, sage ich Ihnen. Die oberen Zehntausend mit ihren Zweit- und Drittdomizilen auf Sylt sind so konservativ, dass schon dieser Komplex«, er umreißt mit einer weiten Geste die Faust'sche Villa, »den reichen Spießern vorkommt wie eine Entgleisung. Was meinen Sie, was Artur sich nach der Fertigstellung alles hat anhören müssen. Dass das Haus eine Schande für die schöne Insel sei, war noch das Höflichste. Und wissen Sie was? *Ihn* hat die ganze Schelte nur amüsiert, er hat ja für sein Leben gern provoziert – aber *mir* hat es beruflich das Genick gebrochen. Ich habe mal gedacht, dieser Auftrag hier sei meine große Chance«, er stößt verächtlich die Luft durch die Nase aus, »aber das war weit gefehlt. Die Leute sehen mich an, als würde ich nicht richtig ticken. Und jetzt stellen Sie sich vor …«, er richtet sich aus dem Sofa auf und beugt seinen Oberkörper den beiden Ermittlern entgegen, die wie zwei arme kleine Sünder vor ihrem tobenden Schuldirektor stehen, »jetzt stellen Sie sich doch bitte mal vor, die wüssten hier auch noch, dass ich schwul bin. Glauben Sie vielleicht, die sind begeistert, wenn ausgerechnet ein Schwuler ihnen die Träume von ihrer heilen Spielzeugwelt kaputt macht?«

»Sind Sie fertig?« Bastians Stimme ist leise und sehr höflich.

»Nein, bin ich nicht«, schnauzt Seebrück. »Ich bin noch längst nicht fertig mit dem ganzen Schickimicki-Pack hier. Aber ich höre jetzt auf zu reden. Sie wissen, was Sie wissen wollten – und wenn Sie noch weitere Fragen haben, dann stellen Sie sie jetzt. Ich hab's nämlich satt, mich ständig von Ihnen belästigen zu lassen.«

»Woran ist die Beziehung zwischen Ihnen und Ronald

Specht eigentlich gescheitert?«, fragt Silja, ohne auf die Provokation einzugehen.

»Ich hatte einen anderen, es war nur eine kurze Sache, aber Ronald konnte sehr eifersüchtig sein.«

»Also hat er Schluss gemacht?«

Florian Seebrück nickt. »Ich hatte keine Chance. Dabei habe ich lange versucht, ihn umzustimmen. Meine Briefe haben Sie ja vermutlich gefunden.« Fragend hebt er die Augenbrauen.

Bastian nickt. Dann wechselt er einen kurzen Blick mit Silja. Sie versteht sofort. Warum soll Seebrück auch noch von den Fotos auf Spechts Computer erfahren? Die Erkenntnis, dass dies alles durch die Hände der Polizei gegangen ist, würde ihn nur zusätzlich verletzen.

»Eines wüsste ich aber doch noch gern«, setzt Bastian noch einmal an. »Was haben Sie sich von dem Treffen versprochen, das für den Tag nach der Vernissage geplant war?«

»Es sollte mein letzter Versuch sein, ihn umzustimmen.« Seebrück seufzt. »Schließlich war ich es, der Ronald bei den anderen drei Sammlern für den Kunstdeal ins Spiel gebracht hat. Ich wusste, wie klamm Ronald seit Jahren war. Die Galerie lief einfach nicht. Die Leute sind reingegangen und haben geguckt. Aber dann sind sie wieder rausgelaufen und haben ihre Kunst woanders gekauft.«

»Ach, so war das.« Silja runzelt die Stirn, während sie innerlich den Gedankengang Florian Seebrücks nachvollzieht. »Erst haben Sie gedacht, Sie kommen über den Maler an Kontakte. Und als der tot war, haben Sie gehofft, dass wenigstens Ihr Freund …«

»Exfreund«, unterbricht Seebrück die Kommissarin unwirsch.

»Verzeihung, Ex-Freund. Also dass wenigstens er jetzt vom Tod des Malers profitieren kann.«

»Wenn Sie das so sehen wollen.«

Seebrück verschränkt beleidigt die Arme vor dem Oberkörper. Seine Brust ist völlig haarlos, der Bauch ganz flach. Er könnte durchaus auch als Frauenschwarm durchgehen, überlegt Silja. Dann setzt sie noch einmal neu an.

»Bitte verstehen Sie mich nicht falsch, Herr Seebrück, aber es ist doch so: Immer wieder stoßen wir bei diesem Fall auf Artur Faust und auf Sie. Sie wohnen in seinem Haus, Sie vermitteln der Galerie den Verkauf seiner Bilder, Sie …«

Ein plötzliches Poltern aus der Diele lässt die Kommissarin verstummen. Mit einer schnellen Drehung fährt Bastian Kreuzer herum und stößt die Tür auf.

Am Fuß der Treppe ins Obergeschoss steht Bertold von Brüssow und reibt sich das rechte Schienbein.

»Bin gegen diese blöde Skulptur gelaufen«, erklärt er wütend und versetzt dem kubistisch geformten mannshohen Frauenkopf einen Tritt mit dem Fuß.

»Und was machen Sie sonst noch hier, wenn Sie nicht gerade die Einrichtung demolieren?«, erkundigt sich Kreuzer humorlos.

»Na, Sie haben mich doch gezwungen, auf der Insel zu bleiben. Da bin ich eben zu Florian gefahren, schließlich sind wir befreundet, und irgendwo muss ich mich ja aufhalten. Oder glauben Sie, mir ist danach, mir unter diesen Umständen am Strand die Sonne auf den Scheitel brennen zu lassen?«

»Nein, natürlich nicht.« Auch Silja ist jetzt zu den beiden getreten. Sie lächelt dem Adligen zu und versucht, die Situation zu entspannen. »Ihre Fingerabdrücke haben Sie aber schon auf dem Kommissariat hinterlassen?«

»Ihre Kollegen hätten mich heute früh sonst gar nicht weggelassen«, gibt von Brüssow missmutig zurück. »Wofür brauchen Sie die eigentlich?«

»Die Spurensicherung prüft routinemäßig alle verwertbaren Abdrücke in der Galerie, von größtem Interesse sind aber die auf den vier Bildern. Da wir davon ausgehen, dass Sie als Besitzer mit Sicherheit Spuren hinterlassen haben, müssen wir die isolieren, um sehen zu können, wer eventuell noch mit den Bildern in Kontakt gekommen ist. Herr Schwartz und Herr Liebig müssen sich übrigens der gleichen Prozedur unterziehen«, erklärt Bastian und wendet sich dann wieder Florian Seebrück zu. »Für Sie gilt das natürlich auch. Nur dass Sie dafür nicht extra aufs Präsidium müssen. In der nächsten halben Stunde wird der Kollege Leo Blum hier auftauchen, der nicht nur Ihre Fingerabdrücke nehmen wird, sondern auch versuchen wird, welche des verstorbenen Malers sicherzustellen. Wollen wir mal hoffen, dass Artur Fausts Putzfrau nicht allzu gründlich war.«

»Wofür soll das denn gut sein?«

In Florian Seebrücks Stimme liegt plötzlich Panik, aber Bastian Kreuzer tut so, als entgehe ihm das. Beiläufig zuckt er die Schultern.

»Uns interessieren, wie gesagt, alle Abdrücke auf den Bildern, die nicht von den vier Sammlern, dem Galeristen, seiner Assistentin oder dem Maler sind. Und wo könnten wir wohl besser die Fingerprints eines Toten aufstöbern als in seinem Haus?«

Seebrück nickt. Er sieht beruhigt aus, viel zu beruhigt, wie Bastian findet.

»Wir verlassen Sie jetzt. Aber bitte halten Sie sich zu unserer Verfügung. Beide.« Der Hauptkommissar lässt den Blick kurz von Seebrück zu von Brüssow und wieder zurück wandern. »Es wäre außerordentlich hilfreich, wenn Sie Ihre Handys in den nächsten Stunden eingeschaltet lassen würden. Silja, kommst du?«

Die Kommissarin bleibt kurz vor Seebrück stehen, bevor sie sich zur Tür wendet. »Der Mord ist sicher für Sie besonders schmerzlich«, sagt sie leise. »Aber wir werden alles tun, um den Täter so schnell wie möglich zu finden. Bitte helfen Sie uns dabei.«

Nachdem die beiden Ermittler die Villa des Malers verlassen haben, steigt Bastian Kreuzer nicht gleich in den Wagen, sondern sieht sich ausgiebig um.

»Komisch«, murmelt er.

»Was denn?«

»Dieser Brüssow wird doch wohl mit seinem Auto gekommen sein, schließlich ist Morsum ja ziemlich abgelegen.«

»Und?«

»Siehst du vielleicht irgendwo einen Wagen, der kein Sylter Kennzeichen hat?«

»Stimmt, das ist merkwürdig«, gibt Silja zu. »Lass uns kurz die Umgebung abfahren. Denn wenn er seinen Wagen versteckt hätte, wäre das immerhin ein eindeutiges Zeichen dafür, dass er etwas zu verbergen hat.«

»Los geht's.« Schwungvoll steigt Bastian in den Dienstwagen. »Ich sag's ja immer. Jeder Ortstermin wartet mit einer Überraschung auf. Man muss sie nur entdecken.«

Sonntag, 5. August, 10.48 Uhr, Weststrand, Wenningstedt

Das Meer braust und tobt, es spritzt und sprudelt, Gischt und Möwen treffen sich in der feuchten Zone oberhalb der Wellen, so dass im hellen, nebligen Dunst eine ständige Bewegung herrscht. Auch die Menschen am Strand tragen zu dem bewegten Bild bei. Einige Kinder spielen Volleyball, und zwei Paare liefern sich ein Beachtennismatch. Jogger traben an der Wasserkante entlang.

Mit der hereinbrechenden Flut hat der Wind zugenommen, so dass Judith es hier unten am Strand unerwartet kühl findet. Sicher trägt auch ihr Schlafmangel dazu bei. Fröstelnd hält sie Ausschau nach einem freien Strandkorb, in den sie sich flüchten kann. Schließlich entdeckt sie einen direkt an der Dünenkante, verzichtet darauf, ihn zum Wasser zu drehen, und setzt sich hinein. Plötzlich ist sie geschützt vor dem Westwind und bekommt außerdem die pralle Sonne ab. Eine kuschlige Wärme umfängt sie. Aber der Strandkorb nimmt nicht nur die Kälte von Judiths Haut und den Wind aus ihren Ohren, er dämpft auch die Geräusche. Das Brüllen des Meeres wird zum Säuseln, das Kinderrufen zum Murmeln, und die Schreie der Möwen klingen jetzt eher beruhigend als aufgeregt.

Judith ist dankbar für den Schutz, den der Korb ihr bietet, er ist wie eine zweite Haut, ein Panzer fast, der die Umwelt ausschließt. Auch die Tränen, die nun aus ihren Augen schießen, bleiben den anderen Badegästen verborgen. Minutenlang lässt Judith dem Schluchzen und Weinen freien Lauf. Es scheint ihr das erste Mal seit dem furchtbaren Geschehen der letzten Nacht zu sein, dass sie sich allein und ungestört ihren Gefühlen hingeben kann. Entsetzen, Scham und Furcht sind eine quälende Mischung. Es dauert lange, bis sie einen Teil ihrer Selbstkontrolle zurückgewinnt. Als sie sich schließlich die Tränen vom Gesicht gewischt und die Nase geputzt hat, versucht sie, ihre Gedanken zu ordnen.

Was kann sie preisgeben, und was muss sie auf jeden Fall vor der Polizei geheimhalten? Was soll sie tun, damit ihr Plan gelingt, Hauptkommissar Bastian Kreuzer auf ihre Seite zu ziehen? Und wie kann sie es gleichzeitig verhindern, sich Silja zur Feindin zu machen? Unschlüssig gleitet Judiths Blick über die ansteigende Dünenreihe vor dem Strandkorb. Der Strandhafer steht in Büscheln auf der Schräge, einige sind dicht und lassen kaum den sandigen Untergrund durchschimmern, andere Areale wiederum wirken löchrig und die spärlichen Halme wie zarter Flaum auf glatter Haut.

Das Vibrieren ihres Handys lässt Judith vor Schreck zusammenfahren. Ein Blick aufs Display zeigt ihr, dass Fred Hübner der Anrufer ist. Zum Glück.

»Hallo Fred, du wunderst dich wahrscheinlich, dass du mich nicht im Tiefschlaf auf deiner Couch angetroffen hast.«

»Eigentlich nicht. Ich wollte mich eher dafür entschuldigen, dass ich deinen Schlaf nicht besser bewacht habe.«

»Wo warst du?«

Judith kann die Anspannung nicht ganz aus ihrer Stimme vertreiben, auch wenn sie weiß, dass es besser wäre.

»Ich musste zur Redaktion. Du kannst dir ja denken, dass da jetzt der Teufel los ist.«

»Und? Gibt es Neuigkeiten?«

»Noch nicht. Aber ich bin auch erst am Anfang. Das wird eine spannende Recherche, wie's scheint.«

»Du im Wettlauf mit der Polizei?«

»Woher weißt du das?«

»Ist nicht so schwer, sich das vorzustellen, oder?«

»Wirst du mir helfen?«

»Sicher. Was willst du wissen?«

Erleichterung durchströmt Judith. Genau das ist es, was sie erreichen wollte. Nichts ist jetzt wichtiger, als die Kontrolle zu behalten. Sie muss wissen, was Fred Hübner plant, und sie muss erfahren, wie das Vorgehen der Polizei aussehen wird. Nur so kann das Schlimmste verhindert werden.

»Lass uns das persönlich besprechen, nicht am Telefon«, antwortet Fred und fügt mit fragender Stimme hinzu: »Du bist nicht zu Hause, oder? Die Verbindung ist so schlecht.«

»Nein.« Judith zögert absichtlich ein wenig, bevor sie weiterredet. »Ich bin unten am Strand, ich musste ein bisschen zur Ruhe kommen. Aber wir könnten uns am Nachmittag treffen, wenn dir das recht ist.«

»Das ist perfekt. Wann und wo?«

»Bei mir? Um vier?«

Der Journalist lacht leise, dann antwortet er charmant: »Bei dir um vier, wer könnte diesem verlockenden Angebot schon widerstehen?«

Sonntag, 5. August, 11.17 Uhr, Kriminalkommissariat, Westerland

»Na, ausgeschlafen?«, begrüßt Bastian Kreuzer den Kollegen Winterberg, als dieser das Büro betritt, das die drei Ermittler sich teilen.

Sven Winterberg reibt sich demonstrativ die Augen. »Ich

weiß nicht so recht. Ich glaube, ich bin irgendwie nicht der Typ für Powernapping.«

»Angeblich gibt einem so ein Kurzschlaf doch besonders viel Energie, jedenfalls kann man das überall lesen. Jetzt sag bloß nicht, dass Silja und ich ganz umsonst hier allein geschuftet haben!«

»Meinetwegen dürft ihr euch gern wie Helden fühlen. Aber eins sag ich euch: Beim nächsten Mal fahre ich gar nicht erst nach Hause. Ich hatte richtig Mühe, mich ins Schlafzimmer vorzukämpfen. Aus mir unverständlichen Gründen scheint sich Anja ausgerechnet diesen Sonntag für ein Beziehungsgespräch ausgesucht zu haben. Und nachdem ich sie abgeblockt hatte, war sie beleidigt.« Sven verdreht die Augen und fährt sich kopfschüttelnd durch die vollen dunklen Locken. »So viel zum Thema Powernapping. Eine Kanne Kaffee hätte es auch getan.«

»Willst du trotzdem noch welchen?«, fragt Silja und blickt kurz von dem Schaubild auf, das sie gerade auf ein Blatt Papier kritzelt.

»Später. Was ist das denn?«

Neugierig beugt sich Sven über Siljas Schulter.

»Ich versuche gerade, hinter die Verbindungen zu steigen, die zwischen den vier Sammlern und dem Galeristen bestehen. Wir haben da ein paar echt interessante Details erfahren«, setzt Silja an.

»Na, dann schieß mal los.«

Während Silja den Kollegen auf den neuesten Stand der Ermittlungen bringt, stürmt der Chef der Spurensuchtruppe Leo Blum in den Raum.

»Tut mir leid, hab's bis um elf nicht ganz geschafft«, entschuldigt er sich mit Blick auf Bastian Kreuzers gerunzelte

Stirn. »Aber was ich euch mitgebracht habe, wird euch fürs Warten entschädigen.«

»Du klingst wie der Weihnachtsmann im Winterwald«, spottet Bastian.

»Seit wann kennst du Kindergedichte?«, erkundigt sich Silja überrascht.

»Das war mein Standardgedicht. Ich hab's bestimmt zehn Jahre lang unterm Tannenbaum aufgesagt.«

Silja lächelt amüsiert, aber bevor sie etwas erwidern kann, ergreift Leo Blum ungeduldig das Wort.

»Könntet ihr mal mit dem Geplänkel aufhören? Auf ein bisschen mehr Neugier von eurer Seite hätte ich schon gesetzt.«

»Jetzt sei nicht gleich beleidigt, sondern freu dich darüber, dass wir hier so ein gutes Betriebsklima haben.«

»War ja auch schon mal anders«, grummelt Leo und wechselt einen Blick mit Sven, der in Erinnerung an die Streitereien vom vorletzten Jahr entnervt die Augen verdreht.

Bastian zwinkert Silja zu und wendet sich dann wieder an Leo Blum. »Also, klär uns auf. Was hast du entdeckt?«

»Zwei Dinge sind extrem ungewöhnlich«, beginnt der Chef der Spurensicherung. »Auf die erste Merkwürdigkeit sind wir gestoßen, als wir die Fingerabdrücke auf den vier Bildern des Elemente-Zyklus untersucht haben. Es finden sich auf jedem einzelnen der Bilder Prints von allen vier Sammlern, vom Galeristen und von dessen Assistentin. Außerdem jeweils einige, deren Herkunft wir nicht zuordnen konnten. Wahrscheinlich von Vernissagebesuchern, die die Finger nicht stillhalten konnten, oder von den Typen, die die Bilder eingepackt und transportiert haben.«

»Und was ist daran jetzt der Hit?«, will Bastian wissen.

»Sagt ihr es mir.« Auffordernd blickt Leo Blum in die Runde.

Silja zuckt ratlos die Schultern, aber Sven nickt gedankenverloren und beginnt dann zögernd zu reden.

»Ich glaube, ich weiß, worauf du hinauswillst.« Er wendet sich Silja zu. »Hast du nicht eben gesagt, Leo wollte sich in der Faust-Villa die Fingerabdrücke des toten Malers besorgen?«

»Du bist schon auf dem richtigen Weg«, ermuntert ihn Leo Blum.

»Dann nehme ich mal an, dass Artur Faust die Bilder nie angefasst hat?«

Blum lacht. »That's it. Ich habe seine Abdrücke sicherstellen können und sie anschließend mit allen fremden Prints auf den Bildern verglichen. Ohne Erfolg.«

»Moment mal«, mischt sich Silja ein. »Der Maler ist doch schon eine ganze Weile tot. Vielleicht hat man zwischendurch einfach mal die Rahmen abgewischt.«

»Gut möglich, dass das einer der Sammler getan hat. Aber alle vier? Mit gleicher Gründlichkeit? Das wäre schon ein sehr großer Zufall.« Leo Blum schüttelt so energisch den Kopf, dass der schmale Zopf, den er im Nacken trägt, von einer Schulter zur anderen fliegt.

»Nicht so schnell. Vielleicht hat der Galerist die Bilder bei deren Einlieferung geputzt. Wir könnten Judith, äh, Frau Lissen danach fragen«, wirft Bastian ein und duckt sich gleich darauf unter dem überraschten Blick Siljas weg.

»Ja klar, das ist möglich«, gibt Leo Blum zu. »Aber dann ist es immer noch merkwürdig, dass hinterher alle vier Sammler jedes Bild wieder ausführlich betatscht haben. Und zwar auf der Vorder- und auf der Rückseite.«

»Und welche Schlüsse sollten wir daraus ziehen?«, fragt Sven pragmatisch.

»Das ist euer Job, nicht meiner«, gibt Leo grinsend zurück. »Außerdem bin ich noch nicht fertig. Der eigentliche Hammer kommt noch.«

»Schieß los.«

Angespannt verschränkt Bastian Kreuzer die Arme vor der Brust. Leo Blum stellt sich in Positur, als wolle er eine Rede halten. Dann beginnt er mit leiser Stimme zu sprechen, wobei ihm die Aufmerksamkeit der drei Ermittler sicher ist.

»Ich bin ja aus zwei Gründen in diese Faust-Villa gefahren. Einmal brauchten wir die Fingerabdrücke von Florian Seebrück und dann noch die von dem verstorbenen Maler. Was glaubt ihr, wo in der gesamten Wohnung man Fingerprints von Toten in der Regel am besten findet?«

»Ist doch klar«, antwortet Silja. »In einem möglichst intimen Raum. Schließlich ist da die Wahrscheinlichkeit am größten, dass die Abdrücke wirklich von dem ehemaligen Bewohner sind.«

»So ist es. Also bin ich ins Schlafzimmer und ins Bad. Ich hab's überall probiert. Am Spiegelschrank, an der Klospülung. Am Bettgestell und an der Nachttischschublade.«

»Und?«, fragt Bastian ungeduldig dazwischen.

»Nichts. Alles clean. Total weggeputzt.«

»Manche Putzfrauen sind eben besser als ihr Ruf«, murmelt Silja.

»Hat Seebrück irgendetwas dazu gesagt?«, unterbricht sie Sven.

»Nö. Der hat sich in seine Wohnung verkrümelt und erklärt, ich wisse ja, wo ich ihn finden könne.«

»War der andere Sammler noch bei ihm?«, erkundigt sich

Bastian und erklärt dann: »Bertold von Brüssow, ein älterer Herr mit tadellosen Manieren aber ausgesprochen irritierendem Verhalten.«

»Keine Ahnung. Ein zweites Auto stand jedenfalls nicht vor dem Haus.«

»Jaja, das wissen wir schon.« Bastian Kreuzer klingt unzufrieden. Und ungeduldig. »Also weiter im Text. Irgendwo hast du dann ja doch noch Abdrücke von Artur Faust aufgetrieben. Sonst wüsstest du nicht, dass auf den Bildern definitiv keine sind.«

»Tja, das war fast schon Zufall. Zunächst dachte ich natürlich, die haben nach dem Tod des Malers das ganze Haus gründlich geputzt.« Leo Blum nickt Silja zu. »So etwas ist ziemlich üblich. Eine Art von Seelenhygiene, würde ich sagen. Da kann man dann oft nichts mehr finden. Also wäre ich fast unverrichteter Dinge wieder abgezogen. Doch um nach draußen zu gelangen, musste ich noch mal durch die Wohnhalle laufen, und da fiel mir auf, dass der Bildschirm des Fernsehers ziemlich betatscht war. Das sah nicht unbedingt nach einer gründlichen Säuberungsaktion aus.«

»Na, vielleicht hat der Architekt sich mittlerweile im ganzen Haus breitgemacht«, wirft Bastian Kreuzer ein. »Uns hat er immerhin auch in der Faust-Suite empfangen …«

»Ja, aber da wollte er wohl verhindern, dass wir seinen Kumpel aus der Maler-Clique entdecken«, unterbricht ihn Silja. »Das heißt noch nicht, dass er sich jetzt gewohnheitsmäßig in den Räumen des Malers aufhält.«

»Fakt ist jedenfalls«, fährt Leo Blum dazwischen, »dass ich im Wohnbereich massenhaft Fingerabdrücke gefunden habe. Und zwar mit einer signifikanten Streuung, wie sie in klassischen Zwei-Personen-Haushalten üblich ist. Von beiden

Bewohnern etwa gleich viele und einige wenige unterschiedliche von Fremden.«

»Okay. Einer der Bewohner wird ja wohl Artur Faust gewesen sein. Aber wer war der andere?«, will Bastian Kreuzer wissen.

»Das kann ich euch genau sagen. Es war Florian Seebrück, der Architekt. War nicht schwer, das festzustellen, ich hatte ja gerade seine Abdrücke genommen.«

Leo Blum blickt sich triumphierend um. Aber keiner der Ermittler reagiert auf seinen Blick. Es entsteht eine ratlose Pause, bis Sven endlich fragt: »Ja und? Haben die beiden eben manchmal gemeinsam ferngesehen. Wo ist denn jetzt der Hit bei der Sache?«

»Ihr seid aber echt unausgeschlafen heute«, beschwert sich Blum. »Der Hit ist schlicht und ergreifend, dass irgendjemand peinlich genau darauf geachtet hat, dass in Schlaf- und Badezimmer alle Spuren verschwinden. Und zwar vor kurzem. Es waren nämlich nicht nur alle Fingerabdrücke weg, sondern auch sonst war nicht das allerkleinste Staubfädchen zu sehen. Das ist in der Regel nach vier, fünf Tagen schon anders. Auch in unbenutzten Räumen.«

»Und das wiederum heißt, dass sich in Artur Fausts Schlaf- und Badezimmer noch eine weitere Person regelmäßig aufgehalten haben muss, die unbedingt verhindern wollte, dass wir davon erfahren«, überlegt Silja.

»Das hast du aber elegant ausgedrückt«, unterbricht sie Bastian. »Ich würde sagen: Er hat gewohnheitsmäßig mit jemandem gepoppt, der's jetzt nicht gewesen sein will.«

Leo Blum nickt und redet dann mit erhobenem Zeigefinger weiter.

»Ihr hattet mich diesem Seebrück angekündigt, oder? Er

wusste, dass ich wegen der Fingerabdrücke vorbeikommen wollte. Und wenn ihr meine unbedeutende Meinung hören wollt, ist dann Folgendes passiert: Der Typ ist vorher noch husch wie der Wind ins Schlafzimmer und hat da und im Bad alles abgewischt, was ein schlechtes Licht auf ihn werfen könnte. Das Wohnzimmer war ihm natürlich völlig egal, und …«

»Moment, Moment«, redet Bastian, jetzt doch aufgeregt, dazwischen. »Ist dir klar, was du da sagst? Du hast gerade ein erstklassiges Mordmotiv für Seebrück konstruiert. Denn was wäre gewesen, wenn der Galerist irgendwie davon Wind bekommen hätte, dass zwischen Maler und Architekt was gelaufen ist? Möglicherweise auf der Vernissage.«

»Na und? Das ist doch heutzutage kein Drama mehr«, wendet Silja ein.

»Du hast doch selbst gehört, was Seebrück dazu zu sagen hatte. Hier auf der Insel offenbar doch. Jedenfalls in den konservativen Kreisen. Außerdem ist es völlig gleichgültig, wie es sich wirklich verhält, solange Seebrück davor Angst hatte.«

»Aber das hätte doch für Ronald Specht ebenso gegolten«, wirft Sven Winterberg ein.

»Glaube ich nicht. Mit einem schwulen Galeristen hätten die Leute vielleicht weniger Probleme gehabt. Er kommt ihren persönlichen Bereichen nicht so nah wie ein Architekt, der ja nur dann wirklich gut ist, wenn er ihre intimen Bedürfnisse erspürt«, widerspricht Silja. »Und genau darum ging es vielleicht. Specht erfuhr von dem Verhältnis zwischen Faust und Seebrück, das neben Seebrücks Beziehung zu ihm gelaufen sein muss. Er ist verletzt und droht Seebrück mit der Offenlegung seiner Neigung …«

»Seebrück, der wahrscheinlich schon ziemlich angetrunken ist, sieht seine letzten Karrierechancen schwinden, außerdem seine Hoffnungen auf eine Wiederaufnahme der Beziehung zu Specht – und rastet aus«, vollendet Bastian ihren Satz. Dann wendet er sich zu Leo Blum. »Na, wie klingt das?«

»Nach einer schnellen Lösung des Falles.« Demonstrativ sieht Blum auf seine Taucheruhr, die das Ausmaß eines kleinen Spielzeugkreisels hat. »Keine zwölf Stunden nach dem Mord. Da wird sogar unsere geschätzte Staatsanwältin nichts dran zu meckern haben.«

Sonntag, 5. August, 11.26 Uhr, Üp Klef, Morsum

Völlig verschwitzt steigt Fred Hübner von seinem Rad. Wenn er gewusst hätte, dass er an diesem Wochenende kreuz und über die Insel düsen muss, dann hätte er rechtzeitig dafür gesorgt, dass das Rennrad besser in Schuss ist. Aber was hilft's? Die Aussicht auf eine fette Provision treibt ihn an. Und gleichzeitig treibt ihn seine Unwissenheit zur Verzweiflung. Denn nach dem Gespräch mit Johann Liebig im *Hotel Rungholt* fehlen ihm wichtige Informationen, um in seiner Recherche wirklich weiterzukommen. Weder weiß Fred Hübner, wo der Industrielle Heiner Schwartz sein Domizil hat, noch kennt er den Aufenthaltsort des dritten Sammlers Bertold von Brüssow. Nur die Lage der Villa des verstorbenen Malers ist inselweit bekannt. Und dass der Architekt dort ebenfalls wohnt, ist auch kein Geheimnis.

Hübner, der das Haus noch nie gesehen hat, ist ziemlich beeindruckt von der Größe und Eleganz des Anwesens. Sein erster Impuls ist es, zu klingeln und ähnlich wie bei Johann Liebig unter einem Vorwand das Gespräch mit dem Architekten zu suchen. Aber es ist nicht auszuschließen, dass Liebig seine Freunde längst gewarnt hat, also sollte er diesmal vielleicht weniger offensichtlich zu Werke gehen.

Zunächst versteckt Fred Hübner sein Fahrrad sorgfältig im Inneren eines ausladenden Rhododendrongewächses, dann mustert er Haus und Garten noch einmal genauer. Die Faust'sche Villa ist von einem außerordentlich weitläufigen Grundstück umgeben, das zum Watt hin offenbar kaum eingezäunt ist. Dort stehen zwar Sträucher dicht an dicht, aber auf einen höheren oder gar unüberwindlichen Zaun hat man verzichtet, wahrscheinlich um den Ausblick nicht zu verschandeln. Und das kniehohe Gatter ist allenfalls eine psychologische Barriere.

Vorsichtig bahnt sich der Journalist einen Weg durch Heidesträucher und Kartoffelrosen, die wild außerhalb des niedrigen Zaunes wachsen. Als er schon ziemlich weit von der Straße entfernt ist, hört Fred Hübner vorn die Haustür gehen. Ein lauter Wortwechsel hallt zu ihm herüber.

»Nimm dich in Acht, dass die ganze Chose nicht über dir zusammenbricht.«

»Wenn du dichthältst, kann gar nichts passieren.«

»*Wenn* ich dichthalte. Du kennst meine Bedingungen.«

»Ja. Leider. Und ich habe dir auch schon gesagt, dass das, was du dir vorstellst, unmöglich funktionieren wird.«

»Überleg's dir. Bis heute Abend hast du noch Zeit.«

Fred steht wie erstarrt und kann nur hoffen, dass niemand ihn entdecken wird. Doch der Herr in der jagdgrünen Hose, der sich gerade mit schnellen Schritten auf der Straße entfernt und in dem Fred unschwer den Faust-Freund Bertold von Brüssow erkennen kann, sieht weder nach links noch nach rechts. Und der andere, höchstwahrscheinlich Florian Seebrück, denkt gar nicht daran, das Haus zu verlassen, sondern wirft mit einem lauten Knall die Tür ins Schloss.

Fred flucht leise. Wäre er nur zehn Minuten früher gekommen, hätte er vielleicht eine Möglichkeit gefunden, den Streit der beiden komplett zu belauschen. Doch jetzt ist es zu spät. Natürlich könnte er versuchen, die emotionale Erregtheit Seebrücks auszunutzen und vielleicht doch in einem Gespräch Dinge aus ihm herauszukitzeln, die der Architekt sonst nicht preisgeben würde. Aber das Risiko, alles zu verderben, ist Fred Hübner zu hoch. Lieber pirscht er sich weiter nach hinten, um einen Blick auf die Rückfront und die Terrasse zu werfen. Vielleicht war von Brüssow ja nicht der einzige Gast, den Seebrück hatte.

An einer sichtgeschützten Stelle übersteigt Fred den niedrigen Zaun und versteckt sich zwischen den ausladenden Zweigen einer Krüppelkiefer. Die Terrasse ist menschenleer. Außer einigen Teakholzstühlen, einem passenden Tisch und einem riesigen Sonnensegel stehen noch zwei ziemlich große Pappkisten dort, deren unteres Drittel deutlich dunkler ist. Zu gern wüsste Fred, was sie enthalten. Wasser? Fett? Eine andere Substanz? Leider würde jeder Versuch, den Inhalt zu überprüfen, vom Wohnraum aus durch die breiten und hohen Fensterfronten zu sehen sein. Schon will Fred sich frustriert zurückziehen, als plötzlich Bewegung hinter der Glasfront entsteht.

Florian Seebrück tritt auf die Terrasse, steigt in eine der Kisten und beginnt hastig darin zu wühlen. Er hält in der linken Hand eine Plastiktüte, in die er ab und an klebrige Tangbündel wirft, die mit leuchtend orangefarbenen Fetzen durchsetzt sind. Was zum Teufel kann das sein? Fred ärgert sich über seine eigene Dämlichkeit. Ein Fernglas wäre jetzt hilfreich gewesen.

Nach etwa zehnminütiger Arbeit ist Seebrück mit beiden Kisten fertig. Er läuft ums Haus und holt die Mülltonne auf die Terrasse. Weitere fünf Minuten später sind die restlichen Tangbündel in der Mülltonne verschwunden, und die Pappe ist zerrissen. Nur zwei Wasserflecken zeugen noch von dem ehemaligen Standplatz der Kisten. Seebrück wischt mit der Schuhspitze kurz darüber, als wolle er den Trocknungsvorgang beschleunigen, dann klemmt er sich die Plastiktüte mit den orangefarbenen Fetzen unter den Arm, geht zurück ins Haus und zieht die Terrassentür hinter sich zu. Kurze Zeit später hört Fred einen Wagen aus der Kieseinfahrt auf der anderen Hausseite fahren. Mit quietschenden Reifen verlässt Florian Seebrücks Auto das Grundstück.

Sekunden später steht Fred Hübner auf der Terrasse und durchwühlt die Mülltonne, die Seebrück dort zurückgelassen hat. Er kämpft sich durch Schlickreste und Algenfäden, schaufelt Tang und Unrat beiseite. Ohne Erfolg. Doch als er gerade aufgeben will, entdeckt er tatsächlich einen winzigen Schnipsel des orangefarbenen Materials, den der Architekt übersehen hat. Neugierig angelt Hübner ihn aus der Mülltonne und dreht das noch nicht einmal münzgroße Teil im Sonnenlicht. Es handelt sich um ein festes Gewebe, das noch eine gewisse Restfeuchte aufweist. Aber was kann das sein?

Eine Zeltplane? Ein Markisenstoff? Oder ein Müllsack von auffälliger Farbe?

Fred Hübner hat nicht den Schimmer einer Ahnung, was sich hinter diesem Fundstück für ein Geheimnis verbirgt. Doch eines weiß er genau: Die Polizei wird vorerst nichts davon erfahren.

Sonntag, 5. August, 11.27 Uhr, Kriminalkommissariat Westerland

»Ihr beiden fahrt am besten gleich rüber nach Morsum und nehmt den Architekten in Gewahrsam. Er wird vielleicht überrascht sein, aber wehren wird er sich nicht. Und unsere mäklige Staatsanwältin ist auch einverstanden. Wenn das kein Wunder ist.«

Ein unsicheres Lächeln, das wirkt, als werbe Bastian um Zustimmung für seine Anordnung, huscht über das Gesicht des Hauptkommissars.

»Und du? Kommst du nicht mit?«

Irritiert mustert Silja die kräftige Gestalt Bastian Kreuzers, die sie so genau kennt. Ihr Blick bleibt an seinem markanten Gesicht hängen, von dem das Lächeln gerade ebenso plötzlich wieder verschwindet, wie es aufgetaucht ist. Geblieben ist nur ein eigenartiger Glanz in seinen Augen.

»Schließlich wollen wir keinen kleinen Dieb, sondern einen mutmaßlichen Mörder festsetzen«, springt Sven der Kollegin bei.

Aber Bastian tut den Einwand mit einer knappen Geste ab. Erst als er die verwirrten Blicke der anderen sieht, lässt er sich zu einer Erklärung herab.

»Ich bin doch um zwölf mit Judith Lissen in der Galerie verabredet. Schon vergessen? Sie hat sich ziemlich geziert, bis sie mir das Date gewährt hat, da will ich's jetzt nicht absagen.«

»Date? Was für ein Date?«

Siljas Stimme klingt schärfer als beabsichtigt.

»Das war ein Witz.« Wie zur Bestätigung seiner Worte lacht Bastian kurz und trocken. »Wir müssen uns schließlich alle Möglichkeiten offenhalten. Und die Einschätzung einer Expertin, was die Qualität des Elemente-Zyklus angeht, kann nur hilfreich sein.«

»Erstaunlich, dass du plötzlich so eine hohe Meinung von der Kunstgeschichte hast«, antwortet Silja biestig.

»Ich bin eben lernfähig«, kontert Bastian. »Und zur ersten Vernehmung Seebrücks bin ich auf jeden Fall wieder zurück.«

Silja stutzt. Sie kennt Bastian schon lange, und sie kennt ihn gut. Vor ziemlich genau vier Jahren ist er zum ersten Mal zu ihnen gestoßen. Silja mochte den neuen Kollegen von Anfang an, und bald darauf ist aus ihnen ein Paar geworden. Immer schon hatte Silja großen Respekt vor Bastians beruflichem Können, er ist ein verdammt guter Ermittler, der oft genug den richtigen Riecher bewiesen hat. Doch gerade das macht sie jetzt misstrauisch, denn sie kann sich beim besten Willen nicht erinnern, dass Bastian jemals die Prioritäten so merkwürdig gesetzt hätte. Bevor sie jedoch eine weitere spitze Bemerkung machen kann, faucht Bastian:

»Was ist? Worauf wartet ihr denn noch? Traut ihr euch etwa so eine simple Festnahme nicht zu, oder was?«

Simultan schütteln Silja und Sven die Köpfe. Dann brechen sie ohne weitere Einwände auf.

Sonntag, 5. August, 11.29 Uhr, Rantumer Landstraße, Hörnum

Konstanze Schwartz schämt sich. Aber ihre Sorge ist stärker. Darum tritt sie jetzt auch das Gaspedal ihres Wagens voll durch. Nachdem ihr Mann in sichtbarer Aufregung das Haus verlassen hat, stand Konstanzes Entschluss schnell fest. Sie würde ihm wieder folgen. Zwar hat Heiner diesmal ausführlich erklärt, was er vorhat, doch kam Konstanze die ganze Aktion so irreal vor, dass sie ihrem Mann kein Wort geglaubt hat. Warum auch sollten die vier Faust-Freunde sich ausgerechnet in der heißen Mittagssonne auf dem Friedhof am Grab des Malers treffen? Und dann auch noch auf Vorschlag ihres eigenen Mannes? Dass Heiner ganz plötzlich eine bisher verborgene melodramatische Ader in sich entdeckt hat, hält Konstanze für völlig ausgeschlossen. Es muss etwas vollkommen anderes hinter diesem Treffen stecken, wenn es denn überhaupt eine solche Zusammenkunft geben würde.

Zum ersten Mal in ihrer Ehe hält Konstanze Schwartz es für möglich, dass ihr Mann eine Affäre haben könnte. Sind nicht alle Kriterien erfüllt? Seine ständige Unruhe, sein überraschender Entschluss, sich von etwas zu trennen, an dem er hängt, überhaupt das ganze irritierende Verhalten Heiners scheinen sich für Konstanze plötzlich zu erklären. Ist dieser sinnlose Kunstdeal vielleicht nur ein Vorwand, um vor ihr eine emotionale Aufgewühltheit, die ganz andere Ursachen hat, angemessen zu rechtfertigen?

Konstanze Schwartz fühlt, wie ihr der Schweiß ausbricht. Sie dreht die Klimaanlage hoch und sucht mit den Augen die lange gerade Straße vor sich ab. Als Heiner aufgebrochen ist, musste sie einige Minuten warten, denn dass er sie noch in Hörnum entdeckt, war unbedingt zu vermeiden. Und natürlich kann sie ihn auf den zehn Kilometern zwischen Hörnum und Rantum leicht einholen. Ihr Mercedes wirkt zwar bescheiden, hat aber die Motorisierung eines kleinen Rennwagens. Konstanze weiß noch genau, wie überrascht Heiner war, als sie auf dieser Ausstattung bestand. Aber wie bei all ihren Luxuswünschen, hat er sehr schnell nachgegeben. *Wenn dich das glücklich macht*, hat Heiner gemurmelt und dem Verkäufer bestätigend zugenickt. *Machen Sie mal, meine Frau hat's manchmal eben eilig.*

Und jetzt geht der Wagen ab wie eine Rakete. Die Straße ist so leer, dass Konstanze nur einige wenige Male zu einem Überholmanöver ansetzen muss. Und schließlich erscheint auch Heiners rote Kiste am Horizont.

Konstanze bremst ab. Sie schwitzt immer noch – trotz der eisigen Luft aus der Klimaanlage. Sie liebt ihren Mann, ihre Ehe war bisher eine trutzige Festung in einem oft trubeligen Leben. Die Vorstellung, dass es damit plötzlich vorbei sein könnte, macht Konstanze Angst. Für einen Sekundenbruchteil schließt sie die Augen, ein altes Kindergebet fällt ihr ein. *Lieber Gott, mach mich fromm, dass ich in den Himmel komm.* Und dann noch eins. *Ich bin klein, mein Herz ist rein, lass niemand drin wohnen als Jesus allein.* In Konstanze Schwartz' Herz hat seit vielen Jahren niemand anderer als ihr Ehemann gewohnt. Und Konstanze ist fest entschlossen, dafür zu sorgen, dass dies auch so bleibt. Koste es, was es wolle.

Sonntag, 5. August, 11.37 Uhr, Rotes Kliff, Kampen

Grübelnd sitzt Johann Liebig auf einer Bank oberhalb des Roten Kliffs. Längst hat er herausgefunden, wer dieser Kerl war, der ihm am Morgen den unverschämten Besuch abgestattet hat. Selbst wenn der Skandaljournalist Fred Hübner sich der Rezeptionistin des Hotels nicht so dreist vorgestellt hätte, wäre Liebig wahrscheinlich früher oder später selbst darauf gekommen, wen er da vor sich hatte. Schließlich war es genau dieser Windhund, der vor drei oder vier Jahren – Liebig erinnert sich nicht mehr genau – das mysteriöse Verschwinden von den drei lütten Blondschöpfen aufgeklärt hat. Die ganze Insel stand damals kopf, und der eitle Journalist posierte noch Wochen später auf allen Titelblättern. Und wenn sich Liebig nicht ganz irrt, dann hat der Kerl im darauffolgenden Jahr sogar ein Enthüllungsbuch über diese Geschichte veröffentlicht. Und sicher gut damit verdient.

Verbittert denkt der Autohändler an den Niedergang seines eigenen Geschäfts. Seit Jahren muss er immer stärkere Einbußen hinnehmen. Und wenn das so weitergeht, wird er sich bald auch den Kampener Sommerurlaub nicht mehr leisten können. Denn die Nachfrage nach den englischen Luxuskarossen, auf die er sich nun mal spezialisiert hat, nimmt kontinuierlich ab. Bei den Benzinpreisen ist das auch kein Wunder. So ein Jaguar schluckt leicht 16 Liter auf hundert Kilometern, damit kommt man mit einem der neuen energiesparenden Kleinwagen schon einmal quer durch die Republik. Und ein Rolls-Royce oder Bentley hat noch ganz andere

Verbrauchszahlen. Von den Kosten für Reparaturen ganz zu schweigen. Da hilft auch das Image nicht mehr viel. Nur Oligarchen und Scheichs sind immer noch ganz verrückt nach den Luxusschlitten. Doch für den russischen Markt reichen Johann Liebigs Kontakte nicht aus, ebenso wenig wie für den Orient.

Wenn die Lage nicht so prekär wäre, hätte er sich vielleicht gar nicht auf den Verkauf des Bildes eingelassen, aber er hatte keine Wahl. Und jetzt ist also auch noch dieser Hübner hinter ihnen her ist, wahrscheinlich hat der einfach einen Riecher für faule Geschichten.

Liebig lehnt den Kopf zurück, kneift die Augen zusammen und blinzelt gegen die Sonne. Es wird doch wohl einen Ausweg aus dieser verfahrenen Situation geben. Unwillkürlich muss er an den toten Maler denken. Artur Faust wusste immer einen Ausweg. Es gehörte zu seinen großen Stärken, dass er um die Ecke denken konnte. Noch in der miesesten Lage erkannte er die gute Gelegenheit, die sich in ihr verbarg.

Liebig lässt den Blick bis zur Klippenkante wandern, hinter der sich dreißig Meter tiefer die Nordsee drohend gebärdet. In schneller Folge krachen die Brecher auf den Strand. Gischt fliegt, Kinder und Möwen kreischen um die Wette, und Wassertropfen glitzern im Licht der drückend heißen Mittagssonne.

In seiner Aufregung hat Johann Liebig vergessen, den Strohhut aufzusetzen, so dass er jetzt die Hitze direkt auf den schütteren Stellen seines Haares fühlt. Auch unter seinen Achseln haben sich längst Schweißflecken auf dem Hemd gebildet, aber das ist ihm im Moment völlig egal. Nachdenken ist nun einmal anstrengend, aber manchmal nicht zu vermeiden. Nur auf das Ergebnis kommt es an. Und wenn es ihm gelingen könnte, den Journalisten gewissermaßen umzudrehen und dazu zu bringen, für ihn und nicht gegen ihn zu arbeiten, dann wäre er seinem Ziel schon erheblich näher.

Was will dieser Hübner eigentlich? Eine saftige Story, ganz klar. Im Moment sieht er in der Aufklärung des Mordfalls seine Chance, aber eigentlich sollte ihm der Inhalt der Geschichte egal sein, wenn sie nur gut ist. Und er, Johann Liebig, könnte durchaus dafür sorgen, dass Hübner eine saftige Story bekommt – jenseits des Mordes. Wenn dann das Medieninteresse an dem Gemälde-Zyklus stiege, sicher zusätzlich angeheizt durch den Geruch des Verbrechens, durch das menschliche Blut auf dem von ihm eingelieferten Wasser-Bild, dann müsste sich zumindest der Wert seines Gemäldes erhöhen lassen, selbst wenn die Qualität nicht die allerbeste ist.

Zufrieden lehnt sich Johann Liebig zurück. Während er einzelne Wolkenfetzen bei ihrer Jagd über den Sommerhimmel beobachtet, spürt er, wie er sich langsam entspannt. Sein Plan ist gut, und vielleicht ist es noch nicht einmal schwer, den Journalisten dafür zu gewinnen. Schließlich war es Fred Hübner selbst, der den Begriff der Konzeptkunst bei ihrem kurzen Gespräch ins Spiel gebracht hat. Johann Liebig lässt sich das Wort auf der Zunge zergehen. Konzeptkunst. Genau das ist es. Es muss nur das passende Konzept her, und dann wird sich sein Bild, vielleicht sogar der ganze Elemente-Zyklus verkaufen wie geschnitten Brot. Mit diesem Argument müssten doch auch Florian Seebrück und Heiner Schwartz zu überzeugen sein. Ja, selbst der ewig zögerliche Heiner wird langsam eingesehen haben, dass er längst nicht mehr zurückkann. Auch wenn er an seinem Feuer-Bild hängt wie das Baby an der Mutterbrust. Dann soll er es eben behalten. Und Bertold? Der ist eigentlich überflüssig bei dem Ganzen. Schließlich ist sein Bild als Einziges schon verkauft, und leider über Preis, wie sich dann herausstellen wird. Besser wird es also sein, ihn gar nicht erst einzuweihen.

Denn Bertold wird ziemliche Probleme bekommen, wenn die anderen drei erst einmal die Flucht nach vorn angetreten haben. Aber egal, soll er doch sehen, wo er bleibt. Liebig hat den dünkelhaften Schnösel noch nie ausstehen können, und allein die Aussicht, ihm so richtig in die Parade zu fahren, lässt seine Laune steigen. Er beginnt den Triumphmarsch aus der Oper Aida leise vor sich hinzupfeifen, angelt das Handy aus der Tasche seiner Bermudashorts und prüft den Empfang. Drei Balken erscheinen am oberen Rand des Bildschirms. Für ein Telefonat mit der *Sylter Rundschau* müsste das reichen. Und dass man ihm dort die Mobilfunknummer des Journalisten verraten wird, ist so sicher wie das Amen in der Kirche.

Als sich nach kurzem Klingeln eine piepsige Frauenstimme meldet, verlangt er streng: »Gib mir mal flink den Chef von eurem Blatt, min Deern. Es soll euer Schaden nicht sein.«

»Worum geht es denn?«, versucht die Piepsmaus ihr Territorium zu verteidigen.

»Das erfährst du noch früh genug. Und wenn der Chef erfährt, dass du mich hier so lange in der Leitung warten lässt, dann hast du sicher die längste Zeit bei der *Sylter Rundschau* gearbeitet«, poltert Liebig.

Zehn Sekunden später steht die Verbindung zu Dirk Lehmann.

Sonntag, 5. August, 11.50 Uhr, Üp Klef, Morsum

Während Sven Winterberg den Dienstwagen mit ruhiger Hand über die Landstraße in Richtung Morsum steuert, schaut Silja Blanck gedankenverloren aus dem Fenster. Sie nimmt weder die saftig grünen Wiesen wahr noch die wohlgenährten Rinder, die an den Gräsern zupfen. Sie hat auch keinen Blick für die niedrige Horizontlinie, die in der Mittagshitze zu flimmern scheint. Vor wenigen Stunden, als sie mit Bastian auf der gleichen Strecke unterwegs war, ging es ihr noch ganz anders. Natürlich war sie müde und angespannt, aber guter Laune. Doch nach Bastians merkwürdigem Verhalten vorhin scheint ihre heile Beziehungswelt irgendwie einen Knacks bekommen zu haben.

»Was ist? Du wirkst so abwesend«, unterbricht Sven ihre Gedanken.

»Nichts, ich denke nur über diesen Seebrück nach.«

»Das kannst du deiner Großmutter erzählen.«

Sven bremst und hält am Straßenrand. Der Einsatzwagen, der ihnen folgt, bleibt ebenfalls stehen. Sven gibt den uniformierten Kollegen, die darin sitzen, ein Zeichen zu warten, dann wendet er sich Silja zu.

»Du wunderst dich immer noch über Bastians Entscheidung, stimmt's?«

Silja nickt, bleibt aber stumm.

»Ich versteh's auch nicht. Aber vielleicht ist Bastian ja gerade deswegen unser großer Häuptling. Wir gewöhnlichen Sterblichen müssen nicht immer auf der Höhe seiner Weisheit sein.«

»So ein Quatsch!«, gibt Silja erbittert zurück. Schon hat sie Luft geholt, um weiterzusprechen, doch dann hält sie inne.

»Ja?«, hakt Sven nach.

»Ach nichts. Fahr weiter.«

Gerade setzt Sven zu einer Entgegnung an, als sein Handy klingelt.

»Bestimmt Bastian«, murmelt er. Doch ein Blick aufs Display belehrt ihn eines Besseren. Er seufzt. »Anja, schon wieder. Sie wird doch jetzt ihr Beziehungsgespräch nicht am Telefon führen wollen.«

Er zögert einen Moment, dann klickt er den Anruf weg und schreibt seiner Frau eine SMS. *Melde mich später.*

Silja verkneift sich den spitzen Kommentar, der ihr auf der Zunge liegt, und bemüht sich um einen gleichgültigen Gesichtsausdruck. Sie muss sich nicht auch noch in Svens Privatleben einmischen, wenn sie mit ihrem eigenen schon genug Schwierigkeiten hat. Außerdem ist sie ganz froh über die Ablenkung, denn über den unschönen Verdacht, der langsam in ihr wächst, möchte sie lieber nicht reden. Es wäre einfach zu abwegig, wenn Bastian ausgerechnet mit ihrer besten Freundin Judith anbandeln wollte. Svens entsetztes Gesicht, würde er von der Idee erfahren, kann sie sich bestens vorstellen.

Doch das ungute Gefühl lässt sich nicht verdrängen.

Als sie wenig später vor der Villa Artur Fausts ankommen, ist die Kommissarin ganz froh über die Ablenkung. Die vier Beamten aus dem Streifenwagen helfen ihr und Sven dabei, das Gelände zu sichern. Es liegt wie ausgestorben in der Mittagshitze. Kein parkender Wagen auf dem schillernden Asphalt der Straße, kein Fußgänger auf den sonnenüberfluteten Wegen zum Kliff. Auch das Grundstück der Villa wirkt verlassen. Die Einfahrt ist leer, das Garagentor allerdings geschlossen. Möglicherweise hat Seebrück seinen Wagen dort abgestellt.

Sven und Silja wechseln einen kurzen Blick.

»Fertig?«, fragt Sven leise.

Sie nickt.

»Ich denke, wir können die Waffen erst mal steckenlassen, richtig gewalttätig scheint Seebrück nicht zu sein. Allerdings sollten wir uns trennen, bevor wir ihn mit unserem Klingeln aufschrecken. Es wäre zu dumm, wenn der Typ uns in letzter Sekunde durch einen Spurt hinunter zum Watt entkommen würde. Geh du mit zwei von den Kollegen nach hinten. Wenn ich mit den anderen beiden drin bin und ihn habe, könnt ihr nachkommen.«

»Wartet einen Moment, bis wir so weit sind«, erwidert Silja und pirscht sich mit ihren uniformierten Begleitern durch die Heidelandschaft, bis sie einen ungehinderten Blick auf die Rückfront des Hauses hat. Dann gibt sie Sven ein Zeichen, worauf er aus ihrem Gesichtsfeld verschwindet. Sekunden später ertönt im Inneren des Hauses ein Dreitongong.

Stille. Nichts geschieht.

Die beiden Kollegen hinter dem Haus beziehen weiter unten an der Kliffkante Position, um einen besseren Überblick zu haben, während Silja nah an der Villa bleibt. Sie achtet genau auf die Fensterfront, die zur Terrasse geht, auch die oberen Fenster hat sie im Blick. Nirgendwo bewegt sich ein Schatten, keine Gardine bauscht sich. Der Gong ertönt ein zweites Mal, also hat sich auch vorn nichts geregt.

Silja spürt, wie ihr Körper sich strafft.

Schließlich ist nicht viel mehr als eine Stunde vergangen, seit Bastian und sie Florian Seebrück verlassen haben. Und da machte er noch ganz den Eindruck, als wolle er sich nach der anstrengenden Nacht endlich ausruhen. Und jetzt soll er nicht mehr im Haus sein?

Noch einmal sieht Silja sich um. Diesmal lässt sie ihre Blicke weiter wandern und bezieht auch das Grundstück in ihre Beobachtungen mit ein. Es ist riesig und in großen Teilen naturbelassen. Heidebüschel wechseln sich mit niedrigen Rosen ab, zwei knorrige Apfelbäume trotzen dem Wind und strecken ihre Äste der Sonne entgegen. Schillernd werfen die ovalen Blätter das Licht zurück. Eine große Ruhe liegt über der Szene. In der Luft segeln ein paar Möwen, flirrend steht die Hitze über dem Watt. Eigentlich die perfekte Idylle, denkt Silja gerade, als sie einen unpassenden Gelbton mitten in einem dichten Rhododendronbusch entdeckt. Eine Blüte ist das nicht, denn Rhododendren blühen im späten Frühjahr und nicht im Hochsommer. Außerdem passt die Form nicht in die Natur. Eher sieht es nach einer Stange oder einem Rohr aus. Neugierig macht Silja einige Schritte auf das merkwürdige Ding zu. Es ist ein Fahrrad, erkennt sie bald, ein altes, rostiges Fahrrad, wahrscheinlich aus den Achtzigern in einer damals modernen Farbe. Aber wer hat das Rad hier im Gesträuch verborgen? Und hat das überhaupt etwas mit ihrem Fall zu tun?

Ein dritter Gongton unterbricht Siljas Gedanken. Der Ton verhallt, und es ist wieder still über dem Watt. Nur ein paar Vögel fliegen aus dem Brackwasser unterhalb der Klippen auf und beschweren sich krächzend über die Ruhestörung. Schon rechnet Silja damit, dass Sven die Aktion abblasen wird, da hört sie das splitternde Bersten einer Holztür. Sven hat offensichtlich beschlossen, die Tür aufbrechen zu lassen. Silja weiß genau, dass diese Aktion den Kollegen Kopf und Kragen kosten kann, denn ohne richterlichen Beschluss handelt es sich hierbei immer noch um Hausfriedensbruch.

Es gibt nur eine einzige Entschuldigung für dieses Vorgehen: Gefahr im Verzug.

Sonntag, 5. August, 11.51 Uhr, Friedhof St. Severin, Keitum

Die polierte Granitstele glitzert im Sonnenlicht. Sie gleicht einem ägyptischen Monolithen und passt so gar nicht auf den beschaulichen Dorffriedhof mit seinen bescheidenen Grabsteinen und Engelsskulpturen, auf dem so viele Prominente begraben liegen. Auf seinem Weg zu Artur Fausts letzter Ruhestätte ist Bertold von Brüssow schon an den Gräbern von Rudolf Augstein und Peter Suhrkamp vorbeigelaufen. Und jetzt steht er hier, direkt vor der Grube, in der sein bester Freund aus Kinder- und Jugendtagen liegt. Nur zwei Worte stehen auf dem Grabstein untereinander. FAUST und MALER. Kein Geburts-, kein Sterbedatum.

Von Brüssow weiß, dass Artur es genau so gewollt und schon vor Jahren in seinem Testament verfügt hat. Und er muss zugeben, der Effekt ist beeindruckend. Es wirkt, als sei der Maler bereits jetzt eine überzeitliche Figur, entrückt und pompös.

Das Erhabene an Artur Fausts letzter Inszenierung hat eine ganz besondere Wirkung auf Bertold von Brüssow. Es ist, als wüchsen ihm aus dem Grab die nötigen Kräfte zu, um die Herausforderungen der nächsten Tage zu meistern.

Schon scheinen seine Geldsorgen weniger drückend und der rettende Einfall, was die Beschaffung der nötigen Mittel angeht, nur noch eine Frage gründlichen Nachdenkens zu sein. Artur Faust jedenfalls hätte nicht so schnell kapituliert.

Plötzlich überkommt den Adligen bei seiner Erinnerung an den Jugendfreund eine wehmütige Rührung. Wie viele Geheimnisse haben Artur und er im Lauf der Jahre geteilt. Einige davon hat der Maler sorgsam bis zu seinem unerwarteten Tod bewahrt, so dass Bertold nun der Einzige ist, der noch um diese Dinge weiß. Und genau deshalb hat er seit Arturs Tod das Gefühl, dem einstigen Gefährten jetzt besonders nahe zu sein. Bertold von Brüssow denkt fast täglich an den Maler, und wenn er auf der Insel ist, dann fühlt er sich beinahe magisch von dessen Grabstätte angezogen.

Schon immer hat er sich in der Gesellschaft von Toten wohlgefühlt. Vielleicht hängt das unmittelbar mit seinen familiären Traditionen zusammen. Man hat ihn in dem Bewusstsein erzogen, nicht mehr als ein winziges Glied in einer langen Kette von Ahnen zu sein, die sich lückenlos bis ins Mittelalter zurückverfolgen lässt. Und nach ihm und seinen Söhnen werden hoffentlich unzählige andere kommen, die das Familienerbe bewahren und sich an ihn erinnern werden. Denn auch für Bertold von Brüssow sind seine Vorfahren keine Unbekannten, sondern Individuen, deren Porträts er betrachten und von deren Leistungen und Vorlieben er aus den Familienchroniken erfahren kann.

Doch das Gedenken an einen Verstorbenen ist hier auf einem öffentlichen Friedhof natürlich ein völlig anderes als auf seinem Gut in der Uckermark. Dort gibt es eine kleine Kapelle, in der die Ahnen ruhen. Dort ist Brüssow in seiner Andacht stets allein, ungestört, unsichtbar. Hier dagegen könnte ihn jeder beobachten. Das Gelände um den Friedhof herum ist flach, das Gräberfeld liegt wie die Kirche selbst auf dem einzigen Hügel weit und breit. Zwar stehen am Rand des Areals höhere Gewächse, aber von Abgeschiedenheit kann trotzdem keine Rede sein.

Doch wer sollte seine Andacht stören? Es ist ein brütend heißer Tag, wie es nicht viele auf der Insel gibt. Der Wind, der noch vor einer Stunde kräftig aus Westen geblasen hat, ist vollständig abgeebbt, und die im Zenit stehende Sonne sorgt für eine schwüle Wärme auf dem schattenlosen Areal. Nur die hoch aufragende Granitstele wirft eine klägliche Schattenpfütze auf die Stelle, an der Artur Fausts mächtiger Kopf tief unten in der Erde ruht. Ein kleiner Veilchenstrauß liegt verdorrt zu Füßen der Stele, und in den Linien der Stängel und den Kreisen der Blüten meint von Brüssow plötzlich das Gesicht des Malers erkennen zu können. Und zeichnet sich da nicht sogar genau dieses sardonische Lächeln ab, das er noch nie an Artur ausstehen konnte?

»Brauchst gar nicht so triumphierend zu grinsen«, murmelt von Brüssow zum Grab hinunter und stupst die Umfassung aus niedrigem Buchsbaum leicht mit der Schuhspitze an. »Ich weiß doch genau, was für ein Hallodri du warst. Auch wenn wir seit Jahrzehnten nicht mehr darüber geredet haben, so hab ich deine Avancen nie vergessen, ja, jetzt kann ich es ja zugeben, oft habe ich dein Werben sogar genossen. Ich war nicht halb so unempfindlich dafür, wie du denken musstest und solltest. Doch merken lassen konnte ich dich das natürlich nicht. Schließlich kamen und kommen derartige Abartigkeiten für unsereins prinzipiell nicht in Frage.«

Bertold von Brüssow verstummt plötzlich, meint er doch, ein ungewöhnliches Geräusch vernommen zu haben. Zwar bilden das Krächzen der Wasservögel und der an- und abschwellende Motorenlärm gelegentlich vorbeifahrender Wagen eine erstaunlich laute Schallkulisse, aber waren nicht eben noch Tritte auf dem Weg hörbar? Vorsichtige Schritte, die sich näherten? Verstohlen, fast ängstlich sieht Brüssow sich um. Was wäre, wenn ihn jemand belauscht hätte? Er hat nichts Verbotenes gesagt oder getan, noch nie in seinem Leben, oder doch fast nie, wie er sich schnell innerlich verbessert, und doch wäre es ihm unendlich unangenehm, wenn seine Worte einem Fremden zu Ohren gekommen wären.

Gründlich mustert Brüssow das Gräberfeld. Nein, hier ist niemand. Nur die Steine recken sich der Sonne entgegen, die welken Blumen in den wenigen Vasen verneigen sich vor ihr, und winzige Fliegen tanzen in ihrem Licht. Die Toten liegen ruhig in ihren kühlen Erdbetten und lachen höchstens heimlich über die läppischen Sorgen der noch Lebenden.

Mit einer unwilligen Geste wendet sich von Brüssow wieder dem Grab des einstigen Freundes zu. »Dass du es auch mit dem süßen Florian getrieben hast, hätte allerdings selbst ich dir nicht zugetraut.« In einer Mischung aus Anerkennung und Verwunderung schüttelt er den Kopf, und nach einer kurzen Pause, in der er sich ein leichtes Schmunzeln nicht verkneifen kann, fügt er leise, fast flüsternd hinzu: »Du alter Kinderschänder.«

Kaum sind von Brüssows Worte verklungen, knirscht es hinter ihm vernehmlich. Der Adlige schnellt herum und erblickt eine Gestalt, die sich im Laufschritt nähert. Sie hebt einen Arm. Metall blinkt kurz im Sonnenlicht, dann sausen Arm und Metall herunter, treffen Bertold von Brüssows Oberkopf genau dort, wo die empfindliche Fontanelle sitzt, die bei der Geburt noch offene Spalte der beiden Gehirnschalen, die sich beim Kleinkind erst nach Wochen schließt und zeitlebens eine bruchgefährliche Linie bildet. Der Adlige schwankt, Sekunden später stürzt er zu Boden. Das Letzte, was er sieht, bevor die Nacht nach ihm greift, ist der verwelkte Veilchenstrauß auf dem Grab des Jugendfreundes, der die Gesichtszüge Artur Fausts nachbildet. Und für einen Moment scheint es, als heiße ihn das Lächeln des Malers im Jenseits willkommen.

Sonntag, 5. August, 11.57 Uhr, Üp Klef, Morsum

Mit erhobenen Händen, den Rücken gegen eines der monumentalen Faust-Bilder gepresst, blickt Fred Hübner den Polizisten entgegen, die mit gezogenen Waffen in die Wohnhalle der Maler-Villa stürmen.

»Beruhigt euch, Jungs, ich bin's bloß«, ruft er hastig, als er ihre Waffen und die alarmierten Mienen sieht. Auch der schmächtige Kriminalkommissar, den der Journalist noch aus den vergangenen Jahren kennt und dessen Namen er immer wieder vergisst, sieht nicht gerade erfreut aus.

»Hübner, sind Sie wahnsinnig?«, brüllt er und fuchtelt wütend mit seiner Pistole herum.

»Hey, Vorsicht, die kann doch losgehen«, beschwert sich Fred und lässt langsam die Hände sinken.

»Um Sie wär's echt nicht schade«, faucht der Ermittler. »Ist Ihnen klar, dass ich Ihretwegen gegen sämtliche Regeln verstoßen habe?«

»Das wäre doch aber wirklich nicht nötig gewesen«, gibt Hübner grinsend zurück.

Der Kommissar verzieht keine Miene. Ganz offensichtlich ist ihm nicht nach Scherzen zumute. »Was machen Sie überhaupt hier? Und wo ist Florian Seebrück?«, schnauzt er.

»Seebrück ist weg, vor etwa ’ner halben Stunde mit dem Auto abgehauen.«

»Und da dachten Sie, Sie könnten hier mal eben nach dem Rechten sehen, oder wie?«

»Die Dinger da«, Hübner deutet auf die beiden riesigen giftgrünen Landschaften, die hinter ihm an der Wand hängen, »wollte ich jedenfalls nicht klauen.«

»Sondern?« Die Stimme des Kommissars klingt außerordentlich humorlos.

Bevor Hübner eine geeignete Antwort einfallen kann, stürmt die zierliche Kommissarin in den Raum. Sie hält ebenfalls die gezückte Waffe vor ihren Körper und wirkt zu allem entschlossen. Hübner erinnert sich genau an ihre einfühlsame Art, als er vor zwei Jahren die Liebe seines Lebens verlor, und begrüßt die attraktive Frau mit einem abbittenden Lächeln.

»Hallo, Frau Blanck, tut mir leid, dass ich Ihnen Ungemach bereite.«

Die Kommissarin stoppt abrupt und zischt: »Ungemach? Geht’s noch? Sie stören unsere Arbeit massiv! Wie sind Sie überhaupt hier reingekommen?«

»Das würde mich auch interessieren«, fällt ihr schmächtiger Kollege ein.

»Im Gegensatz zu euch habe ich es vorgezogen nachzudenken, anstatt zu roher Gewalt zu greifen.« Hübner macht eine kurze Pause, damit die Ermittler über seinen Witz lachen können, doch niemand verzieht eine Miene. Achselzuckend redet er weiter. »Hier auf der Insel haben fast alle Hausbesitzer irgendwo auf ihrem Grundstück einen Zweitschlüssel versteckt. Selbst wenn ihre Hütten so wahnsinnig gesichert sind wie diese hier. Spätestens wenn die Herrschaften zum ersten Mal bei der morgendlichen Joggingtour vergessen, den Schlüssel einzustecken, und dann anstelle des wohlverdienten Frühstücks dem Schlüsseldienst bei der Arbeit zusehen müssen, überlegen sie sich ein Versteck.«

»Mag sein. Aber Sie wollen uns jetzt doch nicht erzählen, Artur Faust habe ausgerechnet Ihnen ganz im Vertrauen verraten, wo sein Zweitschlüssel liegt.«

»Musste er auch nicht. Das ist ja gerade der Witz. Klar denkt jeder, seine Idee sei einzigartig und wer weiß wie originell. In Wahrheit läuft es aber immer auf das Gleiche hinaus. Der Schlüssel kommt unter einen Findling, in den Brennholzverschlag oder neben einen Blumenkübel.«

»Meine Eltern hatten ihren oben auf dem Türsturz«, murmelt die schnuckelige Kommissarin geistesabwesend.

»Genau, Türsturz, das ist die vierte Möglichkeit.« Fred Hübner nickt ihr dankbar zu, kann aber gleichzeitig sehen, dass ihrem Kollegen jetzt endgültig der Geduldsfaden reißt.

»Was hatten Sie hier zu suchen, verdammt nochmal?«, brüllt er. »Ich nehme Sie fest wegen massiver Behinderung unserer Ermittlungen und …«

»Beruhige dich, Sven«, unterbricht ihn sanft die Kollegin. »Lass uns lieber rausfinden, was Herr Hübner weiß.« Auffordernd sieht sie ihn an. »Ich lege gern ein gutes Wort für Sie ein, aber dann müssen Sie uns schon ein wenig entgegenkommen.«

Fred Hübner mustert sie nachdenklich. Hausfriedensbruch ist keine Kleinigkeit, und wenn die beiden Beamten wirklich wollen, dann können sie ihn sicher für einige Zeit lahmlegen. Gerade jetzt passt ihm das gar nicht. Irgendetwas Interessantes muss er ihnen wohl oder übel zum Fraß vorwerfen. Also weist er mit einer Hand hinaus auf die Terrasse, wo die Mülltonne mit den Tangfetzen immer noch steht.

»Der Hausherr hat eine merkwürdige Leidenschaft für Schlick aus dem Wattenmeer an den Tag gelegt. Ich habe mich gefragt, was er wohl darin finden wollte.« Fred macht eine bedeutungsvolle Pause, dann präsentiert er den orangefarbenen Fetzen auf der flachen Hand. »Vielleicht das hier.«

»Mit dem Hausherrn meinen Sie Florian Seebrück?«, erkundigt sich der Kommissar, dessen Name Fred einfach nicht einfallen will. Während der Journalist sich noch das Gehirn zermartert, zieht der Ermittler eine durchsichtige Beweismitteltüte aus der Tasche und hält sie ihm geöffnet vor die Nase. Fred lässt den Fetzen hineingleiten.

»Ich wäre ja nicht so weit gegangen wie Sie und hätte die Tür eingeschlagen, aber als ich den Schlüssel zum Allerheiligsten tatsächlich in einer Ecke des Kaminholzlagers fand, konnte ich der Versuchung nicht widerstehen, mir das Heim des berühmten Malers mal von innen anzusehen.«

»Was geht Sie die ganze Geschichte eigentlich an?«, will der Kommissar jetzt wissen.

»Vielleicht erinnern Sie sich, dass ich Journalist bin?«, gibt Fred Hübner lakonisch zurück. »Wir sind von Natur aus neugierig. Immerhin ist in der letzten Nacht ein Mord geschehen.«

»Was Sie nicht sagen. Und? Sind Sie zu neuen Erkenntnissen gelangt?«

»Nicht wirklich.«

Hübner zuckt die Schultern und setzt ein gelangweiltes

Gesicht auf. Jetzt nur nicht zu viel verraten. Es ist schon blöd genug, dass er das Geheimnis der Tangbündel preisgeben musste. Wahrscheinlich entdecken die Ermittler dazwischen auch noch den einen oder anderen orangefarbenen Schnipsel. Und im Gegensatz zu ihm sind sie sicher auch fähig herauszufinden, was das für ein Material ist und wofür man es verwendet. Aber im Vergleich zu der Tatsache, dass nur er diesen Streit zwischen Seebrück und dem anderen Sammler belauscht hat, ist das ein echtes Bauernopfer. Soll sich die Polizei mit ihren Spezialisten doch auf die orangefarbenen Fetzen stürzen. Er selbst wird genug damit zu tun haben, das Verhältnis der beiden Faust-Freunde auszuspionieren. Und es würde ihn nicht wundern, wenn heute Nachmittag auch Judith Lissen zu diesem Thema noch einiges zu sagen hätte.

Sonntag, 5. August, 12.07 Uhr, Friedhof St. Severin, Keitum

Mit einem scharfen Schlenker biegt Heiner Schwartz von der Landstraße ab. Der große Parkplatz gegenüber von Kirche und Friedhof ist fast leer. Direkt neben der Einfahrt erkennt Schwartz unschwer die Wagen seiner drei Freunde. Der alte BMW Florian Seebrücks steht schief vor einem Gebüsch, als habe es der Architekt mit dem Parken nicht so genau genommen oder sei in großer Eile gewesen. Bertold von Brüssows Kombi dagegen ist akkurat im rechten Winkel zur Einfahrt ausgerichtet. Und der Firmen-Rolls-Royce, mit dem sich Johann Liebig seit Jahren schon über die Insel bewegt, steht fett und protzig genau in der Mitte des sonnenüberfluteten Platzes.

Typisch für den alten Angeber, denkt Schwartz, dann entdeckt er zwei dunkle Jeeps am anderen Ende des Parkplatzes, deren kastige Form ihn unwillkürlich an Leichenwagen erinnern. Plötzlich steht Schweiß in winzig glänzenden Perlen auf seiner Stirn, und seine Hände hinterlassen feuchte Spuren auf dem Lenkrad.

Hastig steigt Schwartz aus seinem Wagen. Auf dem kurzen Weg hinüber zum Friedhof zwingt er sich dazu, noch einmal das Konzept für das bevorstehende Treffen durchzugehen. Doch damit kommt er nicht weit, denn gleich hinter dem Tor umfängt ihn die morbide Atmosphäre des Ortes. Verwilderte Gräber, schiefe Steine und verblichene Inschriften. Alles ist leer, alles ist ruhig. Wie es scheint, hält sich niemand freiwillig zwischen all den Toten auf. Nur vor der Grabstele Artur Fausts stehen zwei Männer. Obwohl Heiner Schwartz' Schritte deutlich zu hören sein müssen, blicken sie sich nicht um. Ein weiterer Schauer durchfährt Schwartz.

Im Näherkommen erkennt er in den Gestalten am Grab die schlanke Silhouette Florian Seebrücks und Johann Liebigs korpulenten Körper. Beide haben ihm den Rücken zugewandt und schauen auf irgendetwas, das am Boden liegt. Heiner Schwartz atmet tief durch.

Und dann sieht er ihn: Zu Füßen von Artur Fausts Grab liegt Bertold von Brüssow mit krummem Rücken, angewinkelten Beinen, verdrehten Augen und eingeschlagenem Schädel. Sein Blut glänzt auf der trockenen Erde, als sei sie mit einem ganz besonderen Lack überzogen.

»Das kann doch nicht wahr sein«, flüstert Schwartz mit tonloser Stimme.

Als sei dies ein geheimes Losungswort, treten Seebrück und Liebig schweigend zur Seite und nehmen Schwartz in ihre Mitte. Minutenlang stehen sie zu dritt vor dem Toten, blicken auf ihn herab, und niemand sagt ein Wort.

Schließlich bricht der Autohändler das Schweigen. Seine Worte klingen nüchtern, fast fröhlich.

»Der braucht keinen Arzt mehr, so viel steht fest.«

Heiner Schwartz räuspert sich. Er muss mehrmals ansetzen, bevor seine Stimme trägt. »Kannst du vielleicht ein bisschen pietätvoller sein? Da könnte jetzt jeder von uns liegen. Wahrscheinlich war Bertold nur als Erster hier.«

Florian Seebrück atmet keuchend und presst die linke Hand auf seine Brust. Er ist plötzlich sehr blass. »Johann und ich sind gemeinsam auf dem Parkplatz angekommen«, beginnt er, wird aber sofort von Liebig unterbrochen.

»Nicht ganz. Ich war schon fast drüben, als du um die Ecke gerauscht bist und mich fast umgenietet hättest. Hab eigentlich nur auf dich gewartet, weil ich mich über deinen gemeingefährlichen Fahrstil beschweren wollte.«

»Mit einem BMW kann man eben ganz anders umgehen als mit deinem schwerfälligen Rolls«, kontert Seebrück. Es soll schnippisch klingen, wirkt aber eher hilflos.

»Seid ihr noch ganz dicht?«, fährt Heiner Schwartz die beiden an. »Hier hat einer unseren Freund erschlagen, und ihr streitet über Autos. Wie die Kleinkinder. Die Frage ist doch: Habt ihr irgendjemanden gesehen oder etwas gehört?«

»Natürlich nicht, du Oberlehrer«, gibt Johann Liebig beleidigt zurück. »Für wie blöd hältst du uns eigentlich? Wir wären dem doch sofort hinterhergerannt.«

»Ich vielleicht. Du bestimmt nicht«, korrigiert ihn Seebrück mit einem abfälligen Blick auf Liebigs Wampe. Sein Atem geht jetzt regelmäßiger und auch seine normale Gesichtsfarbe ist zurückgekehrt.

»Na, hoffentlich glaubt euch das die Polizei auch.«

Heiner Schwartz spürt, wie seine Beine weich werden. Die Hitze, die Anspannung, das Entsetzen, das alles ist plötzlich zu viel für ihn. Er wendet sich ab und holt sein Handy aus der Tasche. Doch Florian Seebrück hält ihn am Arm fest.

»Warte mal. Lass uns wenigstens kurz überlegen, wie wir am besten aus dieser Situation rauskommen.«

»Was gibt's da zu überlegen?« Schwartz sieht ihn fassungslos an. »Ich ruf jetzt die Polizei, wir erzählen den Kripoleuten, was wir wissen, und das war's dann.«

»Nicht ganz.« Seebrück schließt kurz die Augen, als müsse er sich sehr konzentrieren. Dann redet er leise aber eindringlich weiter. »Kapiert ihr immer noch nicht, was hier gespielt wird? Ich sage nur *Erde*.«

Er deutet zu Boden.

»Ja, und?«, erkundigt sich Schwartz ratlos.

Auch Johann Liebig zuckt fragend die Achseln, während er sich ein paar Schweißtropfen von der Stirn wischt.

Florian Seebrück blickt die beiden überrascht an.

»Wisst ihr das gar nicht? Die Polizei hat sich bei meiner ersten Vernehmung verquatscht. Vielleicht haben sie es mir auch absichtlich erzählt, was weiß ich. Jedenfalls gibt es einen Hinweis, aus der die Ermittler geschlossen haben, dass es sich um einen Serientäter handeln und es noch weitere Morde geben könnte. Und das alles hat irgendwie mit den vier Bildern zu tun.«

»Ist ja reizend, dass wir das auch schon erfahren«, murmelt Liebig.

»Halt jetzt mal die Klappe, Johann«, befiehlt Schwartz und wendet sich dann an Seebrück. »Hab ich das gerade richtig verstanden: Die Polizei meint also, jemand mordet die vier Elemente durch?«

»Sie halten es wohl für möglich. Und jetzt liegt Bertold tot hier auf dem Friedhof. Das ist doch beinahe, als würde jemand sein Erd-Bild kommentieren.«

»Ach, du heilige Scheiße«, flucht Johann Liebig heiser. »Glaubt ihr, wir kriegen jetzt Polizeischutz? Immerhin sind wir vielleicht als Nächstes dran.«

»Du nicht«, gibt Heiner Schwartz kühl zurück. »Mit deinem Wasser-Bild wurde ja Specht erschlagen. Aber was ist mit uns?« Er tauscht einen schnellen Blick mit Seebrück.

»Stimmt. Nur Feuer und Luft fehlen noch.« Die Stimme des Autohändlers klingt wenig bedauernd, eher schon triumphierend. Und sein Gesichtsausdruck wirkt fast heiter.

»Also? Was machen wir jetzt?« Fragend sieht Heiner Schwartz noch einmal Florian Seebrück an. Der braucht lange, bis er antwortet, als sei allein das Sprechen schon lebensgefährlich.

»Ich weiß es nicht«, flüstert er. »Aber glaubst du wirklich, dass die Polizei uns helfen kann?«

»Ich hoffe, ihr wart so schlau, nichts anzufassen«, entgegnet Heiner Schwartz.

»Also hör mal. Was hättest du denn gemacht, wenn du Bertold hier gefunden hättest? Natürlich haben wir geguckt, ob er noch atmet«, ereifert sich Seebrück.

»Aber angefasst haben wir ihn nicht«, unterbricht ihn Liebig. »Weder du noch ich. Da hab ich genau drauf geachtet. Wir haben ihm beide nur die Hand vor den Mund gehalten. Und deshalb wird es auch das Beste sein, wenn wir uns erst mal verziehen.«

»Wir können doch nicht einfach so tun, als sei nichts gewesen. Was ist, wenn jemand unsere Autos auf dem Parkplatz gesehen hat?«, wendet Schwartz ein. »Nee, Freunde, so geht das nicht. Wir müssen uns schon stellen, sonst fliegt uns die ganze Chose völlig unkontrolliert um die Ohren.«

»Du redest, als hätte einer von uns den armen Bertold umgebracht«, beschwert sich Liebig.

»Vielleicht war's ja sogar so. Ein Motiv hatten wir schließlich alle drei«, gibt Heiner Schwartz humorlos zurück und wählt die 110.

Sonntag, 5. August, 12.09 Uhr, Galerie Specht, Kampen

»Hat Ronald Specht eigentlich die vier Bilder von einem Gutachter prüfen lassen?«
Hauptkommissar Bastian Kreuzer ärgert sich über die eigene Stimme. Sie zittert und ist viel zu hoch. Er hört sich an wie ein verliebter Pennäler. Außerdem kann er seine Augen kaum von Judith Lissen wenden. Immer wieder mustert er die attraktive Frau. In der vergangenen Nacht ist sie ihm ausgesprochen präsent und schlagfertig vorgekommen. Jetzt erkennt er sie kaum wieder. Fast wirkt sie, als habe sie ein Beruhigungsmittel genommen. Schwankend steht sie inmitten des großen Galerieraums, der nach der Durchsuchung aussieht, als hätten Vandalen hier gehaust. Die Bilder hängen schief an den Wänden, die Schubladen des Schreibtischs stehen weit offen und sind ebenso wie die beiden Anrichten komplett geleert. Dafür warten die Kisten, in denen sich der Schubladeninhalt jetzt befindet, noch auf den Abtransport. Sie sind auch die einzigen Objekte im Raum, die nicht

von der feinen Staubschicht überzogen sind, die das Fingerabdruckpulver sonst überall hinterlassen hat.

»Sie meinen einen externen Kunstgutachter?«

Judith Lissens Worte kommen langsam und stockend, ihr Blick ist verschleiert, und sie vermeidet es, Kreuzer in die Augen zu sehen. Dabei schien es vor wenigen Stunden doch noch, als suche sie geradezu seinen Blick. Auch ihre aufreizende Körpersprache hat sich verändert. Mit unsicheren Schritten stolpert sie durch die Galerie, schaut kaum nach links und rechts und lässt sich so schnell wie möglich auf einen der wenigen Stühle fallen. Eigentlich sind die Innenräume der Galerie noch gar nicht von der Spurensicherung freigegeben, aber Judith Lissens Spuren sind ohnehin überall, so dass Kreuzer darauf verzichtet, sie zu ermahnen.

»Tja, also genau weiß ich das gar nicht«, antwortet sie leise und fährt sich mit weit gespreizten Fingern durch die blonden Haare. Ein Strahlenkranz entsteht um ihren Kopf, den sie mit einem einzigen Schütteln in sich zusammenfallen lässt. »Ich bin erst seit drei Wochen auf der Insel. Da lag die Anfrage der vier Sammler schon eine Weile zurück. Falls Ronald irgendwelche Zweifel gehabt haben sollte, wird er ja wohl einen Gutachter beauftragt haben, bevor er der Ausstellung zugestimmt hat.«

»Was meinen Sie mit *Zweifel*?«, erkundigt sich Bastian irritiert.

»Ich weiß auch nicht.« Wieder fahren die Hände in die Haare. »Was sollte ein Gutachter denn *Ihrer* Meinung nach geprüft haben?«

»Zum Beispiel die Tatsache, dass die Bilder in so unterschiedlichen Techniken gemalt sind, obwohl sie doch thematisch zusammengehören.«

Judith Lissen rollt die Augen, was ihr für Sekunden das Aussehen eines übermütigen Kindes gibt, wie Bastian gerührt feststellt.

»Artur Faust wiederholte sich nicht gern«, murmelt sie, stemmt sich aus ihrem Stuhl und geht ganz dicht an das Feuerbild heran, das immer noch an seinem Platz an der Wand hängt. Sie fährt mit dem Finger die Linien einzelner Flammen entlang, langsam und fast wie in Trance. Es ist eine Berührung, die Bastian unendlich zärtlich zu sein scheint. »Er hat wahrscheinlich die völlige Eigenständigkeit jedes Elements dadurch betonen wollen, dass er dem entsprechenden Bild eine besondere Technik zugeordnet hat.«

»Das leuchtet mir ein.«

Bastian Kreuzer stellt sich sehr nah hinter Judith und fährt ebenfalls mit dem Finger über eine der Flammen. Zufällig endet sie direkt neben der Flamme, die Judith gewählt hat. Schnell zieht die junge Frau ihre Hand weg und wirft ihm dabei einen scheuen Blick über die Schulter zu.

»Und das Erd-Bild ist deswegen auch so braun in braun gehalten«, entfährt es Bastian, während er gleichzeitig überlegt, wann er zum letzten Mal einen solchen Blödsinn geredet hat. Aber das ist jetzt auch schon egal. Energisch spricht er weiter. »Es sieht ja fast aus, als sei wirklich Erde auf der Leinwand.«

»Möglicherweise sieht es nicht nur so aus.« Judith dreht sich weg, entfernt sich einige Schritte von Bastian und mustert das dunkle Gemälde eingehend. Mit dem Gesicht zu dem Bild redet sie weiter. »Leider kann man den Maler nicht mehr befragen, aber eine chemische Prüfung könnte durchaus Spuren von Sand oder Steinmehl ergeben. Es haben auch andere Maler ihren Bildern schon so ähnliche Materialien beigesetzt. Ich denke da zum Beispiel an Anselm Kiefers Werke zu Paul Celans Todesfuge.«

»Kiefer? Celan? Muss man die kennen?«, erkundigt sich Bastian mit einem schiefen Grinsen.

»Sie nicht.«

Judith lacht, und es klingt weder belustigt noch überheblich. Eher zärtlich, findet Bastian und hat plötzlich den völlig verrückten Drang, den Arm um die junge Frau zu legen und sich von ihr durch die ihm so fremde Welt der Kunst führen zu lassen.

»Ich bewundere Menschen wie Sie«, entfährt es ihm fast gegen seinen Willen.

»Wie meinen Sie das?«

Judith Lissen wendet sich langsam zu ihm um. Sie sieht ihn forschend unter halbgeschlossenen Lidern an, ihre Lippen sind erwartungsvoll geöffnet. Bastian kann seinen Blick nicht von diesem Mund nehmen, und anstelle einer Antwort geht er zu ihr hinüber und küsst sie. Kein Nachdenken, kein Zögern. Auch Judiths Lippen reagieren auf die Berührung, als hätten sie längst darauf gewartet. Bastian hebt die Arme und schließt sie fest um Judiths Schultern. Sie schmiegt sich an ihn, ihr Kuss wird fordernder.

Bastian Kreuzer genießt diese Berührung mit allen Sinnen. Er fühlt sich in diesem Augenblick vollkommen eins mit sich selbst, er hat das eindeutige Gefühl, genau das Richtige im richtigen Moment zu tun. Doch verrückterweise weiß er gleichzeitig mit derselben Sicherheit, dass er gerade den größten, ja wirklich den allergrößten Fehler seines Lebens macht. Und deshalb hebt er jetzt auch beide Arme in der Absicht, Judith Lissen vorsichtig ein Stückchen von sich wegzuschieben.

Doch dazu kommt es nicht mehr, denn gerade jetzt wird die Tür zur Galerie aufgerissen und anschließend außerordentlich heftig ins Schloss geworfen.

Bastian und Judith fahren auseinander und blinzeln gegen das helle Sonnenlicht, das durch die Glasscheiben der Vorderfront fällt. Im Eingang steht Silja Blanck, ihr Gesicht liegt im Schatten, doch ihre Stimme ist scharf und kalt wie ein Messer aus Stahl, das sehr lange im Tiefkühlfach gelegen hat.

»Ich störe euch nur ungern, aber der Elemente-Mörder hat wieder zugeschlagen.«

»Silja, lass dir erklären …«, beginnt Bastian, und Judith fällt ein: »Du darfst das nicht missverstehen …«

Die Kommissarin unterbricht beide mit einer einzigen knappen Handbewegung.

»Es gibt nur eines, das ich hier verstehen will. Und das ist, wer Bertold von Brüssow auf dem Friedhof von St. Severin erschlagen hat. Und es wäre außerordentlich reizend von dir, Bastian, wenn du dich bequemen könntest, uns wenigstens jetzt bei den Ermittlungen zu unterstützen.«

Sonntag, 5. August, 12.35 Uhr, Keitumer Landstraße, Tinnum

Die Ampel wird grün, doch der Trottel am Steuer des Mercedes Cabriolet entschließt sich in letzter Sekunde, links abzubiegen anstatt geradeaus zu fahren. Jetzt versperrt er die ganze Straße, weil er den Gegenverkehr vorbeilassen muss. Sven Winterberg, der direkt hinter ihm festhängt, flucht ausgiebig und knallt, als der Typ endlich die

Kreuzung geräumt hat, dafür aber die Ampel wieder rot ist, das Blaulicht aufs Dach. Erschrocken stoppen die anderen Fahrer ihre Autos.

Winterberg startet durch. Höchstgeschwindigkeiten und andere Kinkerlitzchen sind ihm im Moment völlig gleichgültig. Im Gegenteil, er würde am liebsten so richtig Rabatz machen. Denn der Oberkommissar ist geladen wie schon lange nicht mehr. Die Hoffnung auf einen entspannten Sonntagabend mit Frau und Kind kann er jetzt nämlich endgültig begraben. Nicht nur, weil Anja ganz offensichtlich beleidigt ist und inzwischen selbst nicht mehr ans Telefon geht. Sondern auch wegen dieses zweiten Toten. Anstelle eines einzigen Mordfalls mit dem fast schon dingfest gemachten Mörder, dem Silja, Bastian und er vielleicht noch im Lauf des Nachmittags mit vereinten Kräften ein Geständnis hätten abringen können, haben sie nun diese zweite Leiche. Und Florian Seebrück, ihr Hauptverdächtiger, scheint diesmal auch noch ein astreines Alibi zu haben, schließlich kann ausgerechnet der verdammte Hübner bezeugen, wann Seebrück das Haus des Malers verlassen hat. Und auf dem Parkplatz gegenüber von Kirche und Friedhof ist Seebrück schon auf den Autohändler gestoßen, bevor sie den toten Freund überhaupt entdeckt haben. Sagt er jedenfalls.

Trotzdem hat Sven ihn aufs Revier beordert. Und nicht nur ihn, sondern seine beiden Freunde gleich mit dazu. Alle drei sitzen fein säuberlich auf die drei Streifenwagen verteilt, die schon vorausgefahren sind und die letzte Ampelphase noch bei grün erwischt haben, weil sie vor dem blöden Mercedesfahrer in der Schlange standen.

Sven stellt jetzt auch das Martinshorn an und tritt das Gaspedal durch. Der Motor heult und gibt sein Letztes. Das

Gejaule von oben fegt die anderen Wagen an den Straßenrand, das Blaulicht lässt die Gesichter der Darinsitzenden erschrocken zucken. Am liebsten würde Sven jeden Einzelnen, der es wagt, ihm in den Weg zu kommen, persönlich beschimpfen. Irgendwo muss der Frust ja bleiben. Denn leider weiß Sven nur zu genau, was ihn im Kommissariat erwartet.

Er kennt Silja lange genug, um ihre Miene zu deuten. Und er möchte jetzt ganz bestimmt nicht in Bastians Haut stecken. Schon als sie gemeinsam nach Morsum gefahren sind, gärte es in der Kollegin. Als sie dann die Nachricht von dem Mord auf dem Friedhof erreichte und Bastian sich nicht am Handy meldete, konnte nichts und niemand Silja davon abhalten, höchstpersönlich nach Kampen zu fahren und nach dem Rechten zu sehen. Noch nicht mal der zweite Mord. Eiskalt hat sie Sven Winterberg mit den Verdächtigen auf dem Friedhof alleingelassen und ist mit quietschenden Reifen davongebraust. Man musste wirklich kein Menschenkenner sein, um zu sehen, dass Silja eindeutig auf Krawall gebürstet war.

Und was es bedeutet, mit einem Paar zusammenzuarbeiten, das im Clinch miteinander liegt, hat Sven vor zwei Jahren schon zur Genüge erfahren. Das braucht er jetzt nicht noch einmal. Er muss sich wirklich dazu zwingen, am Ortseingang von Westerland das Martinshorn auszustellen. Nur noch das rotierende Blaulicht warnt die anderen Autofahrer vor ihm. Und als er wenige Minuten später auf den Parkplatz neben dem Kommissariat einbiegt, bietet sich ihm genau das Bild, das er erwartet hat.

Hauptkommissar Bastian Kreuzer überwacht mit versteinerter Miene das Eintreffen der drei Streifenwagen mit den noch lebenden Faust-Sammlern, während Silja Blanck mit gesenktem Kopf und allzu festem Tritt bereits die Stufen zum Gebäude hinaufeilt.

Seufzend verlässt Sven seinen Wagen. Ein anstrengender Vernehmungsmarathon wird diesen Tag beschließen. Adieu Feierabend, adieu Bürofrieden.

Sonntag, 5. August, 12.39 Uhr, Friedhof St. Severin, Keitum

Während des langen Weges von Morsum nach Keitum hat Fred Hübner es lauthals verflucht, kein Auto zu besitzen. Sicher sind die Polizisten ihm schon weit voraus. Immerhin waren sie nach dem Anruf, der von einem zweiten Todesfall auf dem Friedhof kündete, unvorsichtig genug, ihn einzuweihen. Natürlich nur, weil sie hofften, er wisse, wohin Florian Seebrück aufgebrochen war. Als sie merkten, dass er ihnen nicht weiterhelfen konnte, haben sie ihn einfach vor der Faust-Villa stehen lassen und sind zurück zur Inselmitte gejagt. Er natürlich hinterher. Auf seinem klapprigen Fahrrad. Trotz Einsatz aller Kräfte viel zu langsam und viel zu schweißtreibend. Doch jetzt ist er angekommen, und es zeigt sich plötzlich, dass sein altes Rad von großem Vorteil ist. Denn während vorn an der Munkmarscher Chaussee der Parkplatz und auch der Eingang zum Friedhof weiträumig abgesperrt sind, ist hier hinten an der Wattseite auf dem alten Kirchenweg kein einziger Polizist zu sehen. Völlig unbeobachtet und lautlos kann der Journalist sich nähern, sein Fahrrad vorsichtig abstellen und durch den Hintereingang aufs Friedhofsgelände schleichen. Noch nicht einmal das weiße Friesentor haben die Polizisten gesichert, dabei liegt es genau in der Sichtachse des Haupteingangs. Aber die Typen, die zu viert da vorn stehen, haben alle Hände voll zu tun, um die Neugierigen zurückzuhalten, denen Polizei- und Krankenwagen auf der großen Straße natürlich nicht verborgen geblieben sind. Sie drehen sich einfach nicht um. Vielleicht wissen sie auch nichts von dem Hintereingang, überlegt Fred, und die restlichen Uniformierten scheinen sich alle weiter hinten am Grab des Malers aufzuhalten.

Um zu Artur Fausts Grab zu gelangen, muss Fred Hübner einmal quer über den Friedhof. Also läuft er geduckt hinter einer Reihe von hohen brüchigen Steintafeln entlang. Die Platten sind rissig und die Inschriften lückenhaft, sie künden von ruhmreichen Seefahrern längst vergangener Tage. Nautische Symbole schmücken die Steine, und die alten Kapitäne tragen Namen, wie sie auf der Insel seit Hunderten von Jahren üblich sind. Klaas, Hein, Hinnerk.

Abrupt bleibt Fred Hübner stehen. Ein Polizist nähert sich der Reihe mit den alten Grabtafeln im Laufschritt. Hat er etwas gehört? Ihn gar schon entdeckt? War die ganze Schinderei auf dem Fahrrad umsonst? Fred bückt sich tief hinter eine besonders breite Tafel. Er hält die Luft an und schließt die Augen. Ein kindischer Reflex, wie er sich eingestehen muss, an dem er doch abergläubisch hängt. *Ich sehe dich nicht, also kannst du mich auch nicht sehen.* Und tatsächlich sind die Schritte des Polizisten jetzt nicht mehr zu hören. Was macht der Mann? Steht er vielleicht schon vor ihm und amüsiert sich über den tumben Burschen mit dem kindischen Verhalten? Vorsichtig blinzelt Fred zwischen den Lidern hervor. Er wagt es nicht, den Kopf zu heben, kann aber auch so ein Stück des Weges überblicken. Da steht niemand. Vielleicht hinter den Grabtafeln auf der anderen Seite? Als er noch überlegt, ob er es wagen kann, sich ein Stückchen vorwärtszutasten, hört Fred ein ungutes Geräusch. Würgen, Schniefen, dann das abgehackte Röcheln, das einem Erbrechen vorausgeht.

Fred muss grinsen. Na sieh mal einer an, der Typ muss kotzen, denkt er amüsiert. Da tun sie immer so, als seien sie sonstwie harte Burschen, und dann ertragen sie noch nicht mal den Anblick einer Leiche. Aber wer weiß, wie die aussieht? Und wer ist überhaupt das Mordopfer? So mitteilsam waren die schnucklige Kommissarin und ihr schmächtiger Kollege nämlich auch wieder nicht.

Vorsichtig pirscht sich Fred im weiten Bogen um den immer noch würgenden Beamten herum, der offensichtlich hinreichend beschäftigt ist und ihn fürs Erste nicht bemerken wird. Der Journalist kreuzt noch einen Friedhofsweg und verbirgt sich dann schnell im Geäst einer dichtverzweigten Eibe. Von hier aus kann er sogar einen Blick auf den Tatort werfen. Direkt vor dem noch ziemlich frischen Hügel von Artur Fausts Grab liegt zusammengekrümmt ein Männerkörper, in dem Hübner schnell den Adligen erkennt, den er schon auf der Vernissage gesehen hat. Wie hieß er noch gleich? Seelow, Mahlow? Virchow? Verdrossen verflucht Hübner sein löchriges Gedächtnis, an dem der jahrzehntelange Alkoholmissbrauch seine Spuren hinterlassen hat. Doch dann fällt ihm der Name überraschend doch noch ein.

Brüssow. Bertold von Brüssow.

Gestern Abend noch stach seine aufrechte Gestalt durch ihre markige Haltung hervor, jetzt liegt er hier am Boden. Sein Schädel weist eine klaffende Wunde auf, jede Menge Blut ist in den Kiesweg gesickert und hat die kleinen Steine rot gefärbt. Wie kostbare Preziosen glänzen sie in der Mittagssonne. Bei dem Gedanken daran, wie schnell ein Menschenleben ausgelöscht werden kann, überläuft Fred Hübner eine Gänsehaut. Und dies ist schon der zweite Tote. Der letzte Mord ist noch keine zwölf Stunden her.

Wir sind doch hier nicht in der Bronx, überlegt Fred. Irgendetwas ist faul an diesem Kunst-Deal, schließlich verband beide Opfer das Interesse an Artur Fausts Malerei. Aber gilt das nicht für alle Besucher der gestrigen Vernissage? Sind damit alle Gäste auch potentielle Opfer? Unwillkürlich fasst sich Fred Hübner an den Hinterkopf.

Doch bevor er sich weiter seinen plötzlichen Angstphantasien hingeben kann, kommt Bewegung in die Reihen der Polizisten am Friedhofseingang. Ein hagerer Mann mit Backenbart erscheint in Lederslippern, Chino und Streifenhemd, schlüpft aber gleich in einen dieser Ganzkörper-Schutzanzüge. Er stülpt sogar die Kapuze über den Kopf, bevor er sich dem Grab nähert. Auf halbem Weg bleibt er stehen und zieht hellblaue Plastikbeutel über beide Füße und weißliche Latexhandschuhe über die Hände. Seine geräumige Tasche stellt er einige Meter entfernt ab, wahrscheinlich auch das, um den Tatort nicht zu verunreinigen. Als der Vermummte endlich neben der Leiche kniet und vorsichtig ihren Kopf dreht, wird Fred klar, dass dies der Gerichtsmediziner sein muss.

»Ist der Fotograf schon fertig und die Spusi durch?«, will der Mann im Schutzanzug jetzt wissen. Der Wind treibt seine Worte zu Fred hinüber.

Als die umstehenden Beamten nicken, hebt der Gerichtsmediziner vorsichtig die Arme des Toten an und dreht ihn ein wenig in der Hüfte. Dann prüft er die Temperatur der

Leiche. »Noch keine Totenstarre und auch kein nennenswerter Temperaturabfall. Die Tat ist höchstens eine Stunde her. Wo sind eigentlich die Kommissare?«, erkundigt er sich plötzlich missgelaunt.

»Mit den drei Zeugen nach Westerland«, ist die schmallippige Antwort.

»Was ist das denn für ein Benehmen? Zumindest einer hätte doch auf mich warten können«, murmelt der Arzt, während er gründlich die Schädelwunde prüft.

Einer der Beamten kann sich das Grinsen nicht ganz verkneifen.

»Schien so, als ob bei denen der Haussegen schiefhängt. Die kleine Blanck hat ganz schön rumgekeift.«

»Das ist sonst eigentlich nicht ihre Art.« Schwerfällig richtet sich der Gerichtsmediziner auf. »Da sollte man denken, dass Sommer und Sonne gut gegen Rheuma sind, aber Fehlanzeige«, schimpft er, während er sich den Rücken reibt und dann den Staub von den Knien klopft. Anschließend weist er auf den Toten am Boden. »Wann kann ich ihn mitnehmen?«

Noch bevor er eine Antwort bekommt, stört ein nicht ganz unpassendes Geräusch die Unterhaltung. Es ist das melodische Läuten einer Glocke, und es kommt aus Fred Hübners Hosentasche. Der Journalist unterdrückt einen Fluch. Als er sich vor Monaten für diesen ungewöhnlichen Klingelton entschieden hat, konnte er unmöglich ahnen, dass der ihn einmal so richtig in die Scheiße reiten würde.

Während er nämlich noch hektisch in seiner Hosentasche herumfummelt, um das Klingeln abzustellen, reagieren die Polizisten am Grab. Einige werfen zwar für Sekunden zweifelnde Blicke zum Kirchturm hinauf, weil die Assoziation einfach stärker ist als das räumliche Hören, das ihnen sagen müsste, woher der Ton kommt. Doch dann bricht die Hölle los. Gleich fünf Mann galoppieren in Freds Richtung, brechen wie die Berserker durch das Geäst der Eibe, werfen ihn zu Boden und drehen ihm sofort mit ziemlicher Brutalität die Arme auf den Rücken. Der Schmerz schießt die Wirbelsäule hinauf und züngelt in seinem Hirn.

»Seid ihr irre, was soll der Blödsinn?«, keucht Fred, bekommt aber nur ein wütendes Knurren zur Antwort. Dann hört er das Einschnappen der Handschellen.

»Bist wohl nicht schnell genug weggekommen, was? Erst haben dich die Freunde vom Toten überrascht und jetzt wir. Ist doch erstaunlich, wie belebt so ein Kirchhof in der Mittagshitze sein kann«, höhnt einer der Beamten.

»Du blöder Sack, lass mich los. Ich hab nichts mit dem Mord zu tun. Ich bin Journalist, und dies ist ein freies Land, wo jeder recherchieren kann, wann und wo und soviel er will.«

Ein Tritt in die Hüfte bringt ihn zum Schweigen. Dann wird er unsanft am Arm gerissen, bis er auf wackligen Beinen steht. Verwirrt stellt Fred Hübner fest, dass am Rücken zusammengebundene Hände das Gleichgewicht nicht unerheblich beeinflussen. Er hat Mühe, sich aufrecht zu halten. Auch das Laufen fällt ihm schwer. Schwankend setzt er sich in Bewegung, nachdem ein heftiger Stoß ins Kreuz ihn fast wieder zu Fall gebracht hätte.

»Das wird euch noch leidtun. Ich hab beste Beziehungen zu euren Kollegen bei der Kripo, das könnt ihr mir glauben.«

Schallendes Gelächter antwortet ihm.

»Na, dann wird es dich sicher freuen, zu hören, dass dir jetzt sogar eine Gratisfahrt ins Kommissariat bevorsteht.«

Sonntag, 5. August, 12.55 Uhr, Galerie Specht, Kampen

Ungläubig mustert Judith Lissen ihr Handydisplay. Sie fragt sich, warum Fred Hübner ihren Anruf nicht angenommen hat. Bereut er seine Flirt-Offensive vom Morgen vielleicht schon? Oder hat er einfach nur von dem Mord auf dem Friedhof erfahren und ist jetzt zu beschäftigt?

Schnell tippt Judith eine SMS in ihr Handy.

Habe dir viel zu erzählen, sehen wir uns nachher wie besprochen?

Dann lässt sie die Hand sinken und sieht sich um. Solange der Hauptkommissar noch mit im Raum war, hat sie sich viel zu sehr darauf konzentrieren müssen, nichts Falsches zu sagen oder zu tun. Er sollte schließlich einen überzeugenden Eindruck von der verwirrten, überforderten und auch ein bisschen weltfremden Kunsthistorikerin bekommen. Dass das bei Siljas Freund gleich sämtliche Beschützerinstinkte aktivieren würde, konnte sie ja nicht ahnen. Und selbst wenn. Irgendwie hätte sie sich schon aus der peinlichen Situation herausgewunden, etwas über Bastians unglaubliche Attraktivität und gleichzeitig über ihre Freundschaft zu Silja, über Verzicht und nobles Verhalten gemurmelt und sicher erreicht, dass er sich in Zukunft zusammennimmt und vor allem Silja nichts verrät.

Aber jetzt?

Was muss Silja denken? Und wird sie fortan ihre Ermittlungen anders führen?

Judiths Blick schweift über die Galeriewände, streift das Feuerbild, das Heiner Schwartz eingeliefert hat, dann das künstlerisch völlig wertlose Luftgeschmiere, das von dem Architekten gekommen ist, und verweilt schließlich auf dem pastosen Erd-Gemälde, das ihrer Ansicht nach das einzig bedeutende der gesamten Ausstellung ist. Natürlich hätte sie das dem neugierigen Hauptkommissar nie auf die Nase gebunden. Dann hätte sie ihm ja auch gleich erzählen können, was sie sonst noch über diese feine Freundestruppe denkt. Für Sekunden schließt Judith die Augen.

Und jetzt ist also ausgerechnet der Besitzer des Erd-Bildes tot. Ermordet auf einem Friedhof, was verblüffend gut zum Thema des Gemäldes passt. Zu gut, um ein Zufall zu sein. Vor allem, weil nun die Ankündigung auf dem Wasser-Bild, mit dem der Galerist erschlagen worden ist, einen ganz neuen Ernst bekommt. Erst Wasser, dann Erde. Wenn das nicht der Beginn einer Serie ist.

Es ist zum Fürchten. Eigentlich sollte auch Judith Angst haben. Doch das Gegenteil ist der Fall, eine ungeheure Erleichterung durchflutet sie plötzlich. Sie hat mit dem Ganzen nichts zu tun. Sie ist nur eine unglücklich ins Geschehen Verwickelte, die sich in einer emotionalen Notlage blöd verhalten hat. Wahrscheinlich wird das die Freundschaft zu Silja erheblich belasten, aber so leid ihr das auch tut, es ist nichts im Vergleich dazu, was sonst noch alles hätte schiefgehen können.

Ein letztes Mal lässt die junge Frau ihre Augen über die Unordnung schweifen, die die gründliche Untersuchung der Polizei in dem Galerieraum hinterlassen hat. Gerade eben sind alle Beweismittel-Kisten abgeholt worden, aber das Chaos ist nicht kleiner geworden. Geöffnete Schubladen, Reste von Fingerabdruckpulver auf Möbeln, Türen und Böden und nicht zuletzt all die kleinen Karten mit den Nummern darauf, die Judith bisher nur aus dem Fernsehen kannte und die es den Ermittlern ermöglichen, Details des Tatorts auch nach Tagen noch auf den Fotos zuzuordnen. All dies lässt den ehemals so ordentlichen und pieksauberen Galerieraum jetzt wie ein ausgeweidetes Tier wirken, das offen, seelen- und hilflos vor der Betrachterin liegt.

Mit dem Tod des Galeristen Ronald Specht hat auch dieser Ort seine Aura verloren. Wo früher in leisen, wohlgesetzten Worten von Kunst, Harmonie und nur manchmal, noch leiser, auch von Geld die Rede war, herrscht jetzt das Chaos der nackten Gewalt. Nichts Hochsinniges haftet diesem Raum mehr an, er ist nur noch eine Schlachtstätte, gut gesichert von einer Alarmanlage, die auch Judith jetzt aktivieren kann, weil die Wachgesellschaft ihr den Code mitgeteilt hat. Schließlich sorgte man sich um die verbliebenen Bilder. Und der Schutz des Gebäudes durch die Alarmanlage ist vermutlich der einzige Grund dafür, dass die drei unbeschädigten Gemälde des Elemente-Zyklus immer noch an den Wänden hängen.

Sekundenlang fühlt Judith den Drang, sie von ihren Haken zu reißen, auf den Boden zu werfen und darauf herumzutrampeln. Alles zu zerstören, was in diesem Raum noch an die heile Welt, an ihre eigene heile Welt vor den beiden Morden erinnert. Doch dann nimmt sie sich zusammen, gibt den Zahlencode auf dem diskreten Kästchen an der Wand ein und verlässt die Galerie unter den aufmerksamen Blicken des uniformierten Polizisten, der immer noch wie ein Zerberus den Vorgarten hütet und das Gebäude bewacht.

Sonntag, 5. August, 13.03 Uhr, Weißes Kliff, Braderup

Das Holz der Bank ist warm, Sonnenflecken kringeln sich neben Konstanze Schwartz' Oberschenkel und malen abstrakte Muster auf die Sitzstreben. Vorsichtig legt Konstanze die linke Hand auf das rissige Holz. Sie macht die Finger lang und spreizt sie auseinander. Dann starrt sie lange nach unten. Diese Hand ist ihre Hand. Sie sieht aus wie immer. Die Nägel sind gepflegt und matt poliert, die Adern stehen leicht hervor, ein Zeichen des Alterns. Alles sieht aus wie gestern, vorgestern und letzte Woche. Doch wäre alles normal und so wie immer, würde nicht Konstanzes rechte Hand seit Minuten flach auf ihr Herz gepresst sein.

Denn das schlägt wie wild und hüpft herum, als sei es völlig aus dem Takt gekommen. Konstanze fürchtet wirklich um ihre Gesundheit, ach was, sie fürchtet um ihr Leben. Mit äußerster Knappheit ist sie den Polizeiwagen auf dem Parkplatz an der Severinskirche entkommen. Im Rückspiegel konnte sie beobachten, wie ein ganzes Geschwader in die Einfahrt einbog. Wahrscheinlich ist Heiners Wagen inzwischen ebenso umzingelt wie die Autos seiner drei Freunde. Minutenlang erwartete Konstanze, dass man ihr folgen würde, dass ihr die Motorleistung ihres Wagens gar nichts nutzen und man sie irgendwo auf der Insel stellen würde. Doch nichts ist geschehen. Kein Einsatzwagen mit rotierendem Blaulicht ist ihr entgegengekommen, keine Straßensperre hat ihre Weiterfahrt verhindert. Völlig unbehelligt konnte Konstanze bis zu dem kleinen Parkplatz am Braderuper Watt fahren, ihren Wagen abstellen und in die duftende Heide hineinwandern. Sie konnte sich eine Bank suchen, sich hinsetzen und anschließend versuchen, ihr pochendes Herz zu beruhigen.

Langsam, fast zögernd hebt Konstanze jetzt ihren Blick und schaut mit flackernden Augen übers Watt. Das Wasser beginnt abzulaufen, Seevögel staksen zwischen Sandwellen herum, Schlick glänzt im Sonnenlicht, und ein herb fauliger Geruch steht in der Luft. Irgendwo dort hinten, wo das Brackwasser längst im Dunst verschwimmt, muss das Flugzeug Artur Fausts abgestürzt sein. Mit diesem Unfall hat alles einen Anfang genommen, das wird ihr plötzlich klar. Seitdem ist Heiner unruhig, unausgeglichen, verschlossen.

Längst hätte sie diese Entwicklung bemerken können, bemerken müssen. Sie hätte eine Aussprache erzwingen sollen und nicht wegsehen dürfen, sie hätte es sich nicht so einfach machen dürfen und darauf hoffen, dass alles sich wieder normalisieren würde. Denn was ist stattdessen geschehen?

Eine Katastrophe. Nein, korrigiert Konstanze Schwartz sich selbst, nicht eine, sondern mindestens zwei Katastrophen. Jedenfalls nach allem, was sie weiß. Bisher weiß. Und wenn sie heute früh noch dachte, dass der Tod des Galeristen bei allem Schrecken möglicherweise auch sein Gutes haben könnte, dann muss sie jetzt einsehen, dass das Gegenteil der Fall ist. Dieser erste Tod hat etwas ausgelöst, das kaum zu beherrschen sein wird.

Nie, nicht in ihrem gesamten zukünftigen Leben, davon ist Konstanze Schwartz zutiefst überzeugt, wird sie die Bilder der vergangenen Stunde vergessen. Die Hast in Heiners Bewegungen, das Flackern in seinen Augen, der Unglaube, das langsame Begreifen und die Panik, die durch die unterdrückte Aggressivität, die schon in der Körpersprache zwischen Florian Seebrück und Johann Liebig zum Ausdruck kam, nur noch gesteigert wurde. Und durch den leblosen Körper am Boden.

Welch ein Anblick!

Ein eingeschlagener Schädel, ein gekrümmter Leib. Ein Mensch, dem nicht mehr zu helfen war. Ein Mensch, der Freunde, Familie, Weggefährten gehabt hat und nun plötzlich nur noch ein Schubladeninhalt mit einem Zettel an der großen Zehe werden würde, ein Körper mit dem T-Schnitt auf dem Brustkorb, ausgeweidet und notdürftig wieder zusammengenäht. Konstanze hat die pathologischen Teile ihrer Medizinausbildung stets nach Kräften gehasst. Und doch oder vielleicht gerade deshalb sind sie ihr mehr als nachdrücklich in Erinnerung geblieben. Und als sie vor weniger als einer Stunde verborgen im Gebüsch die drei überlebenden Freunde beobachtet hat, schien es ihr so, als gehe auch ihnen Ähnliches durch den Kopf. Die direkte Konfrontation mit dem Tod ist eines der intensivsten Erlebnisse jedes Menschenlebens, und niemand kann sich der Wucht der Empfindungen entziehen. Selbst ein Mörder nicht.

Und damit ist Konstanze Schwartz bei dem entscheidenden Teil ihrer Überlegungen angekommen. Denn selbstverständlich hatte sie Gründe dafür, sich nicht zu zeigen und zu fragen, ob sie in irgendeiner Weise helfen könne, sondern sich still und heimlich wieder davonzuschleichen. Sie hatte auch gute Gründe dafür, gerade nicht die Polizei zu benachrichtigen. Und nun sitzt sie hier und bekommt das Bild des Toten am Boden nicht aus dem Kopf. Ein lebloser Körper umringt von seinen besten Freunden, die nichts mehr für ihn tun können.

Hätte Artur Faust noch gelebt, er hätte genau dieses Bild

malen wollen, davon ist Konstanze Schwartz fest überzeugt. Und der Gedanke daran jagt ihr einen weiteren kräftigen Schauer durch den Körper.

Sonntag, 5. August, 13.17 Uhr, Kriminalkommissariat Westerland

Sven Winterberg sitzt hinter seinem Schreibtisch und lässt die beiden Kollegen nicht aus den Augen, während er gedankenverloren einen Kugelschreiber zwischen den Fingern dreht. Niemand redet. Seit Minuten ist die Stimmung geprägt von Anspannung und unterschwelligen Vorwürfen. Doch noch hat sich das anstehende Gewitter nicht entladen.

Wie ein Tiger im Käfig bewegt sich Bastian Kreuzer durch den Raum. Sven kann sich nicht entscheiden, ob er ungeduldig oder resigniert wirkt. Ist er auf Flucht oder auf Angriff programmiert? Bastian hält den Kopf gesenkt und lässt sich nicht in die Augen sehen, nur ab und an wirft er flackernde Blicke auf Silja, die diese ignoriert. Stattdessen hantiert sie so ausführlich an der Kaffeemaschine, als sei deren Wartung ihre hauptberufliche Aufgabe.

Schließlich hält Sven die lastende Stille nicht mehr aus.

»Jetzt schreit euch schon an. Dann ist es wenigstens heraus, und wir können anfangen zu arbeiten.«

Bastian knurrt, verzichtet jedoch auf eine Antwort. Nur Silja dreht sich betont langsam zu den beiden Kollegen um. Ihr Gesicht ist blass, aber sie hat jeden Muskel unter Kontrolle.

»Es gibt nichts zu schreien«, erklärt die Kommissarin mit

ruhiger Stimme. »Und wann wir anfangen zu arbeiten, kann nur Bastian bestimmen, schließlich ist er der Chef.«

Bastian bleibt stehen und sieht Silja ins Gesicht. Sie erwidert seinen Blick ruhig und gefasst. Doch als der Hauptkommissar einige Schritte auf sie zu macht, weicht sie zurück.

»Silja, es tut mir leid«, murmelt er.

»Es tut mir auch leid, dass noch ein Mensch sterben musste, aber bei mir musst du dich dafür nicht entschuldigen.«

»Das meine ich nicht.«

»Es ist aber das Einzige, worüber wir jetzt reden sollten.«

Sie hält sich sehr aufrecht, als sie zu ihrem Schreibtisch geht.

»Silja, bitte! Fünf Minuten.«

»Nein.«

»Also gut«, seufzt Bastian und setzt eine professionelle Miene auf. »Was haben wir?«

Auffordernd blickt er in die Runde.

Leise beginnt Sven zu reden. »Ganz offensichtlich hat der Mörder des Galeristen seine Drohung ernst gemeint. Auf den Wasser-Mord folgt der Erd-Mord. Und wir Deppen haben noch nicht einmal versucht, das zu verhindern.«

»Wie hätte das gehen sollen?«, will Bastian wissen.

»Wir hätten die vier Sammler unter Polizeischutz stellen können.«

»Blödsinn. Woher hätten wir denn wissen sollen, dass sie gefährdet sind? Wir haben doch eher den Täter unter ihnen gesucht.«

»Das eine schließt das andere ja nicht aus«, wirft Silja ein. »Auch jetzt noch kann einer der drei noch Lebenden der Täter sein.«

»Wohl kaum«, schnauzt Bastian, bemüht sich aber dann

hörbar um einen verbindlicheren Ton. »Florian Seebrück hat wahrscheinlich ein lückenloses Alibi, immerhin kann Fred Hübner bezeugen, wann er in Morsum aufgebrochen ist. Und dieser Autohändler, wie heißt er noch gleich, der ist doch viel zu schlaff, um jemanden umzubringen. Wenn ihr mich fragt, ist der nicht mehr als ein fettes, verwöhntes Kind, das nur dann greint, wenn sein Spielzeug nicht hinreichend vergoldet ist.«

»In Psychologie hattest du sicher immer eine Eins mit Sternchen.« Silja versucht gar nicht erst, die Verachtung in ihrer Stimme zu verbergen. »Vielleicht möchtest du uns auch gleich noch mit deiner Einschätzung von Heiner Schwartz beglücken?« Sie beugt sich mit weit aufgerissenen Augen und erwartungsvoll geöffneten Lippen über ihren Schreibtisch. Die Karikatur eines bewundernden Weibchens gelingt ihr nicht schlecht, und Sven duckt sich bereits in Erwartung von Bastians Wutausbruch. Doch er hat ihn unterschätzt.

»Sehr gern«, pariert Bastian den Angriff und stellt sich in Positur. »Heiner Schwartz ist intelligent. Vielleicht nicht unbedingt clever, aber hochintelligent. Und besonnen. Kein Spontantäter. Wenn der jemanden umbringen wollte, würde er ihn mit Sicherheit nicht erschlagen.«

»Sondern?«, will Sven wissen.

Bastian überlegt kurz, bevor er antwortet.

»Ich denke, er würde ihn wirtschaftlich fertigmachen, er würde ihn in den Selbstmord treiben, er würde etwas tun, was dem anderen komplett den Boden unter den Füßen wegzieht.«

»Damit kennst du dich ja aus«, entfährt es Silja.

»Du wolltest meine Entschuldigung vorhin nicht akzeptieren, aber wir können gern …«, beginnt Bastian, wird aber sofort von ihr unterbrochen.

»Lass stecken. Und weißt du, je länger ich darüber nachdenke, desto mehr habe ich das Gefühl, dass es mir irgendwie nicht gutgeht. Ich verstehe auch nicht, warum. Sicher bekomme ich eine Sommergrippe oder etwas ähnlich Blödes.« Mit theatralischer Geste fasst sie sich an die Stirn. »Ich hab wahrscheinlich schon Fieber, sollte dringend ins Bett. Tut mir leid, dass ihr beiden euch jetzt mit dem Fall allein rumschlagen müsst.«

»Das ist nicht dein Ernst, Silja.«

Sven versucht, sie mit einem eindringlichen Blick zur Vernunft zu bringen.

»Das ist mein voller Ernst. Ihr zwei schafft das schon. Und bevor ich euch verlasse, gebe ich euch noch einen kleinen Tipp. Wahrscheinlich wärt ihr beide ohnehin ganz schnell von selbst drauf gekommen, aber«, sie erlaubt sich ein winziges triumphierendes Lächeln in Bastians Richtung, »vielleicht hättet ihr euch auch noch ein wenig bei den psychologischen Feinheiten aufgehalten und es letztendlich doch übersehen.«

»Was übersehen?«, schnauzt Bastian und schlägt mit der flachen Hand auf Svens Schreibtisch, dass die Stifte fliegen.

»Die Sache mit den Elementen.« Siljas Stimme ist jetzt sehr sanft. »Der Mörder ist nämlich schon fast am Ende seiner Serie angekommen. Es gibt nicht nur einen Todesfall in Sachen *Wasser* und einen in Sachen *Erde*. Es gibt auch längst einen in Sachen *Luft*. Immerhin ist der Maler Artur Faust erst vor wenigen Wochen mit seinem Flieger vom Himmel gefallen wie ein abgeschossener Vogel. Damals haben wir alle gedacht, es sei ein Unfall. Doch jetzt sollten wir, pardon, solltet ihr euch dieser Geschichte noch mal annehmen.

Schließlich war es niemand anderer als Artur Faust, der den Elemente-Zyklus geschaffen hat. Er ist also gewissermaßen der Auslöser der Verbrechen. Und vermutlich auch das erste Opfer.«

Bastian Kreuzer und Sven Winterberg schweigen. Nur ihr Nicken zeigt, wie sehr sie die Ausführungen Siljas beeindruckt haben. Doch der Kommissarin scheint nichts daran zu liegen, ihren Triumph zu genießen. Sie steht auf, legt die Dienstwaffe auf den Tisch und greift nach ihrer Tasche. Im Hinausgehen sagt sie, ohne sich umzudrehen: »Ich gehe gleich morgen früh zum Arzt und reiche dann die Krankschreibung nach.«

Als die Tür hinter ihr ins Schloss fällt, blicken sich Sven und Bastian schweigend an. Bastian schüttelt ungläubig den Kopf, wartet aber, bis Siljas Schritte auf dem Flur verklungen sind.

»Spinnt die jetzt komplett?«

»Gegenfrage: Was ist passiert?«

Bastian ballt die Hände zu Fäusten und reibt sich damit die Augen. Er sieht aus wie ein bockiges Kind.

»Spuck's schon aus.«

»Das willst du nicht wissen, glaub mir.«

»Doch.«

»Als Silja in die Galerie kam, hatte ich ihre Freundin im Arm.«

»Echt jetzt?«

Bastian nickt.

»Du blöder Hund.«

»Wahrscheinlich bin ich übermüdet.«

»Ich glaube eher, du tickst nicht mehr ganz richtig. Was sollte das denn?«

»Frag mich nicht. Irgendwie tat sie mir leid.«

»Sieht sie gut aus?«

Bastian nickt noch einmal, dann zuckt er die Schultern. »Ach, was soll's, du kriegst sie ja eh irgendwann zu Gesicht. Sie ist total sexy.«

Er wirft sich in seinen Schreibtischstuhl und vergräbt den Kopf in den Händen. Sven ist sich nicht ganz sicher, aber es wirkt, als zuckten seine Schultern wie im Weinkrampf. Kurz darauf kann er den Kollegen schluchzen hören.

»Glaubst du, es ist jetzt aus zwischen Silja und mir?«, fragt Bastian schließlich leise.

»Du kennst Siljas tödliche Konsequenz besser als ich«, antwortet Sven vorsichtig.

Als Bastian sich aufrichtet, hat er tatsächlich Tränen in den Augen.

Sonntag, 5. August, 13.23 Uhr, Fußgängerzone Westerland

Musik weht durch die Luft. Ein deutscher Schlager, in dem von Liebe die Rede ist, von Treue und von Glück. Es riecht nach altem Fritierfett, nach dem Schweiß der Vorüberlaufenden und nach Sonnencreme. Am liebsten würde Silja Blanck sich die Ohren zuhalten und die Nase gleich mit. Sie hasst sich selbst für die blöde Idee, durch die belebte Fußgängerzone zu laufen. Aber sie will nur eines: so schnell wie möglich zum Wasser. Allein sein mit den Wellen und den Schreien der Möwen. Menschen sind das Letzte, was sie jetzt sehen möchte. Silja nestelt ihre Sonnenbrille aus der Tasche und setzt sie auf. Niemand soll ihre Tränen sehen.

Doch alle starren sie an. Wut schäumt auf. Silja ist kurz davor, die anderen anzufauchen. *Kümmert euch um euer eigenes mieses Leben. Lasst mich in Ruhe.*

Ein kleiner Junge zeigt mit dem Finger auf sie. »Warum weint die Frau?«, fragt er seine Mama, die verschämt den Blick abwendet und den Sohn wegzieht.

Silja hastet weiter. Einige aufgetakelte Blondinen versperren ihr den Weg. Alle starren auf ihre Handys. Silja zwängt sich durch die Gruppe. Weibliche Aliens in Designerklamotten. Keine von ihnen bemerkt Siljas Tränen. Bei *Gosch* am Außentisch sitzt ein Pärchen vor einer Flasche Weißwein. Beide haben einen Scampispieß vor sich und werfen einander über die Teller hinweg verliebte Blicke zu. Es ist noch gar nicht lange her, da haben Bastian und sie nach Dienstschluss auch hier gesessen. Gelacht, getrunken, geflirtet. Waren sie damals glücklich? Noch heute früh hätte Silja diese Frage mit »ja« beantwortet. Offenbar eine krasse Fehleinschätzung. Sie schluchzt, ihr Gesicht unter der Sonnenbrille ist nass. Das Pärchen guckt. Silja läuft weiter.

Auf der Strandpromenade wird es nicht besser. Rentner, die wahrscheinlich schon seit Jahrhunderten auf derselben Bank sitzen, starren sie an. Eine vollkommen in Tränen aufgelöste attraktive junge Frau sieht man nicht alle Tage. Dafür hat sich das Warten doch gelohnt. Dann tippt ihr jemand auf den Oberarm. Ein junger Mann, blond, groß, gutaussehend.

»Kann ich helfen?«

Silja schüttelt den Kopf und läuft weiter. Na toll. Jetzt sieht man ihr sogar schon den Grund ihres Kummers an. Und liebeskranke Frauen sind eine leichte Beute. Die Weiberhelden warten schon.

Silja weiß, dass ihre Gedanken ungerecht sind. Das alte

Ehepaar hat nicht abschätzig, sondern mitleidig geguckt. Der junge Mann muss keine unehrenhaften Absichten gehabt haben. Das Pärchen hat sich sein Glück und seinen Mittagswein sicher durch jahrelange harte Beziehungsarbeit verdient. Oder es ist frisch verliebt. Der kleine Junge war nur neugierig. Selbst die Blondinen können nichts dafür, dass sie schon als Kleinkinder in Burberry-Klamotten gesteckt worden sind.

Sie alle können sich wahrscheinlich gar nicht vorstellen, wie man sich fühlt, wenn man von den beiden Menschen, die man am nächsten an sich herangelassen hat, derart enttäuscht wird. Verraten. Betrogen. Verhöhnt.

Silja bleibt so abrupt stehen, dass eine ältere Dame von hinten in sie hineinrennt. Die Dame entschuldigt sich. Dann sieht sie Siljas Gesicht, streckt spontan eine Hand aus, als wolle sie sie stützen. Silja schüttelt den Kopf und wendet sich ab, hastet weiter, der nächsten Treppe entgegen, die endlich hinunter zum Wasser führt.

Sonntag, 5. August, 13.24 Uhr, Kriminalkommissariat Westerland

Fred Hübner mustert mit Abscheu die Graffiti in der engen Zelle. Außer *Fuck off* und *Scheißbullen* ist seinen Vorgängern wenig eingefallen. Der Journalist erwartet ja keine hochgeistigen Kommentare, aber den einen oder anderen Spottvers auf die Intelligenz der dritten Macht im Staat fände er schon angebracht. Immer muss man alles selber machen, denkt er belustigt und klopft seine Taschen nach einem Kugelschreiber ab. Die Handgelenke schmerzen bei jeder Bewegung, und Fred spürt wieder die Wut auf die rüden Beamten in sich aufsteigen. Als er endlich einen Stift gefunden hat, läuft sein Kreativzentrum bereits auf Hochtouren. Sekunden später beginnt er zu kritzeln.

Ist der Bulle dumm wie Stulle, scheißt die Kuh ihn einfach zu.

Kritisch betrachtet Fred seinen Erguss, der sich an der Wand allein schon durch die Länge abhebt. Mehr als drei oder vier zusammenhängende Worte scheint der durchschnittliche Delinquent nicht zustande zu bringen. Kein Wunder also, dass man ihn hier immer wieder einbuchtet.

Unklar erinnert sich Fred Hübner an seine letzten beiden Aufenthalte in dieser Zelle. Jedes Mal war er sturzbetrunken und umständehalber wenig zu schriftstellerischer Tätigkeit aufgelegt. Doch jetzt ist ihm langweilig, er ist sauer, und er ist entschlossen, sich zu rächen. Er weiß genau, er steht kurz davor, das Motiv für diesen ganzen Irrsinn zu erkennen. Und dann wird er genussvoll die drei Ermittler am Nasenring durch die Gazetten schleifen.

Nur müssen sie ihn dazu erst einmal rauslassen.

Fred dreht sich um und schlägt mit beiden Händen gegen die Zellentür.

Nichts. Nur die Handgelenke schmerzen jetzt noch mehr.

»Scheißbullen! Aufmachen!«, brüllt Fred, so laut er kann.

Wieder nichts. Sind die vielleicht alle zu einer ausgedehnten Mittagspause zu *Gosch* aufgebrochen?

»Hey, ihr Flaschen, ihr habt mir meine Schnürsenkel gelassen. Ich bring mich jetzt um«, ruft Fred in die Stille.

Immer noch nichts. Oder war da ein unterdrücktes Lachen zu hören? Stehen die vielleicht alle aufgereiht draußen vor seiner Zelle und warten nur darauf, dass er sie ein bisschen unterhält? Zuzutrauen wäre es ihnen.

Frustriert lässt sich Fred Hübner auf die Pritsche fallen. Es bleibt ihm wohl nichts anderes übrig, als zu warten. Immerhin kann er die Pause nutzen, um sein weiteres Vorgehen zu planen.

Sonntag, 5. August, 13.30 Uhr, Kurpromenade, Westerland

Silja steigt die Treppe zum Strand hinunter und schlängelt sich durch die Reihen der eng beieinanderstehenden Körbe. Als sie an der Wasserkante angekommen ist, schlüpft sie aus den Schuhen, krempelt die Hosenbeine hoch und zieht die Bluse aus dem Bündchen. Jetzt spült Gischt um ihre Knöchel, und der Wind spielt mit dem leichten Stoff der Bluse. Das Wasser an den Füßen und der Luftzug auf ihrer Haut tun Silja gut. Sie kühlen den Körper und besänftigen die Seele. Energisch wendet sie sich nach rechts. Nun hat sie die Sonne im Rücken und den etwas leereren Strandabschnitt zwischen Westerland und Wenningstedt vor sich.

Silja konzentriert sich ganz auf ihre Schritte. Schon bald stehen die Strandkörbe weiter auseinander, und ihre Mieter sind ruhiger, weniger aufgeregt, weniger umtriebig. Die Zahl der Paare nimmt zu, die der Kinder ab. Wer will schon einen Buggy oder einen Sack voller Spielzeug kilometerweit schleppen. Als schließlich der unbewachte Strandabschnitt beginnt, verliert sich der Trubel vollends. Einzelne Nacktbader rennen gegen die Wellen an oder sonnen sich auf dem warmen Sand. Längst gibt es keine Strandkörbe mehr, keine Uferpromenade, keine Bademeister, keine öffentlichen

Toiletten. Wer sich hierher zurückgezogen hat, will allein sein mit Wind und Meer. Und mit seinen Gedanken. Wie Silja.

Sie verlässt die Wasserkante, geht ein Stückchen den Strand hinauf, setzt sich in den Sand und hält das Gesicht in den Wind. Vielleicht sollte sie sich ausziehen? Nackt und allein unter der Sonne sitzen und zulassen, wie deren Strahlen nach und nach ihre schutzlose Haut verbrennen. Der inneren Verletzung die äußere folgen lassen. Silja schaudert und schreckt vor ihren eigenen Gedanken zurück. Sie darf jetzt nicht die Kontrolle verlieren. Selbstbestrafung ist keine Lösung. Eher sollte es ihr darum gehen, die Gründe für Bastians Verhalten zu erforschen. Nur was sie verstehen kann, wird sie auch verarbeiten können.

War es vielleicht ihr eigenes Benehmen, das ihn in Judiths Arme getrieben hat? Ihr immer wieder mahnend hervorgebrachter Wunsch nach mehr Distanz in der Beziehung, nach mehr persönlicher Freiheit für sich selbst? Doch das allein kann es nicht gewesen sein. Zu diesem Vertrauensbruch gehören drei. Auch Judith. Aber Silja hat geglaubt, Judith genau zu kennen. Warum sollte ausgerechnet die unabhängige, stolze und eigenständige Freundin sich plötzlich in die Arme von Bastian werfen? Schließlich hat Judith ein ziemlich klar umrissenes Beuteschema. Fred Hübner zum Beispiel, mit dem die Freundin auf der Vernissage heftig geflirtet hat, passt perfekt hinein. Sein herber Charme, die coole Art und der immer wieder aufblitzende Sarkasmus sind Eigenschaften, die Judith bei Männern extrem anziehend findet.

Aber Bastian? Er ist so ganz und gar nicht Judiths Typ. Nachdenklich vergräbt Silja die Hand im Sand, lässt die Körner durch die Finger rieseln. Sie glitzern im Sonnenlicht und türmen sich zu wunderbar gleichmäßigen Häufchen. Silja setzt eines neben das nächste, bis sie schließlich umgeben ist von einer Palisade ebenmäßiger Kegel, die sie vor nichts schützen werden. Wenn sie nicht selbst die Frage beantwortet, was da eigentlich zwischen Bastian und Judith ist, wird es auch niemand sonst für sie tun.

Silja atmet einmal tief durch, dann lässt sie sich rücklings in den weichen Sand fallen. Er schabt zwischen ihren Haaren und kitzelt im Nacken. Die Sonne brennt durch ihre geschlossenen Lider.

Logisch betrachtet gibt es nur eine einzige vernünftige Erklärung für die Tatsache, dass ihr Partner und ihre beste Freundin mitten in einer brisanten Ermittlung plötzlich anfangen, miteinander zu knutschen. Die Erklärung gefällt Silja nicht, und es ist ihr völlig unklar, was Judith angetrieben haben könnte, aber trotzdem ist es das Einzige, was irgendwie einen Sinn ergibt.

Judith muss es darauf angelegt haben, Bastian zu verführen.

Judith ist gut darin, sehr gut sogar, das weiß Silja besser, als ihr lieb ist. Aber sie hat bisher angenommen, dass Judith sich von diesem früheren Teil ihres Lebens verabschiedet hat. Was hat sich Judith davon versprochen, diese Nähe zu Bastian herzustellen? Was war es wert, dass sie sogar ihre Freundschaft zu Silja dafür aufs Spiel gesetzt hat? Und wann hat das Ganze angefangen? War schon vor dem ersten Mord etwas zwischen den beiden im Busch? Haben sie sich vielleicht schon früher heimlich getroffen? Oder hat das Ganze erst letzte Nacht direkt nach dem Verbrechen seinen Anfang genommen? Und was war dann der Auslöser?

Mit geschlossenen Augen lässt Silja noch einmal die Bilder des vergangenen Abends an sich vorbeilaufen. Die Sonnenuntergangsstimmung vor der Galerie, das ausgelassene Lachen der Vernissagebesucher, die schlanke Gestalt von Judith in dem schlichten schwarzen Kleid. Ihre anscheinend so belanglose Unterhaltung. Die Blicke, die Judith Fred Hübner nachsandte, die Fragen, die sie zu seiner Person stellte, und schließlich das wenige, was sie über ihr Verhältnis zu Ronald Specht zu sagen wusste – oder zu sagen bereit war.

Ruckartig setzt sich Silja auf.

Ja, das muss es sein. Sie reibt sich die Augen wie ein kleines Kind und blinzelt zwischen den Fingern hervor, als wäre die Helligkeit um sie herum erst jetzt entstanden. An der Wasserkante tollt ein Hund im Licht. Zwei Möwen tanzen krächzend um ein Stück Brot.

Und Silja weiß plötzlich ganz genau, was sie tun wird.

Sonntag, 5. August, 14.11 Uhr, Kriminalkommissariat Westerland

»Fred Hübner lassen wir noch ein bisschen da unten schmoren«, erklärt Bastian Kreuzer dem jungen Beamten entschieden. »Gut, dass ihr ihn eingebuchtet habt, das wird ihm vielleicht eine Lehre sein. Für uns sind die drei Sammler erst mal wichtiger. Sie sitzen in unterschiedlichen Räumen?«

»Die Kollegen haben ihnen Kaffee und ein paar Kekse gebracht, um sie bei Laune zu halten. Aber sie sind trotzdem ziemlich nervös. Einer ist schon ausfallend geworden.« Der Polizist grinst und schiebt seine Mütze in den Nacken.

»Interessant. Welcher war's denn?«

»Der Dicke.«

»Hab ich mir fast gedacht. Irgendwie kann ich mir den Namen von dem Kerl nicht merken.« Bastian Kreuzer kramt auf seinem Schreibtisch, bis er die entsprechende Akte findet. »Johann Liebig, genau. Autohändler aus Hamburg. Ziemlich pleite, nach allem, was man so hört.«

»Fährt aber immer noch mit 'nem fetten Rolls-Royce über die Insel«, wirft der Polizist ein.

»Bestimmt läuft der als Firmenwagen und ist steuerlich absetzbar. Zahlen also alles wir«, grummelt Kreuzer.

»Na, wenn er sonst nichts auf dem Kerbholz hat.«

»Das wollen wir erst mal sehen. Bring ihn rein, dann fange ich mit ihm an. Den anderen beiden sagst du, dass es noch dauern kann. Die sollen ruhig noch nervöser werden. Je länger sie warten, umso williger werden sie reden. Ist doch immer so.«

»Wo sind eigentlich Blanck und Winterberg? Ich dachte, die übernehmen jeder auch einen«, erkundigt sich der Polizist neugierig.

Was geht dich das eigentlich an?, überlegt Bastian Kreuzer ärgerlich, doch dann winkt er lässig ab. »Die sind separat unterwegs. Recherchieren was für mich. Deshalb mache ich den Job jetzt hier auch allein. Ist gar nicht schlecht für die Vernehmungsstrategie, glaub mir.«

Der junge Streifenpolizist nickt eifrig. Wahrscheinlich träumt er davon, auch mal zur Kripo zu kommen. Vielleicht will er das Abitur nachmachen und die Ausbildung nachholen, schießt es Bastian durch den Kopf. Jeder hat seine Vorbilder immer genau eine Etage über sich. Hier ist das sogar räumlich der Fall.

»Wenn du ihn reingebracht hast, kannst du dabei bleiben.

Wird vielleicht ein interessantes Gespräch, und ich habe gleich einen Zeugen«, erklärt er gönnerhaft.

Ein Strahlen geht über das Gesicht des anderen.

»Super. Danke. Bin gleich zurück.«

Bingo, wusste er's doch. Bastian lehnt sich in seinem Schreibtischstuhl zurück und reibt sich die Augen. Zehn Sekunden Pause, bevor es wieder losgeht. Zehn Sekunden, um die Gedanken an Silja aus dem Kopf zu kriegen, das Gefühl von Judith Lissens weichen Lippen auf seinen eigenen zu vergessen und um zu verdrängen, was für ein bescheuertes Benehmen er an den Tag gelegt hat, seit die Nachricht von dem ersten Mord ihn letzte Nacht aus dem Bett geholt hat. Zehn Sekunden, um sicherzustellen, dass der zerknirschte Privatmann Bastian dem knallharten Ermittler Kreuzer nicht in die Quere kommen wird. Zehn Sekunden, um sich die Abschiedsworte Svens noch einmal zu vergegenwärtigen. *Du hast nur eine Chance: Klär diesen Fall auf. Lückenlos und so schnell wie möglich. Dann kannst du zu Silja gehen und meinetwegen vor ihr auf die Knie fallen. Aber mach erst das eine, dann das andere, sonst kommen wir hier alle in Teufels Küche – sonst …*

Bastian hat darauf gewartet, dass Sven weiterredet, aber er ist rausgegangen, ohne den Satz zu beenden. Bastian wusste auch so genau, was Sven sagen wollte. *Sonst geschieht noch ein dritter Mord. Oder ein vierter. Je nachdem, wie sich der Tod des Malers darstellt, wenn ich erst mal ausführlich mit den Leuten vom Flughafen gesprochen habe.* Und wenn der ominöse orangefarbene Plastikfetzen aus Florian Seebrücks Mülltonne untersucht ist, hat Bastian innerlich hinzugefügt und an Leo Blums begeisterte Reaktion gedacht, als sie ihm den Fetzen präsentiert haben.

Als es an die Tür klopft, wartet Bastian noch einen Moment, bevor er sein *Herein* ruft.

Die zehn Sekunden sind um, der Kampf beginnt.

Und Johann Liebig sieht wirklich wie ein veritabler Sparringpartner aus. Hochrot im Gesicht und schnaufend wie ein Ross vor dem Sprung lässt er sich mit Wucht in den angebotenen Stuhl fallen, klatscht beide Hände auf die Lehnen und keucht: »Was erlauben Sie sich eigentlich? Ich werde hier behandelt wie ein Tatverdächtiger. Wenn ich das geahnt hätte, dann wäre ich einfach vom Friedhof abgehauen und Sie hätten warten können, bis ein anderer Trottel Ihnen von dem Mord erzählt.«

»Meinen Sie mit Trottel einen Ihrer beiden Freunde?«

»Werden Sie mal nicht ausfallend, ja.«

Bastian lehnt sich zurück und sieht dem Autohändler direkt in die Augen. Johann Liebig senkt den Blick. Feige also auch noch, denkt Bastian und kann sich ein Lächeln nicht verkneifen.

»Was haben Sie eigentlich auf dem Friedhof gewollt?«

»Wir wollten unseres alten Freundes gedenken«, antwortet Liebig pathetisch. »Das ist doch nicht verboten.«

»Sie waren verabredet?«

Liebig nickt.

»Alle vier?«

»Stellen Sie sich vor. Alle vier. Um Punkt zwölf Uhr mittags. War eine blöde Zeit, aber Heiner wollte es so.«

»Heiner Schwartz hat dieses Treffen also angeordnet, und keiner hat sich widersetzt?«

»Heiner hat ein bisschen die Führungsrolle übernommen, jetzt, wo Artur tot ist.«

»Und das akzeptieren Sie?«

»Ist mir gleich. Und ich wüsste auch nicht, was Sie das angeht.«

»Wer hat noch von dem Treffen gewusst?«

»Niemand. Oder glauben Sie, wir wollten Zuschauer haben?«

Bastian Kreuzer lächelt plötzlich sehr warmherzig, was seinen Gesprächspartner deutlich überrascht. Auch der junge Polizist, der neben der Tür stehen geblieben ist, guckt erstaunt. Als weiter nichts von dem Hauptkommissar kommt, stammelt Liebig schließlich: »Sie verdächtigen doch nicht etwa einen von uns?«

Bastian schweigt.

»Oder uns alle drei«, setzt Liebig nach.

»Es könnte natürlich auch ein zufällig anwesender Friedhofsbesucher gewesen sein«, antwortet Bastian Kreuzer verbindlich, wobei ihn die Vorstellung eines keulenschwingenden Fred Hübner fast zum Lachen bringt. Obwohl der Autohändler kaum ahnen kann, was dem Ermittler durch den Kopf geht, ist er schlau genug, nicht auf die Provokation einzugehen. Er schlägt die Augen nieder und schweigt. Sein Gesicht ist jetzt weniger gerötet, und der Atem geht ruhiger. Auch Bastian Kreuzer schaltet einen Gang zurück.

»Andere Frage: Was haben Sie vor dem Treffen gemacht?«

Johann Liebigs Blick wandert unstet durch den Raum. Auf seiner Stirn erscheinen zwei Schweißperlen.

»Haben Sie was zum Trinken?«

»Gleich. Bitte beantworten Sie zuerst meine Frage.«

»Na ja. Ich bin spazieren gegangen. Am Roten Kliff.«

Johann Liebigs Stimme ist plötzlich sehr leise.

»Allein?«

»Ist doch nicht verboten, oder?«

»Das nicht. Ist aber ziemlich ungünstig, wenn gleichzeitig ein Mord geschieht.«

»Warum hätte ich Bertold erschlagen sollen?«

»Sagen Sie es mir.«

Aufmerksam beobachtet der Hauptkommissar jede Regung in Liebigs Gesicht. Zuerst ist da nichts als Verblüffung, doch dann macht sich Empörung breit. Na also, denkt Kreuzer zufrieden. Die Wut der Beschuldigten ist immer noch der beste Komplize eines Ermittlers.

»Was erlauben Sie sich? Ich will meinen Anwalt sprechen.«

»Ich dachte, Sie sind unschuldig.«

»Bin ich auch. Ich habe auf dem Roten Kliff gesessen und mit der *Sylter Rundschau* telefoniert. Die junge Dame wird sich bestimmt erinnern.«

»Warum sollte sie? Haben Sie mit ihr auch über Schokoladentäfelchen gesprochen, wie mit der Rezeptionistin im *Rungholt*? Die hat zwar die Uhrzeit Ihrer Rückkehr in der letzten Nacht bestätigt, uns aber auch verraten, dass Sie ein Zimmer mit Terrassenausgang gebucht haben.«

»Und?«

»Vielleicht sind Sie nach Mitternacht noch einmal zu der Galerie gelaufen.«

»Machen Sie sich nicht lächerlich.«

»Keine Sorge. Was wollten Sie eigentlich von der jungen Dame bei der *Sylter Rundschau*?«

»Ich habe sie zusammengestaucht, weil sie mich nicht mit dem Chefredakteur verbinden wollte.«

»Und was wollten Sie von dem?«, hakt Bastian Kreuzer langsam ungehalten nach.

»Die Telefonnummer von Fred Hübner, wenn Sie's genau wissen wollen.«

Nicht der schon wieder, denkt Kreuzer genervt, lässt sich aber nichts anmerken und erkundigt sich kühl: »Hat er Ihnen die Telefonnummer gegeben?«

»Stellen Sie sich vor, er hat.«

»Und dann haben Sie Fred Hübner angerufen?«

»Ich hab's versucht, aber er ist nicht rangegangen.«

»Wie spät war es da etwa?«

»Halb zwölf. Vielleicht ein bisschen später. Danach bin ich jedenfalls zurück zum Hotel, wo mein Wagen stand. Und dann gleich rüber zum Friedhof. Bin gefahren wie der Teufel und war auch tatsächlich gerade noch pünktlich da. Gleich nach mir ist Florian Seebrück gekommen. Wir sind zusammen über die Straße und zum Grab. Und dann lag er da.« Johann Liebig schüttelt den Kopf, als könne er immer noch nicht begreifen, was er erlebt hat. »Wir haben natürlich sofort geprüft, ob Bertold noch atmet, aber da war nichts mehr. Kein Wunder, der Schädel war ja auch …« Er bricht ab und schüttelt den ganzen Oberkörper, als könne er sich auf diese Weise von der Erinnerung befreien. Befremdet beobachtet der Hauptkommissar, wie zwei beachtliche Brüste unter dem dünnen Hemd hin und her schwingen. Als die Brüste leidlich zur Ruhe gekommen sind, redet Johann Liebig mit leiser Stimme weiter. »Sie fragen sich bestimmt, warum wir nicht gleich bei Ihnen angerufen haben.«

Bastian breitet beide Arme aus und hebt die Augenbrauen.

»Wir standen unter Schock, glaube ich. Wir haben einfach gar nichts gemacht, wir waren wie gelähmt und haben auf Bertold hinuntergestarrt, als würde er dadurch wieder lebendig werden. Und dann ist ziemlich bald Heiner aufgetaucht. Der ist irgendwie ruhiger geblieben und hat Sie informiert.«

Bastian nickt leicht, dann wendet er sich dem jungen Beamten an der Tür zu.

»Gehen Sie runter und holen Sie das Handy von Hübner.«

»Er ist hier?« Fast klingt die Stimme Johann Liebigs erschrocken.

»Erstaunt Sie das? Wir haben euch alle hier versammelt. Das Gebäude ist groß genug. Und wenn wir mit euch fertig sind, dann wissen wir auch, wer erst Ronald Specht und dann Bertold von Brüssow umgebracht hat«, verkündet Bastian in einem Tonfall, der ziemlich überzeugend all seine Zweifel verbirgt.

5. August, 14.15 Uhr, Flughafen Sylt, Westerland

Auf den ersten Blick wirkt der Sylter Flughafen verlassen. Zwar riecht es nach Kerosin und Motoröl, doch jedes Mal, wenn eine Bö vom Meer herüberweht, dominieren Salz und Schlick. Rollwege, Pisten und Wiesen liegen glänzend im Sonnenlicht, und die wenigen Maschinen, die seitlich des Hangars stehen, sehen tatsächlich wie große Brüder der Seevögel aus, deren Schreie die Luft erfüllen.

Im kühlen Dämmerlicht in der Ankunftshalle erklärt ein einsamer Mann hinter dem Schalter Sven Winterberg, dass der Flughafen über zwei Teile verfügt, eines für die großen Passagiermaschinen und eines für die Privatflugzeuge.

»Sylt ist ein beliebtes Ziel für Hobbypiloten, nicht nur für solche, die ein paar Tage auf der Insel verbringen wollen, sondern auch für die anderen, die sich im niedrigen Flug einfach nur die kuriose Form von nahem ansehen möchten. Gehen Sie nur da hinten durch, dann finden Sie schon von selbst zu den Privatmaschinen.«

Als Sven an der Rückseite des Abfertigungsgebäudes wieder ins Helle tritt, muss er sich erst an das Sonnenlicht gewöhnen. Während er noch in den Himmel blinzelt, erscheint ein gewaltiger Leib aus hellem Alu mit grellfarbigem Schriftzug am Horizont, nähert sich schnell, senkt sich herab und übertönt mit seinem Donnern alle Tierlaute. Die Maschine fliegt einen weiten Bogen über dem Watt und nimmt anschließend mit gesenkter Schnauze Kurs auf die Piste. Sekunden später beginnt die Luft zu vibrieren, die Maschine berührt den Boden und beginnt tösend ihr Bremsmanöver.

Während sie ausrollt, sieht sich Sven nach den Privatflugzeugen um. Sie stehen etwas abseits am Rand des Flugfeldes in einer Reihe und sehen höchst unterschiedlich aus. Manche sind so filigran und winzig, dass er sich kaum vorstellen kann, wie sie sich in der Luft behaupten wollen, andere wirken stabil und etwas schwerfällig, wieder andere schmal und sehr elegant.

Ein graugefllecktes Flugzeug mit rotem Schriftzug steht in bevorzugter Position vor einem Hangar. Es ähnelt einer stelzbeinigen Amphibie und hat nur einen einzigen Sitz, auf dem gerade der Pilot Platz nimmt, ein knochiger Mann mittleren Alters, der Funktionskleidung und dicke Kopfhörer über den Ohren trägt. Er verständigt sich kurz mit einem älteren korpulenten Mann, der in seinem Arbeitsoverall wie aufgepumpt aussieht und im Schatten des Hangars steht. Der Ältere hebt beide Daumen und nickt heftig mit dem Kopf, worauf der Pilot ein merkwürdig gewölbtes Glasdach über sich nach vorn zieht. Dabei muss er den Kopf einziehen, so eng ist es unter der Kante des Daches. Gleich nachdem der gläserne Schutz eingerastet ist, wirft der Pilot den Propeller an. Langsam und knatternd setzen sich die Rotorblätter in Bewegung.

Das Geräusch kommt Sven wenig vertrauenerweckend vor, es klingt unrund und scheint für Sekunden fast aussetzen zu wollen. Doch dann quillt ein Stoß weißen Rauchs aus zwei quadratischen Öffnungen, die links und rechts am Rumpf sitzen. Gleichzeitig nimmt der Propeller Fahrt auf, der Rauch löst sich in der Meeresluft auf, es kommt kein neuer nach. Mehrmals macht die Maschine einen kleinen Ruck nach vorn, bleibt aber sofort wieder stehen. Das Knattern des Propellers beginnt Sven zu irritieren, es will sich einfach nicht zu einem verlässlichen Rhythmus entwickeln. Besorgt blickt der Kommissar hinüber zu dem Mann im Overall, aber der lässt keine Anzeichen von Beunruhigung erkennen. Und tatsächlich beginnt das Flugzeug nach einer knappen Minute zu rollen, es entfernt sich behäbig und nimmt Kurs auf die Abflugpiste. Sven kann sich immer noch nicht vorstellen, dass sich diese Maschine tatsächlich in die Luft erheben wird. Neugierig blinzelt er ins Licht, ohne zu merken, dass der Mann im Overall sich nähert.

»Das ist was ganz besonders Feines. Eine Replika der legendären Focke-Wulf 190. Der Vogel ist nur halb so groß wie das Original, aber hochprofessionell gebaut.«

Als er die heisere Stimme in seinem Rücken hört, fährt Sven erschrocken zusammen. Der andere steht dicht hinter ihm und blickt der kleinen Maschine, die sich tatsächlich gerade vom Boden löst, aufmerksam hinterher. Seine Stimme klingt verträumt.

»Eigentlich ist das nur ein Spielzeug, aber es fliegt sich

wunderbar, ist steuerfolgsam und dabei völlig unkritisch. Klar, das Cockpit ist eher kuschelig, und weite Sprünge kannst du damit nicht machen, aber für den einfachen Kunstflug ist die Maschine optimal.«

»Ich wusste gar nicht, dass man so ein Ding überhaupt allein fliegen darf«, antwortet Sven zögernd. »Was ist, wenn es Probleme gibt?«

»Mit der doch nicht.« Der Dicke lacht. »Moin, moin, erst mal. Hannes Lüdersen. Ich bin hier der Platzwart.«

Sven ergreift die ausgestreckte Hand, schüttelt sie und stellt sich ebenfalls vor.

»Vonner Kriminalpolizei, na so was. Habt ihr jetzt Bammel, dass der Promi-Mörder euch durch die Luft abhaut?« Hannes Lüdersen hebt fragend die Augenbrauen.

Sven überlegt kurz, ob sein Gesprächspartner wohl schon von dem zweiten Mord erfahren haben kann, entscheidet sich dann aber, das Thema zu umgehen.

»Kontrollieren Sie denn jeden, der hier startet?«

»Na, kontrollieren ist vielleicht zu viel gesagt, aber registriert wird die Kennung schon. Wir wollen ja schließlich wissen, wo die Vögel bleiben, wenn sie erst mal in der Luft sind.«

»Halten die dann überhaupt Kontakt zu Ihnen?«

»Solange der Pilot den Transponder nicht abschaltet, erscheint seine Maschine mit der registrierten Kennung auf dem Radarschirm der Flugaufsicht in Bremen.«

»Kennung?«

»Das ist die Buchstaben- und Zahlenkombi auf dem Rumpf. Gewissermaßen das Nummernschild jedes Flugzeugs.«

»Verstehe.«

»Auf diese Weise behält die Flugaufsicht den Überblick.

Und falls sich der Pilot über Funk meldet, weil es Probleme gibt, kann man die Maschine gleich zuordnen.«

»Erinnern Sie sich an den Absturz des Malers Artur Faust?«, will Sven jetzt wissen. »Ich habe vorhin gerade den Bericht noch einmal gelesen. Und der Maler hatte sehr wohl seinen Transponder abgestellt.«

»Weiß ich doch«, gibt Hannes Lüdersen zurück. »Auch wenn ich mir bis heute nicht erklären kann, was das sollte.«

»Kannten Sie ihn?«

»Klar, den kannten wir hier alle. Der war immer zu einem Schnack aufgelegt. Und er hatte wirklich Ahnung. Das war nicht so einer wie diese ganzen Jungspunde, denen Papi den Flugschein bezahlt und die dann hinterher nur Blödsinn machen. Wenn's nach mir ginge, sollte man die alle gar nicht an die Steuerknüppel lassen.«

»Artur Faust hatte ja so ein ganz besonderes Flugzeug, irgendwas aus Tschechien, oder?«

»Slowakei«, korrigiert ihn Lüdersen. »Eine Zlin. Ist nach einer Ortschaft in der West-Slowakei benannt. Im Ostblock haben sie mit diesen Maschinen die Pestizide über die Felder gesprüht. Heute werden die nur noch von Freaks geflogen. Bei einem Gewicht von zweieinhalb Tonnen sind die Betriebsstundenkosten wahnsinnig hoch.«

»Also nur was für Leute, die nicht aufs Geld schauen müssen«, wirft Sven ein.

Hannes Lüdersen nickt versonnen. »Erstens das, und zweitens ist so eine Zlin nicht ohne. Man braucht Erfahrung – und den großen Flugschein. Die Kisten sind schwierig zu fliegende Rennpferde.«

»Hört sich nicht so an, als sei solch eine Maschine für Nachtflüge das Richtige, oder?«

»Wenn man sie beherrscht, spricht nichts dagegen. Außer der Lärmbelästigung natürlich. Eine Zlin ist locker dreimal so laut wie eine Cessna. Und den älteren Inselbewohnern ist der Schreck jedes Mal in alle Glieder gefahren, wenn Artur wieder seine Runden gedreht hat.«

»Warum das denn?«

Hannes Lüdersen lacht. »Der Sound ist der gleiche wie bei den britischen Flugzeugen, die im Zweiten Weltkrieg versucht haben, die Insel einzunehmen.«

»Na toll. Jetzt weiß ich endlich, was Anja und mich in diesen Vollmondnächten manchmal aus dem Schlaf gerissen hat«, murmelt Sven. »Ich habe gehört, Artur Faust war ein ziemlicher Draufgänger. Ist er eigentlich immer allein geflogen?«

»Meistens schon. Obwohl seine Maschine für zwei Personen gebaut war. Aber abgestürzt ist er ja wohl allein. Und ein Draufgänger? Tja, schwer zu sagen. Er war mutig, und er war neugierig. Aber er war auch erfahren. Ist mir ein Rätsel, wie das passieren konnte.«

»Was kostet so eine Maschine eigentlich?«, will Sven wissen.

»Kann man so nicht sagen. Das richtet sich nach Angebot und Nachfrage. Letztens hat mir jemand erzählt, er habe eine 30 Jahre alte Beech Musketier für 50 000 Euro gekauft. Die hatte nur 1600 Flugstunden auf dem Buckel und war eins A in Schuss. Noch nicht mal der Pilotensitz war durchgesessen.«

»Beech Musketier?«

»Ein Klassiker, so etwas wie der Mercedes der Lüfte. Liegt sauber in der Luft und wackelt nicht bei jedem Windstoß. Franz Josef Strauß ist so eine geflogen. Aber mehr als

200 Kilometer pro Stunde schaffen die auch nicht. Da ist jeder Porsche schneller.« Lüdersen deutet hinüber zu der gerade gelandeten Passagiermaschine. »Die großen machen locker 800.«

»Wenn ich mich recht erinnere, war Franz Josef Strauß aber nicht gerade berühmt für seine fliegerischen Fähigkeiten«, sagt Sven auffordernd. Er will den anderen am Reden halten, weil er hofft, doch noch etwas Interessantes zu erfahren.

Lüdersen lacht. »Nee, berühmt war der für was anderes. Beim Fliegen eher nachlässig, nach allem, was ich gehört habe. Der soll schon mal mit halbleerem Tank losgeflogen sein und auch gelegentlich die normale Flughöhe verlassen haben und sich an Ortsschildern und Bahnlinien orientiert haben.«

»Das hätten Sie Artur Faust aber nicht zugetraut, oder?«

»Niemals.« Lüdersens Stimme klingt entschieden. »Der wusste, was er tat. Jedenfalls bis zu dieser Unglücksnacht.« Der Platzwart kratzt sich hinter dem Ohr und denkt einen Moment nach. »Wissen Sie eigentlich, dass jemand den Absturz beobachtet hat?«

»Nein!« Sven Winterberg hat das Gefühl, dass plötzlich pures Adrenalin durch seinen Körper schießt. »Wir haben die ganze Sache doch ausführlich untersucht. Warum hat der sich nicht gemeldet?«

»War ihm wahrscheinlich zu anstrengend. Opa Menken ist nicht mehr der Jüngste. Und manchmal sieht er auch Spöken, dem hättet ihr wahrscheinlich sowieso nicht geglaubt.«

»Trotzdem würde ich gern mit ihm reden.«

»Na ja, vielleicht freut er sich über ein wenig Abwechslung«, antwortet Hannes Lüdersen zögernd. »Vielleicht auch nicht, das merken Sie dann aber schon. Ich kann Ihnen ja mal die Adresse geben.«

5. August, 14.31 Uhr, Kriminalkommissariat Westerland

»Fallschirmseide«, sagt Leo Blum lakonisch, als er das Büro Bastian Kreuzers betritt. In der Hand schwenkt er den orangefarbenen Fetzen, der immer noch in seiner Plastiktüte steckt.

»Wie, Fallschirmseide? Ich denke, Artur Faust hat gar keinen Fallschirm getragen. Das war doch eines der Rätsel an der ganzen Geschichte. Ein erfahrener Pilot steigt nachts von einem Grasplatz auf, stellt dieses komische Gerät nicht ein, das ihn auf dem Radarschirm der Flugaufsicht erkennbar macht, und verzichtet darauf, sich einen Fallschirm umzuschnallen.«

Leo Blum zuckt die Achseln. »Kann ja alles sein. Vielleicht bastelt dieser Seebrück heimlich Puppenkleider aus dem Zeug, oder er hat nach Austern gesucht, die wachsen nämlich hier auch wild am Watt, aber das wissen nur wenige Einheimische.«

»Austern, sehr komisch. Und dabei hat er dann rein zufällig einen Schnipsel Fallschirmseide aus dem Schlick gezogen, mit nach Hause genommen und in seine Mülltonne geworfen? Nee du, das kannst du deiner Großmutter erzählen.«

»Die ist schon lange tot, und wäre sie es nicht, hätte sie's auch nicht geglaubt«, antwortet Leo Blum. Nachdenklich dreht er seinen langen Nackenzopf um die rechte Hand. »Wirklich helfen würde es, wenn wir herausfinden könnten, ob auf dem Grasplatz, von dem der Maler gestartet ist, ein Fallschirm fehlt. Falls ja, wären natürlich Fabrikat und Farbe interessant, damit wir es mit dem Schnipsel hier abgleichen können.«

Bastian nickt und macht sich eine Notiz. »Das gebe ich gleich an Sven weiter, der ist ohnehin auf dem Flugplatz unterwegs. Allerdings könnte der Fetzen auch vom Segel eines Kitesurfers stammen. Schließlich hat die Untersuchungsstelle für Flugunfälle nach dem Absturz extra jemanden aus Braunschweig geschickt. Der hätte den Fallschirm doch bestimmt gefunden. Das ist ja nicht gerade eine Tarnfarbe.«

Ein Klopfen an der Tür unterbricht Bastians Überlegungen.

»Da kommt mein nächster Kandidat. Fred Hübner, der Journalist. Hat sich am Grab rumgetrieben. Aber du warst ja bei der Festnahme dabei.«

»Ich hab's jedenfalls beobachtet. Waren ganz schön grob, die Kollegen.«

»Das hält der schon aus. Wir sind schließlich nicht im Mädchenpensionat.«

»Ich an seiner Stelle wäre stinkwütend«, gibt Blum zurück.

»Ist er bestimmt auch. Willst du hierbleiben? Vielleicht kann er noch was zu dem Seidenfetzen sagen.«

»Okay. Ich darf doch, oder?«

Leo Blum macht es sich hinter Siljas Schreibtisch bequem. Bastian kann gar nicht hinsehen. Sofort schiebt sich Siljas Gesicht davor. Nicht das freundliche, zugewandte und interessierte, das sie gewöhnlich zeigt, sondern der Gesichtsausdruck, der ihren Abgang begleitet hat. Kalt und abweisend, gekränkt und wütend. Ob sie wohl gerade zu Hause ist? Weint sie? Tobt sie? Oder sinnt sie auf Rache?

Es klopft noch einmal.

Bastian richtet sich auf und denkt an Svens Worte. Erst der Fall, dann die Liebe. »Herein«, ruft der Kommissar energisch und tippt gleichzeitig die kurze Recherche-Bitte an Sven in sein Handy.

Die Tür öffnet sich, und der junge Kollege von der Streifenpolizei schiebt Fred Hübner in den Raum. Der Journalist scheut wie ein bockiger Esel. Erstaunt blickt Bastian Kreuzer von seinem Handy auf. Hübners Gesicht weist einen Bluterguss unterhalb des Jochbeins auf, und an den Handgelenken sitzen Schürfwunden. Dem Hauptkommissar schwant, dass es die Kollegen vielleicht diesmal übertrieben haben könnten. Seine Stimme klingt freundlicher als geplant.

»Setzen Sie sich doch.«

»Sie könnten mich auch gleich zu Boden werfen lassen«, gibt Hübner beleidigt zurück.

»Jetzt beruhigen Sie sich erst mal.«

Hübner sinkt in den Besucherstuhl und betrachtet kurz seine Handgelenke, dann hebt er anklagend den Blick.

»Ich entschuldige mich dafür«, sagt Bastian Kreuzer leise. »Vielleicht haben die Kollegen überreagiert. Aber vielleicht haben Sie es diesmal auch selbst übertrieben. Was wollten Sie auf dem Friedhof?«

»Ich bin Journalist, schon vergessen? Und während ich neben der Villa des Malers Artur Faust einen gemütlichen Plausch mit Ihren beiden Kollegen hatte, erfuhren die von dem zweiten Mord. Was hätten Sie denn an meiner Stelle getan? Sich zum Sonnen auf die Wiese gelegt?«

»Sie hätten sich bei den Kollegen am Friedhofstor anmelden müssen.«

»Schon klar. Die hätten mir sicher sofort eine Gratisführung zum Tatort angeboten.«

»Wie sind Sie überhaupt auf den Friedhof gekommen? Die Kollegen hatten doch den Eingang gesichert.«

Fred Hübner seufzt. Er wirkt, als erkläre er einem besonders begriffsstutzigen Gymnasiasten das Einmaleins.

»Hinten ist noch ein Tor. Da stand niemand, fragt mich nicht, warum. Ich habe also gegen keine Regel verstoßen und mich auch nicht strafbar gemacht.«

»Und ich habe mich entschuldigt.«

Bastian Kreuzer holt tief Luft, was ihm einen erstaunten Blick Hübners einträgt, den er lächelnd quittiert. Aber die nächsten Worte fallen dem Hauptkommissar trotzdem nicht leicht. »Herr Hübner, wir brauchen Sie.«

»Ach.«

Bastian wendet sich an Leo Blum, der bisher das Gespräch schweigend verfolgt hat. »Erklär du es ihm.«

Der Spurensuch-Experte macht nicht viele Worte, sondern schwenkt noch einmal den Beutel mit der Fallschirmseide durch die Luft.

»Wo genau haben Sie das gefunden?«

»Im Müll. Die Tonne stand hinter der Villa mitten auf der Terrasse. Etwas ungewöhnlicher Stellplatz, wenn Sie mich fragen.«

»Was war noch in der Tonne?«

»Sehen Sie doch selbst nach«, antwortet Hübner bockig.

»Bitte«, mischt sich Bastian ein. »Es sind zwei Menschen innerhalb von zehn Stunden umgebracht worden. Wir haben jetzt keine Zeit für Spielchen.«

Hübner verdreht die Augen. »Also gut. Schlick war drin. Jede Menge ordinärer Schlick. Er war noch nicht ganz durchgetrocknet, das bedeutet bei den momentanen tropischen Temperaturen mit ziemlicher Sicherheit, dass er erst vor ein, höchstens zwei Tagen in die Tonne geworfen worden sein kann.«

»Von Florian Seebrück, nehme ich an«, sagt Bastian finster.

Fred Hübner zuckt die Schultern.

»Ich war's nicht. Und sonst wohnt da ja niemand.«

»Andere Frage: Wissen Sie zufällig, ob Bertold von Brüssow noch bei Seebrück war, als Sie da rumgeschlichen sind?«

»Keine Ahnung.«

Fred Hübner sieht mit leerem Blick in die Luft.

Bastian seufzt. Er bezweifelt, dass dies die ganze Wahrheit ist, will aber nicht weiterbohren. Dass von Brüssow dort war und einen ziemlich nervösen Eindruck machte, weiß er ohnehin. Was also soll Fred Hübner von außen noch mehr beobachtet haben? Höchstens …

»Haben Sie vielleicht mitbekommen, ob Bertold von Brüssow irgendwann das Haus verlassen hat, vielleicht sogar mit dem Architekten zusammen?«

Wieder schüttelt Hübner den Kopf.

»Danke, sehr hilfreich. Und wann genau ist Seebrück zu dem Freundestreffen am Grab des Malers aufgebrochen?«

»Was weiß ich. Halb zwölf? Ich hab nicht auf die Uhr gesehen. Und bis eben wusste ich auch nicht, dass sich die vier Freunde dort treffen wollten.« Seine Stimme kann den Triumph darüber, dass der Kommissar diese Information preisgegeben hat, nicht verbergen.

Bastian Kreuzer ignoriert Hübners Worte und zieht stattdessen das Handy des Journalisten, das die Kollegen ihm bei der Verhaftung abgenommen haben, unter einem Stapel Papier hervor.

»Wir haben uns erlaubt, Ihre an- und abgehenden Anrufe zu prüfen …«

»Tatsächlich. Und, sind Sie auf die große Weltverschwörung gestoßen?«

»Das nicht. Aber Ihr SMS-Wechsel mit Judith Lissen ist sehr interessant.«

»Wenn man auf Stalking steht …«

»Das Interesse ist rein beruflich«, beeilt sich Bastian Kreuzer zu versichern und erreicht damit natürlich genau das Gegenteil des Beabsichtigten. Nicht nur Fred Hübner sieht ihn überrascht an. Auch Leo Blum runzelt verwirrt die Stirn. Verärgert raunzt Bastian den Journalisten an: »Sieht ziemlich konspirativ aus, Ihr plötzlicher Kontakt zu der Galeriemitarbeiterin. Gibt es da etwas, das wir wissen sollten?«

»Flirttechnisch meinen Sie?«, erkundigt sich Fred Hübner mit vorgetäuschtem Ernst. Er kann nicht ahnen, dass er mit dieser Bemerkung voll ins Schwarze trifft. Trotzdem ist der Hauptkommissar plötzlich beunruhigt. Unwillkürlich hebt sich seine Stimme. »Außerdem konnten wir sehen, dass Johann Liebig versucht hat, Sie anzurufen. Das sind für meinen Geschmack ein paar Zufälle zu viel.«

»Für *meinen* Geschmack ist diese Verhaftung auch ein Zufall zu viel«, pariert Hübner prompt. »Lassen Sie mich gehen, und ich werde sehen, wie ich Sie unterstützen kann. Andernfalls …«

»… beschweren Sie sich, schon klar. Jetzt krieg ich aber Angst«, blafft Kreuzer und steht auf. »In Ordnung, Herr

Hübner, Sie können gehen. Aber ich warne Sie: Wenn Sie uns noch einmal in die Quere kommen, sind Sie dran.«

»Keine Sorge. Ich geh ins Sanatorium und lass mich erst mal gesundpflegen. Und anschließend reise ich nach Bali, da wollte ich schon immer mal hin. Und, ob Sie es glauben oder nicht, die schnucklige Assistentin des toten Galeristen nehme ich vielleicht sogar mit.«

»Raus«, schnauzt Bastian und alle Anwesenden merken, dass seine Wut erheblich größer ist, als es aufgrund der flapsigen Bemerkung Fred Hübners nötig gewesen wäre.

Sonntag, 5. August, 14.35 Uhr, *Gogärtchen*, Kampen

»Vielen Dank, dass Sie so spontan zu einem Treffen bereit waren«, beginnt Silja Blanck die Unterhaltung mit dem renommierten Kunstkritiker Alwin Schneider.

»Für schöne Frauen tue ich alles«, säuselt Schneider und mustert dabei ungeniert eine gutgebaute Blondine, die gerade mit ihrem Freund über die Whiskymeile schlendert.

Silja lässt ihren Blick über die sorgfältig geföhnte Haartolle des Kritikers gleiten, die sichtlich gefärbt und an den Schläfen schon ziemlich ausgedünnt ist, und verkneift sich ein Lächeln. Viel zu junge Frauen, das ist branchenbekannt, sind seit jeher Schneiders Leidenschaft. Und dafür ist der Logenplatz, den sie im Vorgarten der bekannten Kampener Bar haben, genau richtig. Etwas blickgeschützt von den Heckenrosen, die den Garten umgeben, können sie trotzdem die Geschehnisse auf der Straße gut beobachten. Besser gesagt, Schneider kann das tun, denn er hatte bereits mit dem Rücken zum Haus Platz genommen, als Silja das *Gogärtchen* erreichte. Da die Kommissarin den ganzen Weg von Westerland bis nach Kampen am Strand zu Fuß zurückgelegt hat, ist sie jetzt erschöpft und hungrig. Als sie allerdings die Preise auf der Karte des *Gogärtchens* sieht, beschließt sie, einen spontanen Fastentag einzulegen. Angeblich hat ja jede Coca Cola auch schon fast die Kalorien eines durchschnittlichen Mittagessens. Als Silja ihre Bestellung aufgibt, nickt der Kellner ein wenig abfällig, doch als Schneider gleich darauf einen Aperol Spritz und eine Vorspeisenplatte bestellt, wird seine Miene gnädiger.

»Sie haben keinen Hunger?«, will Schneider wissen und tätschelt dabei seinen Kugelbauch, der sich deutlich unter dem Designer-T-Shirt abzeichnet.

»Ach wissen Sie, ich habe in der letzten Nacht fast nicht geschlafen, und die Aufregung wegen des Mordes an Ronald Specht ist mir etwas auf den Magen geschlagen«, entschuldigt sich Silja.

»Ganz furchtbar, diese Geschichte«, sekundiert Schneider und schlägt die Augen nieder, vielleicht um das sensationsgierige Flackern darin vor der Kommissarin zu verbergen. »Ich stehe Ihnen selbstverständlich mit all meinen Kompetenzen zur Verfügung – auch wenn ich wirklich nicht weiß, wie ich helfen könnte.«

»Das ist relativ einfach.« Silja beugt sich weit über den Tisch und sieht dem Kritiker eindringlich in die Augen. »Ich muss Sie dazu allerdings in einige Ermittlungsinterna einweihen, die aber bitte unter uns bleiben.«

»Selbstredend«, antwortet Schneider begeistert.

»Dass Ronald Specht direkt nach der Vernissage vor seiner Galerie erschlagen worden ist, wissen Sie wahrscheinlich?«

Schneider nickt und leckt sich über die Lippen, als seien die zu erwartenden Einzelheiten die Zutaten eines exquisiten Mahls.

»Was wir nicht an die Öffentlichkeit gegeben haben, ist Folgendes: Eines der vier Exponate aus dem Elemente-Zyklus war die Tatwaffe.«

»Man hat Ronald mit dem Bild erschlagen?« Schneiders Stimme zittert vor Aufregung.

»Ganz genau. Und das ist noch nicht alles. Der Mörder hat auch eine Botschaft auf dem Bild hinterlassen. In blutigen Buchstaben. Die Worte verweisen auf den Zyklus und kündigen außerdem weitere Taten an.«

»Nein!«

»Doch. Es sieht ganz so aus, als würde jemand nach dem Muster der vier Elemente töten. Der Mord an Specht wurde mit dem Wasser-Bild verübt, und heute Mittag, das bleibt jetzt aber bitte unter uns, ist auf dem Keitumer Friedhof einer der vier Sammler getötet worden.«

»Lassen Sie mich ein wenig assoziieren«, fällt ihr der Kritiker ins Wort, wobei er seiner Begeisterung freien Lauf lässt. Seine Augen strahlen, er lehnt sich zurück und wirft den Kopf in den Nacken wie ein übermütiger Teenager. »Friedhof … Tod … Ewigkeit … Vergänglichkeit … Asche.« Jedes einzelne Wort lässt sich Schneider auf der Zunge zergehen, als handle es sich um eine kulinarische Delikatesse. Doch plötzlich schnellt sein ganzer Körper nach vorn. »Asche! Genau! Das wird es sein. Asche zu Asche, Staub zu Staub, Erde zu Erde.« Er schlägt mit seiner auffallend kleinen Hand auf den Gartentisch, so dass die Gläser, die der Kellner eben gebracht hat, bedrohlich ins Wanken geraten. »Erde ist das Thema des zweiten Mordes. Und das Opfer kann dann ja nur Bertold von Brüssow sein.«

»Leider haben Sie recht«, seufzt Silja und nimmt einen großen Schluck von ihrer Cola.

»Wie tragisch! Wissen Sie, dass er selbst einmal Malerei studiert hat?«

Silja nickt.

»Und auch wenn aus ihm kein Künstler geworden ist, so hat er zumindest bei der Auswahl der Elemente-Bilder den besten Blick bewiesen.«

»Wie meinen Sie das?«

»Nun, auch Ihnen wird nicht entgangen sein, dass die vier Exponate von höchst unterschiedlicher Qualität sind. Sie waren doch auf der Vernissage, oder täusche ich mich?«

»Nein, ganz und gar nicht. Ich bin mit der Assistentin des Galeristen befreundet.«

»Ja, ich erinnere mich dunkel. Eine recht attraktive junge Dame, nicht wahr? Unglücklicherweise ist mir der Name entfallen«, antwortet der Kritiker kokett.

»Judith Lissen«, hilft ihm Silja widerwillig, bemüht sich aber sofort, zum eigentlichen Thema zurückzukommen. »Könnten Sie mir das mit der unterschiedlichen Qualität vielleicht genauer erklären?«

»Aber gern.« Alwin Schneider richtet sich auf und faltet die Hände vor sich auf der Tischplatte, als läute sein Bericht eine sakrale Handlung ein. »Wie Sie vielleicht wissen, hat jeder Maler einen bestimmten Stil. Auch Artur Faust hatte ihn, wobei er erstaunlich offen für unterschiedliche Einflüsse war. Klar ist auch, dass das Schaffen eines Zyklus zum Thema *Elemente* natürlich Varianten erfordert. Das Erd-Bild, von dem ich eben sprach, erinnert in Teilen an die Frottage-Technik Max Ernsts und in anderen Teilen an die Margarethe-Shulamith-Formate Anselm Kiefers. Verstehen Sie mich nicht falsch, das Faust'sche Erd-Bild ist eigenständig und von hoher künstlerischer Dichte und Qualität. Es ist in keiner Weise epigonal, es verweist nur, kopiert aber nicht.«

»Und für die anderen Bilder gilt das nicht?«

»Ich bitte Sie.« Alwin Schneider lacht kurz auf und streicht sich dann die Tolle zurück. »Jeder Laie muss die unglaublichen qualitativen Unterschiede bemerken. Das Feuer-Bild geht ja noch. Es ist ein wenig uninspiriert und hat, wenn Sie so wollen, keinerlei Metaebene.«

»Sie meinen, es ist, was es darstellt, und nicht mehr.«

»Genau. Keine Anspielung auf zeitgenössische Werke, keine formalen Zitate. Nur Flammen und Glut. Wie ein Foto. Für eine Hommage an den Fotorealismus aber nicht präzise genug gestaltet.« Alwin Schneider nickt kurz, als wolle er seine Analyse absegnen, dann greift er zum Weinglas und trinkt es halb leer. Mit einer energischen Gebärde stellt der Kritiker das Glas zurück auf den Tisch. »Was ich damit sagen will, ist Folgendes: Ein engagierter und informierter Maler hätte eine Botschaft eingebaut – und sei es nur eine Anspielung. Es böten sich da viele Dinge an. Denken Sie etwa an die Aktion Gerhard Richters wenige Jahre nach seiner Flucht aus der DDR.«

»Sie meinen das Feuer im Hof der Düsseldorfer Kunstakademie, als er die Bilder seiner ersten Jahre im Westen verbrannt hat?«, fragt Silja.

»Oha, Sie kennen sich aus.« Zum ersten Mal seit Beginn des Gesprächs hat Silja das Gefühl, dass Alwin Scheider sie wirklich ansieht.

Die Kommissarin lächelt leicht und erklärt knapp: »Ich interessiere mich ein wenig für Kunstgeschichte.«

»Sehr lobenswert«, nickt Schneider. »Dann ist Ihnen ja wahrscheinlich klar, was von den restlichen beiden Exponaten der Vernissage zu halten ist.«

»Nichts?«, versucht es Silja.

»Ganz recht. Das ist – ganz unter uns gesagt – einfach Schrott. Wertlos, stümperhaft, geradezu abstoßend schlecht. Eines so großen Malers, wie es Artur Faust war, absolut unwürdig.«

»Aber die Bilder sind signiert, also kann er ja nicht die Absicht gehabt haben, sie zu vernichten.«

»Tja, hier wird es in der Tat interessant.« Wieder leckt sich Alwin Schneider die Lippen. Er ist jetzt vollständig auf das Thema konzentriert und hat keinen Blick mehr für das Geschehen auf der Whiskymeile. »Warum hat Artur Faust etwas so Schlechtes erst geschaffen und dann auch noch mit seinem legendären Daumenabdruck autorisiert? Die Frage klingt vielleicht, als könne man sie gar nicht beantworten, denn den Maler kann man ja leider nicht mehr fragen. Aber ich habe trotzdem eine Antwort parat, und wahrscheinlich trifft sie ziemlich genau ins Herz der Dinge.« Der Kritiker nickt selbstgefällig und redet leise weiter. Es wirkt, als lasse er Silja an einem kostbaren Geheimnis teilhaben. »Diese vier Freunde Fausts sind recht unterschiedlich. Nach außen haben sie sich immer als eingeschworene Gemeinschaft gegeben, aber wie jeder phantasiebegabte Mensch sich vorstellen kann, kann das im Inner-Circle ganz anders gewesen sein. Meine These ist, dass Artur Faust seine Wertschätzung für jeden der Freunde einfach in der Ausführung des Bildes gespiegelt hat, das er speziell für diesen Freund geschaffen hat.«

»Also für die guten Freunde die guten Bilder und für die verachteten die schlechten? Das muss den Freunden doch aufgefallen sein.«

»Wohl kaum. Unterschätzen Sie nicht die menschliche Eitelkeit. Für solche Fälle sind wir alle mit hochwirksamen Schutzreflexen ausgestattet.« Alwin Schneider lacht leise. »Aber glauben Sie mir, Faust konnte zuweilen recht hinterhältig sein. Er muss gewusst haben, dass spätestens nach seinem Tod, wenn die Bilder an die Öffentlichkeit kommen, sie seine Abneigungen und Vorlieben herausposaunen würden und damit automatisch der Nachwelt die Wahrheit über seinen Freundeskreis erzählen.«

»Das hieße dann, dass Faust den Jugendfreund Bertold von Brüssow und den Kunstmäzen Heiner Schwartz erheblich mehr geschätzt hat als seinen Autohändler und den Architekten seiner Villa«, überlegt Silja. »Klingt überzeugend, oder sagen wir mal: nachvollziehbar. Aber ist das auch das Motiv für einen Mord? Und was hat der Galerist mit der ganzen Sache zu tun? Soweit wir wissen, kannte Artur Faust ihn kaum oder gar nicht.«

»Tja, Frau Kommissarin, da kann ich Ihnen auch nicht weiterhelfen.«

Alwin Schneider wendet sich ab und blickt dem Kellner entgegen, der sich gerade mit der Vorspeisenplatte nähert. Erwartungsvoll greift er nach Messer und Gabel. Gleichzeitig lassen sich am Nachbartisch zwei blutjunge Mädchen nieder, die schon mittags mörderisch hohe Sandalen tragen und auch sonst nicht mit ihren Reizen geizen. Schneider zwinkert zu den beiden hinüber und fragt Silja Blanck Sekunden später leise: »War's das, oder kann ich noch weiter behilflich sein?«

»Nein, nein, ich wollte ohnehin aufbrechen. Vielen Dank noch mal.«

Silja Blanck legt die sechs Euro für die Cola abgezählt auf den Tisch und geht an der verwaisten Bar vorbei in Richtung Ausgang. Als sie den Strönwai erreicht hat, sieht sie, dass der Kritiker bereits in ein intensives Flirtgespräch mit den beiden Beautys vom Nebentisch verwickelt ist. Die Gedanken, die ihr plötzlich durch den Kopf schießen, will sie nicht denken. Wirklich nicht. Und vor allem: nicht jetzt. Doch sie kann sich nicht dagegen wehren. Diese Gedanken sind deprimierend und peinlich, aber sie sind da.

Selbst ich bin schon zu alt für diesen Lüstling. Ich dachte immer, ich bin attraktiv, aber ich bin es nicht mehr. Ich bin zu alt. Sogar Bastian sucht sich eine jüngere Frau. Meine Freundin, Judith Lissen. Die Frau, mit der ich so viele Geheimnisse geteilt habe wie schon lange nicht mehr mit einem Menschen. Außer Bastian natürlich.

Und jetzt werden die beiden vielleicht ein Paar. Wenn ihnen langweilig ist, können sie sich ja über mich unterhalten. Über meine Geheimnisse zum Beispiel.

Silja versucht sich zusammenzureißen, sie versucht sich auf den Fall zu konzentrieren, den sie seit einer Stunde insgeheim den *Fall Faust* nennt. Denn sie ist mehr und mehr davon überzeugt, dass alles bereits mit dem Tod des Malers begonnen hat. Und dazu passt schließlich auch die Aussage des Kritikers. *Meine These ist, dass Artur Faust seine Wertschätzung für jeden der Freunde einfach in der Ausführung des Bildes gespiegelt hat, das er speziell für diesen Freund geschaffen hat.* Möglicherweise hat einer der beiden bloßgestellten Freunde die Absicht des Malers zu früh erraten. Damit hätten sowohl Johann Liebig als auch Florian Seebrück ein Tatmotiv. Könnte es vielleicht sein, dass einer von ihnen das Flugzeug sabotiert hat, mit dem der Maler abgestürzt ist? Und was muss man über Flugzeuge wissen, um sie überhaupt sabotieren zu können? Und wo lernt man das? Hat einer der beiden vielleicht sogar einen Flugschein? Und warum haben Bastian, Sven und sie selbst das nicht schon längst geprüft?

Silja weiß genau, sie sollte jetzt ihr Schmollen aufgeben, sofort zurück aufs Kommissariat fahren und sich dort dringend mit den beiden Kollegen beraten. Sie sollte Bastian Kreuzer, diesem treulosen Macho, ins Gesicht sehen, sie sollte ihn durch ihre Coolness und ihre Klugheit beschämen, sie sollte …

Silja schluckt. Die Tränen stehen schon dicht an dicht in ihren Wimpern, lassen sich längst nicht mehr wegblinzeln und laufen jetzt in zwei feuchtkühlen Rinnsalen über ihre Wangen. Zum Glück ist es bei diesem Wetter und um diese Zeit im Zentrum von Kampen ziemlich leer. Nur eine blonde Dame unbestimmbaren Alters, die in ein gelangweiltes Gespräch mit ihrer püppchenhaft wirkenden Teenager-Tochter vertieft ist, kreuzt Siljas Weg. Doch beide haben nur Blicke für die Auslagen der Nobelgeschäfte in den niedrigen Reetdachhäusern. Kaschmirschals bei Iris von Arnim, überteuerte Uhren bei Joop. Ruckartig dreht sich Silja um. Sie muss hier weg, weit weg, und das sofort. Sie muss jetzt allein sein, allein mit ihrer Wut, ihrer Enttäuschung und ihrer Scham.

Denn das ist das irritierendste Gefühl von allen: Scham.

Bastian hat sich von ihr abgewandt, weil er eine andere Frau attraktiver fand – und sie schämt sich dafür.

Tränenblind stolpert Silja über die große Kreuzung in der Ortsmitte von Kampen. Ein Wagen hupt, Bremsen quietschen. Silja hebt den Kopf und blinzelt gegen die Sonne. Ein massiger Männerkopf lehnt sich aus einem Autofenster, eine tiefe Stimme schimpft: »Geht's noch, Mädel. Bring dich gefälligst woanders um, aber nicht hier mitten auf der Straße.«

Silja zeigt dem Typen den Stinkefinger und taumelt weiter.

Sonntag, 5. August, 14.41 Uhr, Haus *Wattblick*, Munkmarsch

Schon wieder schreien die Kinder. Sie scheinen sich durch die ganze Diele zu jagen und dabei ein durchdringendes Indianergeheul auszustoßen. Unwillig richtet Klaas Menken sich in seinem Sessel auf und sieht sich suchend um. Eben war doch noch eine junge blonde Frau mit ihm in diesem Zimmer. Eine Frau, die seiner so früh verstorbenen Schwester ziemlich ähnlich sah. Sie stand ganz dicht neben seinem Lehnstuhl und hat ihn sanft gestreichelt. Das Kindergeschrei muss sie verscheucht haben.

»Mistblagen«, flucht Menken leise und versucht, die Frau zurückzurufen, ihre Gestalt wieder heraufzubeschwören. Doch vergeblich.

Die Bälger aus der Ferienwohnung unter ihm haben alles zunichtegemacht. Jetzt kann es wieder Tage dauern, bis die Schwester sich erneut blicken lässt. Natürlich kommt sie nur in seinen Träumen, das weiß Klaas Menken genau. Er ist längst noch nicht so senil, wie seine Tochter und die Pflegerin ihn glauben machen möchten. Und er geht auch nicht ins Heim. Auf gar keinen Fall, da können sie sich auf den Kopf stellen.

Klaas Menken tastet nach dem Krückstock aus knotigem Holz, der hier irgendwo neben der Lehne sein muss. Dann lässt er die metallbeschlagene Spitze mehrmals kräftig auf den Boden knallen. Das werden sie dort unten doch wohl hören. Empört sieht Menken auf die Uhr. Es ist noch nicht mal drei, also Mittagszeit. Was bringen diese Eltern ihren Blagen heutzutage überhaupt bei? Ein ordentliches Benehmen ja wohl nicht.

Als jetzt auch noch die Türglocke geht, spürt Menken, wie sich sein Puls beschleunigt. Wenn die von unten sich beschweren wollen, weil er mit dem Krückstock Radau macht, dann sollen sie nur kommen. Er wird ihnen schon was erzählen.

Stöhnend drückt sich Menken aus seinem Lehnstuhl hoch. Er hat's im Kreuz, und das nicht zu knapp. Auch das Gehen ging schon mal besser. Aber seine Stimme ist immer noch kräftig, und die sollen die Leute von unten jetzt zu hören bekommen. Fluchend reißt er die Wohnungstür auf.

Doch draußen stehen weder der kurzgeschorene stiernackige Vater der unerzogenen Blagen noch seine viel zu blonde Frau. Stattdessen hält ihm ein schmaler Mann in Jeans und T-Shirt einen Dienstausweis unter die Nase. Sven Winterberg, Oberkommissar, Kriminalpolizei Westerland, liest Menken, ohne ein einziges Mal zu blinzeln. Wenn sein ganzer Körper noch so fit wäre wie seine Augen, dann müsste er nicht Woche für Woche und Monat für Monat tatenlos in seinem Lehnstuhl am Fenster verbringen. Dann könnte er wie früher im Garten graben oder auch mal den baufälligen Schuppen hinten auf dem Grundstück erneuern.

»Kann ich reinkommen?«, unterbricht der Mann vor der Tür Menkens Gedanken.

»Werd ich Ihnen ja wohl kaum verwehren können, oder?«

Menken dreht sich um und geht voraus durch das unaufgeräumte Zimmer zurück zum Lehnstuhl, dabei brummt er: »In der Küche ist noch ein Klapphocker, den können Sie sich meinetwegen holen.« Noch ist er nicht sicher, ob er neugierig oder verärgert sein soll.

»Danke, ich stehe lieber.«

Der Kriminalkommissar lehnt sich an die Heizung unter der Fenstergaube und verdeckt die ganze Aussicht. Seine Gestalt hebt sich wie ein Schattenriss vom hellen Sommerhimmel ab. Sein Gesicht liegt im Dunkeln. Aber Menken tut so, als störe ihn das nicht. Vor allem hütet er sich, ins Gegenlicht zu blinzeln.

»Sie hätten sich anmelden können.«

»Es war dringend. Ich bin froh, dass ich Sie gleich angetroffen habe.«

»Sehe ich so aus, als könnte ich noch weite Sprünge machen?«

Der Kommissar lacht kurz. »Genau deshalb bin ich hier. Ich komme direkt vom Flughafen, Hannes Lüdersen hat mich zu Ihnen geschickt.«

»Hannes, soso. Ist verdammt lang her, dass ich ihn gesehen habe.«

»Er sagt, Sie beobachten häufig das Watt. Auch in den Nächten.«

»Ich schlaf nicht mehr viel. Und wenn, dann meistens hier im Sessel. Im Sitzen ist es mit dem Kreuz besser als im Liegen.« Klaas Menken macht eine Pause und blinzelt jetzt doch ins Licht. »Passiert aber nichts Interessantes da draußen. Nur Tag und Nacht, Ebbe und Flut, Sonne und Regen.«

»Und ein Flugzeugabsturz.«

Menken nickt. Es geht also nicht um seine Schwester, die da draußen manchmal vorbeireitet, und der Polizist ist nicht hier, um seinen Geisteszustand zu überprüfen. Erleichtert murmelt der alte Mann: »Ist aber auch schon eine Weile her.«

»Sie haben den Absturz gesehen?«

»Jo. Von Anfang bis Ende. Die Augen tun's noch.«

Plötzlich kommt Bewegung in den Kommissar. Erst tritt er zur Seite, stellt sich neben Menkens Sessel und blickt aufmerksam durchs Fenster, dann geht er wieder zurück, öffnet das Fenster und beugt sich weit hinaus.

»Sie übersehen von hier aus tatsächlich das ganze Watt zwischen Kampen und Morsum-Kliff.«

»Jo. Wenn das Eisboot noch fahren würde, hätte ich den besten Blick drauf.«

»Aber die sind doch immer von Morsum gestartet. Das ist ganz schön weit weg.«

Menken schüttelt starrsinnig den Kopf. Er erinnert sich deutlich daran, wie es früher war, als er mit den beiden Brüdern dieses Zimmer hier geteilt hat. Damals gab es den Hindenburgdamm noch nicht, und in harten Wintern kam der reguläre Schiffsverkehr zum Erliegen. Dann brachen regelmäßig einmal in der Woche ein paar kräftige Burschen aus Morsum auf, um mit dem Eisboot zum Festland zu kommen. Medikamente holen und Post befördern. Manchmal konnten sie rudern, immer um die Eisschollen herum, manchmal mussten sie aber auch aussteigen und das Boot über die feste Eisschicht ziehen. Mag sein, dass er und die Brüder damals nur einen schwarzen Fleck auf dem Eis ausmachen konnten, aber das muss er dem vorlauten Kommissar ja nicht auf die Nase binden.

»Und soweit ich weiß, ist das letzte Eisboot 1923 gefahren. Da müssen Sie aber noch sehr klein gewesen sein.«

»Reden Sie mir nichts ein. Ich weiß doch, was ich gesehen habe«, beharrt der alte Mann.

Der Kommissar winkt ab.

»Egal. Erzählen Sie mir von der Nacht, in der das Flugzeug abstürzte. Mich interessiert alles, woran Sie sich erinnern können. Auch Nebensächlichkeiten können hilfreich sein.«

»Warum wollen Sie das plötzlich wissen? Bisher hat mich auch niemand gefragt.«

»Ganz einfach: Wir wussten nichts von Ihnen, sonst wären wir sicher schon früher gekommen.«

Menken nickt, dann schließt er die Augen. Die Nacht mit dem Absturz war wirklich etwas ganz Besonderes. Aber anders, als dieser junge Polizist vielleicht denkt. Und auch anders, als er es jetzt erzählen wird. Klaas Menken glaubte nämlich, seine letzte Stunde habe geschlagen, als er plötzlich den trudelnden Vogel am Himmel sah. Dass die tote Schwester ab und an durchs Watt ritt, war schon irritierend genug, aber dass jetzt auch noch komplette Flugzeuge vom Himmel fallen, das ließ selbst ihn langsam an seinem Geisteszustand zweifeln. An die ungeheure Erleichterung, als am nächsten Morgen die ganze Geschichte groß in der Zeitung stand, kann sich Menken im Grunde genommen am besten erinnern. Aber auch das wird er dem jungen Mann nicht auf die Nase binden.

»Tjä, das fing alles ganz harmlos an. Die Nacht war hell, Vollmond, oder fast jedenfalls. Es war kein Wölkchen am Himmel und draußen ziemlich kalt. Acht oder höchstens zehn Grad. Ich hatte das Fenster jedenfalls zu. Aber das Flugzeug hab ich trotzdem gehört. Ein Krach wie im Krieg, hat mich gleich aus dem Schlaf gerissen. Ich war ziemlich wütend deswegen, denn jede Stunde Schlaf ist ein echter Segen für mich. Aber was soll's, ich konnte mich ja schlecht bei dem Piloten beschweren.«

»Wie sah die Maschine denn aus?«

Klaas Menken überlegt kurz, dann sagt er leise: »Unförmig und altmodisch. Aber ich hab sie nicht zum ersten Mal gesehen. Nur ist sie diesmal viel niedriger geflogen und ganz nah an meinem Haus vorbei. Wahrscheinlich hat sich der Pilot die Küstenlinie angesehen. So was kommt bei Vollmond häufiger vor. Die nehmen dann auch keine Rücksicht auf die Flughöhe, unverantwortlich finde ich das.«

Sven Winterberg nickt. Bisher deckt sich alles mit den Aussagen des Platzwarts vom Flughafen. Aber jetzt kommt der springende Punkt. Oder auch nicht. Svens Stimme wird plötzlich sehr eindringlich.

»Hatten Sie das Gefühl, dass etwas an dem Flugzeug nicht in Ordnung war? Also, hat es gewackelt oder komische Schlenker gemacht? Oder hat gar irgendetwas gebrannt?«

»Nö. Alles schien ganz wunderbar zu funktionieren. Ziemlich lang jedenfalls. Der ist immer wieder im Kreis übers Watt geflogen, ich war schon fast am Einnicken, als sich dann das Geräusch änderte. Davon bin ich aufgewacht.« Menken schüttelt langsam den Kopf. »Und dann ist die Maschine ja auch ziemlich schnell ins Trudeln geraten. Hat sich gedreht wie ein Brummkreisel, konnte ich alles gut sehen im Mondlicht. Und plötzlich war Schluss.«

»Wie Schluss?«

»Na, der Vogel ist abgestürzt. Schnauze nach unten und rein ins Watt. Nur der Fallschirm schwebte noch eine Weile in der Luft.«

»Fallschirm? Welcher Fallschirm?«

»Ich nehme mal an, dass der Pilot dringehangen hat. Scheint ihm ja wenig genutzt zu haben.«

»Moment mal.« Der Kommissar verlässt seinen Platz am Fenster und geht vor Menkens Sessel in die Knie. Sein Gesicht ist jetzt ganz dicht vor dem des alten Mannes.

»Sagen Sie das noch einmal. Da ist jemand mit einem Fallschirm abgesprungen?«

»Na, ein Luftballon wird's schon nicht gewesen sein.«

»Der Maler hatte keinen Fallschirm umgeschnallt, und wir haben damals auch nichts im Watt gefunden.«

»Vielleicht waren sie zu zweit? Einer mit und einer ohne Schirm?«, murmelt Menken und zuckt die Schultern.

Sven Winterberg sieht den Alten fassungslos an. »Wissen Sie eigentlich, was Sie da sagen?«

»Klar, ich bin vielleicht nicht mehr so fix auf den Beinen, aber zum logischen Denken reicht's noch. Wenn einer tot ohne Fallschirm im Wasser gelegen hat, dann muss ja wohl der mit dem Fallschirm ein anderer gewesen sein.«

»Und dieser andere hat überlebt«, murmelt der Kommissar, springt auf und läuft zur Tür. »Tut mir leid, aber ich muss jetzt schnell weg. Sie haben uns sehr geholfen, ich melde mich auf jeden Fall noch mal.«

Und schon ist er aus der Tür. Klaas Menken reibt sich die Augen und runzelt die Stirn. Stimmt das wirklich, was er gesagt hat? Ist immerhin auch schon eine Weile her … und seine Schwester ist ja auch schon lange tot … und selbst wenn sie es nicht wäre, würde sie ganz bestimmt nicht des Nachts als junges Mädchen übers Watt reiten, sondern als alte Frau irgendwo im Sessel sitzen, so wie er. Und außerdem würde sie ihn nicht besuchen. Alle anderen vielleicht.

Aber ausgerechnet ihn, den ältesten Bruder, ganz bestimmt nicht.

Ratlos schüttelt Klaas Menken den Kopf. Und es ist das erste Mal, dass er wirklich darüber nachdenkt, sich mit der Tochter ein Pflegeheim anzusehen. Vielleicht springt er aber auch vorher aus dem Fenster. Oder besser: Er geht weit hinaus ins Watt zu seiner Schwester. Bei Ebbe. Und Vollmond.

Sonntag, 5. August, 15.07 Uhr, Kriminalkommissariat Westerland

Als Sven Winterberg atemlos die Bürotür aufstößt, hebt Bastian Kreuzer noch nicht einmal den Blick. Der Kollege sitzt zusammengesunken hinter seinem Schreibtisch und reibt sich mit beiden Fäusten die Augen wie ein kleines Kind. Seine muskulösen Schultern hängen herab, und der Kopf ist der Schreibtischplatte näher als den Schultern.

»Vielleicht solltest du es jetzt mal mit diesem Power Napping probieren«, entfährt es Sven.

»Machst du Witze? Erst mal lösen wir diesen Scheiß-Fall. Vorher mache ich nicht ein einziges Auge zu, das schwöre ich dir.«

Sven nickt, ohne seine Zweifel verbergen zu können. Doch dann beginnt er zu grinsen.

»Schade eigentlich, dass wir vor zwei Jahren den Typen, der in Kampen nachts hinterm *Pony* die Currywürste mit Beilage verkauft hat, hopsgenommen haben. Sonst wüsstest du jetzt, wo du was herkriegst, was dich wach hält.«

»Erinnere mich nicht daran. Hinter dessen Tresen hat's auch im Sommer geschneit wie auf der Zugspitze zu Weihnachten.« Bastian seufzt, dann setzt er entschieden hinzu: »Ich brauch kein Koks. Mein Adrenalinspiegel schafft das auch so, glaub mir. Und eines sage ich dir gleich dazu: Diese verdammte Clique um den Maler verschweigt uns irgendetwas. Und bevor die Sonne untergeht, werde ich auch herausgefunden haben, was das ist. Und wenn ich dafür jedem Einzelnen von denen die Gurgel umdrehen muss.«

»Vielleicht sollten wir vorher noch mal unsere Gehirne bemühen. Nur so als Vorschlag.« Sven grinst.

»Hast ja recht. Lass uns noch einmal ganz von vorn anfangen. Was haben wir bis jetzt?« Bastian richtet sich auf und blickt den Kollegen auffordernd an.

»Okay.« Sven fährt sich mit gespreizten Fingern durch die dunklen Locken. Doch die sonst so sorgfältig gestylte Frisur ist längst hoffnungslos verstrubbelt. Er wirft einen komisch-verzweifelten Blick in den Spiegel über dem schmalen Waschbecken und zuckt mit den Schultern. Dann dreht er sich zu Bastian um und beginnt zu reden.

»Bisher sind wir davon ausgegangen, dass der erste Mord nur der Anfang war. Jetzt haben wir tatsächlich einen zweiten Toten und können überprüfen, was das Schema des Mörders ist. Das Muster, nach dem er vorgeht.«

»Mir fallen da als erstes Unterschiede auf«, unterbricht ihn Bastian. »Der Galerist wurde mit einem Bild erschlagen, der Adlige nicht. Dafür besitzt der Adlige eines der Bilder und der Galerist nicht.«

»Das stimmt. Aber andererseits haben beide etwas mit den Gemälden zu tun. Sie verdienen Geld mit dem Verkauf. Vielleicht ist das das Bindeglied«, wirft Sven ein.

»Und weil dem Galeristen keines der Bilder gehört, war es dem Mörder egal, mit welchem er ihn erschlagen hat?«

»Genau.«

»Und warum schreibt er dann das Wort *Wasser* auf das Bild, obwohl das ohnehin schon drauf zu sehen ist?«

»Stimmt, das ergibt keinen Sinn«, gesteht Sven ein.

»Und es geht noch weiter. Denn ausgerechnet das erste Bild hatte diese blutige Botschaft. Und jetzt haben wir nichts dergleichen.«

»Das wundert mich nicht, schließlich kommt der Mörder nicht mehr an die Bilder heran.«

»Er hätte das Wort *Erde* auf einen Grabstein schreiben können. Oder auf den Boden. Blut war jedenfalls genug da.«

»Vielleicht hat er uns für intelligent genug gehalten, dass wir aus dem Fundort Friedhof und dem Erd-Thema des Brüssow-Bildes unsere Schlüsse ziehen. Und dass die Serie weitergeht, merken wir ja schon daran, dass es ein zweites Opfer gibt.«

»Glaubst du wirklich, Sven, dass sich ein Serienmörder Gedanken über die Intelligenz der Ermittler macht?«

»Aber hallo, daran gibt's doch gar keinen Zweifel. Der Typ sitzt hier irgendwo mitten unter uns. Er hat uns gewissermaßen direkt im Visier. Er spielt mit uns, er fordert uns heraus. Er denkt sich Rätsel für uns aus.« Atemlos bricht Sven ab.

»Ach du heilige Scheiße. Beim Teekesselchen-Spiel war ich noch nie gut«, seufzt Bastian.

»Und Scrabble?«

»Vergiss es. Eigentlich spiele ich nur Skat, mein Gedächtnis lässt mich zum Glück ziemlich selten im Stich.«

»Dann erinnere dich doch kurz daran, was Silja bei ihrem Abgang gesagt hat.«

»Die Sache mit dem Absturz des Malers?«

»Genau. Er ist aus der Luft gefallen und im Wasser ertrunken.« Sven unterbricht sich und schlägt sich die flache Hand vor die Stirn. »Mensch, Bastian, das ist es doch. Das erste Thema bestand eigentlich aus zwei Teilen. Luft und Wasser. Deswegen wurde der zweite Tote dem Wasser zugeordnet.«

»Ja, stimmt, das macht Sinn. Das bedeutet aber auch, dass nicht automatisch einer der Sammler das nächste Opfer sein wird, sondern nur, dass es jemand ist, der mit den Bildern zu tun hat.«

»Zum Beispiel diese Judith Lissen.«

»Hör mir bloß mit der auf!« Bastian sieht Sven gequält an.

»Das wäre jetzt eigentlich dein Part«, kontert Sven, wird aber vom Brummen seines Handys unterbrochen. Er fischt es aus der Tasche und wirft einen kurzen Blick aufs Display.

»Von Silja, wenn das kein Zufall ist«, murmelt Sven unkonzentriert, doch schon während er die SMS liest, breitet sich ein triumphierendes Lächeln auf seinem Gesicht aus. »Bingo! Das ist der Durchbruch!«

»Verrätst du mir auch, was es zu feiern gibt, Dr. Watson?«

»Sie hat rausgefunden, dass Florian Seebrück im letzten Jahr einen Flugschein gemacht hat. Einen kleinen, wie sie schreibt, was auch immer das bedeuten soll.«

Bastian Kreuzer lässt sich in seinem Schreibtischstuhl zurückfallen und holt erst einmal tief Luft.

»Das sind gleich zwei gute Nachrichten auf einmal. Erstens, Silja liegt noch nicht sturzbetrunken unterm Sofa oder hat sich vor Wut über meine Einrichtung hergemacht, sondern ist noch mit im Boot.«

»Und zweitens«, unterbricht ihn Sven, »wissen wir jetzt, dass tatsächlich schon beim Tod des Malers nicht alles mit rechten Dingen zugegangen ist.«

»Nur weil dieser Seebrück sich fürs Fliegen interessiert hat? Bist du da nicht zu voreilig?«

»Wohl kaum!« Sven Winterberg schüttelt energisch den Kopf. »Als Faust abgestürzt ist, ist einer aus der trudelnden Maschine mit einem Fallschirm abgesprungen. Dafür gibt es einen Zeugen.«

Bastian bleibt vor Überraschung der Mund offen stehen. »Echt jetzt?« ist alles, was er herausbringt.

»Jepp. Auf den Zeugen hat mich jemand vom Flughafen gebracht. Dann bin ich natürlich gleich hin. Der Alte ist zwar schon ziemlich gebrechlich, aber im Oberstübchen scheint noch alles in Ordnung zu sein.«

»Und der hat den Absturz beobachtet? Mit Fallschirm?«

»Jepp.«

»Und bei Seebrück hat dieser Fallschirmseidenfetzen im Müll gelegen«, überlegt Bastian. »Kann es sein, dass er Faust bei dessen letztem Flug begleitet hat?«

»Theoretisch schon. Die Maschine war ein Zweisitzer. Aber warum sollte nur Seebrück einen Fallschirm getragen haben?«

»Vielleicht hatte Artur Faust nur diesen einen, und beide sind davon ausgegangen, dass ohnehin nichts passiert«, antwortet Bastian; dann springt er auf, läuft zur Tür, reißt sie auf und steckt den Kopf auf den Gang.

»Bringen Sie mir sofort Florian Seebrück zur Vernehmung«, ruft er so laut durch den Flur, dass es der Architekt bestimmt schon durch die Bürotür hört, hinter der er wartet.

»Warte mal, nicht so schnell«, mahnt Sven. »Lass uns vorher noch mal kurz zusammenfassen, was wir haben.«

»Moment noch. Erst in zehn Minuten«, blafft Bastian in

den Gang, dann schließt er die Tür wieder und wendet sich Sven zu. »Okay, du fängst an.«

»Also, Stand der Dinge …«, beginnt Sven.

»Stand der Dinge: Augenringe«, kalauert Bastian, der plötzlich wieder ganz wach aussieht.

Sven grinst. »Bin ich froh, dass dir die Silja-Katastrophe nicht mehr nachgeht.«

»Das will ich nicht gehört haben. Aber warst du es nicht, der gesagt hat: erst der Fall, dann die Frau?«

»Ich liebe es, wenn mein Vorgesetzter auf mich hört.«

»Und ich hasse es, wenn meine Untergebenen größenwahnsinnig werden. Also zurück zur Ermittlung. Was haben wir?«

»Tja, im Grunde genommen werden es immer mehr ungelöste Fälle«, überlegt Sven in komischer Verzweiflung. »Als Erstes stirbt der Maler. Dann nichts. Monatelang. Letzte Nacht wird der Galerist erschlagen. Und jetzt, zwölf Stunden später, der dritte Mord. Übrigens: Weiß man eigentlich schon etwas über die Mordwaffe?«

Bastian nickt. »Ich habe vorhin mit Bernstein telefoniert. Du weißt ja, dass unser geschätzter Gerichtsmediziner dazu neigt, sehr akademisch zu werden, wenn man ihn ärgert. Und dass keiner von uns auf dem Friedhof auf ihn gewartet hat, muss ihn tierisch geärgert haben.«

»Und? Konntest du irgendetwas von dem, was er gesagt hat, verstehen?«

»Nur so viel: Bertold von Brüssow ist mit einem Metallgegenstand erschlagen worden, der nicht scharfkantig war.«

»Also keine Schaufel, was auf einem Friedhof ja naheliegend gewesen wäre.«

»Genau. Bernstein tippt eher auf einen runden oder ovalen Durchmesser. Und eine Lagerung im Trockenen. Jedenfalls hat er keine Rostspuren in der Schädelwunde gefunden.«

»Ein Rohr?«

»So ähnlich. Gibt es zurzeit an der Severinskirche eigentlich ein Gerüst?«, will Bastian wissen.

Sven nickt. »Aber das müsstest du doch selbst wissen. Ach nee, du warst ja anderweitig tätig, während wir den Mord untersucht haben.« Er verdreht die Augen.

»Halt die Klappe, wenn dir dein Leben lieb ist.«

»Schon gut. Also ein Teil der Kirche ist eingerüstet, da müssten wir mal nachschauen, ob was fehlt. Ansonsten«, Sven überlegt kurz, »könnte es doch auch ein Wagenheber gewesen sein.«

»Den der Mörder mitgebracht und vielleicht auch wieder mitgenommen hat.«

»Genau. Und wenn wir Glück haben, dann liegt das Teil jetzt immer noch in einem der Autos.«

»Weil der Mörder extrem unter Zeitdruck stand und die Mordwaffe nicht schnell genug beiseiteschaffen konnte.« Bastian richtet sich zu seiner vollen Größe auf und strafft die Schultern. »Dann wissen wir jetzt immerhin, was zu tun ist. Erstens, alle Faust-Freunde geben ihre Wagenschlüssel ab. Und zweitens, Seebrück wird wegen der Fluggeschichte kräftig in die Mangel genommen.« Auf seinem Weg zur Tür bleibt er plötzlich stehen. »Allerdings ist Liebig schon weg. Den habe ich mir als Ersten vorgeknöpft, und ein Kollege hat ihn zurück zu seinem Wagen gefahren.«

»Wann war das?«

Bastian Kreuzer sieht auf seine Uhr. »Vor ’ner knappen Stunde, schätze ich.«

»Dann müssen wir hoffen, dass er es nicht war, denn eine Tatwaffe finden wir bei ihm bestimmt nicht mehr«, sagt Sven achselzuckend. »Aber um die anderen Schlüssel kümmere ich mich. Vielleicht solltest du vorher aber mit der Staatsanwältin reden, nicht dass wir hinterher wegen Kompetenzüberschreitung dran sind.«

»Wenn ich jetzt bei der Bispingen anrufe und die mir irgendwie blöd kommt, kriege ich einen Anfall. Eine stinksaure Frau pro Tag ist genug.«

»Wie du meinst. Du bist der Boss.«

»Genau, Kleiner. Also sieh zu, dass du an die Autoschlüssel kommst. Ach ja, und noch was: Könntest du vielleicht bei Silja anrufen und mal testen, wie die Stimmung so ist?«

Sven seufzt. »Mach ich. Aber dann bist du mir was schuldig.«

»Schnee bis zum Abwinken?«, scherzt Bastian.

»Ein Bier nach Feierabend tut's auch.«

»Feierabend? Was ist das denn?«

Sonntag, 5. August, 15.18 Uhr, Braderuper Weg, Kampen

Idyllisch liegt das Friesenhaus in der Nachmittagssonne. Seitlich des Eingangs wachsen Rosen, Buchs und Hortensien, eine weiße Bank lädt zum Ausruhen ein, und die Hektik Westerlands scheint ebenso weit weg zu sein wie der ganze Trubel am Strand. Silja hebt die Hand, um zu klingeln, aber dann überlegt sie es sich anders und setzt sich erst mal auf die Bank. Ihr Blick gleitet durch den gepflegten Vorgarten und bleibt an dem Friesenwall mit den wilden Rosen hängen. Kaskaden von rosa Blüten schirmen das Grundstück ab. Nur selten fährt ein Wagen über die Straße und durchbricht mit seinem Motorenlärm die beschauliche Stille.

Silja stellt sich vor, wie es sein muss, hier zu wohnen. An nebligen Novembertagen, wenn draußen alles ruhig und verlassen ist, gemütlich hinter den dicken Mauern dieses Hauses zu sitzen. An frostigen Januarmorgen warm eingepackt den kurzen Weg zum Bäcker Speck zu machen, um eine Tüte Brötchen zu holen. Oder im Frühjahr zwischen knospenden und duftenden Pflanzen, erste Heidegerüche in der Luft, die heißersehnten Sonnenstrahlen auf dieser Bank zu genießen. Traumhaft. Plötzlich versteht sie, warum Sven Winterberg ein so ausgeglichener Mensch ist. Diese Umgebung gibt ihm Halt und erdet ihn vermutlich jeden Morgen aufs Neue. Und seine Frau Anja wirkt genauso wie er. Bodenständig und zufrieden.

Eigentlich kennt Silja Anja Winterberg gar nicht besonders gut. Natürlich haben sie sich ab und an getroffen, beim Biikebrennen oder bei der Mittsommernachtsparty an der Buhne 16. Zwei- oder dreimal waren sie und Bastian auch bei Sven und seiner Frau zum Grillen eingeladen und einmal zum Adventskaffee. Aber noch nie hat Silja sich allein mit Svens Frau verabredet. Es ist also ein Wagnis. Vielleicht ist Anja peinlich berührt, wenn sie Silja jetzt sieht. Vor allem in diesem Zustand. Verheult und aufgelöst. Vielleicht will Anja auch gar nicht mit Siljas privaten Problemen behelligt werden. Wahrscheinlich sogar. Oder täuscht sie sich? Eigentlich ist Svens Frau immer offen, umgänglich und feinfühlig gewesen. Sie wird Silja nicht abweisen. Und außerdem muss Silja sie etwas fragen, das ist ihr in der letzten Stunde immer deutlicher geworden. Es ist etwas, was nur Anja Winterberg wissen kann, denn es betrifft das Bild, das Sven Winterberg von seinem Kollegen und Freund Bastian Kreuzer hat. Nicht irgendeine Außendarstellung, sondern das, was er wirklich über ihn denkt.

Die Freundschaft zwischen Bastian und Sven hat sich in den letzten Jahren als sehr belastbar erwiesen. Weder die zeitweilige Trennung Siljas von Bastian noch die Tatsache, dass Bastians Versetzung auf die Insel Svens eigene Hoffnungen auf die Leitungsfunktion des Kommissariats zunichtemachen mussten, konnten etwas daran ändern.

Und wer sollte Silja über Svens wahre Meinung besser Auskunft geben können als dessen eigene Frau? Außer Sven selbst natürlich, aber der ist im Moment sicher komplett mit den Ermittlungen beschäftigt. Und Siljas Erkundigungen dulden keinen Aufschub. Nach dem Gespräch mit dem Kritiker ist sie orientierungslos durch die Heide gestolpert und hat versucht, ihre Gedanken zu ordnen.

Alwin Schneiders These zur Entstehung des Elemente-Zyklus ging ihr einfach nicht aus dem Sinn. Neben ihren restlichen Problemen natürlich. Aber manchmal ist es ja ganz hilfreich, wenn man ein konkretes Projekt hat, mit dem man sich von dem eigenen Gefühlschaos ablenken kann. Also hat Silja versucht, die These des Kunstkritikers zu durchleuchten. Ein Maler, der für seine besten vier Freunde Bilder schafft, in denen sich seine durchaus unterschiedliche Wertschätzung spiegelt. Vieles daran erschien ihr plausibel, einiges aber weniger. Und schließlich kam ihr eine Idee, die sie nur im Gespräch mit Judith überprüfen kann. Auch wenn sie weiß, dass das schwer werden wird. Doch bevor sie mit der ehemaligen Freundin spricht, muss sie ganz sicher sein, dass zwischen Bastian und Judith nicht schon länger etwas läuft. Was sie in der Galerie gesehen hat, die Umarmung, der Kuss, war schmerzlich genug, und es erscheint ihr immer noch ziemlich unerklärlich, wie es dazu kommen konnte. Aber falls es eine spontane Sache war, aus welchen Gründen auch immer, wird sie vielleicht damit umgehen können. Jedenfalls für die Dauer dieses einen Gesprächs mit Judith.

Silja seufzt. Sie fürchtet sich vor dem, was sie erfahren könnte. Gleichzeitig weiß sie aber auch genau, dass sie im Begriff ist, das einzig Richtige zu tun. Also steht sie auf, geht die paar Schritte bis zur Eingangstür und drückt kräftig auf den Klingelknopf.

Sonntag, 5. August, 15.20 Uhr, Kurpromenade, Westerland

Mit schnellen Schritten eilt Fred Hübner auf der Westerländer Kurpromenade Richtung Süden. Hinter ihm liegt der überfüllte Bereich rund um die Kurmuschel und das Spaßbad. Links oben stechen hinter dem *Hotel Miramar* die hässlichen Bauten des Kurzentrums in den knallblauen Sommerhimmel. Doch Fred bemüht sich, gar nicht hinzusehen. Sonst müsste er wieder daran denken, was im letzten Sommer dort geschehen ist. Mit ihm und mit dieser rätselhaften rothaarigen Frau.

Lieber sieht Fred Hübner nach vorn, wo sich bis zum Horizont der gleißend helle Traumstrand der Insel erstreckt. Hübner weiß, er könnte in diese Richtung bis nach Rantum und weiter bis zum Südzipfel nach Hörnum laufen, doch sein Ziel liegt näher, viel näher. Es ist eines der Cafés oberhalb der Promenade.

Zwischen älteren Ehepaaren und Familien, die ihre hungrigen Kinder mit überteuerten Micky-Maus-Schnitzeln und Biene-Maja-Eisbechern füttern, sitzt wartend ein korpulenter Mann in einem durchgeschwitzten weißen Leinenhemd und einer ferkelrosa Shorts. Johann Liebig. Vor dem Autohändler stehen ein Glas Cognac und ein Kaffee. Als er Hübner entdeckt, hebt Liebig matt die rechte Hand und winkt ihm zu. Die Geste wirkt wie eine Kapitulation.

Hübner versucht, die Treppenstufen zur Caféterrasse in jugendlich federndem Schritt zu nehmen, aber auch ihm machen die Hitze des Tages und die vielen mit dem Fahrrad zurückgelegten Kilometer zu schaffen. Der flotte Spurt gerät zum lahmen Aufstieg. Ächzend fällt er in den Stuhl neben Liebig. Verführerisch leuchtet dessen Cognac im Sonnenlicht.

Liebig sieht Hübners Blick.

»Auch einen?«

»Danke, besser nicht.«

Fred Hübner winkt dem Kellner und bestellt einen frisch gepressten Orangensaft.

»Gesund sein ist anstrengend.« Grinsend kippt Liebig den Cognac.

»Lohnt sich aber. Und glauben Sie mir, ich weiß, wovon ich rede«, antwortet Fred, obwohl er sich seit heute früh gar nicht mehr so sicher ist. Das Bild der champagnertrinkenden Judith Lissen erscheint vor seinen Augen. Wäre alles anders gelaufen, wenn er mitgetrunken hätte? Besser nicht darüber nachdenken. Um sich abzulenken, blickt Fred sich um.

»Einen merkwürdigen Treffpunkt haben Sie vorgeschlagen.«

»Ist sonst auch nicht meine Preisklasse, aber seit heute Mittag halte ich mich lieber versteckt. Und hier vermutet mich niemand, da bin ich ziemlich sicher.«

Hübner sieht den Autohändler überrascht an und wartet auf mehr. Warum versteckt er sich? Als Johann Liebig seinen forschenden Blick sieht, beginnt er zu lachen, bricht aber gleich wieder ab.

»Ich geb's zu, ich habe Angst. Aber vielleicht ist das nicht mehr lange nötig. Denn ich habe mich schlau gemacht. Sie sind der Recherchekönig der letzten Jahre. Immer auf der Jagd nach einer Sensation, was?«

»Schön wär's«, seufzt Fred und fühlt sich plötzlich so alt, wie er ist. Mindestens.

»Jetzt seien Sie mal nicht so bescheiden. Ich habe mit Ihrem Chefredakteur telefoniert. Von dem hab ich auch Ihre Nummer. Er setzt große Hoffnungen in Sie. Will die Morde noch vor der Polizei aufklären. Träumt von einer Exklusivstory. Stimmt doch, oder?«

Hübner nickt. Ihm ist völlig unklar, worauf das Ganze hinauslaufen soll, aber er hält sich zurück. Oft ist es das Beste, die Leute einfach reden zu lassen. Fragen kann er anschließend immer noch. Und tatsächlich scheint sich Liebig aus der Deckung zu wagen.

»Ich will Ihnen einen Deal anbieten.«

»Okay …«

»Sie lassen die Finger von den ganzen Mordermittlungen, und dafür …«

»Jetzt bin ich aber gespannt«, entfährt es Hübner nun doch, obwohl er eigentlich den Mund halten wollte.

Johann Liebig lacht ein kollerndes Lachen und schlägt sich mit der flachen Hand auf den Schenkel. Es klingt wie Schnitzelklopfen beim Fleischer.

»Ich biete Ihnen einen fairen Deal an«, wiederholt er. »Sie bekommen Ihre Sensation, und ich bekomme einen satten Preis für mein Bild.«

»Von mir?« Fred sieht den Dicken entsetzt an. Glaubt er wirklich immer noch, er wolle ihm das Bild abkaufen?

»Jetzt hören Sie schon auf mit dem Hokuspokus. Sie können das doch gar nicht bezahlen. Aber die Sache mit der Eventkunst, von der Sie geredet haben …«

»Konzeptkunst«, unterbricht ihn Hübner.

»Ja, richtig. Konzeptkunst. Also Work in Progress und der ganze Scheiß. Blut, Schweiß und Tränen direkt auf meinem Bild. Mord und Totschlag vor den Augen der Kunst sozusagen …«

»Hey, Sie werden ja richtig poetisch.«

»Wenn's um Geld geht, werde ich gern poetisch«, kontert Liebig humorlos. Dann sieht er sich vorsichtig um, als würden sich hinter den harmlosen Familien und Rentnern lauter Spione verbergen. Nachdem er sich versichert hat, dass wirklich niemand Notiz von ihm nimmt, redet er leise weiter. »Was ich sagen will, ist Folgendes: Ich liefere Ihnen eine 1A-Enthüllungsstory zur Geschichte des Elemente-Zyklus. Sie erfahren alles, was sich die Kunstwelt ohnehin seit gestern Abend fragt. Exklusiv. Und Sie machen damit, was Sie wollen, was ja wohl heißt, Sie bringen das Ganze groß raus. Mit besonderer Betonung auf meinem Bild, versteht sich.«

»Und was soll das werden, wenn es fertig ist?«

»Ganz einfach. Hinterher sind wir beide glücklich. Sie bekommen Ihr Honorar und ich Ruhm für mein Bild. Und was berühmt ist, bringt auch Schotter. Und genau darum geht's mir. Von der Aufklärung des Verbrechens haben wir doch beide nichts. Sie schaffen das allein ohnehin nicht. Und mir würde es nur schaden.«

»Moment, Moment, das geht mir jetzt alles ein bisschen zu schnell. Haben Sie den Galeristen etwa selbst umgebracht und kommen mir deshalb auf die linke Tour?«

»Machen Sie sich nicht lächerlich. Ich hab damit nichts zu tun. Und mir ist auch egal, wer's war. Vielleicht sogar einer von meinen angeblichen Freunden. Ich weiß es wirklich nicht. Aber eines weiß ich ganz genau: Ich will nicht der Nächste sein, der hier irgendwo tot in der Ecke liegt. Deswegen verstecke ich mich lieber. Und dafür muss auch die Story endlich ans Licht.«

»Welche Story denn jetzt?«

Johann Liebig öffnet den Mund, aber nur um sich an den Kellner zu wenden, der gerade Freds Orangensaft bringt.

»Für mich noch einen Kaffee und einen doppelten Cognac. Und für den Herrn nun vielleicht doch?«

Sein fragender Blick trifft Fred, doch der beißt die Zähne zusammen und winkt ab.

»Besten Dank. Ich bin da raus.«

»Wie Sie meinen. Wenn Sie erst hören, was ich zu erzählen habe, dann überlegen Sie es sich vielleicht noch mal.«

Fred grinst. »Sie scheinen ja wirklich einen Knaller in petto zu haben.«

»Kann man so sagen. Kannten Sie eigentlich Artur Faust?«

»Nur vom Namen, hab ihn nie getroffen.«

»Er war ein Egomane allererster Güte. Dachte nur an sich selbst. Redete nur von sich selbst. Alle anderen waren bloße Staffage in seinem Leben. Auch wir vier, also ich, Seebrück,

Schwartz und Brüssow, der ja leider heute Mittag … aber das wissen Sie wahrscheinlich längst.«

Fred nickt, und Johann Liebig blickt gedankenverloren über den Strand und das Meer, wo drei junge Frauen gerade mit nackten Brüsten in die Wellen springen.

»Und?«

Als Liebig nicht reagiert, zupft ihn Fred Hübner am Hemd.

»Hallo, aufwachen. Die Mädels da unten sind jetzt nicht unser Thema.«

Widerwillig löst Liebig seinen Blick von dem Geschehen am Strand.

»Wo war ich? Ja, richtig. Also, um es kurz zu machen: Artur Faust fraß Menschen, und zwar alles an ihnen. Ihre Wünsche, ihre Ideen, ihre Eigenheiten. Machte sich über alles lustig, ließ an niemandem ein gutes Haar. Er verleibte sich jeden ein. Und wenn er ihn verdaut hatte, blieb nichts als ein Scheißhaufen übrig.«

Johann Liebig schnappt nach Luft. Fred betrachtet den Autohändler emotionslos. Der sieht aus, als hätte er sich gerade übergeben. Blass, aber erleichtert.

»Für einen Verdauungsvorgang scheint mir das ziemlich normal zu sein«, murmelt Fred sarkastisch.

»Was Sie nicht sagen. Ich erkläre Ihnen gern, wo der Unterschied liegt. Wenn einer ein Hühnchen frisst, ist das Tier weg. Wenn man einen Abend mit Artur verbracht hatte, war man am nächsten Tag aber noch da. Nur als Scheißhaufen eben.«

»Und was hat das jetzt mit Ihrem Angebot zu tun?«

»Gleich. Vorher muss ich Ihnen erzählen, wie ein Abend mit Artur ablief. Es war immer ähnlich: Fressen, Saufen, Koksen. Aber alles in Großformat, wie seine Bilder.«

»Vögeln auch?«, erkundigt sich Fred Hübner trocken.

»Sie meinen Nutten? Nein, komischerweise nicht. Oder sollte ich sagen: leider? Schließlich hat Artur immer alles bezahlt. Großzügig war er, da gab's nie was zu meckern.«

»Wie lange ging das denn so?«

»Über Jahre. Wir trafen uns alle paar Wochen, meistens hier auf der Insel.«

»Und dann ist etwas Ungewöhnliches passiert?«

»Kann man so sagen. Wir haben nämlich beschlossen, uns zu wehren.«

»Um am Morgen nach der Orgie einmal nicht als Scheißhaufen aufzuwachen?«

»Exakt.« Über Johann Liebigs Gesicht huscht ein zufriedenes Lächeln. »Wir haben ihn provoziert. Das geht bei Künstlern ziemlich leicht. Du musst nur einen einzigen Satz sagen: *Was du kannst, kann ich auch.* Dann rasten sie aus.«

Fred Hübner dreht nachdenklich sein Glas auf der Tischplatte. Die Sonne bringt den Orangensaft zum Schillern. Winzige Gewebepartikel schwimmen darin. Es sieht aus, als schwebten kleine ovale Perlen in der Flüssigkeit. Fred beobachtet ihr Steigen und Sinken, rauf und runter, rauf und runter. Und plötzlich werden ihm die Zusammenhänge klar.

Leise und verschwörerisch sagt er: »*Sie* haben die vier Bilder gemalt, habe ich recht?«

»Nicht so schnell. Zuerst haben wir Artur so richtig schön in Rage gebracht. Das war eine echte Erleichterung, kann ich Ihnen sagen. Er tobte, er schrie, er beleidigte uns. Eigentlich das Übliche, nur schlimmer. Und diesmal nicht grundlos. Doch dann wurde er plötzlich ruhig. Er stand auf – wir saßen im Morsumer Haus vor seinem Kamin auf diesen monströsen Sofas. Der Leihkellner hatte längst die Küche aufgeräumt und war gegangen. Wir waren also unter uns. Faust stieg in den Keller und kam mit zwei Flaschen Roederer Cristal wieder hoch. Sie wissen, was der kostet?«

Fred nickt kurz. »Erzählen Sie weiter.« Seine Stimme klingt heiser.

»Artur ließ die Korken knallen, beide auf einmal oder kurz hintereinander, jedenfalls schlug einer eine Delle in die Decke seiner Hütte. Und während der ganze Schampus auf den Boden tropfte, sagte er ganz cool: ›Das werden wir ja sehen.‹ Er sprach leise und war plötzlich sehr ruhig, er nannte seinen Plan einen Wettbewerb, eine Herausforderung. In Wirklichkeit sollte es natürlich eine Demütigung werden, das war uns allen klar. Er sprach von dem geplanten Zyklus, damit hatte er uns schon den ganzen Abend über in den Ohren gelegen. Motive, Materialien, Formate. Als hätte das einen von uns wirklich interessiert. Na ja, mit Ausnahme von Heiner vielleicht.« Johann Liebig verdreht die Augen. »Aber jetzt klang das alles plötzlich ganz anders. Artur verteilte die vier Elemente unter uns, jeder bekam eines zugewiesen, als seien wir Schulkinder. Ach was, begriffsstutzige Sitzenbleiber trifft es besser.«

»Und was sollte diese Nummer?«

»Verstehen Sie immer noch nicht? Er wollte sich rächen. Und dafür benutzte er unsere Provokation. Blöd war er nicht. Jeder von uns sollte sich 24 Stunden in seinem Atelier einschließen lassen und eines der Elemente-Bilder malen. Er würde sie anschließend signieren und uns schenken. Mit Echtheitszertifikat und allem Drum und Dran. Wir mussten uns nur verpflichten, sie nicht zu verkaufen.«

»Wogegen Sie alle vier sofort nach seinem Tod verstoßen haben.«

»Die Bilder mögen qualitativ nicht besonders gut sein, aber sie sind wertvoll, jedenfalls solange Arturs Signatur gilt. Und einige von uns brauchen Geld. Dringend.«

»Warum erzählen Sie mir das alles? Jetzt kann Ihr Plan doch kaum noch aufgehen.«

Johann Liebig zuckt die Schultern. »Es wäre sowieso rausgekommen. Wir haben doch alle Schiss. Erst der tote Galerist und jetzt auch noch Bertold. Jeder von uns kann der Nächste sein. Jeder von uns kann der Mörder sein. Und jeder von uns kann auch derjenige sein, der der Polizei alles verrät. Ich hab während der Vernehmung noch dichtgehalten, aber bei Florian, diesem kleinen Schisser, bin ich mir da nicht so sicher. Und Heiner hat sowieso nichts zu verlieren – außer natürlich seinem guten Ruf als Kunstsammler. Aber was ist das schon gegen Todesangst?«

»Das heißt aber, dass Ihre Information in ein oder zwei Stunden möglicherweise gar nichts mehr wert ist«, wirft Fred ein.

»Die Polizei wird damit nicht an die Öffentlichkeit gehen. Nicht, solange sie noch nach dem Mörder sucht. Und das kann dauern. Vor allem, wenn Sie ihr ausnahmsweise mal nicht behilflich sind«, fügt Johann Liebig augenzwinkernd hinzu.

Fred nickt. Er fühlt sich geschmeichelt, und langsam beginnt er sogar zu ahnen, welcher Sprengstoff in dieser Geschichte steckt. Sicher würde Johann Liebig willig auspacken, ihm alles über Drogen, Deals und Orgien erzählen. Des Malers wilde Schaffensphasen im Kokainrausch schildern.

Und er müsste dann nur noch ein Buch daraus machen.

Artur Faust. Leben und Werk.

Er sieht das Cover der Skandalbiographie schon bildhaft vor sich. Wild und knallig. Der neue Bestseller von Fred Hübner. Nur der Titel ist schlecht, das kann er besser.

Faust. Das wilde Leben.

Ja, das ist gut! Knapp und spannungsgeladen. Fred richtet sich energisch in seinem Stuhl auf. Unten am Strand laufen die drei Mädels gerade Arm in Arm aus den Wellen. Ihre Brüste sind klein und kompakt, die Warzen dunkel und im kalten Wasser auf Knopfgröße geschrumpft. Wenn die wüssten, dass hier oben gerade ein echter Knüller geboren worden ist, würden sie vielleicht mal hochgucken. Aber noch weiß niemand von dem nächsten Bestseller, außer natürlich Johann Liebig und ihm selbst. Mit großer Geste winkt Fred den Kellner heran.

»Bringen Sie uns eine Flasche Champagner und zwei Gläser. Aber keine Billigsorte, ist das klar?«

Der Kellner nickt und murmelt: »Moët & Chandon?«

»Wenn's sein muss. Roederer haben Sie wohl nicht?«

»Was?«

»Vergessen Sie's. Der Moët tut's fürs Erste. Wenn er nur kalt ist und schnell kommt.«

Schon fühlt Fred das Perlen am Gaumen und die herbe Traube in der Kehle. Aufgekratzt wendet er sich an Liebig.

»Ich bring Sie zu mir, da sind Sie erst mal sicher. Und morgen früh lassen wir die Bombe hochgehen. Drei Doppelseiten krieg ich bestimmt. Und den Aufmacher natürlich auch. Dann ist die Story in der Welt und das Geheimnis verraten. Skandal, Skandal. Vier Kunstfälschungen mit der Original-Signatur des Meisters. Das hat die Welt noch nicht gesehen. Vielleicht erzielen die Bilder sogar Liebhaberpreise, wer weiß. Auf jeden Fall wird sich für Ihr Bild ein hinreichend perverser Käufer finden. Ein falscher Faust mit dem Blut eines echten Toten. Das ist doch mal was.«

Fred Hübner nimmt dem Kellner die Champagnerflasche aus der Hand, reißt die Folie herunter und lässt den Korken über die Dünen fliegen. Die Rentner an den Nachbartischen gucken, und die kleinen Kinder zeigen mit den Fingern auf ihn. Ihre Mütter weisen sie zischend zurecht, ohne die beiden Männer aus den Augen zu lassen. Eine Welle aus Neid und Neugier schwappt herüber.

»Nicht so auffällig«, mahnt Johann Liebig leise.

»Klappern gehört zum Handwerk«, entgegnet Fred, während er beide Gläser randvoll gießt. »Morgen früh, wenn die die *Sylter Rundschau* aufschlagen, werden sie wissen, dass sie gerade einem historischen Moment beigewohnt haben. Der Geburt des Geschäfts aus dem Geist des Verrats. Auf dein Wohl, Brutus!«

Sonntag, 5. August, 15.25 Uhr, Parkplatz an der Severinskirche, Keitum

Mit einem scharfen Bremsen bringt Sven Winterberg den Dienstwagen zum Stehen. Leo Blum und er springen heraus, ziehen sich die Latexhandschuhe über und laufen zu den beiden Wagen der Tatverdächtigen.

»Fast hätten wir Schwartz den Schlüssel mit Gewalt abnehmen müssen, dabei ist die Kiste ja nun wirklich nichts wert«, sagt Blum grinsend, als er den Kofferraum des alten Golf öffnet. »Ist schon komisch, dass so ein reicher Mann so ein popeliges Auto fährt.«

»Das hab ich jetzt aber nicht gehört. Ich fahr nämlich das gleiche popelige Auto«, entgegnet Sven.

»Aber du bist nicht reich, oder du verbirgst es jedenfalls geschickt.«

Die Stimme des Spurensicherers klingt dumpf, denn er hat den Kopf bereits tief in den Kofferraum gesteckt. Mit einer Hand stützt er sich an der Kante ab, während die andere verschiedene Dinge an den vorderen Rand befördert. Neugierig schaut Sven ihm dabei über die Schulter. Ein Abschleppseil, ein Starthilfekabel und ein Putzset in einer durchsichtigen Plastikbox erscheinen.

»Was sollen wir mit Seil und Kabel?«, fragt Sven ungeduldig. »Dieser von Brüssow ist schließlich nicht erdrosselt, sondern erschlagen worden. Hat der keinen Wagenheber?«

»Ich seh mal unter dem Reservereifen nach«, murmelt Leo und wuchtet gleich darauf das Ersatzrad aus seiner Mulde. »Na, da ist ja das gute Stück!«

Triumphierend hält er den unförmigen Wagenheber in die Höhe.

»Also den möchte nicht über den Schädel bekommen«, erklärt Sven, während er ganz nah herantritt, um nach Blutspuren zu suchen. »Sieht alles ziemlich sauber aus. Und Dellen hat er auch nicht. Überhaupt wirkt das Teil recht unbenutzt.«

»Ich schau's mir nachher noch mal genauer an. Aber auf den ersten Blick würde ich auch sagen, dass wir hier falschliegen. Sollte Schwartz im Affekt getötet haben, hätte er wohl kaum die Tatwaffe so schnell wieder sauber gekriegt und ordentlich verstaut. Und wenn er den Mord geplant hat, dann wird er ohnehin nicht den eigenen Wagenheber benutzt haben.«

»Die Kollegen durchsuchen gerade das Umfeld des Friedhofs.« Sven deutet hinüber auf die andere Straßenseite, wo einige Uniformierte eifrig die Böschung durchstreifen.

»Wir reden gleich mit ihnen. Jetzt nehmen wir uns aber erst mal den BMW vor.« Leo Blum wendet sich dem Auto Florian Seebrücks zu. »Sieh mal an, er hat sich die Sonderausstattung geleistet. Alufelgen und Sportlenkrad. So schlecht können die Geschäfte also doch nicht gehen.«

»Junge Männer brauchen viel Geld«, seufzt Sven. »Ich erinnere mich durchaus noch an die Zeit.«

»Als du noch kein braver Familienvater warst?«

»Wenn du das so ausdrücken willst.«

»Aber du hast damals keinen BMW gefahren?«

»Nee, einen klapprigen Ford Fiesta.«

»Na, siehst du.« Leo Blum hat schon wieder den Kopf im Kofferraum, doch diesmal gibt es nichts zu entdecken. »Dieser Seebrück muss eine Putzneurose haben«, stellt Blum fest. »Hier ist alles vollkommen staubfrei, kein Krümel, kein Sandkorn. Sehr ungewöhnlich.«

»Und der Wagenheber?«

»Gibt's nicht. Auch das Notwerkzeug fehlt. Kein Warnkreuz, kein gar nichts. Der ganze Kofferraum ist gewissermaßen jungfräulich rein.«

»Was ja schon mal verdächtig ist. Andererseits: Um nach einem Mord hier sauberzumachen, dazu hätte Seebrück auf jeden Fall die Zeit gefehlt. Wir waren vorher bei ihm, dann hätte er herfahren müssen, von Brüssow umbringen, das Tatwerkzeug verstecken, den Wagen putzen und wieder wegfahren. Das dauert.«

»Vielleicht hat Seebrück das Auto vorher geputzt. Aus einem anderen Grund.«

Winterberg zuckt die Schultern. »Gut möglich. Aber macht ihn das verdächtig?«

»Abweichendes Verhalten ist immer verdächtig, das müsstest du doch in der Ausbildung gelernt haben.«

»Schon. Aber die Praxis hat mir gezeigt, dass es im Leben mehr abweichendes Verhalten gibt, als die Ausbilder wahrhaben wollen.«

»Trotzdem«, beharrt Leo Blum. »Ein makellos reiner Kofferraum kommt quasi nicht vor. Ist der Typ noch in der Dienststelle?«

Sven nickt. »Bastian vernimmt ihn wahrscheinlich gerade.«

»Lass uns zurückfahren. Ich will ohnehin wissen, was er zu der Fallschirmseide in seiner Mülltonne zu sagen hat.«

»Das mit dem Flugschein habe ich dir erzählt?«, will Sven wissen.

»Ja klar, vorhin erst. Leidest du jetzt unter Alzheimer?«

»Nur unter Übermüdung. Aber das kommt wahrscheinlich aufs Gleiche raus.«

Sonntag, 5. August, 15.27 Uhr, Kriminalkommissariat Westerland

Als Florian Seebrück das Büro betritt, steht Bastian Kreuzer auf. Er entschuldigt sich mit undurchdringlicher Miene für die lange Wartezeit und bittet den Architekten, Platz zu nehmen. Seebrück klemmt sich in den Besucherstuhl und wischt sich die Hände an den Oberschenkeln ab. Der Hauptkommissar beobachtet ihn schweigend. Es ist Seebrück, der als Erster das Wort ergreift.

»Was ist jetzt? Spielen wir hier Katz und Maus oder wie?«

»Sagen Sie es mir.«

»Ich will einen Anwalt sprechen.«

»Brauchen Sie einen?«

Seebrück schüttelt den Kopf. Er wirkt verzweifelt, aber entschlossen.

»Nein, brauche ich nicht. Aber ich lasse mich von Ihnen nicht wie ein Verdächtiger behandeln.«

»Herr Seebrück, wenn wir uns nicht ausführlich mit jedem beschäftigen würden, der kein zweifelsfreies Alibi hat, aber dafür ein Motiv, dann wären wir schlechte Ermittler.«

Der junge Beamte, der auch jetzt wieder neben der Tür steht, nickt bedeutungsschwer.

»Und was wäre mein Motiv?«

»Ich möchte es anders formulieren: Es gibt Indizien, und ich rede hier von einer Vielzahl von Indizien, die darauf hindeuten, dass Sie uns etwas verschweigen.«

Bastian sucht auf seinem Tisch zwischen Papieren und Ordnern, bis er das Richtige gefunden hat. Er hält eine eng beschriebene DIN-A4-Seite hoch.

»Ich will nur das Auffälligste nennen. Erstens: Sie hatten ein intimes Verhältnis mit dem ersten Mordopfer Ronald Specht. Sie haben ihn betrogen, daraufhin hat er Sie verlassen, was Sie nicht akzeptieren wollten. Liebeskummer ist immer ein Motiv. Gekränkte Eitelkeit übrigens auch.«

»Also wenn Sie mir so kommen …«, unterbricht Seebrück den Kommissar.

»Moment bitte, ich bin noch nicht fertig. Fest steht auch: Für den Tatzeitpunkt des ersten Mordes haben Sie kein Alibi. Und was den zweiten Mord betrifft, sieht es ähnlich aus. Sie hätten theoretisch Herrn von Brüssow erschlagen können, dann eine Runde mit Ihrem Wagen drehen, von irgendwo die Straße beobachten und anschließend passgenau so zurückkehren können, dass Sie zeitgleich mit Johann Liebig eintreffen.«

»Stimmt. Das Gleiche hätte Johann aber auch tun können«, gibt der Architekt cool zurück.

»Mag sein. Aber bei Ihnen kommt noch etwas anderes dazu. Circa eine Stunde vor seinem Tod hat sich Bertold von Brüssow in Ihrem Haus aufgehalten. Bitte erinnern Sie sich. Es war, als wir am Vormittag bei Ihnen waren. Er kam die Treppe herunter und lief gegen eine Skulptur, obwohl es helllichter Tag war. Er war mit seinen Gedanken ganz woanders. Er war sichtbar erregt.«

Florian Seebrück springt auf.

»Wollen Sie mir jetzt unterstellen, dass ich auch mit ihm etwas hatte? Das ist doch absurd!«

»Bitte setzen Sie sich wieder. Sie haben mich falsch verstanden. Ich meinte nicht erregt im sexuellen Sinne. Eher wirkte Herr von Brüssow so, als befinde er sich in einem Ausnahmezustand. Über den Auslöser wissen wir nichts. Furcht? Aufregung? Ein Streit? Vielleicht können Sie uns helfen.«

Florian Seebrück seufzt und setzt sich wieder hin. Er wirkt jetzt sogar etwas entspannter als am Beginn der Vernehmung. Leise sagt er: »Bertold war verzweifelt. Er brauchte Geld, und zwar schnell. Morgen Vormittag wird sein Gut zwangsversteigert, wenn er die Hypotheken nicht ablöst. Er war bei mir, um zu fragen, ob ich ihm helfen könne.«

»Eine Zwangsversteigerung. Da wird es sich ja wohl nicht um einen Hunderteuroschein gehandelt haben, den man sich mal eben so borgen kann. Und im Übrigen: Wusste von Brüssow nicht, dass Sie auch finanzielle Probleme haben?«

»Doch. Er dachte auch nicht an mein Geld, sondern an das von Artur.«

»Ich verstehe nicht …«

»Meine Güte, das ist doch nicht so schwer. Artur war großzügig. Artur hat sein Geld mit beiden Händen ausgegeben. Und zwar immer Bargeld. Nie hat ihn jemand mit einer Plastikkarte gesehen. Er hasste die Dinger. Und Banken hasste er genauso. Also dachte Bertold, es müsse einen Safe im Haus geben, in dem unendliche Mengen Bargeld liegen.«

»Das ist aber sehr naiv.«

»Er war verzweifelt, wie gesagt.«

Bastian Kreuzer lehnt sich zurück, atmet tief ein und lässt dann die Luft langsam durch gespitzte Lippen entweichen.

»Verzweifelt, okay. Lassen wir das so stehen. Aber der Tod Artur Fausts liegt ja schon eine Weile zurück. Da müsste längst ein Nachlassverwalter alle Bargeldreserven an sich genommen haben.«

»Schon, aber Bertold dachte, niemand wisse von diesem Safe.«

»Gibt es denn einen?«

Seebrück nickt.

»Wissen Sie, wo er sich befindet?«

»Hinter einem der giftgrünen Bilder im Wohnzimmer.«

»Wissen Sie, was drin ist?«

Seebrück schüttelt den Kopf.

»Das hat Bertold von Brüssow Ihnen aber nicht geglaubt?«

»Offenbar nicht.«

»Und was ließ ihn annehmen, dass Sie die Kombination dieses Safes kennen?«

Seebrück wird rot. Interessiert beobachtet Bastian, wie die Farbe den Hals hinaufkriecht und sich über die Wangen ausbreitet. Die Gedanken des Hauptkommissars jagen sich. Konzentriert versucht er, alle Informationen unter einen Hut zu bekommen. Seebrück ist schwul, Seebrück hat den Galeristen mit einem anderen Mann betrogen. Niemand weiß, mit wem. War es Faust? Bertold von Brüssow kannte den Maler aus Kinder- und Jugendtagen. Er wird auch über dessen sexuelle Orientierung Bescheid gewusst haben. Und Artur Faust war nie verheiratet, über Affären wurde allerdings reichlich spekuliert. Was wäre also, wenn von Brüssow erraten hätte, dass Seebrück und Faust eine Affäre hatten, vielleicht sogar bis zu Fausts Tod heimlich ein Paar waren? Dann hätte es doch tatsächlich sein können, dass Seebrück den Code zu Fausts Safe kannte oder wusste, wo der Schlüssel versteckt ist.

Schon will Bastian Kreuzer die nächste Frage stellen, als ihm noch etwas anderes einfällt. Siljas These. Der Tod Artur Fausts war kein Unfall, sondern ein gut kaschierter Mord. Und zwar der erste in der Serie.

Bastian drückt die Schultern durch und setzt sich sehr aufrecht hin. Er blickt Florian Seebrück so lange in die Augen, bis dieser sie niederschlägt. Dann sagt der Hauptkommissar leise: »Wir haben einen orangefarbenen Fetzen aus Ihrer Mülltonne untersucht. Er ist aus Fallschirmseide. Er stammt von Artur Fausts Rettungsfallschirm, habe ich recht?«

Seebrück schweigt.

»Irgendetwas stimmt mit Artur Fausts Tod nicht, und Sie, Herr Seebrück, wussten davon. Deswegen haben Sie den Fallschirm beiseitegeschafft.«

»Ich … nein, das war ganz anders …«

Seebrück unterbricht sich und schlägt die Hände vors Gesicht. Er reibt lange über Wangen und Stirn, bis er schließlich zwischen den Fingern hindurch murmelt: »Ich sage nichts mehr. Nicht ohne einen Anwalt.«

Wortlos schiebt ihm Bastian Kreuzer das Telefon über den Tisch.

Sonntag, 5. August, 15.40 Uhr, Munkmarscher Chaussee, Keitum

Während Leo Blum den Dienstwagen in schneller Fahrt zurück nach Westerland lenkt, versucht Sven Winterberg, die Kollegin Silja Blanck zu erreichen. Zu Hause scheint sie schon mal nicht zu sein, jedenfalls hebt dort niemand ab. Auch ans Handy geht Silja nicht.

»Mist, Bastian wird stinksauer sein, wenn ich es nicht schaffe, Silja an die Strippe zu kriegen«, flucht er.

Leo Blum grinst. »Kennst du den alten Trick nicht?«

»Welchen Trick?«

»Schick ihr eine SMS: *Good news, ruf mich an.* Diesem Text kann niemand widerstehen.«

»Hey, das ist genial. Das mach ich sofort.«

Schnell tippt Sven die Nachricht und sendet sie ab. Anschließend beobachtet er sein Handy wie hypnotisiert. Und tatsächlich klingelt es nach wenigen Sekunden.

»Hallo, Silja, toll, dass du so schnell zurückrufst«, beginnt Sven zu reden. Plötzlich ist er doch etwas nervös, denn welche wirklich gute Neuigkeit hat er der liebeskranken Kollegin schon mitzuteilen? Aber er kommt nicht mehr dazu, sich weitere Gedanken zu machen, denn es ist die Stimme seiner Frau Anja, die ihm jetzt sehr unterkühlt antwortet.

»Silja kann jetzt nicht. Aber nett, dass du dich mal meldest. Hast du eigentlich schon vergessen, dass ich dich auch sprechen wollte?«

»Äh, nein, natürlich nicht. Aber mein Anruf ist ja rein dienstlich. Und ich dachte, dass wir beide das Private heute Abend oder vielleicht auch erst morgen früh in aller Ruhe bereden.«

Den äußerst irritierten Blick, den Leo ihm vom Fahrersitz zuwirft, ignoriert Sven. Erst mal muss er die Heimatfront beruhigen.

»Wie kommst du überhaupt an Siljas Handy?«

»Sie sitzt neben mir«, antwortet Anja knapp.

»Geht's ihr gut?«

»Machst du Witze? Wie soll es ihr gutgehen, wenn ihr Typ vor ihren Augen mit einer anderen rumknutscht.«

»Du weißt es also schon?«

»Stell dir vor. Ich weiß sogar noch einiges mehr, was du nicht weißt«, entgegnet Anja schnippisch.

»Anja, Süße, bitte lass uns jetzt nicht streiten. Es tut mir leid, dass ich am Morgen so kurz angebunden war, aber ich war wirklich hundemüde und musste mich dringend hinlegen. Egal was du mir sagen wolltest, ich hätte ohnehin nicht die nötige Ruhe gehabt, um dir richtig zuzuhören.«

Merkwürdigerweise schweigt Anja jetzt. Sven prüft verwundert seinen Empfang, aber es scheint alles in Ordnung zu sein.

»Anja? Bist du noch dran?«

»Wo bist du gerade?«, will seine Frau jetzt wissen. Ihre Stimme klingt plötzlich anders. Jünger, frischer, entschlossen und irgendwie sehr aufgeregt.

»Ich sitze im Auto.«

»Fährst du?«

»Nein, das macht Leo. Leo Blum von der Spurensicherung, du erinnerst dich bestimmt. Er hat …«

»Ich weiß, wer Leo Blum ist«, unterbricht ihn Anja. »Also okay, du sitzt im Auto und wirst gefahren. Dann lehn dich jetzt mal zurück und mach die Augen zu. Hast du?«

Sven nickt, und erst Sekunden später fällt ihm ein, dass Anja ihn gar nicht sehen kann. »Alles klar, es kann losgehen«, sagt er leise und wartet, obwohl er nicht den Schimmer einer Ahnung hat, was jetzt kommen wird. Aber egal. Die Sonne scheint durch das geöffnete Autofenster und wärmt sein Gesicht. Der Fahrtwind streichelt es. Der Motor des Wagens brummt gleichmäßig, und Leo pfeift in schiefen Tönen einen alten Schlager vor sich hin.

»Wir bekommen noch ein Kind«, sagt Anja leise dicht an Svens Ohr. »Ich bin schwanger, stell dir vor. Heute früh habe ich den Test gemacht.«

Ruckartig reißt Sven seine Augen auf. Neben ihm sitzt Leo Blum und pfeift immer noch vor sich hin. Die Sonne scheint immer noch, auch der Wind weht weiter, und der Motor arbeitet nach wie vor. Nur sein Leben ist plötzlich völlig auf den Kopf gestellt.

»Du bist 42«, flüstert er hilflos ins Handy.

»Na und? Andere kriegen mit 45 noch Babys. Und wir wollten doch immer ein zweites Kind.«

»Ja natürlich …«

»Freust du dich nicht?«

Zaghaft und sehr verletzlich klingt Anja plötzlich. Und in diesem Moment, in diesem einzigartigen, verrückten, vollkommen abgedrehten Augenblick spürt Sven die Freude fast körperlich, diese reine, ursprüngliche Freude über ein großes Wunder.

»Anja, ich liebe dich«, sagt er laut und sehr ernsthaft ins Telefon. »Ich liebe dich, und ich freue mich ganz unglaublich. Warte mal einen Moment, ja?« Dann wendet er sich an Leo. »Halt mal an. Und jetzt wenden. Wir müssen zurück nach Kampen.«

»Was willst du denn da?«, fragt Leo irritiert.

»Meine Frau küssen«, antwortet Sven, und nach einer kleinen Pause redet er wieder ins Handy. »Anja? Bist du noch dran? Bleib einfach dort stehen oder sitzen oder was auch immer. Genau dort, wo du jetzt bist, okay? Ich bin schon auf dem Weg zu dir, ich will dich so sehen, wie du jetzt aussiehst, in diesem ganz besonderen Moment.«

Gerade will er auflegen, da fällt ihm der eigentliche Grund seines Anrufs wieder ein.

»Anja, hörst du mich noch?«

»Ja.«

»Bitte tu mir noch einen Gefallen, ja? Lass Silja nicht weglaufen.«

Sonntag, 5. August, 15.50 Uhr, Strandstraße, Wenningstedt

Judith Lissen tigert durch ihre Wohnung.

Flur, Wohnzimmer, Schlafzimmer, Bad, Schlafzimmer, Wohnzimmer, Flur.

In der Hand hält Judith ihr Handy. Alle paar Minuten bleibt sie stehen und sucht im Adressverzeichnis nach Siljas Kontaktdaten. Aber sie ruft nicht an, sondern starrt auf den Bildschirm, bis er wieder dunkler wird. Nach dem dritten oder vierten Versuch schleudert sie das Handy in die Ecke ihres Badezimmers. Es zerschellt am Badewannenrand, der Akku schlittert durch den ganzen Raum.

Judith lässt Handy und Akku am Boden liegen und läuft zurück ins Wohnzimmer. Erst jetzt schaut sie auf die Uhr. Es ist kurz vor vier. Fred Hübner kann jeden Moment klingeln. Wenn sie jetzt noch einen weiteren Fehler macht, ist sie geliefert.

Schon geht der Türgong. Judith läuft auf Zehenspitzen zum Fenster, aber sie kann den Hauseingang nicht einsehen, weiß nicht, wer unten steht. Vielleicht ist es gar nicht Fred. Vielleicht ist es Silja. Mit gezogener Dienstwaffe. Oder Bastian. Mit einem Rosenstrauß.

Sie wird es nie erfahren, wenn sie nicht aufmacht.

Judith holt tief Luft. Dann läuft sie zurück in die Diele und drückt den Türöffner. Von unten hallen Schritte herauf. Feste Schritte. Energische Schritte. Männerschritte? Oder die Schritte einer Polizistin, die zu allem entschlossen ist? Judith presst das rechte Auge an den Spion in der Wohnungstür. Der Besucher muss jeden Moment auf der Treppe erscheinen.

Plötzlich hält Judith es nicht mehr aus. Sie tritt zurück und presst die Hände auf die Ohren. Gleich wird es klingeln, und dann ist alles vorbei. Als sie am Flurspiegel entlangläuft, sieht sie ihr eigenes Gesicht. Der Mund steht offen, wie vor Schreck verzerrt, unter den Augen liegen tiefe Schatten. Sie könnte locker der Frau auf Edvard Munchs Gemälde »Der Schrei« Konkurrenz machen. Judith bleibt stehen und versucht, wenigstens ihren Gesichtsausdruck normal wirken zu lassen. Im gleichen Augenblick schellt es.

Die paar Schritte zurück zur Tür erscheinen ihr wie Kilometer.

»Wer ist da, bitte?« Ihre Stimme scheppert.

Vor dem Spion sieht Judith nichts als das Label einer Champagnermarke. Fred Hübners Stimme klingt werbend, aber auch ein klein wenig verwaschen.

»Ich dachte, wir wiederholen unseren Verbrüderungstrunk noch mal. Diesmal gemeinsam.«

Erleichtert öffnet Judith die Tür.

»Hast du dich geprügelt?«

Entsetzt weist sie auf Freds Jochbein, das blau angelaufen ist, und auf die aufgeschürften Handgelenke.

»Halb so schlimm. Ich bin der Bullerei in die Quere gekommen«, antwortet Fred und strahlt übers ganze Gesicht.

»Und darauf trinken wir jetzt?«

Judith ist nicht sicher, was sie denken soll. Sind plötzlich alle um sie herum irre geworden, oder entwickelt nur sie selbst eine ausgereifte Psychose?

»Kann ich erst mal reinkommen? Dann erzähle ich dir gern den Rest.«

Sonntag, 5. August, 15.51 Uhr, Kriminalkommissariat Westerland

Polizeimeisterin Liane Kröger flucht leise vor sich hin. Draußen ist traumhaftes Wetter, sie hat Wochenenddienst und wegen der zwei Morde ohnehin schon alle Hände voll zu tun. Und jetzt kommt ihr auch noch diese Xanthippe in die Quere.

Schon der energische Schwung, mit dem die Tür des Backsteingebäudes aufgestoßen wurde, ließ nichts Gutes ahnen. Auch der schnelle Schritt, immer zwei Treppenstufen auf einmal nehmend, und das Ignorieren des Pförtners deuteten auf Ärger hin. Liane würde es gar nicht wundern, wenn ausgerechnet sie plötzlich von einem dritten Toten erfahren würde.

Bevor sie allerdings weitere Vermutungen anstellen konnte, rauschte eine Dame um die Ecke und baute sich vor dem Tresen der Polizeidienststelle auf. Da steht sie jetzt, schwer atmend und sichtbar erregt. Liane flucht noch einmal, diesmal aber nur insgeheim. Sie würdigt den ungebetenen Gast keines zweiten Blickes. Leider sind alle anderen Kollegen entweder ausgeflogen, oder sie werden oben gebraucht. Nur sie muss hier unten die Stellung halten. Und außerdem soll sie möglichst schnell ihren Bericht fertig schreiben.

»Sie müssen sich schon noch gedulden. Ich bin beschäftigt«, erklärt sie, ohne aufzuschauen.

»Wo ist mein Mann?«, ruft daraufhin die Dame quer durch den Raum und schlägt gleichzeitig mit der flachen Hand auf den Tresen.

»Moin, moin erst mal.« Jetzt sieht Liane Kröger doch auf, aber nur kurz.

Die Frau am Tresen wirft die sorgfältig getönten dunkelblonden Haare in den Nacken und stemmt die Hände in die Hüften. Ihre leichte Bluse ist aus feiner Seide und sitzt wie maßgeschneidert. Am linken Ringfinger steckt ein breiter Goldreif, und die Uhr sieht auch nicht gerade billig aus.

»Sie halten meinen Mann jetzt schon seit geschlagenen drei Stunden fest.«

Liane Kröger seufzt.

»Ihr Name?«

»Schwartz. Konstanze Schwartz, und mein Mann ist …«

»… hier auf dem Kommissariat, das sagten Sie schon. Worum geht's denn genau?«

»Was ist das denn für eine Frage? Sie behandeln meinen Mann wie einen Verbrecher.«

»Sagt wer?«

Als sei jede Bewegung unendlich mühselig, stemmt sich Liane Kröger aus ihrem Schreibtischstuhl hoch und setzt sich in Bewegung. Die andere knallt ihre teure Tasche auf den Tresen und wühlt aufgebracht darin herum. Schließlich zieht sie ein ledernes Etui heraus und entnimmt ihm ihren Personalausweis.

»Hier. Den wollen Sie ja bestimmt sehen.«

Liane Kröger streckt wortlos die Hand aus und studiert das Dokument ausführlich. Anschließend mustert sie ihr Gegenüber noch einmal. In aller Ruhe lässt sie ihren Blick über die faltenfreie Haut, die weit aufgerissenen Augen und den üppigen Mund wandern. Diese Konstanze Schwartz wird in zwei Monaten 51, so alt ist Lianes Mutter auch. Allerdings sieht ihre Mutter deutlich verlebter aus. Und sie ist auch doppelt so dick. Kurz streicht sich Liane über die eigenen breiten Hüften. Das Üppige liegt bei ihnen nun mal in der Familie. Die Polizeimeisterin spürt, wie zu dem Ärger über das anstrengende Wochenende jetzt auch noch der Ärger über die Konfrontation mit dieser überheblichen, dünngehungerten Tussi kommt.

»Moment«, nuschelt sie, kommt hinter dem Tresen hervor, geht ohne weitere Erklärung an der anderen vorbei und steigt die Treppe zum Kommissariat hinauf. Den Ausweis nimmt sie mit.

Oben klopft sie an die Bürotür und wundert sich über das schnelle »Herein«. Eigentlich hat sie erwartet, in eine Vernehmung hineinzuplatzen, aber Bastian Kreuzer sitzt allein hinter seinem Schreibtisch.

»Nanu, ich dachte, hier herrscht Hochbetrieb.«

»Der eine wartet auf seinen Anwalt, und der andere ist gleich dran. Im Übrigen wüsste ich nicht, was dich das angeht«, schnauzt der Kommissar.

Liane wundert sich wenig über den unhöflichen Tonfall. Obwohl er immer so kollegial tut, hat sie Bastian Kreuzer von Anfang an für einen arroganten Schnösel gehalten. Kommt aus Flensburg und angelt sich gleich die eiserne Jungfrau Silja. Hätte ja durchaus noch andere Kandidatinnen auf der Dienststelle gegeben.

Liane seufzt. Ihre Stimme klingt jetzt beleidigt.

»Unten ist eine Frau. Konstanze Schwartz heißt sie, und sie will …«, beginnt die Polizistin, wird aber gleich von Kommissar Kreuzer unterbrochen.

»Das fehlt mir gerade noch. Lass sie warten, aber unten. Und sag ihr, das kann dauern.«

Liane nickt, bleibt aber zögernd stehen.

»Ja?«

»Sie sieht ziemlich energisch aus. Ich weiß nicht, ob ich sie aufhalten kann.«

Der Kommissar verschränkt die Hände hinter dem Kopf, lehnt sich zurück und sagt gefährlich leise:

»Wie sollen wir hier oben eigentlich arbeiten, wenn bei euch da unten noch nicht mal die primitivsten Mechanismen funktionieren? Ich weiß nicht, seit wann du heute im Dienst bist, aber ich habe praktisch seit 36 Stunden nicht geschlafen. Und für Silja und Sven gilt das Gleiche. Wir arbeiten hier seit zwei Uhr nachts ununterbrochen, das sind, um genau zu sein …«, er sieht kurz auf seine Armbanduhr, »… ganze 14 Stunden. Die Ereignisse überschlagen sich, erst der tote Galerist, dann wird am Mittag jemand auf dem

Friedhof erschlagen, wer weiß, was als Nächstes passiert. Keiner hat mehr irgendetwas unter Kontrolle, Sven und Silja sind unterwegs, ich schleuse hier einen nach dem anderen durch die Vernehmung, dieser hat ein Alibi, jener will jetzt doch lieber seinen Anwalt sprechen, es ist zum Kotzen. Und um auf diesen Heiner Schwartz zurückzukommen: Der sitzt jetzt auch schon seit Stunden hier, wird immer unleidlicher, wartet auf seine Vernehmung – und nun kommt ausgerechnet noch seine holde Gattin hier hereingeplatzt und will … warte mal …«

Der Kommissar verstummt völlig unerwartet. Er senkt den Kopf, legt beide Hände an die Schläfen und schließt die Augen. Jetzt sieht er aus wie ein lauerndes Krokodil, findet Liane Kröger und beobachtet fasziniert die faltigen Lider und die imposanten Tränensäcke Bastian Kreuzers.

»Ist sie wütend oder aufgeregt?«, fragt er plötzlich.

Liane Kröger nickt, aber der Kreuzer hält seine Augen immer noch geschlossen, also sagt sie sehr leise, so als könne die Dame unten alles mithören: »Beides.«

»Gut.«

Die Gestalt Bastian Kreuzers strafft sich, er nimmt die Hände von den Schläfen, klappt die Augendeckel auf und blinzelt ins Sonnenlicht jenseits der Fenster. Dann springt er auf und läuft hinaus auf den Flur.

»Planänderung«, schmettert er dem Kollegen zu, der vor einer geschlossenen Bürotür wartet, hinter der vermutlich der Ehemann von Konstanze Schwartz sitzt. »Ich spreche jetzt erst mal mit Frau Schwartz.« Dann dreht sich Kommissar Kreuzer zu Liane Kröger um und befiehlt genauso laut: »Bring die Dame nach oben, bitte, ich erwarte sie in meinem Büro.«

Es ist überdeutlich, dass diese Ansage ebenso für ihre Ohren wie für die von Heiner Schwartz bestimmt ist. Und dessen Reaktion lässt auch nicht lange auf sich warten.

Hinter der geschlossenen Tür poltert etwas. Schnelle Schritte knallen auf den Linoleumboden, dann wird von innen an der Klinke gerüttelt.

»Ihr habt ihn eingeschlossen?«, wispert Liane dem Kommissar zu. Plötzlich findet sie die ganze Sache unheimlich spannend und hat fast schon ihre schlechte Laune vergessen.

Bastian Kreuzer grinst und legt verschwörerisch den Finger auf die Lippen. Und blinzelt er ihr nicht auch zu? Wer weiß, vielleicht ist er ja doch nicht mehr so dicke mit der Blanck, immerhin leisten sich die beiden zwei unterschiedliche Wohnungen. Und das bei der Wohnungsnot auf der Insel. »Ich hole die Dame sofort herauf«, antwortet Liane jetzt mit genauso lauter Stimme wie vorher der Kommissar und blinzelt versuchsweise zurück. Beschwingt eilt sie die Treppen hinunter.

Sonntag, 5. August, 15.58 Uhr, Braderuper Weg, Kampen

Kaum dass Leo Blum den Dienstwagen vor dem Haus der Winterbergs gestoppt hat, springt Sven schon aus dem Wagen und stürmt durch den Vorgarten. »Wartest du den Moment im Auto?«, ruft er über die Schulter. »Es dauert nur fünf Minuten, dann bin ich zurück und wieder ganz für den Fall da.«

»Nur die Ruhe«, brummt ihm Leo Blum hinterher.

Sven hebt die linke Hand zum Zeichen, dass er verstanden

hat, und sucht mit der anderen nach seinem Schlüssel. Doch die Haustür steht bereits offen, und in der Diele hört er auch schon Anjas und Siljas Stimmen.

»Ich bin dir so dankbar.« Silja.

»Nicht dafür.« Anja.

Sven stößt die Küchentür auf. Eine Teekanne und zwei Tassen stehen auf dem Tisch, daneben liegt eine fast leere Packung Tempotücher. Silja sitzt auf dem Platz am Fenster, hat die Ellenbogen auf die Tischplatte gestützt und reibt sich mit den Händen über das vom Weinen geschwollene Gesicht. Vor ihr türmen sich ein paar zerknüllte Taschentücher.

»Ach Mensch«, entfährt es Sven, »Bastian ist wirklich ein Hornochse!«

Silja nickt – und lächelt sie dabei nicht sogar ein wenig?

»Ich habe ihr gerade erklärt, dass Bastian sie liebt. Egal, was er jetzt wieder angestellt hat«, murmelt Anja, während sie in Svens Arme sinkt. Dann herrscht für einige Augenblicke Stille im Raum. Sven und Anja halten sich fest und sehen sich glücklich in die Augen. Silja wartet einen Moment, bis sie ein weiteres Taschentuch aus der Packung zieht und geräuschvoll hineinschnaubt.

»Wann hast du den Test gemacht?«, will Sven von seiner Frau wissen.

»Heute früh. Habe ich dir das nicht schon am Telefon gesagt?«

»Ich bin so aufgeregt, kann sein. Du musst dir morgen gleich einen Termin bei der Gynäkologin geben lassen. Und beim ersten Ultraschall will ich unbedingt dabei sein.«

»Das kann aber noch ein bisschen dauern«, lacht Anja. »Wenn meine Berechnungen stimmen, bin ich höchstens in der sechsten Woche.«

»Du bist schwanger? Das hast du gar nicht erzählt.«

Silja hebt den Kopf und blinzelt die letzten Tränen weg.

»Du hast doch neben mir gesessen, während ich telefoniert habe«, antwortet Anja verblüfft, während sie sich aus Svens Umarmung löst.

»Ich bin vielleicht gerade nicht besonders aufmerksam«, entschuldigt sich Silja und fügt leise hinzu: »Liebeskummer macht wahrscheinlich egoistisch.«

»Aber auch sensibel. Und das ist für eine Kriminalkommissarin doch nicht die schlechteste Voraussetzung, um einen Fall zu lösen, oder?«

Zu Svens nicht geringem Erstaunen wendet sich Anja mit ihrer Frage an ihn.

»Ja, klar. Aber was willst du damit sagen?«

Anja nimmt ihre Teetasse vom Tisch und dreht sie nachdenklich zwischen den Fingern. »Silja hat mir gerade ziemlich ausführlich ihre Freundin beschrieben. Und Bastian kenne ich ja selbst ein bisschen. Also, wenn ihr mich fragt, stimmt an der ganzen Sache irgendetwas nicht. Bastian würde doch nicht einfach so …« Ein Schluchzen Siljas unterbricht Anjas Satz. »Entschuldige bitte, ich will dich nicht quälen, aber hast du nicht selbst gesagt, dass diese Judith sehr zielstrebig ist und Bastian überhaupt nicht ihr Typ?«

Silja nickt und sieht dabei furchtbar unglücklich aus.

Anja wendet den Blick ab, holt tief Luft und sagt dann mit energischer Stimme: »Also ich meine, du solltest nicht Bastian, sondern erst mal diese Judith zur Rede stellen.«

Sven runzelt die Stirn, dann nimmt er seiner Frau den Teebecher aus der Hand und leert ihn mit einem einzigen Zug. »Sorry. Ich wusste gar nicht, dass ich so durstig bin.« Mit schuldbewusster Miene reicht er Anja den Becher zurück.

»Kein Problem. Sag mir lieber, was du von meinem Vorschlag hältst.«

Sven überlegt kurz, sieht dabei allerdings nicht besonders überzeugt aus. Aber schließlich muss er zugeben: »Schaden würde es nicht, wenn Silja ihr einmal auf den Zahn fühlt. Vielleicht hat sie ja unterdessen ein schrecklich schlechtes Gewissen und plaudert irgendetwas aus, das uns weiterhilft.«

»Ich will nicht«, murmelt Silja. »Ich fang bestimmt wieder an zu heulen, und dann mache ich mich auch noch lächerlich. Das könnt ihr nicht von mir verlangen.«

»Tun wir ja auch gar nicht«, beruhigt sie Anja. »Aber wenn ich dich richtig verstanden habe, hast du bisher weder Bastian noch deiner Freundin …«

»Ehemalige Freundin!«

»Okay, ehemalige Freundin. Jedenfalls hast du beiden nicht die Spur einer Chance gegeben, dir etwas zu erklären. In der Galerie bist du gleich rausgelaufen, und mit Bastian hast du hinterher gar nicht mehr geredet.«

»Jetzt bin ich auch noch schuld, oder was?«

Siljas Stimme klingt plötzlich klar und ziemlich aggressiv, ihre Augen blitzen. Ein kurzer Blick bestätigt Sven, dass der Kampfgeist seiner Kollegin zurückgekehrt zu sein scheint. Sie hat die Fäuste auf der Tischplatte geballt und einen ausgesprochen grimmigen Gesichtsausdruck.

»Nein, natürlich bist du nicht schuld, woran auch?«, sagt er leise. »Aber du hast ein Recht auf eine Erklärung. Lass sie nicht einfach so davonkommen, alle beide. Stell sie zur Rede. Zuerst Judith und dann Bastian. Denk dir einfach, es sei eine Vernehmung. Und glaub mir, das Gespräch wird für Judith Lissen schwerer sein als für dich.«

»Meinst du wirklich?«

»Und ob. Weißt du was?«

»Nein?«

»Leo wartet draußen. Eigentlich müssen wir schnellstens zurück ins Kommissariat. Aber Wenningstedt liegt ja fast auf dem Weg. Wir fahren dich jetzt zu Judith Lissens Wohnung. Falls sie dort ist, gehst du hoch und nimmst sie dir zur Brust, und falls nicht, kommst du mit uns.«

»Ins Kommissariat?« Siljas Stimme splittert vor Wut.

»Na ja, ich dachte …«, beginnt Sven einen matten Erklärungsversuch.

»Das kannst du knicken. Bastian soll selber sehen, wie er klarkommt. Ist mir völlig egal, was das für Konsequenzen hat.« Silja macht eine kurze Pause und nippt an ihrem Tee. Dann setzt sie den Becher energisch ab. »Aber das andere ist vielleicht keine schlechte Idee. Komm, lass uns gleich losfahren, bevor ich's mir anders überlege.«

Sie springt auf, legt Anja die Hände auf die Oberarme und schmatzt ihr zwei Küsse auf die Wangen.

»Danke«, murmelt sie. »Danke für alles. Und dir alles Gute. Wird bestimmt ein Prachtkind, euer zweites!«

Sonntag, 5. Juli, 16.12 Uhr, Strandstraße, Wenningstedt

Fred hängt in der Ecke von Judith Lissens Sofa und hat Mühe, sich an der Armlehne festzuhalten. Irgendwie scheint sein ganzer Körper das Gewicht in die Füße oder besser gesagt in die Kniekehlen verlagert zu haben. Sie wollen einknicken und sich dringend auf dem Parkettboden zusammenfalten. Aber noch ist Fred Hübner nicht so betrunken, dass er nicht genau wüsste, dass er dann umgehend auf dem Boden landen und eine ziemlich jämmerliche Figur abgeben würde. Dabei ist doch heute sein Glückstag!

Erst das umwerfende Angebot Johann Liebigs, ihm exklusiv die Geheimnisse der Malerclique anzuvertrauen, und jetzt die volle Aufmerksamkeit dieser umwerfend schönen Frau, die ihn kaum aus den Augen lassen kann. Allerdings ist Fred Hübner noch nicht betrunken genug, um nicht die Doppelung des Adjektivs »umwerfend« in seinen Gedanken zu bemerken. Selbst hier gilt: Wehret den Anfängen. Ein lukratives Angebot und eine umwerfende Frau, korrigiert er sich also innerlich, hat dabei allerdings leider den Anschluss an das ohnehin schleppende Gespräch verpasst. Was hat Judith gerade gesagt? Entweder er wird langsam schwerhörig, oder sie redet heute besonders leise. Und steht in ihren Augen nicht eher Angst als Anbetung? Was ja auch kein Wunder ist, schließlich hat es gerade einen zweiten Mord gegeben. Genau, das war auch ihr Gesprächsthema, jetzt fällt es Fred wieder ein.

Während er sich bemüht, möglichst unfallfrei wieder in die Konversation einzusteigen, denkt er darüber nach, woher Judith eigentlich so schnell von dem Mord erfahren konnte. Haben die Jungs von der Kripo die Geschichte etwa sofort an die Medien gegeben? Wundern würde es ihn zwar, aber wahrscheinlich ist Judith deshalb plötzlich so zurückhaltend. Mit Angst im Bauch flirtet es sich nicht besonders gut. Doch warum brechen ihre Augen immer wieder aus und wandern wie hilfesuchend durch den Raum? Vor ihm muss sie echt keine Angst haben. Oder fürchtet sie vielleicht nur, ihm nicht genügend zu gefallen? Da könnte er sie umgehend beruhigen.

»Wennch diese Reprtage über die Malerclique wrklch

schreibe, dann werdch vlleicht endlich reich«, nuschelt Fred und registriert sofort Judiths besorgten Blick. Reiß dich zusammen, alter Junge, denkt er sofort schockiert, so wie du redest, könnte man meinen, du wärst schon völlig hinüber. Frauen stehen aber nicht auf Kontrollverlust – jedenfalls nicht bei Typen, die sie eigentlich bewundern wollen. Er räuspert sich, nimmt alle Konzentration zusammen und setzt noch einmal neu an.

»Könnte sein, dass so ein Buch der Hammer wird. Und wenn ich geschickt verhandle, gibt's sogar schon einen ordentlichen Vorschuss. Ich könnte mir über den Winter was auf Bali mieten. Eine kleine Hütte direkt am Strand, ganz romantisch zwischen Wellen und Koosnusspalmn.«

Mist, er muss seine Worte sorgfältiger wählen, nicht alle scheinen noch heil über die etwas schwere Zunge zu kommen. Doch Judith lächelt. Immerhin. Ziemlich wehmütig sieht das aus und auch ein bisschen sehnsuchtsvoll. Na, geht doch, denkt Fred und redet mutig gegen die Zungenlähmung an.

»Vllcht möchst du ja mitkomm. Wolltst du nicht ohnehin promovieren?«

»Auf Bali am Strand? Wie soll das denn gehen? Oder würdest du auch gleich noch eine kunsthistorische Bibliothek einfliegen lassen?«

Zum Glück scheint Judith sich nicht an seinen Sprachproblemen zu stören. Im Gegenteil. Jetzt lacht sie sogar.

»Naann schreibsu halt ersmal ein Konzept. Ein bisschen Freizeit muss auch sein. Unächsten Sommer kommen wir sowieso surück, dann kannsu hier recherschiern.«

Verdammt, das Wort hat beim letzten Mal doch noch ganz anders geklungen. Fred spürt deutlich, wie er rapide abbaut. In seinem Kopf strudelt es gefährlich, fast fühlt es sich an, als hätte jemand einen Stöpsel gezogen, so dass jetzt das Resthirn ungebremst in den Magen sacken kann. Oder in den Enddarm, egal, irgendwohin jedenfalls, wo es definitiv mehr Schaden als Nutzen anrichtet.

»Ich glaube, du solltest dich jetzt ausruhen.«

Judith Lissen schält sich aus dem Sessel, in den sie sich während des gesamten Gesprächs gedrückt hat wie eine Auster in die Muschel. Ha, denkt Fred, die poetischen Vergleiche funktionieren noch, auch wenn ihre Umsetzung in Sprache, also in gesprochene Sprache, wahrscheinlich in den nächsten Stunden nicht mehr ratsam sein dürfte. Trotzdem lallt er tapfer: »Weissu, wieu aussesehn has?«

Leider lässt sich Judith jetzt gar nicht mehr auf seine Komplimente ein. So wie sie jetzt auf ihn zukommt, wirkt sie eher wie eine Krankenschwester.

»Beruhige dich, okay? Komm, ich helfe dir auf, und dann legst du dich drüben im anderen Zimmer auf mein Bett. Es ist wahrscheinlich alles meine Schuld. Wir hätten diesen Champagner gar nicht erst aufmachen dürfen.«

Mit einer ziemlich ratlosen Geste deutet Judith auf die fast leere Flasche, die zwischen ihnen am Boden steht.

»Keiproblem fürmich.«

Obwohl das cool klingen soll, greift Fred ausgesprochen dankbar nach Judiths helfend ausgestreckter Hand. Schwankend setzt er seine Schritte, immerhin schafft er es, sich nicht auch noch auf ihre Schulter zu stützen. Doch als er das Bett am anderen Ende des nächsten Raumes sieht, scheinen seine Knie endgültig ihren Dienst zu verweigern. Mit letzter Kraft kann er verhindern, dass er kurz vor dem Sehnsuchtsziel zu Boden geht. Ein langer Schritt noch, dann kippt sein

Körper nach vorn, landet aber wenigstens zur Hälfte auf der Matratze. Das Bettzeug duftet intensiv nach Judiths verführerischem Parfüm, das ihm gestern Abend schon den Kopf verdreht hat, so viel nimmt Fred noch wahr. Und dass seine Füße, die komischerweise fast im Nichts hängen, angehoben werden und ebenfalls in den Genuss der weichen Unterlage kommen, bemerkt er auch noch.

»Dangefüralles«, murmelt Fred Hübner gerührt ins Kissen, dann umfängt ihn ein sehr willkommener seliger Schlummer.

Sonntag, 5. August, 16.13 Uhr, Kriminalkommissariat Westerland

»Sie wissen vermutlich schon, dass einiges von dem, was Sie mir gerade über Ihren Mann erzählt haben, ihn ziemlich verdächtig aussehen lässt«, gibt Bastian Kreuzer mit fragender Stimme zu bedenken, während er Konstanze Schwartz nachdenklich mustert.

Die Ehefrau von Heiner Schwartz ist zweifelsohne intelligent, und ihre Beunruhigung über das Verhalten ihres Mannes nach der Mordnacht kann Bastian gut nachvollziehen. Doch warum hat sie nicht zunächst den Ehemann zur Rede gestellt? Warum ist sie ihrem Göttergatten stattdessen zweimal heimlich gefolgt und hat jedes Mal riskiert, bei einem veritablen Vertrauensbruch entdeckt zu werden? Macht man das jetzt so in langjährigen Ehen?

Angesichts der Umstände wirkt die Frau, die Bastian Kreuzer gegenübersitzt, merkwürdig ruhig.

»Mein Mann ist kein Mörder, machen Sie sich nicht

lächerlich«, erklärt sie prompt. Ihre Hände liegen entspannt auf den Lehnen des Stuhls, die Beine hat sie übereinandergeschlagen, als sie sich hinsetzte, und seitdem nicht mehr bewegt. Auch ihr Blick ist klar und konzentriert. Sie ist eindeutig überzeugt von dem, was sie sagt.

Trotzdem wendet Bastian ein: »Da kann man sich täuschen.«

Konstanze Schwartz lacht, aber nur kurz.

»Glauben Sie mir, es ist vollkommen absurd, was Sie Heiner da unterstellen. Ich gebe ja zu, dass es ziemlich unfein von mir war, ihm nachzufahren, aber ich dachte zuerst, er sei in Schwierigkeiten, und dann, ja dann dachte ich …«

»Was?«

Sie holt tief Luft, dann stößt sie aus: »Ich hatte Angst, er könnte vielleicht eine Affäre haben.«

»Ach« ist alles, was Bastian herausbringt. Das Wort *Affäre* will er heute noch nicht einmal denken.

»Aber ich habe mich getäuscht. Als ich die drei da an Artur Fausts Grab stehen sah, die Blicke schreckensstarr auf den Toten am Boden gerichtet, da wusste ich, dass irgendetwas Furchtbares im Gange ist. Und dass mein Mann vermutlich nur deshalb nicht darüber geredet hat, damit ich mich nicht erschrecke.«

»Sie wirken nicht besonders schreckhaft auf mich«, wendet Bastian ein.

»Sind Sie verheiratet?«

Bastian schüttelt den Kopf. Schon wieder dieses heikle Thema.

Ein Lächeln fliegt über Konstanze Schwartz' Gesicht, aber sie wird schnell wieder ernst. »Dann können Sie auch nicht wissen, was ich meine. Man bemüht sich in einer Partnerschaft eigentlich schon darum, sich gegenseitig vor Unangenehmem zu bewahren.«

»Das hat aber bestimmte Grenzen, finden Sie nicht?«

»Doch, das finde ich auch. Und genau darum bin ich hier. Als ich Heiner und die anderen auf dem Friedhof entdeckt habe, bin ich weggelaufen. Ich war schockiert, und ich musste mir erst einmal darüber klarwerden, was das alles bedeuten konnte. Und als ich danach mit meinem Mann sprechen wollte, ist er nicht mehr ans Handy gegangen. Haben Sie ihm das weggenommen?«

»Sagen wir mal so: Wir haben alle drei um ihre Handys gebeten.«

Konstanze Schwartz zuckt die Schultern. »Ist mir egal, wie Sie das nennen. Fakt war jedenfalls, dass ich ihn nicht mehr erreichen konnte.«

»Woher wussten Sie eigentlich, dass Sie ihn hier finden würden?«

»Was würden Sie denn machen, wenn Sie einen Freund tot am Boden liegen sehen? Doch wohl auch die Polizei rufen, oder? Und dass man hinterher vernommen wird, ist auch völlig normal. Nur vielleicht nicht, dass es stundenlang dauert.«

Ihr Blick ist jetzt vorwurfsvoll, und Bastian Kreuzer, der bisher vornübergebeugt an seinem Schreibtisch saß, richtet sich auf.

»Frau Schwartz, ich würde jetzt gern Ihren Mann hereinbitten und ihn mit Ihren Beobachtungen konfrontieren.«

»Bitte. Tun Sie sich keinen Zwang an. Ich bin sicher, er hat nichts zu verbergen.«

Jetzt flackert ihr Blick doch. Bastian ist fast erleichtert, als er es bemerkt. Er nickt dem Beamten an der Tür zu, worauf dieser den Raum verlässt. Schweigend sehen sich der Kommissar und die Dame im Besucherstuhl an. Die Spannung ist mit Händen zu greifen. Als wenig später Heiner Schwartz den Raum betritt, hat sich immer noch niemand bewegt.

»Konstanze!« Schwartz bleibt völlig überrascht in der Tür stehen.

»Ich habe mir solche Sorgen gemacht.«

»Aber woher wusstest du …« Heiner Schwartz unterbricht sich und sieht den Kommissar verunsichert an.

»Ihre Frau, Herr Schwartz, weiß mehr, als Sie ahnen. Und darum wäre es klug, wenn Sie mir jetzt einfach auch die Dinge erzählen, die Sie uns bisher verschwiegen haben.«

»Über die Bilder?« Schwartz blickt mit gerunzelter Stirn von seiner Frau zu dem Kommissar und wieder zurück.

»Hören Sie endlich auf mit den Spielchen, verdammt noch eins!«, bricht es aus Bastian Kreuzer heraus. »Was auch immer Sie auf dem Kerbholz haben, es kann doch keinen Mord rechtfertigen.«

»Nein, das kann es nicht. Ich darf doch, oder?« Heiner Schwartz setzt sich auf den einzigen noch freien Stuhl im Raum. Er steht seitlich des Schreibtischs, so dass die Anwesenden jetzt ein Dreieck bilden. Entschuldigend blickt Schwartz seine Frau an. »Es war ein Fehler, dir nicht von Anfang an die Wahrheit gesagt zu haben, Konstanze. Aber ich habe mich ziemlich geschämt, dass ich bei diesem Betrug überhaupt mitgemacht habe.«

»Bei welchem Betrug?«, unterbricht ihn Bastian Kreuzer mit scharfer Stimme.

Heiner Schwartz drückt das Kreuz durch und sieht dem Kommissar direkt in die Augen. »Die Bilder, wissen Sie, die Bilder auf der Vernissage – sie sind gar nicht von Artur.«

»Aber du hast das Feuerbild doch so geliebt«, entfährt es Konstanze.

»Ja, drum.«

»Das verstehe ich nicht«, sagen Bastian Kreuzer und Konstanze Schwartz wie aus einem Mund.

Heiner Schwartz seufzt, dann schlägt er die Augen nieder und erklärt mit sehr leiser Stimme: »Wir haben die Bilder selbst gemalt. In Arturs Atelier. Jeder seins. Er hat anschließend nur seinen Daumen draufgedrückt. Und nach Arturs Tod wollten die anderen drei ihre Bilder verkaufen. Ich nicht. Aber sie haben mich erpresst. Alles wäre an die Öffentlichkeit gekommen und mein Ruf in der Kunstszene ruiniert gewesen.«

»Das kann nicht sein«, sagt Konstanze Schwartz entsetzt.

»Doch«, murmelt Bastian Kreuzer, lehnt sich zurück und schließt die Augen. »Langsam ergibt alles einen Sinn.«

Sonntag, 5. August, 16.14 Uhr, Strandstraße, Wenningstedt

Mit zitternden Knien steigt Silja die wenigen Stufen zu Judith Lissens Wohnung hinauf. Zwar hat sie dreimal klingeln müssen, und eigentlich hätte sie auch längst aufgegeben, aber hinter ihr warteten Sven und Leo in dem Dienstwagen in zweiter Spur. Silja spürte ihre Blicke im Nacken und fürchtete sich vor ihrem erneuten Drängen, sie doch ins Präsidium zu begleiten. Dann will sie sich schon lieber von ihrer ehemaligen Freundin abweisen lassen. Bevor sie sich das bildlich vorstellen konnte, ertönte der Türöffner doch noch, lang und anhaltend summte er und ließ keinen

Zweifel daran, dass, wer auch immer unten klingelte, nun erwartet wurde.

Vielleicht rechnet Judith ja mit Bastian, schießt es Silja durch den Kopf, während sie immer langsamer eine Stufe nach der nächsten nimmt. Vielleicht hat Judith nach dem ersten Klingeln aus dem Fenster gesehen und das Blaulicht entdeckt, das Sven und Leo schon aufs Dach gesetzt haben, um möglichst schnell ins Kommissariat zurückkehren zu können. Vielleicht denkt Judith, Bastian habe sich kurz bei ihr vorbeifahren lassen, und wartet jetzt erwartungsvoll an der geöffneten Tür.

Silja spürt, wie ihr plötzlich ziemlich schwindlig wird, doch jetzt gibt es kein Zurück. Schwankend stützt sie sich mit der ausgestreckten Hand an der Flurwand ab. Der Putz ist stachlig und bohrt winzige Löcher in ihre Haut. So wie die Eifersucht böse kleine Löcher in meine Seele gebohrt hat, denkt Silja gerade, als sie sieht, dass die Eingangstür der Mietwohnung geschlossen ist und sie zwingt, ein weiteres Mal zu klingeln. Sie tut es mit zitternden Fingern, und als sie nach einer kurzen Wartezeit Schritte hinter der Tür hört, bricht ihr der Schweiß aus. Dann späht jemand durch den Spion. Klar, dass Judith prüft, wer vor der Tür steht. Und mir wird sie bestimmt nicht öffnen, denkt Silja gerade, als sie Judiths überraschte Stimme durch das Türblatt hört.

»Silja? Du?«

Hoffentlich versagt meine Stimme nicht, denkt Silja, doch die Worte kommen mit beachtlicher Festigkeit aus ihrer Kehle.

»Bitte mach auf, wir müssen reden.«

Judith steht mit hängenden Armen und leerem Gesicht vor ihr. Sie sieht vollkommen überfordert aus, ein kleines Kind, das man mit einer viel zu großen Verantwortung alleingelassen hat. Ihre Stimme klingt ratlos.

»Willst du nicht reinkommen?«

Silja muss an den Sonntagabend der letzten Woche denken, als Judith und sie genau hier zu zweit einen alten französischen Film auf DVD geguckt haben. *Fahrstuhl zum Schafott.* Vor ihnen auf dem Boden stand ein kühler Weißwein, und über die Mattscheibe schwebte Jeanne Moreau zu der unsterblichen Musik von Miles Davis, während das Verhängnis seinen Lauf nahm. Vor einer Woche war die Welt noch in Ordnung und der Tod ein Ereignis im Fernsehen. Und jetzt sind hier auf der Insel zwei Menschen gestorben, denkt Silja. Und außerdem hat Judith mein Privatleben geschreddert.

Durch die kleine Diele betritt Silja den Wohnraum und bleibt sofort stehen. Sie kann nicht glauben, dass das, was sie sieht, wahr ist. Ihr Blick gleitet über die Dellen im Sofa und die Champagnerflasche mit den beiden Gläsern auf dem Boden.

»Bastian?«, ruft sie laut durch die Wohnung.

»Nein, Silja, du täuschst dich, es ist ganz anders. Es ist überhaupt alles ganz anders …«

Von hinten greift Judith nach Siljas Arm.

Doch Silja reißt sich los. Sie kennt die Wohnung genau, schließlich hat sie selbst schon zweimal neben der Freundin in dem breiten Bett übernachtet, weil der Wein viel zu lecker war, um rechtzeitig aufzuhören. Und natürlich weiß sie, dass alle behaupten, der fleißige Kriminalkommissar Bastian Kreuzer vernehme gerade in Westerland Tatverdächtige. Aber überprüft hat das schließlich niemand.

»Bastian? Bist du hier?«, ruft Silja noch einmal und reißt die Tür zum Schlafzimmer auf. Schon der Gedanke, dass er hier sein könnte, treibt ihr die Tränen in die Augen, doch jetzt muss sie Gewissheit haben. Und tatsächlich liegt dort jemand zwischen zerwühlten Laken quer über dem Bett, den Kopf tief in den Kissen vergraben. Silja sieht eine Jeans und einen Ellenbogen in einem hellen Hemd, und etwas zerspringt in ihr. Mit einem leisen Pling verabschieden sich der Glaube an Treue und Aufrichtigkeit aus Silja Blancks Leben. Zurück bleiben Enttäuschung und Wut. Eine explosive Mischung. Silja fühlt sich plötzlich eiskalt und zu allem entschlossen.

Es sind nur wenige Schritte, die sie von Judiths breitem Bett trennen, und Silja kann schon spüren, wie ihre Fäuste Bastians Kopf treffen werden, seine Brust und am besten auch gleich seinen Magen. Sie wird auf ihn einprügeln, bis ihre Wut verraucht ist, bis …

Der tiefe Seufzer, den der Mann in Judiths Bett jetzt ausstößt, lässt Silja aufhorchen. Und das gestöhnte »Lassich doch einfachn Ruhe sterbn« lässt sie innehalten.

Das ist definitiv nicht Bastians Stimme.

Silja beugt sich vor, schlägt die Decke zurück und blickt in Fred Hübners aufgequollenes Gesicht. Der Journalist mustert die Kommissarin eine ganze Weile mit glasigen Augen, bis er sie erkennt.

»Frau Blnck«, lallt er schließlich. »Wasserschafft mirie Ehre?«

»Vergessen Sie's«, faucht Silja und zieht Fred Hübner ohne jeden weiteren Kommentar die Decke über den Kopf. Dann schnellt sie zu Judith Lissen herum, die ihr ins Schlafzimmer gefolgt ist.

»Was macht der denn hier? Kannst du mir bitte mal erklären, was dieser ganze Zirkus überhaupt soll?«

»Ja, ich … das sollte ich wohl«, beginnt Judith und schüttelt langsam den Kopf, als könne sie ihr eigenes Verhalten kaum noch begreifen. »Können wir uns in die Küche setzen? Ich bin so froh, dass du hier bist, ich … wenn du gleich letzte Nacht gekommen wärst, ich glaube, dann wäre alles anders gelaufen. Aber jetzt … ich wundere mich, dass du überhaupt noch mit mir redest.«

Erschöpft bricht sie ab und geht voraus in die winzige Küche. An der Längswand gegenüber der Küchenzeile ist ein halbrunder Klapptisch montiert, neben dem zwei Stühle stehen. Judith Lissen geht um den Klapptisch herum, lässt sich auf den hinteren Stuhl fallen und deutet mit einer unendlich müden Geste auf den vorderen.

»Setz dich doch, bitte. Willst du was trinken?«

»Nein, ganz bestimmt nicht. Ich will einfach nur hören, was zum Teufel hier eigentlich los ist.«

Silja klemmt sich auf die Stuhlkante, lässt aber Judith nicht eine Sekunde aus den Augen. Sie ist erfahren genug, um zu wissen, dass die andere jetzt nicht lügen wird. Umso wichtiger ist es, die Situation nicht kippen zu lassen.

»Schuld sind nur diese verdammten Bilder, die Ausstellung, dieser ganze Galerie-Mist«, stößt Judith hervor. »Hätte ich bloß diesen Job nie angenommen. Aber ich wollte doch so gern mit dir zusammen den Sommer auf der Insel genießen …«

»Bin ich jetzt auch noch schuld, wenn du mir den Kerl ausspannst, oder was?«, faucht Silja. Doch als Judith matt den Kopf schüttelt, wird ihr klar, dass es um etwas völlig anderes gehen muss.

Mit einem Seufzer setzt Judith noch einmal völlig neu an. »Bitte, tu mir einen Gefallen und vergiss alles, was du vorhin in der Galerie gesehen hast. Das war ein blöder Zufall, ich schwör's dir, ich hab mich deinem Freund an den Hals geworfen, er konnte gar nicht anders, als mich festzuhalten, sonst wäre ich wahrscheinlich zu Boden gegangen. Aber das hat alles nichts zu bedeuten, gar nichts.«

»Na toll«, setzt Silja an, wird aber sofort unterbrochen.

»Hör mir einfach einen Moment zu, ja? Ich erzähle dir alles von Anfang an. Und hinterher kannst du mir deine Polizistinnen-Fragen stellen, okay?«

Silja nickt. Sie versteht zwar langsam überhaupt nichts mehr, aber was soll sie schon anderes tun?

Judith legt beide Hände sorgfältig nebeneinander auf den Tisch und betrachtet sie aufmerksam. Dann holt sie tief Luft und beginnt leise zu reden.

»Ich fange am besten ganz von vorn an, wenn das für dich in Ordnung ist. Du warst ja selbst auf der Vernissage und weißt, wie die Stimmung war.«

Silja nickt und wartet darauf, dass Judith weiterredet.

»Alle waren aufgeregt gestern Abend. Aus unterschiedlichen Gründen. Die Sammler natürlich, weil sie auf möglichst gute Verkäufe und hohe Preise hofften. Ronald ebenfalls, allerdings ging es bei ihm um viel mehr. Gewinnen oder Aufgeben, ein Dazwischen gab's längst nicht mehr.«

Judith seufzt und streicht sich kurz durch die Haare. Dann sucht sie Siljas Blick.

»Ronald war hoch verschuldet, musst du wissen. Ich habe einmal versehentlich eines seiner Telefonate mit der Bank angehört, seitdem wusste ich, wie es um die Galerie steht. Natürlich haben wir darüber nie geredet. Aber ich habe danach besser begriffen, warum er sich so reingehängt hat, obwohl das Angebot der Sammler nicht koscher war.«

»Was heißt *nicht koscher* genau?«

Silja fragt sich plötzlich, ob vielleicht noch viel mehr Leute von der Theorie des Kunstkritikers Alwin Schneider wussten. Es wäre ja immerhin möglich, dass sein Verdacht schon am Abend der Vernissage die Runde gemacht hat. Aber andererseits sind auch Bilder, die ein Maler absichtlich schlecht gemalt hat, um die Besitzer der Bilder zu beschämen, immer noch Originale.

»Na, mit den Bildern stimmte was nicht, das musste doch jeder merken, der nicht völlig betriebsblind war. Die waren einfach nicht echt«, stößt Judith jetzt hervor. Danach blickt sie Silja an, als habe ihre Bemerkung alles geklärt.

»Also Moment mal, das geht mir jetzt aber zu schnell. Du meinst, dass Artur Faust den Elemente-Zyklus gar nicht selbst gemalt hat?«

»Genau.«

»Und wie kommst du darauf?«

»Was soll ich sagen, das war einfach nicht sein Niveau.«

Judith zuckt die Schultern, als gehe sie das alles längst nichts mehr an.

»Aha.« Silja klingt nicht überzeugt. »Das ist doch Blödsinn, vielleicht hat er sich keine Mühe gegeben und deshalb nicht sein übliches Niveau erreicht, aber …«

»Niemals«, unterbricht sie Judith. »Der Typ war ein Perfektionist. Der hätte solchen Schund nie aus den Händen gegeben.«

»Und wie erklärst du dir, dass er es doch getan hat? Die Bilder sind signiert, und die Signatur ist echt. Sein Daumenabdruck ist drauf, wir haben das prüfen lassen.«

Judith zuckt die Schultern. »Da bin ich überfragt. Ist ja auch egal. Jedenfalls war ich gestern Abend davon überzeugt, dass wir es mit einem riesigen Betrug zu tun haben.«

»Und weiter? Meinst du, Ronald Specht nahm auch an, dass die Bilder keine Faust-Originale waren?«

»Am Anfang dachte ich noch, das sei nicht so. Ich glaubte sogar, meine eigenen Zweifel seien unberechtigt. Deswegen habe ich auch nie etwas gesagt. Aber dann kam die Vernissage. Und ich hörte, wie Johann Liebig Heiner Schwartz zuflüsterte ›Na, läuft doch ganz gut, unsere kleine Schieberei.‹ Und da wusste ich, dass mich mein Blick nicht getrogen hatte.«

»Und du hast es Ronald Specht gesagt?«

»Zunächst noch nicht. Ich wollte nicht die ganze Veranstaltung zum Platzen bringen. Das war wahrscheinlich mein Fehler.« Sie schluckt und verbessert sich dann. »Mein erster Fehler. Ich habe einfach nicht damit gerechnet, dass wirklich jemand eines der Bilder kauft. Jedenfalls nicht so schnell, nicht noch an diesem Abend. Und danach hätte ich mit Ronald geredet. In aller Ruhe. Aber als dann das Erd-Bild fast sofort verkauft wurde, bekam ich Panik. Ich wollte irgendwie aus dieser Situation raus. Dieses Praktikum war doch die erste Station meiner beruflichen Karriere, es würde immer am Anfang meines Lebenslaufs stehen. Aber wenn der Betrug auffliegen würde – und davon war ich überzeugt –, dann würde mir dieser Makel immer anhaften. *Die kleine Lissen*, würde man in der Szene sagen, *ist das nicht die, die zu blöd war, einen echten von einem falschen Faust zu unterscheiden?* Alle würden sich über mich lustig machen, und niemand würde mich mehr ernst nehmen.«

»Aber bei unserem Gespräch auf der Vernissage hast du

doch noch ganz ruhig gewirkt. Und da war das Bild schon verkauft«, beharrt Silja. Sie merkt, wie die Freundin beginnt, ihr leidzutun. Und dafür ist sie noch nicht bereit.

Judith Lissen nickt nachdenklich. »Ja, die Unterhaltung mit dir war für mich wie die letzte Entspannung vor dem Kampf. Ich wusste genau, wenn wir uns trennen, dann geht es los. Deshalb habe ich wahrscheinlich auch so viel getrunken. Was ein blöder Fehler war, denn als die letzten Gäste gegangen waren, war ich vollkommen k.o. Ich hätte nach Hause und ins Bett gehen sollen, dann wäre das Ganze nicht passiert. Oder zumindest anders passiert.«

Sie schluchzt und kann sich nur schwer wieder beruhigen. Vorsichtig versucht Silja, Judith wieder zum Reden zu bringen.

»Aber du bist geblieben und hast Ronald Specht zur Rede gestellt.«

»Genau. Zuerst habe ich auf die Unterschiede zur technischen Ausführung anderer Faust-Bilder verwiesen. Natürlich hat Ronald mir widersprochen, ziemlich heftig sogar. Er war auch nicht mehr nüchtern und redete sich richtig in Rage. Ich sei unfähig, hieß es bald, und hätte, statt Kunstgeschichte zu studieren, wohl besser als Model arbeiten sollen.«

»Das war fies.«

Judith nickt und denkt kurz nach. »Ja, das war es: fies. Aber im Zweifelsfall wissen die Kerle immer noch genau, wie sie einen wirklich treffen können. Und eine der erfolgreichsten Strategien ist es nach wie vor, eine attraktive Frau auf ihr Aussehen zu reduzieren.«

»Du bist also wütend geworden?«

»Wütend? Machst du Witze? Ich bin ausgerastet. Schließlich hatte ich von Anfang an den richtigen Blick für die Fälschungen – und dann wirft dieser Kerl mir ausgerechnet Inkompetenz vor. Ich habe ihn angeschrien, und ich glaube, ich habe ihm auch gedroht, alles auffliegen zu lassen.«

»Wie hat er reagiert?«

»Gar nicht, das hat mich dann endgültig zur Raserei getrieben. Ronald hat in aller Seelenruhe die Bilder von den Wänden genommen, um sie für die Nacht nach unten in den Saferaum zu tragen.«

»Ich denke, die Galerie hat eine Alarmanlage«, unterbricht Silja.

»Hat sie auch, aber wenn man die Bilder zusätzlich einschließt, sind sie doppelt gesichert. Man müsste erst den Alarm überwinden und dann außerdem noch das schwere Gitter vor der Kellertür knacken.«

»Okay. Das leuchtet mir ein. Aber was ist dann passiert? Die Bilder sind schließlich nie im Keller angekommen.«

»Ich weiß nicht«, jammert Judith plötzlich. »Jedenfalls weiß ich es nicht mehr genau. Eine ungeheure Wut ist in mir hochgekocht. Aufs Establishment und diese ganzen Kerle, die immer rechtbehalten. Ich musste meine Wut wohl irgendwie abreagieren, und da habe ich Ronald eines der Bilder aus der Hand gerissen, um es zu Boden zu werfen. Ich wollt's einfach nur kaputt machen, ich wollte ihm zeigen, dass das alles einen Dreck wert ist.« Judith schließt die Augen und presst beide Hände an ihre Schläfen. Nach einer längeren Pause redet sie mit leiser Stimme weiter. »Ich habe also das Bild hochgehoben und gleich darauf mit Macht nach unten geschleudert. Ich war völlig außer mir, und natürlich habe ich nicht damit gerechnet, dass Ronald noch hinter dem Bild steht. Ich meine, wer macht denn so etwas? Wenn jemand rumschreit und tobt, dann bringe ich mich doch in Sicherheit. Aber so war es nicht. Bevor das Bild zu Boden krachte, erwischte es Ronald mit dem Rahmen. Er schrie, das weiß ich noch genau. Er schrie auf und lief nach draußen, wahrscheinlich, um sich nun doch vor mir in Sicherheit zu bringen.« Judith Lissen bricht ab und sieht Silja mit großen Augen an. »Du musst mir glauben, Silja, bitte. Ronald lebte noch. Er ist nach vorn auf den Rasen gelaufen – und dort plötzlich zusammengebrochen.«

»Warum hast du nicht sofort einen Krankenwagen gerufen? Dir muss doch klar gewesen sein, dass du ihn lebensgefährlich verletzt haben könntest.«

Judith holt tief Luft und schüttelt gleichzeitig den Kopf.

»Ich weiß nicht genau, was ihn wirklich getötet hat. Ich bin ihm auch gar nicht nach draußen nachgelaufen. Zunächst jedenfalls nicht. Ich habe mich auf einen Stuhl geworfen und hysterisch geheult. Ich war völlig fertig. Es hat bestimmt zehn Minuten gedauert, bis ich mich halbwegs beruhigt hatte. Erst dann bin ich raus. Und dann habe ich das Blut gesehen, das aus seiner Schläfe gekommen ist. Da wurde mir klar, dass ich ihn vielleicht tatsächlich hätte retten können, wenn ich schneller gewesen wäre. Und diesen Gedanken konnte ich nicht ertragen, ich meine, ich konnte mir doch nicht eingestehen, dass ich jemanden getötet hatte. Das war nicht ich, das konnte gar nicht ich gewesen sein. Ich bin doch keine Mörderin.«

Ratlos bricht Judith Lissen ab. Wieder schließt sie die Augen und schüttelt den Kopf. Die Tränen quellen ganz von allein unter ihren Lidern hervor. Silja beobachtet, wie sie über Judiths wohlgeformte Wangen laufen, und ertappt sich bei einem fiesen Gedanken. Vielleicht ist dieser Tränenausbruch gar nicht echt, vielleicht kann Judith das Weinen automatisch anstellen, so wie sie bestimmt auch einen Orgasmus simulieren kann. Prüfend mustert Silja Judiths makelloses Gesicht, auf dem sich jetzt zahlreiche unschöne rote Flecken bilden. Nein, beschließt Silja, das Weinen wird wohl nicht gespielt sein. Und die Verzweiflung, die in Judiths Stimme schwingt, kann sie gut nachvollziehen.

»Mir war nur eines klar: Niemand würde mir meine Version glauben. Man würde mich wegen Totschlags verurteilen, mein ganzes Leben wäre verpfuscht. Und das wollte ich nicht, bitte, das musst du doch verstehen.«

Silja nickt und fragt leise und Anteil nehmend: »Und dann hast du beschlossen, eine falsche Spur zu legen?«

Judiths Tränenausbruch hat es ihr ermöglicht, eine Grenze zu ziehen und sich als Privatperson zurückzunehmen. Sie ist jetzt ganz die taktisch agierende Kommissarin, die es versteht, die emotionale Aufgewühltheit einer Verdächtigen zu nutzen.

»Ich habe darüber nachgedacht, wie ich den Verdacht umlenken könnte. Da kam mir natürlich dieser riesige Betrug mit den Kunstwerken in den Sinn. Es war nicht so schwer, sich vorzustellen, welche Atmosphäre von Misstrauen und Angst zwischen den vier Sammlern herrschen musste. Jeder war ja ein potentieller Verräter. Ich hatte schon den ganzen Abend überlegt, was so ein Betrug wohl mit den Menschen macht, die ihn begehen.«

»Und dann hast du die Worte mit Blut auf das Bild geschrieben?«

»Ja. *Elements of Crime*. Es war ein Slogan, den Ronald und ich uns ursprünglich für die Vernissage ausgedacht hatten. Weil doch das Strandkorb-Bild auf das Verbrechen vom letzten Sommer anspielte und weil das Erd-Bild auch gut ein Grab hätte darstellen können. Aber schließlich erschien uns der Slogan zu gewollt und auch zu weit hergeholt – einfach zu reißerisch. Also haben wir die Idee verworfen. Aber die Worte waren noch in meinem Kopf. Und außer Ronald und mir wusste niemand davon.«

Judith nimmt eine erdbeerfarbene Serviette vom Tisch, um sich die Tränen vom Gesicht zu wischen. Silja beobachtet, wie sich das helle Rot dunkler färbt und den Ton von altem Blut annimmt. Innerlich schaudert sie, lässt sich aber nichts anmerken. Judith zerknüllt die Serviette zwischen den Fingern, während sie weiterredet.

»Wo war ich? Ach ja. *Elements of Crime*. Niemand außer Ronald und mir wusste von diesem Slogan. Und Ronald war tot. Ich dachte, wenn ich so tue, als sei dieser Mord die Tat eines Verrückten, dann fangt ihr ganz woanders an zu suchen. Und solange niemand ahnte, dass ich auf den Schwindel mit der Urheberschaft gekommen war, hatte ich ja auch kein Motiv. Warum hättet ihr mich verdächtigen sollen?«

Judith wirft Silja einen Blick zu, in dem sich Zweifel und Ärger mischen.

»Aber das ist noch nicht die ganze Wahrheit, oder? Du hast darauf gesetzt, dass ich dich schütze, stimmt's?«

»Ich hab nicht erwartet, dass du mich für eine Mörderin hältst, das ist etwas anderes«, verteidigt sich Judith.

Doch die Kommissarin geht nicht auf ihre Worte ein. »Und Bastian hast du wahrscheinlich angegraben, damit er in völliger Verblendung über deine widersprüchlichen Aussagen hinwegsieht.« Siljas Stimme wird plötzlich schrill. »War's nicht so, Judith? Was mit mir ist, war dir dabei völlig egal. Ist das deine Definition von Freundschaft?«

»Ich hatte Angst, unendliche Angst, das musst du doch verstehen«, flüstert Judith.

Sonntag, 5. August, 16.40 Uhr, Kriminalkommissariat Westerland

Als der Anruf auf seinem Handy eingeht, steht Sven mit Bastian gerade am geöffneten Fenster und beobachten, wie Heiner Schwartz mit seiner Frau das Kommissariat verlässt.

Sven blickt aufs Display, nimmt den Anruf aber nicht an, sondern deutet mit dem Telefon in der Hand nach unten.

»Der war's nicht, oder?«

»Auf keinen Fall. Nur um seinen Ruf in Kunstkreisen zu retten, bringt so ein schwerreicher Typ doch niemanden um. Außerdem hat seine Frau ihm für die Nacht des ersten Mordes ein Alibi gegeben. Angeblich hat sie gesehen, wann er die Galerie verlassen hat, und ist dann selbst tierisch über die Insel gerast, um noch vor ihm in Hörnum zu sein und die tiefschlafende Ehefrau zu markieren.«

Sven runzelt die Stirn. »Da müsste er aber gemerkt haben, wie sie ihn unterwegs überholt.«

»Sie sagt, sie hat die alte Landstraße zwischen Wenningstedt und Westerland genommen und ist trotzdem schneller gewesen.«

»Na, ich weiß nicht.« Sven klingt nicht sehr überzeugt, stellt aber jetzt doch die Telefonverbindung her. »Warte mal kurz, ja? Silja will irgendwas von uns.«

»Wahrscheinlich eher von dir«, murmelt Bastian und zieht sich hinter seinen Schreibtisch zurück. Aus den Augenwinkeln beobachtet er, wie Svens Mienenspiel schon bei Siljas ersten Worten von Mitleid zu Überraschung und wenige Sekunden später zu Begeisterung wechselt.

»Wir schicken dir Schützenhilfe, zwei Beamte und einen Wagen, dann kannst du sie gleich herbringen. Ja, Bastian sitzt neben mir, ich erzähl's ihm gleich«, fügt er hastig an, dann unterbricht er das Gespräch.

Bastian blinzelt unter halbgeschlossenen Lidern hervor. Er sieht aus, als werde er aufgefordert, seiner eigenen Beerdigung beizuwohnen. Seine Stimme klingt brüchig.

»Sie könnte am Telefon mit mir Schluss machen oder per SMS. Sie kann's mir aber auch einfach von einem Kollegen ausrichten lassen«, murmelt er, wobei er sich bemüht, wenigstens Galgenhumor in seine Stimme zu legen. Trotzdem kann er weder die Neugier noch den winzigen Hoffnungsfunken, der in seinen Augen glimmt, vor Svens Blick verbergen. Der baut sich mit breitem Grinsen vor Bastians Schreibtisch auf und stemmt beide Arme in die Seiten.

»Du hast echt mehr Glück als Verstand, weißt du das?«

»Bisher nicht.«

»Erstens: Silja hat ein Geständnis für den Mord an Ronald Specht. Auch wenn's vielleicht nur ein Unfall, Notwehr oder Totschlag war, wir wissen jetzt, wer dafür verantwortlich ist.«

»Und?«

»Halt dich fest: Judith Lissen.«

Bastian schluckt, sein Kehlkopf hüpft, und in seinen Augen sammeln sich Tränen, die er verzweifelt versucht unter Svens bohrendem Blick wegzublinzeln.

»Heulst du jetzt etwa ihretwegen?«, fragt Sven empört.

»Nee, ich hab nur gedacht …«, Bastian wischt sich mit einer Faust übers Auge wie ein kleines Kind. Dann schluckt er noch mal. »Na ja, vielleicht war es ja dann Kalkül, dass Judith mich so angemacht hat.«

»Schon möglich«, antwortet Sven mit Pokerface. »Jedenfalls was ihre Perspektive angeht. Die Frage bleibt allerdings, was es von dir aus war.«

»Blödheit?«, schlägt Bastian zaghaft vor.

»Fortgeschrittene Blödheit mit Tendenz zur Idiotie, würde ich eher sagen.«

Bastian nickt. »Alles was du willst. Meinst du, ich könnte auf Testosteron-Unverträglichkeit plädieren?«

»Testosteron-Unzurechnungsfähigkeit meist du wohl?«

»Egal. Glaubst du, ich krieg noch 'ne Chance?«

»Frag Silja. In spätestens zwanzig Minuten müsste sie mit dieser Judith hier sein.«

»Okay.« Bastian strafft die Schultern. »Ich werd mein Bestes geben. Aber bis dahin können wir uns ja noch nützlich machen. Ist eigentlich der Anwalt von diesem Seebrück schon da? Dann sollten wir uns nämlich mit den beiden die Wartezeit vertreiben.«

Mit wenigen Schritten ist Sven wieder am Fenster und beugt sich hinaus. Von unten schallt Motorenlärm ins Zimmer.

»Falls er einen protzigen BMW fährt und gern auf zwei markierten Stellplätzen gleichzeitig parkt, kommt er gerade an.«

Sonntag, 5. August, 16.47 Uhr, Zellentrakt im Kriminalkommissariat Westerland

Die Schwerkraft drückt Florian Seebrück in den Sitz, die Nachtluft streicht an Gesicht und Schultern entlang, kühlt die letzten Reste von Schweiß auf seiner Haut und nimmt den Geruch des Spermas und leider auch Arturs Rasierwasserduft mit sich. Der Steuerknüppel in Florians Hand fühlt sich fest und tröstlich an und lässt ihn sehr schnell vergessen, dass er mit seinem kleinen Flugschein und der jämmerlichen Praxiserfahrung gerade ein gewaltiges Wagnis eingeht.

Aber Arturs Provokationen konnte er einfach nicht widerstehen, denn diesmal hatte es der Freund wahrscheinlich tatsächlich darauf angelegt, ihn fertigzumachen. Als ob der ausgedehnte Fick im hellerleuchteten Hangar nicht gereicht hätte. Noch während Florian japsend an der Wand lehnte und versuchte, den Schmerz zu verdrängen, indem er wieder und wieder die gewaltige Lust heraufbeschwor, die Artur ihm bereitet hatte, begann der Maler mit seinen höhnischen Sprüchen.

»Na, Kleiner, sollen wir noch einen draufsetzen? Schnell die Maschine klarmachen und noch vor der Morgendämmerung rüber nach Sylt und die Inselbewohner aufschrecken? Ein Nachtflug für Nighthawks gewissermaßen.«

»Dann gehst du aber nach hinten auf den Hauptsitz, und ich mach den Copiloten vorn«, flüstert Florian und bemüht sich, seine Anspannung zu verbergen.

»Das wäre doch langweilig. Ich weiß was Besseres. Wir

tauschen die Rollen, du hinten, ich vorn. Du machst mir den Pilot in Command und ich den Co. Das wäre doch als Zweitkick nicht zu verachten, oder?«

Für Florians zögerliche Antwort, er habe bisher nur wenig Flugerfahrung und dürfe Fausts Zlin mit seinem kleinen Flugschein auch gar nicht fliegen, hatte Artur Faust nur ein sardonisches Grinsen übrig.

»Bist ein kleiner Schisser, was? Redest dich immer mit deinem kranken Herzen raus, aber in Wirklichkeit traust du dich bloß nicht an meinen harten Ritter ran. Willst lieber vorn auf dem Kindersitz hocken und die Aussicht genießen als mal von hinten aus der Deckung zu kommen und Führungsstärke zu zeigen. Oder vielleicht möchtest du lieber gleich schön am Boden bleiben und allerkleinste Brötchen backen. Warst wahrscheinlich schon immer Muttis Schürzentaschenliebling.«

Mit einer abfälligen Geste strich der Maler über Florians zerzauste Tolle. Und plötzlich durchfuhr ihn der Gedanke, dass Artur alles ausplaudern könnte, ihre heimlichen Treffen, sein eigenes bubihaftes Sichsträuben und die kleinbürgerlichen Verweise auf die Beziehung zu Ronald Specht, die jedes Mal mit dröhnendem Arturgelächter quittiert worden waren. Florian Seebrück sah die peinliche Szene schon vor sich: Artur, wie er, schwer angetrunken und vor dem eigenen Kamin in Pose geworfen, eine Witzgeschichte aus ihrer beginnenden Beziehung macht. Die Angst, der Maler könne ihn nicht ernst nehmen, ihn als Lebenspartner noch nicht einmal ansatzweise in Betracht ziehen, ist von Anfang an da gewesen und auch durch Hingabe nicht zu vertreiben. Dabei wäre Florian für Artur sofort aus der Deckung gekommen. In seinen kühnsten Phantasien malte er sich manchmal schon aus, wie sie beide als umschwärmtes Glamourpaar die Szene aufmischen würden.

Und jetzt war er sogar schon für diese nächtliche Exkursion zu feige. Gleich die erste Mutprobe für die glamouröse Beziehung, die er sich doch so sehr wünschte, würde er nicht bestehen. Auf den zögernden Blick, den er Artur Faust zuwarf, antwortete der Maler nur mit einer abfälligen Geste. Doch dann klang seine Stimme plötzlich versöhnlicher, wurde werbend und leise.

»Weißt du was, wir machen eine Challenge daraus. Ich vertraue dir nämlich. Da staunst du, was? Du packst das, Kleiner.«

Florian dachte, wenn er das Wort KLEIN noch einmal in den Mund nimmt, dann schlage ich ihm eins in die Fresse. Aber noch hielt Florian Miene und Blick unter Kontrolle, während er Artur Fausts große Gebärde verfolgte.

»Siehst du die Notfallschirme da drüben? Einen davon greifen wir uns jetzt, den kriegst dann du. Ich flieg ohne. Ist sowieso nur unbequem auf dem Rücken. Nichts für Männer, wenn du verstehst, was ich meine. Aber so kleine süße Kittelschürzenmädchen wie du, die können das in der Regel gut ab. Fühlen sich wahrscheinlich tröstlich gepampert oder was weiß ich.«

Ein abschätziger Blick ruhte auf ihm. Ungeduldig, fordernd.

»Na, was sagst du?«

Theoretisch war Florian völlig klar, was er antworten würde.

Okay, Großer, so machen wir's. Ich flieg deine Kiste. Und wie ich sie fliegen werde! Du wirst dich noch wundern, das kann ich dir jetzt schon versprechen. Nur eines noch: Den Fallschirm kannst du gleich stecken lassen. Oder glaubst du im Ernst, ich *will so ein blödes Teil auf dem Buckel haben? Besten Dank auch.*

So oder so ähnlich sollte es herauskommen, doch irgendetwas lief schief im internen Betriebskontrollsystem von Florian Seebrücks Sprachzentrum. Vielleicht war er ja wirklich nur ein kleiner Schisser und die Aufmerksamkeit des großen Malerfürsten längst nicht wert.

Vielleicht bot sich ihm hier aber auch die Chance seines Lebens.

Wenn Artur Faust unbedingt ohne Rettungsfallschirm fliegen wollte und ihm auch noch den Pilotensitz überließ, dann könnte das doch eigentlich seine große Chance sein. Florian dachte an die Geldbündel in Arturs Safe, die dieser ihm letztens völlig zugekokst präsentiert hatte. Was Artur wahrscheinlich nicht wusste, war, dass Florian durch einen Zufall gerade in die Wohnhalle gekommen war, als der Maler den Code eingegeben hatte. Und anschließend sogar geräuschlos auf seinen bloßen Füßen wieder verschwunden war. Offiziell hatte er nur die Geldbündel gesehen, aber inoffiziell …

Und das Bargeld im Safe war mit hoher Wahrscheinlichkeit Schwarzgeld, tauchte also in keiner Aufstellung auf. Schließlich verkaufte Faust seit Jahren schon erheblich mehr Bilder, als es die Steuer ahnen konnte. Wer wüsste das besser als Florian, der schon häufiger sehr vermögende Menschen mit einem gutverpackten Paket unter dem Arm die Malervilla hatte verlassen sehen. Sollte also dem Maler jetzt etwas zustoßen, müsste er nur mit dem Code an den Safe, und dann …

Florian Seebrück wollte gar nicht weiterdenken, Adrenalin schoss durch seinen Körper. Plötzlich traute er sich alles zu, nicht nur einen unfallfreien Nachtflug mit Artur Fausts

Ostblockflieger. Nur musste er aufpassen, dass dem Maler sein Stimmungsumschwung nicht auffiel.

In möglichst kläglichem Tonfall gab Seebrück zu bedenken: »Willst du nicht lieber doch einen Fallschirm nehmen? Ich meine, das hier ist kein Kinderspiel. Also, nicht dass du mich falsch verstehst, ich schaff das schon, wahrscheinlich jedenfalls. Aber sicher ist sicher, oder?«

Er wusste nur zu genau, dass nichts den Maler so sehr herausforderte wie eine Mutprobe. Und richtig.

»Aber sicher ist sicher, oder?«, äffte ihn Faust nach. »Klar ist sicher sicher. Aber geil ist anders.«

Im nächsten Moment hatte Artur ihm schon einen der Fallschirme zugeworfen. Florian wollte ihn auffangen, doch da krachte er bereits zu Boden und kracht und kracht und kracht noch ein weiteres Mal, bis Florian Seebrück aus seinen Erinnerungen aufschreckt. Bestürzt blickt er sich um, es ist nicht zu glauben, sie haben ihn tatsächlich in eine Zelle gesperrt, so sicher sind sie seiner Schuld. Da hilft es auch wenig, dass jetzt eine notdürftig höfliche Stimme von außen ruft: »Herr Seebrück, sind Sie so weit, Ihr Anwalt wäre jetzt da.«

Sonntag, 5. August, 17.03 Uhr, Kriminalkommissariat Westerland

Als Silja Blanck das Büro der drei Kommissare betritt, erwartet sie ein merkwürdiger Anblick. Während Sven aufgeregt im Raum herumtigert und sie mit einem warmen Lächeln empfängt, sitzt Bastian wie verschanzt hinter seinem Schreibtisch und scheint in eine Zeitung vertieft zu sein. Er hält den Kopf tief über eine Seite mit Kleinanzeigen gesenkt und fährt mit einem Zeigefinger die Spalten entlang.

Silja ist nicht sicher, ob dieses Verhalten Ablehnung, Coolness oder Unsicherheit signalisieren soll, und versucht mit einem Scherz die Stimmung zu lockern.

»Hat der Täter ein Geständnis veröffentlicht?«

Doch Bastian bleibt ernst, er reagiert nicht auf den Tonfall, sondern schüttelt nur den Kopf, faltet langsam die Zeitung zusammen, versenkt sie im Papierkorb und steht dann auf. Silja muss dem Impuls widerstehen, einen Schritt zurückzutreten, als er auf sie zukommt.

»Ich hab wieder mal die Wohnungsanzeigen studiert, aber das kannst du ja alles vergessen. Drei Zimmer in Westerland nicht unter 1250 Euro im Monat.«

»Du willst dich vergrößern?«, fragt Silja spitz.

»Ich will nicht mehr allein leben«, antwortet Bastian mit ernster Stimme. »Aber lass uns darüber später reden. Viel wichtiger ist jetzt Folgendes: Du bist die Heldin des Tages, das weißt du hoffentlich!«

»Weil ich Judith überführt habe? Oder weil ich überhaupt noch …«, beginnt Silja, ist aber unendlich froh, als Bastian ihr sofort ins Wort fällt.

»Weil du so professionell bist. Weil du nicht weggelaufen bist. Und weil du …«, er stockt und sieht plötzlich aus, als stehe er vor einer fiesen Prüfungskommission und habe jedes einzelne Detail vergessen, das er sich in den vergangenen Wochen mühsam in den Kopf gehämmert hat.

»Ja?«, hilft ihm Silja. Bastians Anblick rührt sie, und am liebsten würde sie ihn in die Arme nehmen. Aber so weit kommt es noch. Außerdem hebt Bastian abwehrend die Hände.

»Ich bin noch nicht fertig. Lass mich erst ausreden, Silja, bitte. Also, wo war ich? Genau. Etwas fehlte noch. Das Wichtigste, um genau zu sein. Also: Du bist nicht nur die Heldin des Tages, sondern auch die Liebe meines Lebens. Und ich will dich nicht verlieren. Und ich würde alles tun, damit du mir meine unglaubliche Blödheit verzeihst.«

»Und du glaubst, wenn du jetzt eine viel zu teure Wohnung für uns beide mietest, verzeihe ich dir?«

»Na ja, ich würde dann automatisch auch abnehmen, weil ich mich nur noch von Wasser und Brot ernähren könnte. Ich würde also innerhalb kürzester Zeit wie Adonis höchstpersönlich aussehen, und du könntest richtig mit mir angeben.«

»Aber allen anderen Frauen würde das leider auch auffallen. Die Konkurrenz wäre dann größer, und das will ich eigentlich auch nicht.«

»Heißt das, du nimmst mich zurück?«

»Unter Vorbehalt.«

Bastian hebt fragend die Augenbrauen. Doch bevor Silja etwas sagen kann, meldet sich Sven zu Wort.

»Wow, das war ja mal eine Ansprache. Wollt ihr euch gleich in die Arme fallen, oder kann ich vorher noch rausgehen?«

»Niemand fällt sich hier und jetzt in die Arme«, antwortet Silja und kann nicht verhindern, dass sich ein Strahlen über ihr Gesicht legt. »Wir müssen doch noch Seebrück vernehmen, oder habe ich da was falsch verstanden?«

»Nee, alles korrekt.« Auch Bastian wagt jetzt ein warmes Lächeln und atmet hörbar durch. »Und was den kleinen süßen Florian angeht, der ist reif wie eine weiche Pflaume. Redet gerade mit seinem Anwalt. Ich bin mir ziemlich sicher, dass er uns ein komplettes Geständnis liefern wird. Auch wenn ich, ehrlich gesagt, keine Ahnung habe, warum genau er diesen Brüssow umgebracht haben sollte. Klar, die beiden haben sich gezankt, aber da muss doch noch mehr dahinterstecken.«

»Na, dann wollen wir ihn doch reinlassen«, schlägt Sven vor und geht zur Tür, um den Beamten draußen Bescheid zu geben.

Als Florian Seebrück wenig später den Raum betritt, bekommt Silja einen Schreck. Der gutaussehende Mann mit der jugendlichen Haartolle wirkt plötzlich um Jahre gealtert. Seitlich des Mundes haben sich Kummerfalten gebildet, und die eigentlich gebräunte Haut wirkt erschreckend fahl. Seebrücks Blick hängt hilfesuchend an dem korpulenten Anwalt mit dem runden Gesicht und einer nervenaufreibend jovialen Ausstrahlung.

»Na, dann wollen wir mal«, poltert er los. »Ansgar Manheim mein Name. Manheim wie die Stadt nur ohne das zweite n.« Selbstgefällig lacht er wie über einen guten Witz. Die Kommissare verziehen keine Miene.

»Bitte setzen Sie sich doch.«

Bastian zeigt auf zwei Stühle, die vor seinem Schreibtisch stehen. Während der Anwalt sich krachend auf einen fallen lässt, nimmt Florian Seebrück so vorsichtig Platz, als habe der Stuhl eine Seele, die es zu schonen gilt. Nachdem die Personalien aufgenommen und einige Details geklärt worden sind, fragt Bastian ganz direkt: »Wie sollen wir es machen? Ich nehme an, dass Sie, Herr Seebrück, gute Gründe dafür hatten, auf Ihren Anwalt zu warten.«

Florian Seebrück nickt matt, bricht aber sein Schweigen nicht.

»Möchten Sie uns etwas sagen, vielleicht eine Erklärung abgeben? Oder soll ich Ihnen Fragen stellen?«

Seebrücks Blick geht zu seinem Anwalt, doch als er auf dessen aufmunterndes Nicken nicht reagiert, ergreift Manheim das Wort.

»Ich denke, mein Mandant sollte Ihnen zwei Dinge erzählen. Oder vielleicht auch drei. Kommt drauf an. Wissen Sie, wie die Bilder entstanden sind, die auf der Vernissage verkauft werden sollten?«

Als Bastian und Sven zustimmend nicken, guckt Silja verdutzt.

»Die Freunde haben jeweils ihr eigenes Bild gemalt. In Artur Fausts Atelier. Und er hat die Dinger anschließend als echt anerkannt. War wohl so eine Art Geschenk, das ihn nichts gekostet hat«, erklärt Bastian.

»Danaergeschenk nennt man so was«, murmelt Silja, was ihr verdutzte Blicke beider Kollegen einträgt. Sie grinst. »Ich erklär's euch später.«

»Okay, dann können wir vielleicht loslegen«, beginnt Bastian Kreuzer die Vernehmung. »Zunächst wüssten wir gern von Ihnen, Herr Seebrück, wo Sie sich in der Nacht des Flugzeugabsturzes aufgehalten haben.«

»Warum fragen Sie danach?«, will der Anwalt wissen.

»Wir haben erdrückende Hinweise darauf, dass Ihr Mandant an dem Absturz beteiligt war. Wir haben Teile des Rettungsschirms in Artur Fausts Mülltonne gefunden, und nur Ihr Mandant kann sie dort deponiert haben. Der tote Maler wird's ja wohl kaum selbst gewesen sein.«

»Sparen Sie sich Ihre Ironie«, kontert der Anwalt. »Mein Mandant erklärt dazu Folgendes: Entgegen seinen früheren Behauptungen war er bei dem tödlich endenden Flug dabei. Er saß auf dem vorderen Sitz und trug den besagten Rettungsschirm. Trotz mehrmaliger dringlicher Aufforderungen hat Artur Faust selbst auf das Anlegen eines Fallschirms verzichtet. Obwohl mein Mandant einen sogenannten kleinen Flugschein besitzt, kann er leider zum Hergang des Absturzes oder gar zu dessen Ursachen keine Angaben machen. Zwar hatte er als Copilot die wichtigsten Instrumente, also Höhenmesser, Geschwindigkeits- und Richtungsmesser, ebenfalls vor sich, aber mein Mandant hat den Flugkünsten des Malers voll vertraut und sich die nächtliche Insel angesehen. Dummer Fehler, soll aber vorkommen.« Manheim lacht scheppernd, verstummt allerdings schnell, als er bemerkt, dass niemand mitlacht. »Außerdem hat – soweit sich mein Mandant erinnert – Artur Faust erst sehr spät Unruhe erkennen lassen. Er fluchte ein- oder zweimal, und dann geriet der Vogel auch schon ins Trudeln. Mein Mandant hat noch versucht gegenzulenken, war aber erfolglos. Also ist er ausgestiegen und hat den Fallschirm geöffnet. Er konnte sich mit Mühe und Not selbst retten. Von Artur Fausts Körper war in der Dunkelheit natürlich nichts zu sehen.«

»Und warum hat es Ihr Mandant, nachdem er sich mit Müh und Not in Sicherheit gebracht hatte, nicht für nötig gehalten, die Feuerwehr zu alarmieren?«

Bastian Kreuzers Stimme trieft vor Hohn.

»Dazu möchte ich gern selbst etwas sagen.« Florian Seebrück senkt den Kopf, vielleicht um die Schamesröte zu verbergen, die gerade sein Gesicht überzieht. »Ich hing da im Wasser, ich war kurz vorm Absaufen, hab mich wirklich nur knapp ans Ufer schleppen können. Dann lag ich da, japsend und nach Luft ringend. Ich konnte an nichts denken …«, er stockt und wischt sich die Tränen vom Gesicht, die ihm plötzlich aus den Augen schießen. »Ich schäme mich so, aber ich habe wirklich nicht an Artur gedacht. Nur daran, dass ich selbst überlebt hatte. Ich war unendlich schlapp, und es hat mindestens zwei Stunden gedauert, bis ich es nach oben in Arturs Haus geschafft habe. Außerdem … mein Handy hatte ich beim Absturz verloren, und da unten am Watt wohnt ja niemand, ich hätte also eh nicht rechtzeitig …«

»Genau«, unterbricht ihn der Anwalt grob. »Wenn ich mich recht erinnere, ist Artur Faust zum Zeitpunkt des Aufpralls auf dem Wasser schon tot gewesen. Unterlassene Hilfeleistung entfällt also.«

»Aber warum haben Sie nicht nachträglich angegeben, dass Sie bei dem Flug dabei waren? Ihre Zeugenaussage wäre doch ausgesprochen hilfreich gewesen«, beharrt Sven.

Florian Seebrück öffnet schon den Mund, um zu antworten, aber Manheim kommt ihm zuvor.

»Mein Mandant wollte sich nicht selbst belasten. Das ist sein gutes Recht. Die Obduktionsbefunde lagen ja erst Tage später vor. Man wusste also nicht sofort, dass Artur Faust schon tot war, als er aufs Wasser prallte. Und Herr Seebrück hatte verständlicherweise Angst, wegen unterlassener Hilfeleistung belangt zu werden. Deshalb hat er auch heimlich versucht, die Überreste des Fallschirms aus dem Watt zu fischen.«

»Das meiste habe ich schon in der Nacht mit nach oben geschleppt«, flüstert Seebrück jetzt. »Ich weiß auch nicht, warum. Irgendwie hing das alles noch an mir dran. Ich meine, der Fallschirm war ziemlich zerfetzt, aber ich hab mich mit dem ganzen restlichen Zeug aus dem Wasser gezogen, und nachdem ich mich ein bisschen erholt hatte, habe ich es einfach mitgenommen. Ich weiß, das klingt blöd, aber der Fallschirm hatte mich gerettet, und ich wollte ihn einfach nicht …«

»Was?«, blafft Kreuzer.

»Zurücklassen«, antwortet Seebrück leise. Dann schließt er kurz die Augen, als vergegenwärtige er sich die ganze Szene noch einmal. »Ja, das ist es wohl. Ich wollte das Teil, das mich gerettet hat, einfach nicht zurücklassen.«

»Und am nächsten Morgen?«, fragt Silja. »Da müsste Ihnen doch spätestens klargeworden sein, was für einen Blödsinn Sie gemacht haben.«

Seebrück nickt kaum wahrnehmbar und murmelt: »Aber da hatte ich doch schon Angst, weil ich Artur im Stich gelassen hatte. Ich hab also den ganzen Fallschirm, oder besser gesagt, das, was von ihm übrig war, in meinen Kofferraum gepackt und bin aufs Festland zu einer Mülldeponie gefahren.«

»Ach, darum war Ihr Kofferraum so klinisch sauber«, wirft Sven ein.

»Also das war alles so nass und schmutzig, da war es doch ganz natürlich, dass ich den Wagen hinterher einmal gründlich durchgeputzt habe.«

Florian Seebrück streicht sich durchs verschwitzte Haar und bemüht sich sichtlich um Haltung.

»Und warum haben wir Fallschirmfetzen in Ihrer Mülltonne gefunden, wenn Sie doch schon vor Wochen alles abgefahren haben, was Sie hätte verdächtig machen können?«, erkundigt sich Silja.

»Na ja«, windet sich Seebrück. »Der Fallschirm ist ja bei der Landung kaputtgegangen. Warum, weiß ich auch nicht. Jedenfalls habe ich bei einem Spaziergang zufällig einen dieser Fetzen entdeckt. Und danach bin ich ein paarmal am frühen Morgen durchs Watt gestakst und habe die restlichen Fallschirmteile rausgefischt.«

»Ist nicht wahr!«

Bastian Kreuzer ist entsetzt über so viel kriminelle Energie. Doch Florian Seebrück zuckt die Schultern, hilflos und trotzig wie ein kleines Kind.

»Ich weiß, es war falsch, aber irgendwie ist es sehr schwierig, sich wieder auf den richtigen Kurs zu bringen, wenn man einmal das Falsche getan hat. Und ich konnte doch nicht ahnen, was danach noch alles passieren würde.«

»Was meinen Sie damit genau?«, fragt Bastian mit strenger Stimme.

»Die Sache mit den Bildern, die Galerie, die Vernissage, der Mord«, setzt Seebrück an, wird aber sofort von seinem Anwalt unterbrochen.

»Mein Mandant ist unschuldig an dem Mord an Ronald Specht.«

»Das wissen wir«, schnauzt Bastian. »Wir haben seit einigen Stunden ein Geständnis.« Die ungläubigen Blicke Seebrücks und Manheims kontert er mit einem zufriedenen Grinsen, redet aber gleich weiter. »Ungeklärt ist also nur noch der Mord an Bertold von Brüssow. Und in diesem Fall sind tatsächlich Sie, Herr Seebrück, unser Hauptverdächtiger. Sie hatten Motiv, Gelegenheit und vermutlich auch die Tatwaffe.«

Silja zieht hörbar die Luft ein und lässt Florian Seebrück nicht aus den Augen. Seine Lider flattern, dann wechselt er einen kurzen Blick mit seinem Anwalt. Wieder schießen ihm die Tränen in die Augen.

»Bertold hat gedroht, mein ganzes Ansehen in den Schmutz zu ziehen. Sie haben ja selbst gesehen, wie wütend und aufgeregt er war, als Sie ihn in Arturs Villa trafen.«

»Verraten Sie uns auch den Grund für die Aufregung?«

»Er wollte Geld, bar und sofort. Er brauchte es, um die Zwangsversteigerung seines Gutes zu verhindern. Und er hat mir ums Verrecken nicht geglaubt, dass ich nicht an Arturs Safe kam. Also hat er versucht, mich zu erpressen. Er kannte Artur ja von früher und wusste genau, dass er bi war. Und er hat wohl schon immer geahnt, dass Artur und ich gelegentlich … also dass wir ab und an mal miteinander geschlafen haben. Und dann fand er auch noch die Sache mit dem Fallschirm heraus und … na ja, wir haben uns ziemlich gestritten. Er drohte, den anderen beiden, also Liebig und Schwartz, das Ganze zu erzählen, wenn wir uns auf dem Friedhof treffen. Außerdem hatte er die Idee, mit der Geschichte zur Presse zu gehen, wenn ich ihm das Geld nicht gebe.« Seebrück schluchzt und verbirgt das Gesicht in den Händen. Zwischen den Fingern hindurch redet er weiter. »Als ob die ihm so viel gezahlt hätten, wie er brauchte. Aber er war einfach nicht zu bremsen, und da habe ich …«

»Ja?«

Die Frage kommt fast gleichzeitig von allen drei Kommissaren.

»Ich bin ihm nachgefahren und habe ihn noch einmal zur Rede stellen wollen, bevor die anderen beiden am Friedhof sind. Aber dann … aber dann war ich nicht schnell genug, und die Zeit lief mir weg, Heiner und Johann konnten jeden Moment auftauchen, und dann habe ich den Wagenheber aus dem Auto genommen und bin über die Straße und auf den Friedhof, ich war wie von Sinnen, ich wollte einfach verhindern, dass …«

»Mein Mandant hat Bertold von Brüssow im Affekt erschlagen«, unterbricht Ansgar Manheim mit kühler Stimme den Redefluss Seebrücks. »Er wurde extrem provoziert und hat die Beherrschung verloren.«

»Soweit ich das mitbekommen habe, lag die Provokation aber mindestens eine halbe Stunde zurück«, widerspricht Bastian. »Ihr Mandant hätte also sehr wohl die Zeit gehabt, sich auf der Autofahrt zu beruhigen. Und dass er sogar mit dem Wagenheber in der Hand zum Friedhof gelaufen ist, sieht schon fast nach Vorsatz aus.«

»Das werden nicht Sie zu entscheiden haben«, kontert der Anwalt kühl.

»Das ist richtig. Sehr wohl habe ich aber etwas anderes zu entscheiden.« Bastian steht auf und baut sich vor Florian Seebrück auf. »Ich verhafte Sie hiermit wegen des Mordes an Ihrem Freund Bertold von Brüssow.«

Seebrück blickt auf, stöhnt kurz und kippt dann ohne Vorwarnung von seinem Stuhl. Flach atmend bleibt er auf dem Boden liegen und presst beide Hände aufs Herz. Dann verliert er das Bewusstsein.

»Auch das noch«, schimpft Bastian, beugt sich über den Ohnmächtigen und klopft ihm auf die Wangen. »Hey, aufwachen.«

»Ich rufe einen Notarzt.« Silja springt auf und zieht ihr Handy aus der Tasche.

»Dafür werden Sie sich verantworten müssen«, tobt Manheim.

»Reden Sie keinen Stuss, sondern helfen Sie mir lieber«, faucht Bastian, kniet sich neben Florian Seebrück und beginnt, beide Hände in regelmäßigen Abständen auf dessen Brustkorb zu pressen.

Sonntag, 5. August, 17.55 Uhr, Nordseeklinik Westerland

In rasender Fahrt gleitet Florian Seebrück dahin, alles ist weiß und strahlend hell, Stimmen schwirren durch den Korridor, Lampen zischen vorbei, Schritte hallen, dann wird es plötzlich wieder dunkel, Florian taucht ab ins große Nichts, tröstlich und leer, er lässt sich fallen, sie sollen ihn einfach alle in Ruhe lassen. Doch schon gleitet er wieder an die Oberfläche, ein Rütteln hat ihn hochgerissen, Blitze durchzucken die Nacht, es gibt auch Geräusche, aber er kann nicht hören, was da gerufen wird, nur einzelne Laute dringen an sein Ohr.

Achtung, versteht er jetzt und *schneller, er kippt uns wieder weg*. Und da weiß Florian plötzlich, was er zu tun hat, denn das Wegkippen muss er unbedingt verhindern. Wenn der Flieger einmal ins Trudeln geraten ist, wird es gefährlich, wie oft hat sein Fluglehrer ihn davor gewarnt. Auch Artur ruft jetzt von hinten *Trudeln, mein Kleiner, ist eine hohe Kunst, nichts für Anfänger und Schisser wie dich.* Aber Artur kann ihn mal, denn jetzt sitzt er am Ruder, endlich einmal ist der Maler ihm ausgeliefert, und theoretisch weiß Florian ganz genau wie es geht, das Trudeln.

Da ist auch schon das Schütteln am Leitwerk, vielleicht sollte er sich warnen lassen, doch wie gebannt sieht er nach unten und vorn, will die Küstenlinie erkennen, sich an den wenigen Lichtern orientieren. Mit unglaublicher Kraft erfasst eine Windbö den Flieger, er kippt über den Flügel ab und beginnt, sich um seine Längsachse zu drehen. Ein Wahnsinnsgefühl ist das! Trudeln, trudeln, trudeln, hämmert es in seinem Hirn, und pures Adrenalin flutet seine Adern. Florian ist völlig high, und auch Artur muss doch spüren, was er hier Waghalsiges veranstaltet, und ihn dafür lieben.

Sie schrauben sich wie ein Korkenzieher nach unten, sie drehen sich und führen einen irren Tanz auf, es ist mitten in der Nacht, sie sind allein über dem Watt, die Luft gehört ihnen, nur ihnen beiden allein! Florians Herz schlägt wild und lebendig wie lange nicht mehr, auch die Anzeiger drehen jetzt durch, als wollten sie in den atemlosen Galopp einfallen. Von vorn kommt Arturs Stimme, der Wind trägt sie zu ihm, der Maler brüllt und brüllt, seine Stimme überschlägt sich, jetzt endlich versteht Florian ein paar Wortfetzen.

Seitenruder dagegenhalten, verdammt!

Und Sekunden später:

Knüppel in Normalstellung, du Idiot!

Ist das alles, was Artur zu seinem waghalsigen Unternehmen zu sagen hat? Plötzlich ist Florian Seebrück ganz klar im Kopf. Und er hat nur einen einzigen Gedanken: Artur kann mich mal, jetzt sitze ich am Ruder. Längst weiß Florian nicht mehr, wo oben, wo unten ist. Aber ist das nicht völlig gleichgültig, solange sie in der Luft bleiben? Hier ist alles erlaubt, Florian ist Ikarus, der Herrscher der Winde, eine wilde Lust erfasst ihn, noch einmal und noch einmal drehen sie sich, die Lichter tanzen, sein Hirn jubiliert, jedes Gefühl für die Lage im Raum ist ihm abhandengekommen, aber das ist ja gerade der Kick dabei, die völlige Willenlosigkeit bei größter Macht. Der Titel einer Faust-Ausstellung vom vorletzten Jahr fällt ihm ein.

FAUST MACHT ANGST.

Damals fand er den Titel genial, aber nun wirkt er fast

ein wenig lächerlich auf ihn. Denn jetzt macht ihm niemand mehr Angst, und Artur schon gar nicht, auch wenn der nun energisch versucht gegenzusteuern. Natürlich passiert, was passieren muss. Das Gestänge fürs Querruder hält dem Druck nicht stand und verklemmt sich, die Maschine dreht sich auf den Rücken, da kann Faust mit dem Seitenruder so viel gegensteuern, wie er will, es wird nichts helfen. Deshalb versucht Artur jetzt wohl auch, aus seinem Sitz zu steigen und nach hinten zu klettern, lächerlich und völlig aussichtslos ist das. Tröstlich liegen die Halterungen des Fallschirms an Florians Körper, vielleicht sollte er einen schnellen Ausstieg wagen, schließlich ist es nicht sein Problem, wenn der überhebliche Artur unbedingt ohne Schirm fliegen wollte. Soll er sich doch für unsterblich halten, solange er, Florian, den Code des Safes kennt …

Plötzlich ist Florian ganz klar im Kopf. Die trudelnde Maschine ist ihm egal, der brüllende und mittlerweile über der Lehne seines Sitzes hängende Maler, der sich höchstens noch Sekunden wird festhalten können, ist es auch. Florian Seebrück hört wie von fern die kühle Stimme seines Fluglehrers. *Im äußersten Notfall gibt es nur eins: Gurte öffnen und raus! So schnell wie möglich und in genau dieser Reihenfolge.*

Mit fliegenden Fingern öffnet Florian das Gurtschloss und stemmt sich über die Seite nach außen, bis er vom Cockpit freikommt. Maschine und Maler verschwinden sofort aus seinem Gesichtsfeld, er stürzt in die Tiefe. Nacht, Kälte, Dunkelheit umfangen ihn, aber er schafft es, sich auf die Reißleine des Fallschirms zu konzentrieren. Wieder ist da die Stimme des Fluglehrers. *Mit beiden Händen ziehen, dann erwischt eine von ihnen den Griff ganz sicher.* Und richtig. Jetzt heißt es warten, bis der Fallschirm sich entfaltet.

Die nächsten zwei Sekunden reichen nah an die Ewigkeit heran. Alles steht still. Die Erde, der Himmel, das Wasser. Nur Florian rauscht durch die Luft. Doch dann kommt der Ruck, der die Öffnung des Fallschirms anzeigt. Hell leuchtet das riesige Halbrund über Florian. Ein letztes Mal durchschießt Adrenalin seine Adern. Geschafft!

Das Aufschlagen der Maschine Artur Fausts auf dem Wasser geschieht in ziemlicher Entfernung, und es ist auch nicht mehr als ein finales Platschen, dem Stille folgt. Der Motor ist sofort tot, die Natur seufzt befriedigt.

Soweit Florian es erkennen kann, wird er selbst in eine ganz andere Richtung getrieben, nach Westen, der Küste entgegen. Ein wenig kann er sogar noch über den Steuerungsmechanismus eingreifen und dafür sorgen, dass er noch näher am Strand herunterkommt. Das Sinken scheint ihm jetzt unglaublich langsam zu gehen. Worte wie Herrlichkeit, Ewigkeit und Amen schießen durch seinen Kopf. Als ihm einfällt, dass dies die Schlussformel des Vaterunsers ist, berühren seine Füße das Wasser. Panisch beginnt er zu strampeln. Was wäre, wenn der Fallschirm ihn umhüllen, unter sich begraben und hinunterziehen würde? Müsste er dann jämmerlich ersticken? Oder würde er doch eher ertrinken? Doch unter seinen Füßen und den eingeknickten Knien empfängt ihn schon der weiche Schlick des Watts, das Einsinken ist wie ein Heimkommen, unglaubliche Erleichterung durchfährt ihn, und keine Sekunde ist sein Kopf unter Wasser.

Er hat es überlebt, es ist nicht zu fassen. Und Artur Faust, der ihn so gern und so häufig gedemütigt hat bis zur Schmerzgrenze und manchmal auch darüber hinaus, Artur Faust, der geliebte und gehasste Mann, ist tot. Oder doch mit sehr großer Wahrscheinlichkeit tot, denkt Florian plötzlich ganz ungerührt. Dann gehört das ganze Schwarzgeld ihm. Und vielleicht hat Artur ihn darüber hinaus noch in seinem Testament bedacht. Vielleicht erbt Florian sogar die Villa und dazu noch ein oder zwei der Bilder, vielleicht ist er demnächst auch offiziell ein sorgenloser, gemachter Mann, um den sich Ronald Specht noch einmal sehr bemühen wird.

Florian ist erstaunt über den Elan, den er plötzlich spürt. Mühelos sammelt er den Fallschirm zusammen, der an einigen Stellen gerissen zu sein scheint, aber darüber macht er sich jetzt keine Gedanken. Er watet an Land und versucht, sich in der Dunkelheit zu orientieren. Für das Watt und die havarierte Maschine darin hat er nicht einen einzigen Blick. Er will nur raus hier, nach oben und möglichst nach Hause, nach Morsum.

Verschwinden, sich verstecken, vergraben, verkriechen und morgen vom Absturz aus der Zeitung erfahren. Alles andere wird sich finden.

Doch was ist das?

Ein heftiges Stechen durchfährt Florians Brust, einmal, zweimal, dreimal und wieder und wieder. Ein Zucken geht durch seinen Körper. Vielleicht ist es seine Hand, vielleicht die Aufregung beim Eingeben des Zahlencodes an der Safetür. Die Anspannung, die bange Frage, ob sich die schwere Tür öffnen wird. Ja, sie schwingt auf, und plötzlich wird alles hell. Der Safe hat Flügeltüren bekommen, und Florian rauscht mitten hinein in die ganze Herrlichkeit.

Ein leerer Raum gähnt ihn an, geflieste Wände und Metallregale, auf denen sich nicht ein einziger müder Schein findet. Wo hat Artur nur das ganze Geld gelassen? Oder war der Maler letztens vielleicht doch nicht so dumm wie gedacht und hat sehr wohl bemerkt, dass Florian hinter ihm stand, als er den Code eingab? Aber halt, der Safe füllt sich jetzt. Allerdings nicht mit Geld, sondern mit Menschen. Was, zum Teufel, wollen die hier? Und warum tragen sie alle grüne Kittel? Weitgeöffnete Augen starren Florian über den Mundschutz hinweg an. Und was macht diese riesige Maschine so dicht neben ihm? Sie stößt Töne aus, pochend, fordernd, unrhythmisch. Es wirkt, als holpere ein altersschwaches Gefährt über Katzenkopfpflaster, das auch noch Löcher aufweist. Stolperfallen, in denen die Töne wegbleiben und bange Sekunden der Angst erzeugen. Wird sich der Wagen weiterschleppen können, oder wird er stehen bleiben? Diesmal vielleicht sogar endgültig?

Unerwartet und ganz plötzlich herrscht eine endlose Stille im Raum. Die schreckstarr aufgerissenen Augen der verhängten Gesichter ängstigen Florian. Er versucht, sich mit den Augen an den leeren Regalen, an den grünen Gestalten und schließlich sogar an der verstummten Maschine festzuhalten. Aber es will ihm nicht gelingen. Es scheint, als sinke sein Blick immer tiefer in den eigenen Körper hinein. Dorthin, wo es dunkel, kühl und ungewiss ist. Dorthin, wo in tiefen Höhlen die Schatten wohnen. Und einer der Schatten bewegt sich, es ist niemand anderer als der Maler Artur Faust. Er winkt und heißt seinen jugendlichen Geliebten im Jenseits willkommen und lacht dabei sein sardonisches Lachen.

Ein Sieger im letzten Gefecht.

Sonntag, 5. August, 18.57 Uhr, Strandstraße, Wenningstedt

Fred Hübner blinzelt.

Licht fällt auf seinen rechten Augapfel und setzt die Hornhaut in Brand. So fühlt es sich jedenfalls an. Schnell klappt Fred das Auge wieder zu. Wo er sich überhaupt befindet, hat er noch gar nicht gesehen. Aber noch einmal gucken kommt nicht in Frage. Also nachdenken. Und das mit diesem Brummschädel!

Wie dumm muss man eigentlich sein, um immer wieder denselben Fehler zu machen? Jedes Kleinkind weiß, dass ein trockener Alkoholiker immer ein Alkoholiker bleiben wird. Es gibt keine Ausnahmen, auch nicht für Fred Hübner, das größte Rindvieh unter der Sonne. Apropos Sonne. Schon der Gedanke an Wärme und Licht lässt Freds Hirnschalen vibrieren. Er nimmt ächzend die Arme nach oben und presst beide Hände an die Schläfen. Der Druck hilft tatsächlich gegen die Kopfschmerzen, jedenfalls ein wenig. So viel, dass er sich ein, zwei Gedanken machen kann.

Leider ist schon der zweite Gedanke nicht geeignet, ihn zu mehr zu ermuntern.

Judith fällt ihm ein.

Und gleich darauf der ganze unrühmliche Rest.

Er hat lallend vor ihrer Tür gestanden, dann in Windeseile noch einmal nachgetankt, was natürlich prompt zu einem veritablen Kollaps führen musste. Was sollte Judith schon tun, außer ihn schnellstens in ihr Bett zu verfrachten? Wo er direkt bei Kissenberührung in einen komatösen Schlaf gefallen ist. Wie peinlich ist das denn!

Jetzt wagt Fred doch noch einen Blick in die Außenwelt. Die Sonne ist immer noch da. Leider. Schnell klappt er die Lider wieder herunter. Und Judith? Er ruft ihren Namen, einmal, zweimal, dreimal, aber niemand reagiert. Judith ist einfach abgehauen und hat ihn seinem Schicksal überlassen, das findet er jetzt aber auch nicht nett.

Stöhnend dreht sich Fred auf die Seite und versucht, das Ziffernblatt seiner Armbanduhr zu erkennen. Fast sieben. Dann hat er annähernd drei Stunden geschlafen. Na toll. Da kann auch die sanftmütigste Frau schon mal die Geduld verlieren. Vor allem wenn sie vielleicht auf ein Schäferstündchen spekuliert haben sollte. Ist ja auch nicht besonders lustig, einem Trinker beim Ausnüchtern zuzusehen.

Irgendwo wird Judith einen Zettel hingelegt haben. Über den Inhalt macht er sich keine Illusionen. *Verschwinde, wenn du wieder nüchtern bist.* Oder Ähnliches. Trotzdem würde Fred gern noch einmal nachschauen. Nur zur Sicherheit. Allerdings müsste er sich dazu erheben. Doch schon bei der ersten Krümmung seines Leibes und dem Versuch, sich aufzurichten, wird ihm schlecht. Richtig schlecht. Und dass er Judith hier auch noch das Bett vollkotzt, kommt ja nun überhaupt nicht in Frage. Also lässt sich Fred Hübner wieder zurücksinken, atmet vorsichtig ein und aus und wartet darauf, dass sich sein Magen beruhigt. Der Magen tut ihm den Gefallen. Und jetzt kann er sogar vorsichtig die Augen öffnen. Das Licht schmerzt, aber es tötet nicht. Langsam sieht sich Fred Hübner in Judith Lissens Schlafzimmer um. Doch dort ist nicht viel zu entdecken, ein Schwebetürenschrank mit satiniertem Glas, ein Bettgestell aus Roheisen. Alles wirkt kühl und nüchtern, fast wie bei ihm selbst zu Hause. Sogar die Türen haben ähnliche Klinken.

Halt.

Freds Blick geht zurück zu der Schlafzimmertür, und plötzlich sieht er die aparte Kommissarin wieder hereinkommen. Hat sie ihm nicht sogar die Decke vom Kopf gezogen? Oder ist das jetzt schon eine von den Wahnvorstellungen, vor denen er sich so fürchtet?

Die Panik fühlt sich gar nicht gut an, und sein Magen reagiert umgehend. Fred stolpert aus dem Bett, stürzt ins Bad und schafft es gerade noch bis zum Klo. Danach geht es ihm besser, jedenfalls relativ gesehen. Er wankt zurück zum Bett und schaut vorher sogar noch in Wohnraum und Küche vorbei. Kein Zettel. Langsam wird ihm mulmig. Diesmal ausnahmsweise nicht körperlich. Als er wieder die stabile Seitenlage eingenommen hat – man weiß ja nie –, tastet er mit fahrigen Bewegungen nach dem Handy in seiner Hosentasche. Dann spricht er so lange Probesätze, bis seine Stimme sich nicht mehr anhört wie bei einem Grenzdebilen unter Tabletteneinfluss. Mit viel Wohlwollen könnte er jetzt vielleicht sogar als verkaterter reumütiger Trinker durchgehen, und mehr ist beim besten Willen nicht zu schaffen.

Fred muss das Telefon lange klingeln lassen, bis Judith abhebt. Wäre er nicht schlichtweg zu schwach gewesen, um die Abbruchtaste zu drücken, hätte er schon längst aufgegeben. Aber selbst ein Kater in Tigergröße kann seine Vorteile haben, denkt Fred gerade, als er realisieren muss, dass die Frau, die sich am anderen Ende meldet, nicht Judith ist, sondern … Silja Blanck. Fred bleibt sogar noch eine Sekunde Zeit, um sich darüber zu wundern, dass ihm der Name der Kommissarin spontan einfällt, dann dringen ihre Worte zu ihm durch.

»Wer spricht da bitte?«

»Fred Hübner, ich wollte eigentlich …« Weiter kommt er nicht.

»Herr Hübner, gut, dass Sie anrufen. Ich wollte Sie ohnehin bitten, zu uns ins Kommissariat zu kommen.«

»Warumdasenn?«, lallt er und hört sich dabei so verstört an, dass es schon fast wieder beeindruckend ist.

»Wir brauchen Ihre Aussage.«

»Moment, Moment. Wassis mit Judith?«

»Frau Lissen?«

Mit der Stimme der Kommissarin könnte man Eis schneiden. Oder einen Obdachlosen erschlagen. Ein kalter Schauer durchfährt Freds Körper. Sein Hirn ist plötzlich ganz klar. Ein Zustand, der wahrscheinlich nur wenige Sekunden anhalten wird, aber es reicht, um die nächsten Sätze präzise zu artikulieren.

»Ja, genau die meine ich, verdammt nochmal, Judith Lissen. Ich weiß ja, dass Sie befreundet sind, aber das erklärt noch lange nicht, warum die Kriminalpolizei plötzlich auch an ihr Handy geht.«

»Frau Lissen ist zurzeit bei uns im Kommissariat, Herr Hübner. Und ich denke nicht, dass sie so schnell wieder in ihre Wohnung zurückkehren wird.«

Fred atmet einmal tief durch, dann presst er heraus: »Habe ich was verpasst?«

Es dauert einen Moment, bis die Kommissarin antwortet. Ihr Tonfall hat sich radikal geändert, die Stimme klingt jetzt fast schon amüsiert.

»Verpasst? Doch, durchaus. Ich denke, das könnte man so sagen.«

Sonntag, 5. August, 20.44 Uhr, *Sturmhaube*, Kampen

Aus den Lautsprechern der Außenbar quellen fette Beats, sie hüpfen über Tresen und Tische, sie wabern über Dünen und Strand. Die Luft bebt, und auch die Stimmung ist kurz vor dem Höhepunkt. Sofas, Barhocker und Bänke sind dicht besetzt, und in den Gängen zwischen den Sitzinseln stauen sich die Leute. Alle halten Drinks in den Händen und schreien sich gegenseitig in die Ohren. Falls sie überhaupt noch miteinander reden und nicht nur wie hypnotisiert auf den Feuerball hinter den Dünen starren. In zehn Minuten wird die Abendsonne in die Nordsee fallen, der Himmel ist bereits tief entflammt, und kein Wölkchen zeigt sich am Firmament.

Ein solch makelloser Sonnenuntergang ist hier auf Sylt auch in schönen Sommern nicht selbstverständlich, und die Außenbar der *Sturmhaube* ganz definitiv der angesagte Ort, um ihn gebührend zu würdigen.

Gerade betritt eine zierliche junge Frau in schmaler roter Seidenhose und einer knappen ärmellosen Wickelbluse aus weißem Leinen die Bar. Dicht hinter ihr folgt ein junger Mann mit ganz ähnlichen Gesichtszügen, der eine weiße Chino und ein rotes Poloshirt trägt. Zielstrebig steuern beide auf einen der vorderen Ecktische zu, von wo aus sie schon lauthals begrüßt werden.

»Ah, Odette und Oskar sind auch wieder unter den Lebenden«, ruft Viktoria, die eingekeilt zwischen Moritz und Dorian auf einer Bank mit dem Rücken zum Sonnenuntergang sitzt. Ihr trägerloses Sommerkleid ist butterblumengelb und betont ihre makellos gebräunten Arme, die Schultern und nicht zuletzt das ansehnliche Dekolleté. Dorian, der sich seit Minuten darum bemüht, seine Blicke davon fernzuhalten, schiebt seine Mütze in den Nacken, mustert die Geschwister kurz und stellt anerkennend fest: »Die Garderobe stimmt schon mal. Der personifizierte Sonnenuntergang sozusagen.«

»Na ja, nebeneinander sehen sie eher wie ein rotweißes Karomuster aus«, spottet Viktoria.

»Ihr seid nur neidisch. Außerdem hättet ihr uns mal zwei Hocker freihalten können«, mault Odette, während sie sich neben Moritz auf die enge Bank quetscht.

»Schon bei dem Versuch, auch nur einen weiteren Hocker zu ergattern, hätte es mit Sicherheit Tote gegeben«, erklärt der blonde Moritz und hält Odette seine Wange entgegen. »Also küss mich, schöne Frau, und beschwer dich nicht immer.«

»Apropos Tote«, fällt ihm Viktoria ins Wort, »habt ihr schon gehört, dass der Mord vor der Galerie aufgeklärt ist?«

»Echt? Von der Inselpolizei?« Oskar, der vor dem Tisch stehen geblieben ist, weil auf der Bank wirklich kein Zentimeter mehr frei ist, wirkt ehrlich überrascht.

»Ja, offenbar. Kam vorhin in den Nachrichten. Ich hätte den Typen, die uns letzte Nacht vernommen haben, diese Geschwindigkeit auch nicht zugetraut.« Viktoria lächelt überheblich und bedient sich aus Moritz' Zigarettenetui, das auf dem Tisch liegt.

Während Dorian ihr Feuer gibt, murmelt er: »Ich dachte immer, die sind nur dazu da, die Alkis vom Bahnhof zu vertreiben.«

»Wenn noch einmal einer das Wort Alkohol in den Mund nimmt, gehe ich«, erklärt Odette mit gequälter Stimme.

Moritz sieht sie amüsiert an. »Na, dann bekommst du heute Abend nur Wasser. Kannst du dich überhaupt an irgendwas von letzter Nacht erinnern?«

»Selbstverständlich!« Mit gespielter Empörung wirft Odette den schönen Kopf in den Nacken und reckt ihre Rennpferdnase den winzigen Glühbirnen am Dach der Außenbar entgegen.

Oskar mustert seine Schwester und lächelt. »Hat die Polizei denn schon verraten, wer es war?«

Viktoria nickt. »Nicht nur das, wir werden euch auch gleich an unserem Wissen teilhaben lassen.«

»Und?« Oskar stützt beide Ellenbogen auf den Tisch und beugt sich weit zu den anderen hinüber, damit ihm trotz der ohrenbetäubenden Musik und dem allgegenwärtigen Stimmengewirr kein Wort entgeht.

»Natürlich war's eine Frau, was dachtet ihr denn?« Dorian lässt den Blick zwischen Odette und Viktoria hin- und hergleiten.

Odette rümpft kurz die Nase, dann behauptet sie entschieden: »Das hab ich gleich gewusst.«

»Schon klar.« Moritz fährt ihr mit dem Rücken seines Fingers über die Wange. »Kriminalüberhauptkommissarin Odette von der mobilen Einsatztruppe für Schwerverbrechen hat wie immer den richtigen Riecher gehabt.«

»Du sollst dich nicht immer über mich lustig machen! Und ob ihr's glaubt, oder nicht, ich hab's wirklich gerochen.«

»Hört, hört!« Viktoria.

»Was du nicht sagst.« Ihr Bruder.

»Na klar doch.« Moritz.

»Würdest du dich möglicherweise herablassen und uns an deinem Wissen teilhaben lassen?« Dorian.

»Dreht euch mal um, die Sonne geht unter.« Odette.

Oskar, der mit dem Gesicht zu Dünen und Meer steht, muss nur seinen Blick heben, während die anderen vier Odettes Aufforderung folgen. Zu den Klängen von Rod Stewarts *Sailing*, das aus der Anlage der *Sturmhaube* schallt, verschluckt die Nordsee den Feuerball. Sekunden später erlischt das göttliche Leuchten und macht Platz für eine schattenlose Dämmerung. Die vier jungen Leute auf der Bank wenden sich wieder ihrem Tisch zu. Alle Augen ruhen jetzt auf Odette.

»Wir warten.« Dorian.

»Jetzt sag schon!« Oskar.

Bevor Moritz und Viktoria auch noch drängeln können, verkündet Odette: »Ich hab mich doch übergeben, peinlich aber wahr, ihr erinnert euch bestimmt.«

Moritz verkneift sich ein Grinsen, während sein Bruder murmelt: »Ach, tatsächlich? Was du nicht sagst.«

»Tu nicht so, du Heuchler«, fährt ihm Viktoria über den Mund, wird aber sofort von Odette unterbrochen.

»Wahrscheinlich habt ihr gedacht, ich hätte zu viel getrunken.« Sie kichert mädchenhaft. »Na ja, hatte ich auch, aber das war nicht der Grund. Es war übrigens auch nicht der Anblick von diesem Toten auf dem Rasen, obwohl das schon ziemlich scheußlich aussah, das muss ich zugeben.«

»Mach's nicht so spannend, Schwesterchen«, treibt Oskar sie an.

»Also der Geruch war's, der mir alles hat hochkommen lassen. Und ich habe mich ehrlich gewundert, dass das keinem von euch aufgefallen ist. Als wir vor der Galerie angekommen sind, hat es da doch gestunken wie die Pest.« Sie macht eine kleine Pause, vergewissert sich, dass ihr die Aufmerksamkeit der ganzen Gruppe sicher ist, und redet dann weiter. »Vor allem weil ihr diesen Geruch alle kennt. Jede Wette, das war dieses entsetzliche Parfüm, das sie immer in den Abercrombie-&-Fitch-Filialen literweise versprühen.«

»Ist das nicht ein Männerduft?«, will Viktoria wissen.

»Ja klar, aber es sind eher Frauen, die drauf stehen. *Fierce* heißt das Zeug und riecht einfach furchtbar.«

Odette zieht eine Grimasse und schüttelt sich.

»Kein Wunder, *fierce* bedeutet ja auch furchterregend«, unterbricht sie Dorian.

»Echt jetzt?« Odette klimpert mit den Wimpern. »Ich dachte immer, es hat was mit Leidenschaft zu tun.«

»Sag ich doch«, grinst Dorian.

»Blödmann!« Viktoria stößt ihn in die Rippen. Dann lacht sie leise. »Ich glaube übrigens, irgendwo haben die Anwohner schon mal gegen die Geruchsbelästigung aus den Läden geklagt.«

»Wundert mich gar nicht. Dieser Duft ist ein echtes Brechmittel.« Odette verdreht die Augen. »Danach wurde es zum Glück besser.«

»Das ist das Schöne an der umgekehrten Peristaltik. Es reinigt ungemein«, setzt Moritz süffisant hinzu.

Viktoria benutzt den zweiten Ellenbogen, um auch ihm einen Hieb zu verpassen. »Der andere Bruder ist auch nicht besser«, murmelt sie. »Nur weil du mal Arzt wirst, musst du uns ja nicht mit den unappetitlichen Details langweilen.«

»Wartet mal, ich war noch nicht fertig.« Odette klingt jetzt eifrig und energisch. »Ich meinte etwas anderes. Mir ging's nicht besser, weil ich mich übergeben hatte, sondern weil der Geruch irgendwann verflogen war. Als die Polizei kam, war von dem Mistzeug längst nichts mehr zu riechen.«

»Vielleicht hättest du ihnen das sagen sollen«, schlägt Oskar vor.

»Vielleicht hatte ich andere Sorgen«, giftet Odette.

»Vielleicht ist das alles jetzt völlig egal«, mischt sich Moritz ein und hebt sein Whiskyglas. »Denn schließlich liegt eine neue Nacht mit all ihren Verlockungen vor uns, die Mörder sind gefasst, und Kampen ist wieder sicher.«

»Wieso sagst du *die* Mörder?«, erkundigt Odette sich verwirrt.

»Weil heute Mittag noch einer von den Sammlern erschlagen worden ist. Hast du das gar nicht mitbekommen?«

Viktoria ist fassungslos.

»Ich hab ziemlich lang geschlafen, glaube ich, und danach war ich duschen und hab gefrühstückt … und dann hab ich mich angezogen, und jetzt bin ich hier«, fasst Odette ihren Tagesablauf zusammen.

»Du Glückliche.« Dorian hebt jetzt auch sein Glas. »Ich trinke auf die Unwissenden dieser Welt. Sie haben weniger Stress und leben länger.«

»Aber wenn sie uns ihr geheimes Wissen zur Verfügung stellen würden, könnten sie die Welt retten, das haben wir ja gerade gesehen«, wendet Moritz ein.

»Sie könnten Morde aufklären«, verbessert ihn Dorian. »Das ist etwas völlig anderes, Bruderherz.«

Dank

Bei jedem meiner Romane gibt es unendlich viele Hinweise, Tipps, Gespräche, Begegnungen, Erinnerungen und Erlebnisse, die dazu beitragen, dass sich im Kopf der Autorin eine Geschichte formt. Natürlich war das auch bei diesem Krimi so, und es ist unmöglich, all diese Dinge aufzuzählen. Allerdings musste ich diesmal zusätzlich echtes Spezialistenwissen bemühen, denn mit der Fliegerei kenne ich mich wenig aus. Mein besonderer Dank gilt daher meinem Freund Hargen Bartels, der nicht nur im Vorfeld nützliche Tipps gegeben hat, sondern auch das Manuskript in Rekordgeschwindigkeit gelesen, in gewohnter Präzision und Lakonie kommentiert und bei der Korrektur der Fehler äußerst kreativ geholfen hat. Dabei war sein Fliegerkumpel Martin Luft mit schnellen Informationen zu Flugzeugtypen und ihrem Vorkommen ebenfalls sehr hilfreich. Selten habe ich in so kurzer Zeit so viel gelernt. Danke dafür.